新装版

二の悲劇

法月綸太郎

祥伝社文庫

目次

第一部　再会

悲しいことがあると開く皮の表紙
卒業写真のあの人はやさしい目をしてる

1

きみは歩いている。繁華街の雑踏にまぎれ込み、歩道に沿って南の方へ向かっている。きみは道連れはいない。両手をブルゾンのポケットに突っ込んで、ややうつむきがちに、きみはひとり何の当てもなく、ぼんやりと歩を進めていく。

晴天に恵まれた日曜日の午後、三月初旬の京都にしては珍しく、屈託のない春めいた陽《ひ》射《ざ》しが柔らかく街を包み込んでいる。そのせいか、きみが今いる通りは普段の休日にもまして、ずいぶんと多くの人出でにぎわっている。てんでにパンフレットと折りたたんだコートを抱えて、今しがた上映が終ったばかりの映画館からぞろぞろ這《は》い出してくる観客の行列。ゲームセンターの前にたむろして、UFOキャッチャーと格闘する大学生のカップルを羨《うらや》ましそうに横目で見ている、にきび面《づら》の高校生の集団。一九九一年春の新色を取りそろえた口紅のショーケースをのぞき込み、どれにしようかな、と頭を悩ませている綺《き》麗《れい》になりたい娘たち。レストランの店頭メニューを読みながら、いつまでも議論している家族連れ。パチンコ屋の前では、外国人旅行客につかまった駐車違反取り締まり中の警官が、怪しい英語に身振り手振りを交《まじ》えて、即席の観光ガイドを務《つと》めている。歩道に面したブティックのショーウィンドウはすっかりパステル・カラーに衣替えして、春らしい雰囲気をいっそう盛り上げ、見渡せばどこもかしこも、冬物大処分とスプリング・セールの垂《た》れ幕でいっぱいだ。卒業・入学・就職シーズンを控えて、カメラとAV機器のディスカウント店の店員も呼び込みの声に気合いが入っている。車道ではひっきりなしに満員のバスが行き交《か》い、バス停で休日の乗客を吐き出すと、車体を揺すって路上駐車の車をよけながら、またのろのろと走り出す。向こうの歩道の人の流れに目をやると、赤、白、ブルー、みんな色とりどりのショッピング・バッグをぶら提《さ》げて、まるで万国旗を連ねた仮装行列《ページェント》を見るようだ。

ハンバーガー屋のカウンターからアルバイトの女子高生が無料のスマイルを振りまき、CDショップの店先のハイファイは右翼の街宣車に負けじとボリュームを上げて、最新のヒット・チューンをがなり立てる。行く手には、サラ金の社名入りポケット・ティシューを配りながら、ちゃっかりナンパにいそしむ栗色の髪のバンド小僧二人組。旅行代理店のポスターは、陽焼けしたみずみずしいモデルの肢体に目を留める通行人の心を、早くも真夏のエメラルド色の南の海に誘っている。歩道に寄せたバイクにまたがって、ガードレール越しに仲間と会話している革ジャンの青年。小汚い格好で道端に坐り込み、黒い毛氈《もうせん》の上に安ピカ物のアクセサリーを並べている青い目の大道商人。陽当たりのいい場所に段ボールの縄張りを移動して、気持ちよさそうにまどろんでいる着ぶくれのホームレス。よく当たると評判の女占い師の出店《でみせ》には、女の子の長い行列ができている。交差点で立ち止まり固まって地図を見ながら、あっちやこっちを指差してきょろきょろしている制服のグループは、中学生の修学旅行だ。おそろいのセーターを着込んだカップルがきみとすれちがい、きみの知らない誰かの名前が耳に飛び込む。重いコートを脱ぎ捨てた気の早いティーンエイジャーの一団が、陽気な声を上げてきみの肩をかすめ、駆け足で横断歩道を渡っていく。そのステップはカレンダーの隅っこから少しだけ顔をのぞかせて、様子をうかがっている内気な春の訪れのように軽《かろ》やかで愉《たの》しげだ。ピンク看板を掲《かか》げて路地の入口をうろつく客引きの老人さえ、背中を丸めながら、明るい陽射しに気恥ずかしそうに目を細め、調子っぱずれな鼻歌を口ずさんでいる。

光のしずくがさらさらと音を立てて溶け落ちて、街の至るところでいっせいに春を迎える踊りのリハーサルを始めたような、そんなまぶしい午後。ぴんと張りつめた冬の名残《なごり》の肌寒い空気もこの時間にはほどよく暖まって、ついこの間までは気づきもしなかったさまざまな匂いを溶かし込み、甘くうっとりするような風の薫《かお》りを運んでくる。長かった冬がようやく幕を下ろし、灰色にくすんだ街並みが再び若々しい活気を取り戻そうとしているのだ。

それなのに、きみの目にはそんな街の輝きが見えない。きらきらと降り注《そそ》ぐ光のしずくも、きみの視線にぶつかるとたちまち凍《こお》りついてしまうのだ。きみにとって春はまだ幼く、しぶとく居《い》座る冬の檻《おり》に閉じ込められたひ弱い芽のようで、アーケードの切れ目から垣間《かいま》見える空の青よりも、ひからびた臍《へそ》の緒《お》みたいな色の雲のほうに目がいってしまう。

久しぶりに晴れ間の見える日曜日、家に閉じこもっているよりも沈鬱《ちんうつ》な気分が少しはまぎれるかも、と思いついて街に出たきみの思惑《おもわく》はまたしても外《はず》れたようだ。どうやら気晴らしの散歩には不似合いなコースを選んでしまったらしい。雑踏の中にみなぎる活気がかえって、きみの憂鬱《ゆううつ》をくっきりと浮き彫りにしてしまうからだ。陽気な連中の雰囲気に溶け込むことなど、きみはもうとっくにあきらめている。きみは誰の目も引かない透明人間だ。思いがけなく見知らぬ土地の見知らぬ群衆にまぎれ込んだ亡命者のように、乾いた孤独感をひしひしと嚙《か》みしめながら、それでも道行く人の背の流れに身を任《まか》せ、感傷的な思いを断ち切るように軽く肩をすくめたまま、きみは歩いていく。誰かと約束があるわけでもないのに、きみは急《せ》かされているみたいにだんだん足を速めながら、黙々と歩き続ける。無言の修行僧のように、ただひたすら歩くことのみに専心している。そういえば、今朝起きてから、きみはまだ誰とも話していない。ポケットの中のきみの手は、いつまでたっても暖かくなってくれない。

……でも、今この瞬間、人込みの中を伏し目がちに歩いているやつは、まだ本当の意味でのきみじゃない。五体は存在するが、それはきみの心とはかけ離れている。細い記憶の糸がかろうじて、かつてきみであったかもしれない存在を、この体のどこか奥の方につなぎ止めているだけ。きみは生きている人間の仲間じゃない。きみは文字通りの死者だ。本当のきみは、この体の中にぽっかり空《あ》いた空洞、現世とのリアルな接点を失ったはかない思い出、この街を漂《ただよ》う忘れられた幽霊で、今この瞬間、前を行く人の背中に導かれるように歩いているやつは、きみの抜け殻《がら》なのだ。いや、この言い方も正確じゃない。それはむしろ、きみでありうる以前のもの。まだきみではない他人。たとえば、生まれる前の名付けられていない胎児のような亜《あ》存在。きみというただひとりの人格が空《から》っぽの内面に移入するまでは、本当に息をしているかどうかも判然としない書き割りの通行人のひとりにすぎない。だから、ここに記された〈きみ〉というがらんどうの代名詞は、かけがえのないきみとまだ本来のきみではないほかの誰かの間で、真っ二つに引き裂《さ》かれてしまっている。なぜなら、きみの物語はまだ始まっていないから。

だが、その始まりはすぐそこ、目と鼻の先まで近づいている。たぶん、きみもすでに気づいているはずだ。今はまだ誰でもないだれかを前もってきみと呼ぶのは、この〈通行人A〉みたいなやつの中で本当のきみが、これから始まる物語の主人公がようやく目覚めようとしているからだということに。今この瞬間、この場所で、たえまなく街路を行き交う群衆の中に投げ込まれた、名前を持たないがらんどうの肉体の内側で、きみの存在は紡《つむ》ぎ出されつつある物語への微《かす》かな予感として、ひっそりと眠るように息づいている。それは、かつて失われた別の物語のおぼろな記憶として、あらかじめ息づいているのだ。そして、物語が、きみの物語が始まる時、きみは忘れられていた自分の過去と名前を取り戻す。きみは昏《くら》い忘却の河底からよみがえり、いきいきと呼吸し始めて、血が通《かよ》った肉体にきみ自身の肌の温《ぬく》もりを、きみ自身の心臓の鼓動をはっきりと感じる。その時、きみはもう名前のないがらんどうの〈通行人A〉じゃない。きみはきみになる。まもなくきみは、ほかの誰でもないきみ自身として、きみの名前を冠した物語を生き始める。

そう、これから語られようとしている物語の主人公は、きみだ。〈ぼく〉や〈私〉でもなければ、〈彼〉や〈彼女〉でもない、たったひとりのきみなのだ……。

きみは四条《しじょう》河原町《かわらまち》の交差点で立ち止まり、信号待ちのグループに混じる。電光掲示の時計が二時前を指している。通りを隔《へだ》てたデパートの正面入口に、〈3月14日♡愛のホワイト・デー〉と大書きされた看板が立っている。信号が青に変わり、人々がいっせいに動き出し、横断歩道はたちまち行き交う歩行者で埋めつくされる。アーケードの影が届かない車道に足を踏み出すと、微熱のような陽射しがじかにきみの肩をなでるが、きみはそれに気づきもしないでそそくさと横断歩道を渡りきる。間髪《かんはつ》を入れずに、歩道の前に誰かが立ちふさがって、きみに話しかける。「ブッシュ政権の中東武力弾圧と、九〇億ドルの軍事費援助に抗議する署名運動にご協力をお願いします」。きみは唇を動かしかけるが、とっさに返事が出てこない。はっきりノーと言うのは気後れがするし、こんなところで署名するなんてもってのほかだ。ぎごちなく目をそらし、何も聞こえなかったふりをして、きみはかろうじて相手をやり過ごす。きみは湾岸戦争に関心がない。アメリカのハイテク兵器がいかに優秀であろうと、イラク空爆やクウェートの地上戦でどれだけの人間が血祭りに挙《あ》げられようと、ペルシャ湾がどんなに原油で汚染されようと、きみの知ったことじゃない。きみは政治にも関心が持てない。選挙権はあるが、投票に行ったことは一度もない。むろん、これという理由があって忌避《きひ》しているのではなく、ただきみは自分のことで手いっぱいで、厄介《やっかい》なことに関わりたくないだけだ。それは別に、国際情勢とか政治とかに限った話じゃない。きみは何ごとに対しても、必要以上に深く関わることを敬遠し、傍観者的な距離を置く。人付き合いも極力、避けている。楽しい生き方とは思わないが、きみにはそうするよりほかに術《すべ》がない。きみは人間に対する違和感そのものだ。相手が誰であれ、関わることによって得られるものより、失われるもののほうが大きいことをきみは知っている。失うことの耐えがたい痛みを知っているから、積極的に関われない。きみはいつも自分にそう言い訳している。ただひとり活気づいた街の雰囲気に染まれない自分に、今も言い聞かせている。

でも、本当にきみは知っているのか？　胸を張って知っていると言えるのだろうか？

きみはなんとなく後ろめたい思いで、通りの向かいのターミナル百貨店の入口の前に広がる歩道に目を向ける。待ち合わせの連中で、その空間はほとんど占領されかかっている。きみと同世代の人間も少なくない。めいめいが思い思いの格好をして、壁に寄りかかり、落ち着きなくうろつき、先に着いた者同士で世間話に花を咲かせ、何も言わずに笑って手をつなぎ、きょろきょろ周《まわ》りを見回し、後ろからいきなり背中をどやしつけ、並んで縁石に腰かけ、通りの向こう側に手を振り、煙草《たばこ》の吸殻を踏みつぶし、わけもなくにやつき、再会を喜び合い、何度も時計をながめ、群れをなして声高《こわだか》に行先を相談し、電話をかけに行く。年齢や身の上、服装やしぐさは異《こと》なっても、誰もに共通するのは、その場所を占《し》める資格を持っていることだ。彼らには待ち受ける相手がいる。群れ集《つど》ってさえずり合う仲間が、友達が、恋人が、同僚が、家族がいる。きみにはいない。彼らは春の訪れが近いことを肌で感じて知っている。排ガスと人いきれの空気に混じり込んだ甘い匂いを敏感に嗅《か》ぎとって、変わりつつある季節への期待感に浸《ひた》りきっている。きみは知らない。浸りきることもできない。冬の終りを告げるような暖かい日曜日の午後だというのに、きみはひとり群衆の中で孤立して、彼らに加わる資格がない。きみは依怙地《いこじ》になって、よそよそしい他人の違和の目で彼らを見ようとする。そして考える。彼らのすべてが期待通りのものを手に入れられるはずがない。いや、それどころか、今この瞬間にも彼らは、知らず知らず何かを失いつつあるのだと。だが、きみの視線は脆弱《ぜいじゃく》で強度に欠け、疎外の壁に阻《はば》まれて自分にはね返ってくる。少なくとも彼らはひとつだけ、今のきみが持たないものを手に入れているはずだ。だから飽《あ》かずに待っていられる。街頭で他人と交わることができる。それだけは認めざるをえない。この街の真ん中で、きみひとりが除《の》け者だと思い知らされて、きみはもう彼らをまっすぐ見つめることができない。自分だけ貧乏くじを引かされたような気がしてきて、きみはどうにもいたたまれなくなる。回れ右して、きみは逃げるように逆方向へ歩き出す。きみはむき出しの孤独の塊《かたまり》だ。でも、それは誰のせいでもなくて、きみ自身が招いた問題なのだ。

……本当のきみでない今までのきみは、ずっと孤独な人間だった。でも、けっして孤独を愛し、いつくしんでいたわけじゃない。誰だって最初は自分から好きこのんで、そんなものを求めたりはしない。きみは人よりいくらか孤独を苦にせず、それに耐えうる術を身に着けていただけだ。ある種の人間は深く傷ついた心を癒《いや》すために、何年もひとりぼっちにならなければいけない。そうすると、かつては自分にも本当に心の通《かよ》い合った友がいたことさえ忘れてしまえるものだ。それはちょうど嵐が去って、ぴたりと風が止まった凪《なぎ》のような状態で、きみは世界中の誰からも見放され、どこに向かって漕《こ》ぎ出すこともできない。しかし、時には否応《いやおう》なしにそんな状態に甘んじなければならないことだってあるし、長くそこにとどまっていると、やがて、その透明で均質な凪の風景から人知れずささやかな慰めを見出《みいだ》すことすら覚えるようになる。誰にもきみの孤独な漂流をとがめることはできない。自分が支えきれなくなってしまうようなできごとに不意討ちされて、粉々に身を砕かれそうな嵐の海の真《ま》っ只中《ただなか》に投げ込まれ、豪雨と暴風と荒れ狂う波とでもみくちゃにされてしまったら、たとえ低気圧が去った後でも、人はその反動からもう一度身を守らなければならない。ずたずたに引き裂かれた自分をどこかにつなぎ止めておくための防衛策を講じなければならない。ちょうど今日までのきみのように。人の涙もいつかは涸《か》れて、心に凪が生じるのだ。

きみはずっと、そんな凪の海を漂っていた。それは冷たい夜の凪。たったひとり、四方を透《す》き通った奥深い闇に閉ざされて自分のいる位置もわからず、時間の流れからも弾《はじ》き出されて、日増しに五感がすり減っていく。きみは自力でそれを止めることはできず、それと知って悪あがきすることもない。きみの目に映《うつ》るのは、さざなみひとつ立たない鏡面のような海ばかり。その代わり、水平線の向こうで持ち上がっているさまざまなできごとは、もうきみを煩《わずら》わせたりしない。きみは今までずっとひとりでやってきた。これからもひとりでやっていけるはずだ。

しかし、それは見せかけの平穏でしかない。なぜなら、きみはまだ、春風が運ぶ甘い薫りを完全に忘れ去っていないから。その微かな記憶が今でもきみを街へ、雑踏の中へと誘い出し、そして、いつも苦《にが》い失望をなめさせる。きみはきっと、そのことを認めたがらないだろう。きみはむきになって、寂しがってなんかいないと自分を納得させようとするだろう。でも、それはまだ本当のきみじゃない。

本当のきみは、これから息を吹き返す。

きみの物語は始まりかけている。物語の種子はすでに芽吹いて、車道を隔てた向こうの歩道できみの通りかかるのを待ち構えている。耳を澄ませば、その息遣《づか》いが聞こえるはずだ。きみは、きみの物語をやり過ごすことはできない。それは力強い腕できみをつかみ、陽の当たる明るい場所へ引きずり出そうとしている。

今、きみときみの物語が産声《うぶごえ》を上げる……。

＊

車道に落ちる影が不意にたじろぎ、淡くなる。風でちぎれた雲のかけらが太陽の前をよぎり、紗《しゃ》をかけたみたいに陽光がやわらいだせいで、街の外貌がいっせいに身を引いたようにように平板に見える。しかし、それもほんの一瞬のことで、同じ風が雲を追い払うと、またすぐに路面の影はむらのない濃さを取り戻し、目に映るものすべての輪郭《りんかく》が色も鮮やかにくっきりと迫《せ》り上がる。

「──のみやくん?」

車道を行き交う車の騒音、見知らぬ人々の靴音とざわめきの合間を縫うようにして、そう呼ぶ声が耳に届いた気がする。きみはちょうど、日曜日でシャッターを降ろした証券会社の前を通りかかったところだ。きみの中で、何かがその声に反応する。がらんどうの肉体の内側で、今この瞬間まで死んでいたはずの遠い記憶のこだまがかそけく反響する。きみは反射的に足を止めて顔を上げ、何かにそうすることを強《し》いられているような面持《おも》ちで周囲に目を走らせる。だが、その呼び声の主らしき姿はきみの視界の中に見当たらない。

きみは錯覚だったと思い、ひどくあわてふためいてとっさに足下に目を伏せる。周りの目を過剰に意識しながら、ことさらなにげないふうを装ってまた歩き出そうとするが、きみはすでにばつの悪い羞恥《しゅうち》心を抱《いだ》いている。この街の人通りの中に、自分の姿を見かけたからといって、わざわざ呼び止めようとするほど親しい人間などいるはずがない。きみはそのことを痛いぐらい身にしみてわきまえているはずなのに、春めいた陽射しに活気づいた雑踏の中で、たまさか耳にした他人の声をうかつに自分に結びつけてしまうほど、人恋しい気持ちをさらけ出していることを自分に対しておおっぴらに認めたくない。すぐにきみは息苦しさを覚え、水の中に潜《もぐ》っている時のようにぐっと息をこらえていたのに気づく。きみはわけもなく震えながら、溜めていた息を吐き、かっとなった頭を冷やそうとして考え始める。ありていに言って、今の声が自分の名を呼んでいると思い込んだのは、初めから筋の通らないおかしなことだ。そもそも、それは今こうして歩いているきみに対する呼びかけじゃない。たとえ誰が誰を呼んだとしても、きみが呼ばれたということだけは絶対にありえない。だってそうじゃないか？　今のきみは名前を持たない、群衆の中の透明人間にすぎないのだから。とっさにきみが反応した声は、きみの名前を呼んだのではない。

しかも、今のはたぶん女の声だった。きみは半《なか》ば自嘲的にそう判断する。きみには、街で声をかけてくれるような親しい女の知り合いはいない。ひとりもいない。だから、きみはやはり勘違いしたのだ。あるいは、春めいた街の空気に欺《あざむ》かれ、耳を惑わされて幻聴を聞いたのか。春の詐術《さじゅつ》。きっとそうにちがいない。きみは頭ごなしにそう決めつけて、足早にその場から遠ざかろうとする。

「ニノミヤ君――」

でも、きみのそんな思惑とは裏腹に、十歩と行かないうちに、またその声が繰り返す。前よりもはっきりと、まぎれもなく若い女の声で、見当ちがいの方角ではなく、きみが歩いている現在の地点に向けて呼びかけている。街の喧騒《けんそう》の中にあっても、その迫り方はとても空耳《そらみみ》とは聞こえない。きみはますます混乱して、胸の内でこっそり〈ニノミヤ〉とつぶやき、自分がどこの誰なのか思い出そうとするが、まだ気恥ずかしさと春の詐術を警戒する気持ちのほうが先立って、もう一度足を止めて声のする方に振り向いてみようとは思わない。

「あの、二宮良明《にのみやよしあき》君じゃありませんか？」

ほとんど間《ま》を置かずに、覚悟を決めたような悲鳴に近い声。往来の向こうから車の騒音にかき消されまいと、人目も外聞もはばからず叫んでいる。フルネームを聞いたとたん、裸の電極に濡れた手で触れでもしたように、体の内側がちりちりしたかと思うと、何かが堰《せき》を切って一時にあふれ出て、そのほとばしるような感覚がたちまち全身を呑《の》みつくし、両足が石になったみたいにしびれてその場を離れることができない。そうだ。きみはやっと気づく。二宮良明。それはきみの名前だ。

本当のきみの名前だ。

行き交う人の誰ひとりとして顔も名も知らず、ひとりひとりの区別も付かないのっぺらぼうの群衆の中で、誰かがきみの名前を呼んでいる。たったひとり、ここに在《あ》るばかりの抜け殻の中で、本当のきみは突然、息を吹き返す。きみの名前こそ、きみという人格を呼び出す唯一の鍵であり、きみはようやく自分が何者なのか思い出す。きみの内部に生きているという実感が湧き起こり、それがまたたく間に全身に波及し横溢《おういつ》する。生まれたての赤ん坊が名付けられることで初めて人間と認められるように、きみはきみになる。きみは生きている。きみはもう書き割りの〈通行人A〉じゃない。誰の目も引かない透明人間じゃない。きみは無名のままただ在るだけではなく、名前を与えられた固有の人間として生きている。きみはこの場所に二本の足で立っていて、誰かがきみの名を呼んでいる。きみを取り巻く世界はもう水平線の彼方《かなた》の異国の風景なんかじゃない。きみは物語の始まりの地点、〈今、ここ〉にいる。そして、今ここにいるきみは、ほかの誰でもない、たったひとりのきみという人間なのだ。

きみの名は、二宮良明──ニ・ノ・ミ・ヤ・ヨ・シ・ア・キ。二宮良明、応答せよ。

突然のことにうろたえながら、それでも呼ばれているのが自分のことだとはっきりわかると、気恥ずかしさも警戒心もいっぺんに吹き飛んで、きみはためらいなく車道の方に振り返り、ガードレールから身を乗り出して、声の聞こえたあたりに視線を投げる。反対側の歩道を通り過ぎていく見知らぬ人の顔、顔、顔。でも、それらの顔はさっきのようによそよそしい疎外感をきみに押しつけてはこない。きみはその中からすぐに声の主を見つけ出す。ベージュ色のコートの女がアーケードの下で、人込みに隠されまいとせいいっぱい背伸びした格好で、せわしなくこちらに手を振っている。向こうもじきにこちらの視線をとらえて、ほっとしたように笑《え》みがこぼれる。車と車の切れ目、往来を隔てた距離がぐっと縮まる。

——葛見百合子《かつみゆりこ》。

瞬時にきみの脳裏《のうり》にその名前が浮かび上がり、記憶の中の顔と現在のそれが重なり合う。広い車道をはさんだ遠目でも、あの懐《なつ》かしい笑顔を見てわからないわけがない。昔と同じ、はにかんで両の目尻が少しだけ下がり、口許で破顔するのをこらえているような慎《つつ》ましい微笑《ほほえ》み。できたてのマシュマロみたいに指で触れたらへこんでしまいそうな、なめらかで柔和な笑顔。時を経《へ》て大人びた雰囲気をまとっていても、当時の面影《おもかげ》は手付かずのまま残っている。きみがそれを忘れるはずがない。何百回も繰り返し繰り返し、飽《あ》かず見つめ続けた笑顔。胸の奥深く、密《ひそ》かに刻《きざ》みつけた想い。

きみははっとわれに返り、彼女に応《こた》えて手を振り返す。すると、相手は次の交差点の方を指差して何か言い始める。だが、その声はバイクの排気音にかき消されて聞き取れない。ちょうど運悪く車の流れが滞《とどこお》って、市バスがきみたちの間をさえぎるようにして停《と》まり、きみは彼女を見失ってしまう。信号が変わって車が流れ出し、バスが走り去って視界が開けた時には、すでに姿は見当たらない。

「あ、あの、こんにちは」

うなじに迫る声に不意をつかれて振り向くと、当の彼女が胸に手を当て、息をはあはあ切らしながらそこに立っている。きみが姿を見失っておろおろしている間に、横断歩道を走ってこっちに渡ってきたのだ。ボタンを外したコートの下は水色のカーディガン、ブラウスの襟《えり》元にエスニック柄のスカーフをのぞかせて、ボトムはグレン・チェックのパンツ、肩からがっちりした革鞄《かばん》をぶら提げている。背丈《せたけ》はきみの胸元ぐらいしかなくて、マシュマロみたいな笑顔が手の届く距離からきみを見上げている。あれ、この娘《こ》はこんなに小さかったのか、ときみは改めて気づいて、なんとなく不思議な気がする。

「え、ええと、その、なんだか久しぶりですね」と彼女が言う。

「ほ、本当に久しぶり――」

きみはどぎまぎしながらやっとそう口にするが、つい吃《ども》ってしまう。しかも、言葉が続かない。歩道にたたずんで話しあぐねているきみたちの横を、人々がひっきりなしに通り過ぎていく。

「卒業以来だから、もう六年になるのかしら」彼女が唐突に言葉を継ぐ。そわそわして、おぼつかない様子はきみと同じだ。

「ええ。三月だから、ちょうど六年」

「もうそんなに。卒業式の後、一度も会ってないんですよね」

「そういえば。ずっとこっちにいたし、クラス会にも顔を出さなかったから」

「わたしも一年目の夏に集まったのしか知らないんです。その次からは案内も来なくて。あの、二宮君はずっと元気でしたか？」

「うん。それで、あなたのほうは？」

「わたしも元気で普通でやってます」

「そう、それはよかった」

「――元気で普通が一番ですよね」と言って彼女はまた微笑もうとするが、今度の表情はいささか心細げでぎごちない。

きみには相手の気持ちが手に取るようにわかる気がする。彼女も自分と同じ、内気で引っ込み思案《じあん》なタイプなのだ。きみの知っている七年前の彼女がそうだったように。せいいっぱいの勇気を振り絞って、きみに声をかけたまではいいけれど、今になって自分で自分のしたことにびっくりしてすっかり舞い上がってしまい、きみを目の前にしても取って付けたような文句しか出てこないのだろう。でも、それはきみだって同じことだ。いや、むしろきみのほうこそ積極的に彼女の大英断に応えるべきなのに、こんな締まらない態度で会話が先細りするのを他人事《ひとごと》のように見過ごしていてはいけない。せっかく再会したのに、もっとほかに口に出す言葉があるだろう。きみは自分にそう言い聞かせて、おもむろに口を開く。

「でもね、六年ぶりでずっと会ってなくても、ぼくは一目見て、すぐに誰だかわかった」

「それは、わたしも」

「あっそうか」きみはちょっと肩をすくめるようなしぐさをする。「葛見さんのほうが先に気づいたんでしたっけ。さっき声をかけられなかったら、知らずに通り過ぎるところだった。あんな道の向こうから、よく気がつきましたね」

「ていうか、たまたまふっとこっちに目がいって、それで。目がいいのと人の顔を忘れないのだけ、取柄《とりえ》なんです」いったん言葉を切って、決まり悪そうに付け加える。「でも、あの、通りすがりにあんなふうに大きい声で呼んだりして、人が大勢いるのにみっともないというか、迷惑じゃありませんでした?」

「まさか、とんでもない。そうしてもらって、嬉しかった」

「本当に?」

「もちろん」

「よかった」彼女はほっとした顔をする。「でも、こういう偶然ってあるんですね」

「あるんですね、本当に」

「何だかTVのドラマみたい。ほら、よくあるじゃないですか、昔別れた恋人同士が何年か後に、思いがけない場所でばったり出会うとかっていうの。わたしずっと、あんなの嘘だと思ってたんです。そんな都合のいいことが、現実にあるはずないって。でも、その、あれ?　二宮君とは昔別れた恋人じゃないけど——」

きみたちは顔を見合わせて、彼女は口に手を持っていき、お互いに照れ隠しみたいに微笑みを重ね合う。会話に弾《はず》みがつき始めている。相手の顔を見つめながら、こんなふうに自然に笑みがこぼれるなんて何カ月ぶりだろう、と密かにきみは考える。

「京都には、旅行で？」彼女の鞄がふくらんでいるのに目をやって、きみはたずねる。

「観光？」

「ううん、今、仕事で来てるんです」

「そう、ええと、お勤めは？」

「東京で、雑誌の編集者やってます。『VISAGE《ヴィザージュ》』って知りませんか？　まだ駆け出しだけど、原稿の受け取りとかで、京都にはちょくちょく来てるんですよ。二宮君はずっとこっちの人だったのね？」

「うん」

「今は」

「――まだ学生」

「じゃあ大学院？　たしか文学部ですよね」

「そう。独文の修士課程の一年目が終ったとこ」

「さすが。でも、二宮君って現役でしょう？　それだと計算が合わないような気が」

「――院試に落っこちて、一年留年した」

「やっぱり。だけど、まだ学生でいられるなんてうらやましいなあ。独文の、専攻は何ですか」

「ドイツ近代文学史。修論で扱うのは、十九世紀前半のロマン主義運動の時代になる予定」

「ノヴァーリスの『青い花』とか？」

「うん、そうなんだけど、ぼくが取り上げるのはシュレーゲルという理論家でね、イェーナ時代に『アテネーウム断章』という著作があって――」きみはつい一から説明しようとするが、すぐにまだるっこしくなって、「なんていうか、話し出すときりがないし、道の真ん中で立ち話もあれだしね。ええっと、葛見さん」

「はい？」彼女はきょとんとして、裳《も》抜けの殻みたいな顔をしている。

「その、今日この後の予定は？」

「――あ、仕事はもう片付いて、あとは帰るだけです」ちらと時計に目を落とすしぐさをして、「今日中に東京に帰ればいいから、新幹線が走ってる時間までは空いてますけど」

「だったら、もしよかったら、どこかでお茶でも飲んでいきませんか？　せっかくこうして会えたんだし、いろいろ話もしたいし」

「そうですね」

彼女がそっとうなずいて、よいしょとばかりに鞄の肩紐《ひも》をたくし上げるのを合図に、きみたちは並んで歩き始める。きみはいつもよりゆっくりと歩幅を抑《おさ》えて歩きながら、一度ならず彼女の横顔にこっそり目をやる。濡れたように艶《つや》のある髪を束《たば》ねて、後ろで結んだ濃紺のリボンが房《ふさ》飾りみたいに揺れている。きみはふと、空気の中にそれまでとはちがった匂いを嗅ぐ。ほのかに鼻孔をくすぐる、甘くたおやかな香り。彼女の髪の匂いだろうか。それとも、陽光のかけらを含んだ春風の匂い？　地に足が着かないような浮き立った気分で、今初めて、春の陽射しを浴びて生まれ変わったばかりの街の輝きが鮮やかに目に映《は》える。夢みたいだ、ときみは思う。今、自分が百合子の隣を歩いていると考えるだけでも、きみにとってはありもしない誰かの妄想の中のできごとのような気がする。だいいち、こんなふうに女の子を誘うなんて、普段のきみなら絶対にありえないことだ。いや、たった十五分前のきみからだって、そんなことは想像もできない。これは本当に現実なのか？

でも、彼女はここにいる。今、きみの肘《ひじ》から十センチと離れていない場所にいて、濃紺のリボンを房飾りみたいに揺らしながら、きみと肩を並べて同じ速度で歩いている。きみは気まぐれな現実の手さばきに驚かずにはいられない。彼女に会えるなんて、万が一にもありえないこととあきらめていたのに、何という偶然だろう。だが、驚きながらも、きみは同時にその偶然を自然なことと認めて、素直に受け入れてしまっている。ひょっとしたら、これこそきみが無意識のうちに求めていたもの、春の甘い風が運んできた魔法なのではなかろうか?

葛見百合子は、きみが郷里の高校で卒業の年、同じ教室に机を並べた同級生だ。それは七年前、きみたちがまだ十八だった時。といっても、その頃の二人がとりたてて親しい間柄だったというわけじゃない。きみの片想《おも》いだったのだから。あの頃、きみが心の中でどんなに身を焦《こ》がすような想いを積み重ねていたとしても、現実には百合子はただのクラスメートのひとりにすぎなかったし、むしろもどかしいすれちがいの印象ばかりが記憶に残っている。その証拠に、きみたちは卒業の日以来、一度も顔を合わせたことはない。

でも、あの頃の思い出だけはいささかも色褪《あ》せることなく、十八の年と変わらぬみずみずしさを保ちながら、きみの中に生き続けていたのだ。その想いの深さによって、きみは七年前のきみと直結し、連続している。そして、きみはよみがえったその想いがもたらす甘美な予感に充足し、きみたちを迎え入れる運命的な物語に身を委《ゆだ》ねようと心から思う。

《むかしむかし、あるところに、二宮良明と葛見百合子という若い男女がいました。二人は同じ高校の同級生で、ひょんなことから六年ぶりに別の土地で再会し——》

こうして、きみの、きみたちの物語が始まる。二宮良明と葛見百合子という名前に寄り添って語られる物語が。だが、それがどういう物語なのか、どんな結末がきみたちを待ち構えているのか、きみはまだ知らない。そして、きみと並んで歩いているかつての同級生の瞳の中に、今この瞬間、微かな不安の翳《かげ》りが忍び込んでいることにも、きみはまだ気づいていない。

第二部　捜査Ⅰ　〜東京〜

町でみかけたとき　何も言えなかった
卒業写真の面影がそのままだったから

2

東西《とうざい》新聞十月十四日（月曜日）付朝刊

マンションでOL殺される

世田谷　同居の女性も行方不明

十三日午後三時ごろ、世田谷区松原二丁目のマンション「サンテラス双海」で、会社員清原奈津美さん（二五）の部屋を訪れた同僚の男性が、倒れている清原さんを見つけ通報、その場で死亡が確認された。

北沢署の調べによると、清原さんは十二日の深夜、部屋で首を絞められて殺された後、システムキッチンのガスレンジで顔を焼かれたものとわかった。室内に荒らされた形跡はなく、清原さんと同居していた女性Aさん（二五・会社員）が十三日から姿を消していることから、事件と関係があるものと見て、北沢署では重要参考人としてAさんの行方を追っている。

3

「パーティを開くべきだったわね」久保寺容子《くぼでらようこ》は器用な手つきで手製の餃子《ぎょうざ》の具を皮に包んで、片っ端からトレイに並べながら言った。「六本木《ろっぽんぎ》か青山《あおやま》のこぎれいなお店を貸し切りにして、せいぜい二十人ぐらいの立食にするといいわ。ピカピカ光る銀の食器に、海の幸、山の幸、厚切りの牛肉なんかをたんと盛り付けて、上等なシャンパンも冷やしてあるの。天井には金銀のモール飾りをあしらって、てんでにお祝いの花束とプレゼントの包みを抱えた上品で知的な装いの友人たち。テーブルの中央にはバースデイ・ケーキと、歳《とし》の本数だけ立てたキャンドルの揺らめく炎。ケーキは絶海の孤島のイメージで作らせた特注のやつで、キャンドルはもちろん、一本ずつがインディアン人形の格好をしてるの。そして部屋の灯《あか》りを消すと、二十九本のキャンドルのおぼろな光の中に本日の主役、法月《のりづき》クンがぱりっとしたタキシード姿でさっそうと登場するのよ。♪ハッピー・バースデイ・トゥ・ユーの合唱を聞きながら、あなたはケーキに顔を近づけ、ほっぺたをふくらませてキャンドルの火を吹き消す。みんながいっせいにクラッカーを鳴らして、景気よくシャンパンの栓《せん》を抜き、陽気な歓声と拍手が場の雰囲気を盛り上げる。でも、灯《つ》りを点けてみると、あなたはケーキの中に頭をめり込ませて、おお神様！　もう息をしていないのです。

悲鳴を上げて卒倒する淑女《レディ》の役はあたしに任《まか》せてね。タキシードの背中に銃痕が見つかって、殺人とわかるの。クラッカーの音にまぎれて、誰かが拳銃を撃ったのね。思いがけない凶事に青ざめて、声も出ない招待客たち。すると、突然、誰かがきびきびした声でこう命じるの。『皆さん、気をつけて。われわれの中に憎むべき連続殺人鬼〈カシオペアのΨ《プサイ》〉がひそんでいるのです』。みんなが驚いて声の主に目を集めると、それはロシア人の父の血を引くこのお店の主人――と思いきや、変装用のメーキャップとコック帽を取ると、そこには正真正銘《しょうしんしょうめい》、本家本元のあなたの姿。撃たれたはずのあなたは暗闇を利用した替え玉で、もちろん防弾チョッキを身に着けているから命に別状ないわ。この誕生パーティそのものが、狡猾《こうかつ》で残忍な〈カシオペアのΨ〉を罠《わな》にかけ、その意外な正体を暴《あば》くためのお芝居だったのよ」

「きみがどこからそんな知識を仕入れてきたか知らないけど」と綸太郎《りんたろう》は濡らした指で具を包んだ皮にひだを付ける作業の手を休めて言った。「それは半世紀も前に葬《ほうむ》り去られた筋書きだ。今どきそういうのは、全然流行《はや》らない」

「手が止まってるわよ」と容子が言うので、また一枚皮を取ってボールの具をスプーンですくった。具の量が多いほど、ばらけずに包むのはむずかしいのである。やれやれ、どうして自分の誕生日に餃子の皮のひだなんかで苦労しなきゃならないんだ？　綸太郎はさっきからそう思っていたが、あえて容子の前で口には出さなかった。

久保寺容子は高校時代の同級生で、綸太郎はかつて一度きり彼女をデートに誘い、その日にこっぴどく振られたことがある。今はスレンダー・ガールズという女性ロック・グループでキーボードを弾《ひ》いていて、愛称は〈地蔵《じぞう》のヨーコ〉。去年の二月、在京ラジオ局のスタジオで、数年ぶりにばったり再会したのをきっかけに、身軽な者同士、気の置けない友達付き合いが復活した。恋人扱いされている気はしないが、別に用事もないのに、電話で喋《しゃべ》っていて夜が明けてしまうこともたまにはある。

「じゃあ、今はどんな筋書きが受けるの？」

「九〇年代ミステリに、男根的ロゴス中心主義の名探偵は似合わない。あまりにも旧弊《きゅうへい》、かつ反動的だ。いま求められているのは、離婚経験あり、テコンドーの名手で、得意な料理は餃子と固ゆで卵、中古のワーゲンを乗り回して、幼児虐待事件を専門に扱うタフなソーシャルワーカーのヒロインさ。それから、容疑者を一堂に会しての謎解きなんてのも、とうに時代遅れで、クライマックスはヒロインと四重人格のサイコ・キラーの一対一の肉弾戦でなきゃならない。いい時代だろ」

「肉弾戦って、こういうの？」容子はこしらえた餃子を投げつける真似《まね》をして笑う。「それもスラプスティックで面白そうだけど、せっかくの誕生日なんだから、たまにはレトロに様式美で盛り上がるってのもいいんじゃない。音楽だって最近は、六〇年代リバイバルが盛んなんだし」

「ぼくはごめん被《こうむ》りたいね。それに、正直な話、二十九歳の誕生日なんてあんまり嬉しくない。本当はちっとも祝いたくない。だって、秒読みが始まったような気分だぜ、三十の大台に乗るまで」

「三十の大台？　なーに言ってんだか。それを言ったら、あたしなんてあともう八カ月の命なのよ。誕生日が来たら、三十女が寄る年波と小じわを隠してステージでギンギンの衣装着けて、歌って踊らなきゃいけないのよ。それでもって、CDの印税の取り分をめぐって事務所と駆け引きしながら、計算高いオトナにはなりたくないって、いたいけなティーンエイジャーに訴え続けるのよ。わかる、このジレンマとプレッシャーが？　それとも、いっそマーク・ボランみたいに、三十歳になる二週間前に交通事故で死ねってあたしに言うわけ」

「きみが死ぬのは困るな」

綸太郎はさりげなく言って、自分の作った餃子をトレイに並べた。皮の合わせ目がいかにも不格好で、形といい大きさといい、容子のに比べるとずいぶん見劣りがする。

「いいじゃないか。時代は変わった。いくつになっても体を張って、ロックンロール・キャン・ネヴァー・ダイを地で行くってのが、今は一番カッコいいんだ。だって、その証拠に六〇年代から生き延びてる連中が、今いちばん張り切ってるじゃないか。それに引き換え——」

「それに引き換え？」

「ぼくなんか来年三十になって、いい歳こいて名探偵だぞ。二十一世紀を間近に控えて、発端の怪奇性と中段のサスペンスと解決の意外な合理性を備えた本格探偵小説だぞ。背中がむずがゆくならないかい？　自分で言ってて恥ずかしくなる。穴があったら入りたい。そりゃ二十代の青年のうちは、若気《わかげ》の至りでございますとかいって、何とか申し訳は立つさ。でも、三十にもなってそんな看板掲《かか》げて、駄《だ》ボラを吹いてるやつがどこにいる？　名探偵だの本格だのを希求する心性は、よきにつけあしきにつけ、青年期に特有の熱病みたいなものだ。やがて、ある朝すっと熱が引いて、ふと鏡をのぞくと、頬がこけて目が落ちくぼんだ病《や》み上がりの自分を発見することになる。ぼくはもう先のことを考えるだけで、みっともなくて夜も眠れない」

「そういうもんかしら」

「そういうもんさ」

「そうじゃないって言ってもらいたがってるような顔してるけど」

「そうかな」胸の内を見透《す》かされた気がして、綸太郎はいくらか声を落とした。たたみかけるように容子が言う。

「今からそういうこと頭でいくら考えても、時間の無駄だと思う。だって、人生五十年の時代ならいざ知らず、今どき三十になったからって、別に何かが目立って変わるわけでもないでしょ？　あたしの周《まわ》りを見たって、三十過ぎても、相変わらずちゃらんぽらんやってる人間ばっかりよ。むしろ、今はそうじゃない人を捜すほうがむずかしいんじゃないかしら」

「まあ、そりゃそうなんだ。と、理屈ではわかっちゃいるんだけどね。どうしてもこう、いつまでたっても半人前のモラトリアム青年っていうのが、根なし草みたいで居心地《いごこち》悪いんだよな」

「あら、法月クンって、見かけによらず意外と旧弊なたちなのね」

「なにしろ、本格探偵小説だからさ」と綸太郎は自虐的に切り返して、「そういえば、今の日本で青年という言葉が無理なく当てはまる年齢の上限は、どこらへんまでだと思う？」

「まあ、当分は大丈夫よ」容子はあっけらかんと言った。「最近、四十三歳の青年実業家と結婚した女優もいるわ」

「四十三歳の青年実業家か」綸太郎はボールに残った餃子の具をいい加減に包み終えて、溜息《ためいき》をついた。「こういう話もある。こないだTVの深夜映画で、『青とピンクの紐《ひも》』っていうのを見た。原作がエラリイ・クイーンの『九尾《きゅうび》の猫』で、ぼくにとってはバイブルみたいな本だ。もともとは向こうのTVシリーズのパイロット・フィルムらしいけど、これがもう最低の代物《しろもの》でさ。名探偵エラリイ・クイーンがヒッピーまがいの冴《さ》えないオッサンと化していて、最初に画面に登場した時には、えらく若作りのクイーン警視だなって思ったほどだ。しかも、こいつは見かけ通りのいかがわしい不良中年そのもので、事件を解決するよりも、鼻の下を伸ばして若い娘を口説《くど》くことのほうに熱心なんだ。見るも無残なありさまだったね。あんなふうにはなりたくないとつくづく思ったよ。ビデオに録《と》ってあるんだけど、さわりだけでも見せようか」

「遠慮する。でも、それって単なるキャスティングのミスじゃない？」

「それはそうさ。しかし、別の考え方もある。『九尾の猫』は、たしかクイーンが四十三、四の時に書いた本だ。作中の探偵が作者と同年配だとすると、エラリイ自身も多かれ少なかれ、いかがわしい不良中年であるにはちがいない。活字で読んでると、あんまりそんな感じはしないんだけどね。というか、厄年《やくどし》過ぎたエラリイなんて想像したくない。でも、イメージはがた落ちだけど、たぶんそっちのほうが真実なんだ。そうするとね、つい自分の将来と重ね合わせてしまって、暗澹《あんたん》たる気分になる。明日はわが身ってやつだ。いくつになっても永遠の青年なんて気取ったところで、現実には醜悪で無残なものだ」

容子は急に餃子を並べる手を止めて荒っぽく腕を組み、もう付き合いきれないみたいな目つきで綸太郎を見つめた。綸太郎はまごついて、テーブルの上にひしめいている餃子の列に目を落とした。

「――でも、こんなにたくさん作って、一晩で全部食べきれるんだろうか？」

「大丈夫よ」と容子は答えた。「もし余ったら、ラップに包んで冷凍しておけばいいの。三、四日は保《も》つから、解凍して焼くか、水餃子《すいぎょうざ》にして食べてもおいしいわ」

綸太郎は漫然と相槌《あいづち》を打って、そっと上目遣《うわめづか》いに容子を見た。腕を組んだまま、首をはすに曲げている。餃子には目もくれずに、ユーモアのかけらもない口調で言った。

「そんなにいやなら、やめちゃえば？　あなたのバイブルも、名探偵の看板も一緒くたにラップに包んで、さっさと冷凍してしまえばいいのよ」

「うん」綸太郎は吸い込んだ息で胸をふくらませ、厳粛な面持ちでうなずいた。「たしかにそれが一番賢明な解決のような気がする。きみの言う通り、自分を冷凍してぱっと手を引くことさえできたら、きっと何も問題はないはずなんだ。でも、こういう言い方はおこがましいけど、ぼくはどうしてもそれができない呪《のろ》われた性分《しょうぶん》らしくてね」

「だったら、カッコ悪いとか時代錯誤とか言ってもしょうがないんだから、見てくれなんか気にしないで、腹を括《くく》ってわが道を行きゃいいのよ」容子は掌《てのひら》を返して突き放すように言った。「なんかねえ、あたし最近法月クンと喋ってると、いつも同じ堂々めぐりの愚痴《ぐち》ばっかり聞かされてるような気がする。まあ、気持ちがわからないでもないけど、あたしはカウンセラーじゃないのよ。せっかく時間を作って話すんだから、もっと陽気に楽しくやりたいじゃないの。あたしの言うことまちがってる？　それともどうしても歳を取るのがいやで、誕生日も祝ってほしくないなら、あたし帰るわよ。ひとりで暗い部屋に閉じこもって、出来の悪いビデオでも見ながら、来《こ》し方行く末を案じてさめざめと泣いてればっ？」

　容子が言葉を切ると、ダイニングが一瞬しんとなった。綸太郎は小鼻をふくらませて、容子の顔を見つめた。半分はたしかに本気で、もう半分はじれったいのでわざと挑発してみたような表情である。

「オーケイ、わかった」綸太郎はがらりと態度を改めて、冗談とも本気ともつかない、あけすけな口調で言った。「今言ったことは全部撤回するから、帰らないでほしい。何だかんだ言っても、ぼくは自分の選んだ道に誇りを持ってる。この二十世紀の黄昏《たそがれ》の時代に名探偵として立ち会えることに、猛烈なスリルを掻《か》き立てられている。時には気の迷いを覚えることもあるけど、それだって、料理の味を引き立てる苦《にが》い香辛料《こうしん》みたいなものでさ、要するに、ぼくはきみの気を惹《ひ》きたくて、かまってもらいたくて、わざと哀れっぽい言い方をしてみただけなんだ。うんざりさせたなら、この通り謝る。本当は胸が張り裂《さ》けそうなぐらいハッピーで、十七歳になったばかりの少年みたいに、テーブルの上でダンスでも踊りたい気分さ。祝ってくれてありがとう。でも、誕生日云々《うんぬん》より、きみが来てくれたことが何倍も嬉しいよ。上品で知的な装いの友人たちや四重人格のサイコ・キラーなんか、明日まで玄関の前で待たしとけ。今日がちょうどきみたちのツアーの中日《なかび》と重なって幸運だった。おまけに、この手作りの餃子ときたら、祝宴を盛り上げる最高のメニューだ。二十九年間のぼくの人生で、今日こそ最良の一日にちがいない。素晴らしき哉《かな》、人生！　そして、きみの瞳に乾杯！」

容子はあっけに取られた顔で、正気を疑うように綸太郎をにらみつけながら、

「本当に本気でわかってそう言ってるの？　それとも、そういう言い方しかできないの？」

「たぶん、その両方じゃないかな」

「救いようがないわ」容子はスプーンの柄《え》をつまみ上げて、暗喩《あんゆ》的にボールに投げ込んだ。「今だって充分いかがわしい不良中年予備軍じゃないの。やっぱり、当分は半人前のモラトリアム青年でいるしかないみたい。それがお似合いよ」

綸太郎は真顔《まがお》になってにやりとした。

「きみのそういう身も蓋《ふた》もない物言いをしてくれるところが好きなんだ」

「馬鹿なんじゃないの」容子は毒気にでも当てられたような表情でつぶやいた。それから、急にこらえきれなくなったようにくすくす笑い出して、「今に始まったことじゃないけどね。やっぱり、法月クンって貴重な人材だわ」

「褒《ほ》め言葉と受け取っておこう」綸太郎は流しで手を洗い、冷蔵庫から缶ビールを二本出して、ひとつは容子に、もうひとつのプルタブを開けて喉に流し込んだ。「労働の後のビールはうまいな」

「そうやって怠《なま》けてないで、ホットプレートの用意でもしてちょうだい。そろそろ法月警視が帰ってくる時間じゃないの？　三人そろったら、すぐ始められるようにしたいのよ」

「本当ならとっくに帰ってるはずなんだが」と綸太郎は時計を見て言った。「今日は早く帰ると言って出かけたから。何か事件でもあったのかな」

「六時のニュースでは何も言ってなかったけど」

「じゃあ、どこかで寄り道でもしてるんだろう。親父《おやじ》がいなくたって、ぼくは別にかまわないよ。毎日顔を突き合わせてるんだし。帰りが遅くなるようだったら、先にぼくらだけで始めようじゃないか」

「だめ」容子はぴしゃりとはねつけた。「今日、あたしがここに来た本当の理由を教えてあげましょうか。それはね、あこがれの法月警視とお近づきになれる、またとないチャンスだからよ」

「あこがれの法月警視？」

「そう」と容子はうっとりした口調で言う。「お父さまって素敵ね。熟年の渋さと頼りがいがあって、人間的に懐《ふところ》が広くて、普段は寡黙《かもく》だけど、肝心《かんじん》な時、言うべきことはきっちり言う。女性に対してはあくまでも紳士的で、毅然《きぜん》とした中にも男らしい思いやりを忘れず、困難に直面してもけっして弱音《よわね》を吐かない不撓不屈《ふとうふくつ》の警察官魂《だましい》の持ち主って感じですもの。もうずっと独身なんでしょう？　再婚する気はないのかしら。あたし、アタックしてみようかな」

「よしてくれ、洒落《しゃれ》にならない」

「あら、冗談じゃないわよ」と容子はふてぶてしく言ってのける。「ここだけの話、あたしは最低十歳以上歳の離れた男の人にしか魅力を感じないの。だから、三十歳未満なんて問題外。とりわけ、軽薄で泣き言《ごと》ばかり言ってて、いつまでたっても一人前になれないモラトリアム青年なんて、はなっからオトコと認めないわ。どこの誰とは言わないけど、法月警視と比べたら、それこそ月とすっぽんだわね」

「どこの誰かは知らないが、そいつになり代わって言うよ。すっぽんで悪かったな」と綸太郎は大して悪びれもせずに言った。「でも、きみはまだ親父と会ったことがないじゃないか。どうして、ぼくの父親の人となりについて、そんな断定的な判断を下せるんだ？それとも、ここに来る前に、興信所に親族の身上調査でも頼んだのかね」

容子はテーブルの上を片付けながら、ゲームを楽しんでいるように、あだっぽく微笑《ほほえ》んでみせた。

「ひとつ忠告させてもらうとしたらね、法月先生。自分の小説の数少ない読者に向かって、あんまり大きな口をたたかないほうがいいわよ。お父さまについてあたしが知ってることのほとんどは、あなたの本の中から得た知識だから」

「ということは、どうやら、ぼくは小説の中で親父のことを美化しすぎたような気がするな。どうりで最近、読者からの投書で、法月警視の登場する場面が少なすぎるという苦情が目立つわけだ。このぼくをさしおいて。ふむ。それで辻褄《つじつま》は合う。脇役が主役を食っちまうのは、シリーズ物の宿命だ。でも、これはきみを幻滅させないために言うんだけどね、本物の親父はきみが思い描いているような理想の男性像から一光年もかけ離れてるぞ。あこがれの法月警視の実態は、がさつで気《き》が利かなくて、頭が固くて横暴で、ニコチン中毒の封建的家父長制支持者。そのほかにも、女性の前では口にできないようなもろもろの悪徳を備えてる」

「あたしには、やっかんで言ってるようにしか聞こえないけど」と口にしながら、不意に容子はあらぬほうに向かって、ひょいと小首を傾《かし》げた。それはまるで、目に見えない第三者に同意を求めているようなおかしなしぐさだった。

「きみに何がわかる?」綸太郎はますますからかわれている気がして、声を張り上げた。

「ぼくは生まれてこのかた、二十九年間も親父と一緒に暮らしてきたんだぞ。父親のことは何から何まで知りつくしている。そうだ、これからは親父に関して、小説的潤色《じゅんしょく》はいっさい追放しよう。もっと厳格なリアリズムに徹するんだ!」

容子はもう何とも言わなかった。その代わり、半分噴《ふ》き出しそうになりながら、綸太郎の後ろ、リビングに通じるドアのほうをそっと指差した。何だろうと思って振り返ると、ドアがいつのまにか開いていて、厳格なリアリズムが戸口に立っていた。綸太郎はあわてて口をつぐんだが、こちらに目を据《す》えてにんまりする父親の顔を見て、もう手遅れであると知れたのだった。

「全部、聞こえたぞ」と法月警視は厳格なリアリズムに徹した口調で言った。

＊

「最後の一個は当然、ぼくが権利を主張する。ぼくの誕生日なんだから」綸太郎はホットプレートに残った最後の餃子を箸《はし》でつまみ上げ、たっぷりタレをつけてまるごと頬張った。

「現金なやつ」と容子が打ち解けた口調で言った。ビールのせいで少しだけ頬が上気している。「誕生日なんか嬉しくないとか、食べきれなかったらどうするとか、あれだけぶつくさ言ってたくせに」

法月警視は口をすすぐようにビールを空《あ》けて、大きく息をつき、ご満悦の体《てい》で容子に言った。

「ごちそうさま。最初はちょっと辟易《へきえき》したが、久しぶりに旨《うま》いものをたらふく食った気がする。あなたは音楽だけじゃなく、料理の才能もあるんですね」

「本当はこれしかできなくて」容子はしおらしく打ち明けた。「バンドの合宿の恒例スタミナ・メニューで、売れない時代なんか、一週間これだけでしのいだこともあるんです。
あと冬場におでんを作るぐらいで、ほかはからっきし」
「謙遜《けんそん》にしか聞こえないが、なあに、これだけできれば、もうそれで充分ですよ。なあ、
綸太郎」
「ちなみに、ぼくも手伝ったことをお忘れなく」と綸太郎はうなずく代わりに強調した。
「あいにくだが、おまえの作ったやつは全部はずして食った。見てくれが悪いから、一目
で区別が付くんだよ。それに、皮で具をくるむなんてのは、手伝ったうちには入らない」
警視は空き缶をからからと振って、「俺にもう一本ビールを出してくれ」
「あたしが」
とすかさず容子が立ち上がる。背を向けて冷蔵庫を開けている間に、警視は手を口に当
てて嚙《か》み殺すようにげっぷをした。綸太郎がにやにやしていると、ビールを手に持って容
子がたずねた。
「どうかしたの？」
「いや、別に」
「ありがとう」警視はなにくわぬ顔で缶を受け取ると、綸太郎を横目でにらみながら、プ
ルタブを引いて鳥が水を飲むみたいにちびっとなめた。「俺は前から思っていたんだがな、
おまえみたいにひねくれた放蕩《ほうとう》息子なんかじゃなくて、本当はこういう気だてのいい娘が

欲しかったんだ」

容子ははにかむように微笑んで、

「あたしの父親は反対のことを言いますけどね、男の子がよかったって。三人姉妹で、下の二人はもう嫁に出してしまったから」

「それはね、息子の出来にもよるんだ」と警視はぼやき混じりに言った。「たとえば、さっきの話の続きですが――」

「すんだ話を蒸し返すのはやめてくださいよ」

綸太郎はとっさに抗議したが、父親はちっとも耳を貸さないで、

「いい歳して名探偵の看板がカッコ悪いとか、本格探偵小説は時代錯誤だとか、こいつがこぼすしみったれた愚痴を真《ま》に受けちゃいけませんよ、容子さん。誰に頼まれたわけでもないのに、勝手に自分で妙なジレンマを背負《しょ》い込んで、その荷が重すぎるけれど下ろすこともできないとか何とか、さっぱり筋の通らない文句を言って威張ってるが、要するに、仕事を怠ける口実に大義名分を持ち出したいだけなんで、その証拠に私なんか、ほとんど毎日のように同じことを聞かされて、耳にタコができてしまった。まるでそれが人生の大問題みたいな顔をして、いったいぜんたい自分を何様だと思っているのやら。まったく二十九にもなって、甘ったれの中学生じゃあるまいし、そんなふがいないありさまだから、おまえは未《いま》だに嫁の来手もないんだ」

「お父さん、それとこれとは問題がちがう」

「いいや、ちがわない」

警視は頑固の一点張りで言い張って、景気付けとばかりにビールをぐいっとひとあおりした。容子はと見ると、どっちつかずの神妙な面持ちで雲行きをうかがっている。

「おまえは本当にやる気があるのか？」芝居がかった口調で警視は続けた。「もっとしゃきっとしたらどうなんだ。おまえが書斎に籠城《ろうじょう》して、ふにゃふにゃ生ゴミみたいに腐りきって、もっともらしい悲観論で自分の無為を塗り立てている間に、俺が毎日、どれだけの事件をさばいていると思う？　どれだけの凶悪犯罪が未解決のまま、宙に浮いていると思う？　おまえが俺の苦労の千分の一でも、汗水垂《た》らして働いているんなら、何もこんな説教なんぞしやしない。だが、最近のおまえのていたらくは何だ。先週は原稿を何枚、いや、何行書いた？　新しい長編はいつできる？　のびのびになってる締切りを何本抱えてる？　今月は何人の編集者と喧嘩《けんか》して、そのうち何人から引導を渡された？」

容子のいる手前、綸太郎は答えずに、ポーカーフェイスで肩だけすくめることにした。ここは親父さんが盛り上げる場面である。

「年がら年中、自分の仕事を過去の遺物だ、先史時代の化石だと皮肉って、自分ひとりものがわかったような顔をして、自分が一番しんどいようなふりをして、その実、おまえこそ過去の遺物にいつまでもしがみついている張本人じゃないか。年齢とか生まれた時代が悪いとか、そんなのはちっとも関係ないことだ。名探偵の看板が色褪《あ》せようと、本格探偵小説の理念が根底から崩壊しようと、ベルリンの壁がなくなろうと、ソビエト連邦がこのままなしくずしに解体しようと、そんなことにはおかまいなしに、世間ではわけのわからない犯罪が頻発《ひんぱつ》してる。小説の種になりそうな事件がごろごろ転がっているんだ。ちっとはそれに目を向けたらどうだ?」

さすがに容子も目を丸くして、腰が引けてしまった。あこがれの法月警視がいきなり怒り心頭に発した趣《おもむき》なので、すっかり震え上がってあたふたしている。しかし、この場の険悪な雰囲気を救えるのは自分しかいないと気を回して、おそるおそる警視をなだめにかかった。

「——あの、差し出口に聞こえるかもしれませんが、その件に関しては、本人も一応自覚してるみたいだし、せっかくの誕生日なんですから、あんまりそんなふうに一方的に責めるのは、彼に気の毒なんじゃないかと思うんですけど」

綸太郎はうっすらと笑みを浮かべながら、

「いいや、ちっとも気の毒とは思わないね」

と容子をさえぎって、父親の顔を見つめた。今度は法月警視がポーカーフェイスを装う番だった。容子がまったく腑《ふ》に落ちない顔でたずねた。

「どういう意味?」

「つまり、これは誕生日用の特別公演なのさ」と綸太郎は説明した。「きみの考えた乱痴《らんち》気《き》パーティの筋書きと同じことでね、ゲストをもてなすための手の込んだ演出なんだ」

「ふん、そうかな」と警視。

「いやはや、鬼気迫る熱演でしたよ、お父さん。のっけから飛ばしすぎて、後半はちょっと息が切れかけていたけど、ぼくも途中までは本気なのかと思った。ただし、これだけ長い前説《まえせつ》を振って、ぼくをその気にさせておいて、肝心の本編が腰砕けだったらがっかりですが。ぼくの察するところ、今日遅くなったのは、帰りがけに何か耳寄りなニュース、小説の種になりそうな事件のことを聞き込んだからでしょう?」

　図星だった。警視はやっと破顔してテーブルに肘をつき、アルミ缶を指の爪でピンと弾いた。

「出来の悪い息子にはちがいないが、せっかくの誕生日でもあるし、おまえにひとつプレゼントでも進呈しようと思ってな。少しばかり、おまえの知恵を借りたい。といっても、たぶん名探偵の頭を悩ませるほどの難題ではないだろうが、一応殺人がからんでいる。まあ、ちょっとした退屈しのぎぐらいに考えてくれ」

「五十枚ぐらいの短編になりそうな?」

「こいつ、一人前の作家ヅラしやがって」とたしなめるように言ってから、警視はあらためて容子の顔に目を向け、「いきなり、妙なかけ合いに付き合わせてすみませんね。息子がプレゼントとみなすものは、自分が解くべき問題なのですよ。ただすんなり切り出すのも芸がないので、釣り針を垂らす前に盛大に撒き餌《まえ》を投げてみたと、こういう次第です。退屈させたのなら謝りますが」

「そんな、退屈だなんて——」と応じたものの、容子はまだ狐《きつね》につままれたような、釈然としない表情をしている。綸太郎はそっと耳打ちして、

「わかっただろ? 父親のことは何から何まで知りつくしていると、さっき言ったはずだぜ」

「ああ、何だかめまいがしそう」

*

ゲストの容子も交《まじ》えて、三人はリビングに移動した。法月警視はもったいぶってマフィアの親分みたいにどっかりソファに腰を据えると、「煙草《たばこ》の烟《けむり》は気にならないでしょうね?」と容子にことわって、さっそくプカプカやり始めた。

「さてと、綸太郎。おまえ、おととい世田谷《せたがや》のマンションで、二十五歳独身ＯＬの他殺死体が発見された事件を知ってるか?」

「昼間、ＴＶのワイドショーで見ましたよ。一緒に暮らしていたレズビアンの女性が、痴

情のもつれか何かが原因で同居の愛人を殺し、ガスレンジで顔を焼いて逃亡したとかなんとか、そういう事件でしょう？　芸能ニュースをさしおいて、かなり時間を割《さ》いてレポートしていたはずだ」

「それだったら、あたしも見てます」と容子が言った。「たぶん、同じチャンネルだわ」

法月警視は眉をひそめて容子の顔色をうかがいながら、綸太郎の不用意な言い回しをとがめるようにひとつ咳払いをして、

「あらかじめまちがいのないように言っておくが、その同性愛云々《うんぬん》というのは、事実無根、マスコミの早とちりだ。放送直後に、被害者の遺族から北沢《きたざわ》署に抗議が来たらしいが、寝耳に水というやつで、そういう内容の発表は記者クラブにも一切していない。どうも、同じマンションの住人が根も葉もないことをぺらぺら喋ったらしくて、そそっかしい報道局のディレクターがそいつの言うことを鵜《う》呑みにしたんだろう」

「あるいは、最初から視聴率を当て込んだ確信犯だったか」と綸太郎はしたり顔で指摘した。「どうりで微妙なところになると、レポーターのツッコミが甘くなると思った。かくのごとく、スキャンダル・ジャーナリズムの修辞法は額面通りに受け取れない。名探偵たる者、以《も》って瞑《めい》すべしだな」

「きっとそうだわ」と容子がうなずく。「いかにもTV屋さんの考えそうなことだもの。おまけにワイドショーの視聴者のオバサン連中って、その手の話題が心底《しんそこ》好きなんです

よ。ちょっと話がそれますけど、あたしたち何年か前に、ある地方の公会堂でコンサートをやることになったんですが、地元の婦人会から抗議が来て、あやうく中止になりかけたことがあるんです。婦人会の上品なお母さんたち、あたしたちのバンドのメンバーはみんな一心同体のレズ仲間で、コンサートの後、ファンの女の子たちを楽屋に引きずり込んで大奥《おおおく》顔負けの不純同性交遊パーティが始まるんだって、本気で信じてたみたいで。女所帯のグループがもの珍しくって、宝塚《たからづか》みたいなところもあるから、意外とそんなふうに見られてたりしてねって、仲間内の冗談で話していたことはあったにしても、まさか本当にそう思い込んで実力行使に出る人がいるなんて、考えてもみなかったわよ。まあ、何とか無事にコンサートはできたし、おかげで、その日の演奏はみんなすごく力が入って客席も盛り上がって、結果オーライなところはあったんですけど、後々まで変な噂《うわさ》につきまとわれて、ずいぶん迷惑しました」

「そりゃ大変だったな」と綸太郎は言って、それからまじめくさった顔で付け足した。

「ぼくも細心の注意を払ったほうがいいかもな」

「法月クンが何を注意するの？」

「さっきも言ったことだけど、ここにいる親父殿を作中で美化して書きすぎないようにさ。近頃の読者は過激だから、ややもすると、男同士の近親相姦とか、こっちまであらぬ誤解を受けかねない」

「――悪ふざけもたいがいにしないと、この家から追い出すぞ」警視はむっとして、声高《こわだか》に警告を発した。「それに容子さん、あなたも調子に乗って、あまり脱線しないでください。今、話題にしているのは世田谷のOL殺しで、同性愛をめぐる一般的な議論ではないですから」

「すみません」

「いや、別に謝らないでもよろしい。いずれにしてもだ、現時点ではそうした女同士の特別な関係を裏付ける事実はなにひとつ存在しない。TV局も見込み報道の責任を取らねばなるまいが、そのことはとりあえず、われわれが抱えている問題とは関係がないんだ」

「では、被害者の顔が焼かれていたことが問題なのですか？」と綸太郎は先回りしてたずねた。「TVの報道を鵜呑みにするなら、犯人も被害者も同年齢の女性だったはずですが、ひょっとして、死体の身元に疑いが持たれているとか」

「いや、そういうわけでは――」と答えかけて、警視はふと気づいたように容子に目をやった。「最初にあなたに聞いておくべきだったが、この手の話題に免疫はありますか？人殺しの話だから、血なまぐさいのは仕方ないとしても、いささか刺激の強すぎる部分もあるかもしれない」

「平気です」容子はけろりとした顔で言った。「これでも、ブームの頃にはスプラッター映画とか見まくった口ですから」

「それなら結構。といっても、そこらへんはむしろ枝葉《えだは》の部分で、要するにだな、綸太郎、さっきの質問に戻るが、答はノーだ。俺が知恵を借りたいと言ったのは、そういう問題ともちがう。死体の顔が焼かれていたのは事実だが、すでにその点は誰も重視していない。というと語弊《ごへい》があるが、要は初動捜査の段階で、事件の性格と犯人の猟奇的な行動にはあらかた説明が付いていて、もちろん俺もその線で納得しているし、犯人を特定する物的証拠もそろっているから、明日には逮捕状が取れるだろう。姿を消した同室の女の犯行にまちがいはないよ。そういう、本来なら、おまえの知恵を借りるまでもない単純明快な事件なんだが、よせばいいのに、被害者が死の直前にある不可解なメッセージを残していてね、これだけがわれわれを悩ませる謎として引っかかっている。おまえ式の陳腐《ちんぷ》な表現を使えば——」

と、そこで警視は意味ありげな含み笑いを合間にはさんで、

「事件を最終的に解き明かす鍵は、もの言わぬ死体の腹の中にひそんでいるというわけだ。もっとも、犯人がすぐに捕まって洗いざらい全部打ち明けてしまえば、わざわざ出来の悪いせがれの知恵を借りるまでもないんだが、まあ、さっきも言ったように、この問題は俺からのプレゼントなのさ。だから、よけいな詮索《せんさく》やうがった深読みは時間の無駄だぞ」

「はいはい」綸太郎はわざとふてくされたような声を出して、父親をせっついた。「それ

では、その単純明快な事件とやらのあらましを、一から順を追って話してください」

警視は新しい煙草に火をつけると、ふうっと烟を吹かして、

「殺された女性は清原奈津美《きよはらなつみ》といって、銀座《ぎんざ》に本店のある化粧品メーカーに勤めるＯＬだった。二十五歳、独身。世田谷区松原《まつばら》のサンテラス双海《ふたみ》というマンションの２ＤＫの部屋で、高校時代の同級生だった女性と同居していた。相手の名前は葛見百合子、こちらは神田《かんだ》にオフィスを構える学術出版社に勤務。ナツミとカツミの二人は福井《ふくい》市の出身で、地元の公立高校では三年間、同じクラス、同じクラブに属していた。当時から息の合った仲よしコンビで、どこに行くのも二人一緒、トイレに行く時まで同伴するぐらいだったそうだ」

「あたしたちのクラスにもいたじゃない」と容子が綸太郎の注意を促《うなが》すようにささやいた。「ほら、ミツコとフキエとか、飯島《いいじま》さんたちとか。あの年代の女の子ってみんな自信がなくて、なんとなく群れたがる傾向があるのよね」

「きみはひとり、浮いてるみたいだったけどな」

「だから、その時の分を今のバンドで取り返してるわけよ。あの、ごめんなさい、またお父さんの話の腰を折ってしまって」

「――二人は高校を卒業後、大学進学に際してそろって上京した」と警視が続ける。「学校は別々だったが、家賃の節約とひとり暮らしの弊《へい》を避けるために、気の置けない親友同

士、同じ部屋を共同で借りることにしたんだ。賢明なアメリカン・スタイルで、娘を東京に出す双方の両親にとっても、そのほうが安心だったのは想像に難《かた》くない。そして、二人が就職してからも、共同生活は事件の日まで変わりなく続けられた。二人とも派手に遊び回るタイプではなく、お互い助け合って、身持ちの確かな暮らしぶりだったようだな。周囲の目にも、ワイドショーのレポーターが言うような変な意味でなく、ひじょうに仲のよい親友同士と映《うつ》っていたというし、何よりも六年半にわたってこの生活が順調に続いたことが、功利的な理由のみならず、二人の関係の親密さを如実《にょじつ》に示しているはずだった」

「しかし、運命のいたずらによって、十年来の親密な関係も一夜にして崩れ去ったのである」と綸太郎は朗読調で合いの手を入れた。「仲よし二人組の関係にひとりの男性が介入すると、女の友情はガラスよりももろい」

「異議あり」すかさず容子が割り込んだ。「裁判長、ただいまの発言は男尊女卑的な誤解と偏見に基《もと》づく差別的な憶測であります。議事録からの削除を要求します」

本当は容子の肩を持ちたいのだが、話のなりゆき上、仕方ないのです、みたいな表情で、警視は首を横に振った。

「残念ながら、この話題に関しては、あなたの異議を認めることはできないようです。それというのも、こいつがにらんだ通り、この事件にはひとりの男性が関わっているからで」

綸太郎は容子をさしおいて膝を乗り出し、

「というと？」

「葛見百合子には、来年結婚する予定のフィアンセがいた。清原奈津美の会社の同僚で、二年前彼女が百合子に紹介したのが付き合い始めるきっかけだったらしい。しかも、奈津美の死体を発見して警察に通報したのは、このフィアンセなのだ」

「名前は？」

「三木達也《みきたつや》、二十八歳。事情聴取によると、三木はおとといの日曜の午後、池袋《いけぶくろ》でフィアンセと会う約束をしていたが、時間になっても待ち合わせ場所に相手がやってこない。公衆電話から百合子の部屋に電話しても応答はなく、念のため、同僚の奈津美の番号にもかけてみたが——二人はそれぞれ、自分用の電話を持っていた——空《むな》しくベルが鳴るばかりで、誰も出ようとしない。部屋を空ける時には、必ず留守番電話をセットする二人の習慣を知っていたので、三木はいっそう不審を覚え、直接サンテラス双海に足を運んでみることにした。

三木が松原二丁目のマンションに着いたのは、午後三時。三階の二号室のブザーを鳴らしたが、やはり応答はない。ところが、ドアノブに触ってみると、ロックされていなかった。二人の部屋に上がるのはその日が初めてではなかったようで、三木はためらわず、ひとりで部屋に踏み込んだ。

靴を脱いだと同時に、三木は室内の異臭に気づいたという。異臭の元は台所だった。清原奈津美はシステムキッチンの前で床に膝をつき、ガスレンジの上に顔を伏せるような格好でこと切れていた。五徳《ごとく》に顎がひっかかっていたようだ。三木が抱き起こそうとした時にはもうすっかり冷たくなっていて、しかも、顔の約三分の二がガスの直火《じかび》で焼けただれ、その時点で火は消されていたけれど、ちょうど、おまえが作ったできそこないの餃子を焼いたようなありさまで——いや、失礼——すでに正視に耐えない状態だった。三木はトイレで吐いてから、かろうじて部屋の電話で一一〇番し、会社の同僚が殺されていると通報した。葛見百合子の部屋は裳《も》抜けの殻《から》で、すでに姿を消した後だった。検視の結果、死因は絞殺で、顔が焼かれたのは被害者が死亡した直後。犯行があったのは前日、つまり土曜の深夜と推定されている」

「待ってください」綸太郎は父親の話の流れを堰《せ》き止め、意気込んで質問した。「三木は通報した時点で、会社の同僚が死んでいるとはっきり言ったわけですね」

「そうだ。記録にもそうある」

「でも、正視できないほど皮膚が焼けただれて、顔の損傷がひどかったのであれば、どちらが死んでいるのか即座に判別できなかったはずです。どうして三木達也はその時、死んでいるのがフィアンセの葛見百合子ではなく、同僚の清原奈津美だということがすぐにわかったのですか？」

警視が答える前に、容子が綸太郎の肩を肘でつついた。こっちに肩を寄せながら、秘密を打ち明けるような口調で言った。

「親しい人間なら、顔を見なくても後ろ姿でわかるはずよ。だって、髪型からしてちがうんだもの。TVを見てて気づかなかった？　二人の顔写真も映ってたじゃない。一緒に写したスナップで、片方は目を線で消してあるやつ。どっちがどっちだったか忘れちゃったけど、二人のうちひとりはセミロングで、もうひとりがスポーティなショートカットだったはず。今の二人の髪型が写真の通りだったとすれば、それだけで絶対まちがえっこないわ」

「その通り」と警視は容子にうなずいて、「三木も供述の中で、同じように答えている」

「でも逆に、それこそ犯人の付け目だったとしたらどうする？」綸太郎は負けずにやり返した。「さっききみが引き合いに出した同級生のミツコとフキエの二人だけど、顔は別にして、背格好とか雰囲気とか、よく似ていたような気がする。飯島さんたちだって、なんていうか、言葉通りの悪い意味じゃなく、どんぐりの背比べみたいなところがあった。類は友を呼ぶっていうし、あんなふうにいつもくっついてる女の子同士っていうのは――引立て役を必要としてるような計算高い連中は問題外として――自然と自分に近いタイプの友達を選んでいるから、わりとみんなそうなってしまうんじゃないかな？　それに長く一緒に暮らしていると、夫婦でもお互いに似てくるっていうから、清原奈津美と葛見百合子の二人も、普段は顔だちと髪型でしっかり区別できるけど、スリーサイズとか後ろ姿の雰囲気とか、実は意外と似通《にかよ》っていたかもしれないぜ」

「どういうこと？」

「親父さんが肝心の問題を切り出す前に、ぼくは見逃されていた別の鉱脈を掘り当ててしまったらしいのさ」

綸太郎は椅子の背にそっくり返って、容子から父親の顔に視線をずらした。聞く前からおまえの話の行先ぐらいわかっているとでもいうふうに、澄ました表情で鷹揚《おうよう》に煙草を吹かしているが、これはむしろ、ゲストの目を意識してのポーズと見なしたほうが正解だろうと判断して、

「そこで、ぼくもどっちがどっちかよく覚えちゃいないが、清原奈津美がショートカットで、葛見百合子がセミロングの髪だったとしようか。たしかにきみの言う通り、サンテラス双海で見つかった死体の髪が短ければ、当然、三木達也は死んでいるのは清原奈津美、会社の同僚であると思うはずだよ。でも、セミロングの髪なら、その場でいくらでも短くカットすることができるじゃないか」

「なんですって？」

「つまり、ショートカットの清原奈津美が、セミロングの葛見百合子を殺害し、その髪を自分のように短く切ってから顔を焼いたとすれば、動転している三木が髪型に惑わされ

て、背格好のよく似た二人の死体を取りちがえても不思議はないってこと。どうです、お父さん、この単純にしてかつ明快な事件の再解釈は？　北沢署は死体の顔が焼かれていたことを重視せず、被害者が清原奈津美であると決めてかかっているようですが、その結論は早計すぎるのではありませんか」

4

どこか遠くで、金属の舌がひくひくと小刻《こきざ》みに痙攣《けいれん》している。けたたましい響きが、意識と無意識の境界を乱暴に揺さぶっている。いや、それはどこかで聞いたことのある音——電話のベルだ。もうずっと前から鳴り続けているにちがいない。きみはまどろみの沼からかろうじて抜け出し、真っ暗な部屋の中、手探りで受話器をひっつかむ。肘を枕にして寝ていたせいか、腕がしびれて、受話器を握っているという実感がない。

「もしもし」回線を介して、つかみどころのないおぼろな声が言う。「二宮さんのお宅ですか？」

「はい」ときみは答える。喉がかさついて、口の中がいがらっぽく、自分の声じゃないみたいだ。

「二宮君？　あの、二宮良明君ですか」

「そうです」

　きみの返事に、相手は一瞬声を失う。沈黙。闇に沈んで、輪郭を欠いた部屋のたたずまいが、受話器で蓋をした耳の底の静寂を際立たせる。きみは深い洞窟の奥に取り残されて、じっと耳を澄ませているような気分になる。ついに待ちきれなくなって、きみはたずねる。

「どなたですか？」

「あたしです」とやつれたこだまのような声が返ってくる。「葛見百合子です」

「ああ、百合子さん。誰かと思った」

「寝てたんですか」その問いには、なじるような響きが少し混じっている。「声が」

「――いや、ちゃんと起きてる」

きみは罪のない嘘を口にして、空いた手で目をこする。暗がりでぼうっと光っている時計の針を見ると、小一時間ほどうたた寝していたようで、きみはまだなんとなく朦朧《もうろう》としている。立ち上がって、灯りを点けるのもおっくうだ。

「どこかに行ってたんですか？　おとといから何度もかけたのに、ちっとも出ないし」

「ごめん。身内の法事があって、三日ほど帰省してた。さっき実家から帰ってきたところなんだ」

「そう――あたし、今、京都に来てるんです」

「あれ、また出張ですか？」

「いいえ」

きみはふと、百合子の声のそっけなさに違和感を覚える。そういえば、声の質感がいつもとちがうような気がしないか。おまけに、ずいぶんと生気に乏《とぼ》しくて、地に足の着かない喋り方をしている。まるで、そう、夢のお告げに出てくる幽霊みたいに。

「どうかしたの？　風邪でも引いてるんじゃないですか、なんとなく声が——」

「これからすぐ出てこられますか？」きみをさえぎって、その声が早口に言う。「会ってほしいんです。どうしても、二宮君に話したいことが。今からこの前のあそこで待ってますから」

「いいけど、この前のあそこって？」

「キス」

「わかった。うん、行くよ」と言いながら、きみは含羞《がんしゅう》ととまどいを隠せない。「でも、何かあったの？　こんな時間に、急に会いたいなんて」

向こうはしばらくためらった後に、人が変わったみたいな口調で、

「——知らないんですか、おとといのこと」

「おとといって、日曜日？」

「やっぱり、まだ知らないんですね」百合子はどことなく隔《へだ》たりのある声で言う。「すぐ

昨日の新聞を見てください。それでわかるはずです。でも、この電話のことは誰にも、警察には言わないで」

そう告げられても、きみには答えようがない。百合子が何を言っているのか、全然わからない。昨日の新聞、それに警察がどうしたって？　きみは自分が本当に目覚めているのかどうか、いぶかしく思い始める。腕のしびれはとうに治まっているが、それもそんな感じがするだけで、じつはまだ眠っていて、電話の夢を見ているにすぎないのではないか？　百合子の声のよそよそしさと脈絡の欠如は、夢の中での会話にこそふさわしいような気さえする。

「あたし、どうしても二宮君に会って、じかに話したいことがあるんです。二宮君にだけは、本当のことを知ってもらいたいんです。だから、待ってます。二宮君が来るまで、いつまでも待ってます」

あわただしく言い足して、こちらに問い返す暇も与えず、あっけなく電話は切れてしまう。接続は途絶え、耳の中で単調な発信音がリピートしているだけ。きみは受話器を戻して、所在なく立ち上がり、灯りを点ける。光の下にさらけ出された部屋のたたずまいが、妙にそらぞらしくきみの目に映る。

昨日の新聞、ときみはつぶやく。

そういえば、法事で実家に帰っていた三日間、ニュースに接していない。こっちでは、脂ぎった中年のしつこい勧誘員に押しきられて以来、新聞はずっと全国紙の東西新聞を朝夕取り続けている。留守中も配達を止めず、そのままにしておいたから、昨日の分も入っているはずだ。きみは玄関の郵便受《え》けから、ぎゅう詰めに押し込まれた新聞を取ってきて、十月十四日付の朝夕刊を選り分ける。朝刊のほうから広げると、折り込みチラシが落ちてくる。一面のトップは、西側先進諸国の対ソ金融支援に関する声明の記事、中ほどのページにでかでかと、十八歳の人気アイドルの全裸写真集の広告が載《の》っているのも目を引くが、百合子はどこの新聞とも言わなかったから、きっと社会面の事件だろう。きみは見出しを拾っていく。「広島カープ　五年ぶり優勝」「台風21号　関東直撃免《まぬが》れる」「日教組前委員長　モスクワで交通事故死」。だが、きみが求めているのは、もっとありふれた市《し》井《せい》のニュースだ。

マンションでOL殺される
世田谷　同居の女性も行方不明

丸く切り取った女の写真が、きみの目に留まる。彼女だ！　そこにはきみのかつての同級生、今は心を開けるたったひとりの女性、半年ほど前から付き合っていて、さっきまで電話で喋っていたはずの恋人の顔が映っている。そして、写真の下に付された思いがけない説明文《キャプション》——。

殺された清原奈津美さん（二五）

殺されたい、
殺されたい、
殺された？

殺された！　たった四つの活字が瞬時にしてきみの目を射抜き、あらゆる神経をわしづかみにして、ぐちゃぐちゃに掻き回す。頭の中にブラック・ホールができたみたいで、その刹那《せつな》、きみの内宇宙の銀河系のひとつが跡形《あとかた》もなく消滅し、そこに印刷された名前は、きみにとって何の意味も持たない……葛見百合子だ……殺されたんだ……百合子が死んだ？……だれかが耳元でどなっているのをきみは聞き、振り返って誰もいなくて、やっとそれがほかならぬ自分の声であることに気づく。驚きのあまり、きみは満足に呼吸もできず、顔から血の気が引く感触がして、心臓が早鐘《はやがね》のように打ち始める。めまいと耳鳴りの発作が、混乱と恐慌が、寄ってたかってきみの五感を麻痺《まひ》させ、理性を蹂躙《じゆうりん》しようとする。呆然自失《ぼうぜんじしつ》の状態で、きみは瞼《まぶた》をこじ開け、記事の本文に目を走らせる。

十三日午後三時ごろ、世田谷区松原二丁目のマンション「サンテラス双海」で、会社員清原奈津美さん（二五）の部屋を訪れた同僚の男性が、倒れている清原さんを見つけ通報、その場で死亡が確認された。

北沢署の調べによると、清原さんは十二日の深夜、部屋で首を絞められて殺された後、システムキッチンのガスレンジで顔を焼かれたものとわかった。室内に荒らされた形跡はなく、清原さんと同居していた女性Aさん（二五・会社員）が十三日から姿を消していることから、事件と関係があるものと見て、北沢署では重要参考人としてAさんの行方を追っている。


「――ちがう」

きみは記事を読みながら、声に出して言う。

「ちがう」

だが、何がちがうというのか？　きみは百合子が死んだことを認めたくない。だから、葛見百合子が死んだことがまちがいだというのか？

いや、それだけじゃない。きみは殺されたという女の顔をもう一度見つめる。パスポートか運転免許証の証明写真を使っているらしく、やけに気負って堅苦《かたくる》しい表情だけど、できたてのマシュマロみたいに指で触れたらへこんでしまいそうな、なめらかで柔和な顔だちは、まぎれもなく彼女のものだ。半年前、三月初旬にしては暖かな日曜日の午後、街角でばったり再会した高校時代の同級生、葛見百合子の顔にまちがいない。きみたちはあれから何度も会っているし、つい先週も話したばかりだ。だから、たとえ粒子の粗《あら》いモノクロ写真であろうと、きみがほかの誰かと見誤るはずがない。他人の空似《そらに》ということはありえない。何らかの事情で――両親が離婚して、別々に育ったとか――ちがう姓を名乗っている双子の姉妹でもいれば別だが、百合子はひとりっ子だと本人の口から聞いたことがある。

それなのに、この記事では、百合子は――百合子の顔をした女は、清原奈津美という名前を与えられている。清原奈津美？　そんな名前は見たことも聞いたこともない。これは絶対に何かのまちがいだ、そうに決まっている。だとしたら、いったいどうして、そんなまちがいが生じたんだろう？

今、きみが読んだ記事には、被害者の顔が焼かれていたと書いてなかったか。そう、たしかにそう書いてある！　おそらく、それが人ちがいの原因だろう。警察は被害者の顔の確認を怠《おこた》り、その上に何らかの手ちがいが重なって、百合子の写真がマスコミに渡ってしまったにちがいない。ということは、殺された女はここに書かれている通り、清原奈津美という名前の持ち主でなければならない。きみとは縁もゆかりもない他人なのだ。百合子ではない。百合子は生きている、い、い、い、い！

だが、待て。きみの安堵《あんど》に水を差す声がある。それならどうしてここに、被害者として百合子の写真が載っているのか？　手ちがいがあったにせよ、そもそも、無関係な第三者の写真がこんなふうに使われることがあるんだろうか？　きみは新たな疑念を抱いて、もう一度記事を読み返す。「清原さんと同居していた女性Aさん（二五・会社員）」。Aさん？　このAはイニシャルではなく、単なる名伏せ記号だろう。ひょっとしたら、Aさんというのは、葛見百合子のことではないか。彼女はたしか、世田谷の松原に住んでいたはずだ。マンションの名前や同居人がいたことは聞いてないが、それが事実なら、同じ家の住人の写真がはずみで入れ替わる可能性だってないとはいえない。きっと、そうだ。年齢も合っている。Aさんというのは、十中八九、百合子を指しているにちがいない。

きみは考え続ける。それにしても、なぜ百合子の名前が伏せられているのだろう。「世田谷署では重要参考人としてAさんの行方を追っている」。重要参考人だって？　きみは自分の目を疑う。それはとりもなおさず、最有力の容疑者という意味ではないか。百合子が殺人事件の犯人？　そんな馬鹿な。あの百合子が、温和で内気なきみの恋人に限って、人を殺したりするはずがない。ありえない。そうだ、この記事の内容はまちがっている。写真ではなく、名前のほうが——彼女は殺されたのだ。殺されたのはAさん、すなわち葛見百合子で、百合子を殺して顔を焼き、行方《ゆくえ》をくらました同室の女性というのは、本当は写真に付けられたキャプションの名前を持つ女、記事の中では被害者ということになっている女、清原奈津美という女なのだ。そう、それが本当のことだ。さっき百合子が電話で、そう言っていたじゃないか。

——二宮君にだけは、本当のことを知ってもらいたいんです。

その時きみはだしぬけに、愕然《がくぜん》として気づく。さっきの電話の相手は、いったい誰なんだ？ あの声の主は何者だ？ 葛見百合子は殺されたはずなんじゃないか。死んだ人間と電話で喋ることなどできるわけがない。かといって、誰かほかの人間が百合子と名乗って、きみにニセ電話をかけてきたとも思えない。「キス」という言葉、この前のあそこと言って通じるのは、きみと彼女の二人しかいない——それはきみたちだけの秘密なのだから。

では、やはり百合子は生きているのか？ いや、それもけっしてありえない。写真の被害者の顔は百合子のものだし、それにもし百合子が生きているとすれば、彼女は新聞の記事に書かれている通り、清原奈津美という女を殺していることになる。それはだめだ。きみは認めない。断じてそれだけは、きみの恋人を犯人扱いするような記事は、本当のことであってはならない。

きみは、電話で話していた最中、ふと頭に浮かんだことを思い出す。あれはもしかしたら、眠りから覚める直前の幻聴、夢の中の会話だったのではあるまいか。あるいは、殺された百合子の霊がきみの夢を通じて、何か重要なメッセージ、本当のことを伝えようとしていたんじゃないか。きみは迷信深いたちではないが、こと百合子に関してはどんなに非合理な神秘現象でも、喜んで受け入れるだろう。しかし、それはそれとしても、引っかかることはある。警察には言わないで、彼女はそう言った。はっきり耳に残っている。でも、死んだ者の霊がそんなことを気にするだろうか？　いや、本当のことを明らかにして、警察の誤った発表を正してほしいと望んでいるなら、むしろ真っ先にそのことを警察に告げさせるべきなんじゃないか？

きみの思考は目まぐるしく否定と肯定の間を往復し、生と死の命題の間をたえまなく漂《ただよ》う。とりとめのない妄想が次々と湧き起こり、きみはそれを振り払うだけでせいいっぱいだ。頭蓋《ずがい》の内側が過熱し、きな臭い匂いのようなもやもやした感じがして、急に室内がぼんやりとにじんだように見え始める。きみの部屋の三次元の輪郭が、水面《みなも》に映った景色みたいにゆらゆらと揺れている。やがて、きみときみの周りで何もかもが混じり合い、きみを中心にぐるぐる渦《うず》を描きながら、渦そのものが意識を持った赤い唇と化して……葛見百合子は死んだ……葛見百合子は生きている……百合子は殺された……百合子は人殺しだ……三人の魔女の予言のように、きみの耳に繰り返しささやき続ける。

きみは両手で耳をふさぎ、目を固く閉じて、その場にしゃがみ込む。悪い船酔いにでもかかったような熱っぽいむかつきと戦いながら、きみは自分に言い聞かせる。行かなければならない。電話の主が命じる場所へ。会って、本当のことを聞かなければならない。たとえそこで待っているのが、この世のものでない幻だとしても。

5

「おまえの解釈は、単純明快に否定できるな」

案に相違して、警視は興味なさそうに答えた。

「セミロングの髪の持ち主は清原奈津美のほうで、葛見百合子はうなじでそろえたショートカットだった。つまり、おまえの前提が逆なだけで、この点に関して所与の事実は動かない。そこで、サンテラス双海の台所で発見された死体の髪だが、肩の少し下のへんまで伸びていた。犯行の後セミロングの髪を切って、ショートカットだったように見せかけることは可能かもしれないが、その反対は不可能だ。もっとも北沢署の捜査員全員が、被害者の頭にかぶせたセミロングのヘアピースの存在に気づかなかったとすれば、話は別だが」

綸太郎が反論できないでいると、警視は続けて容赦《ようしゃ》ない口調で、

「したがって、いかにもおまえが飛びつきそうな考えではあるけれど、犯人と被害者の入れ替わり、いわゆる顔のない死体の公式は、この事件には当てはまらない。それこそ、机《き》上《じょう》の空論というやつだ。言うまでもなく、われわれは三木の証言と髪の長さだけで、被害者が清原奈津美であると断定したわけではない。福井から彼女の両親を呼んで、遺体の

確認をしてもらったし、着衣や身体的特徴、指紋の照合結果に至るまで、疑問の余地なく、清原奈津美のものと一致している。あんまり警察の捜査力を見くびるもんじゃない。念には念を入れて、彼女の職場からも指紋を採取したんだ。まちがいが起こる可能性は、百パーセントない。だから、最初に言ったはずだ、よけいな詮索やうがった深読みは時間の無駄だと。たしかにおまえの知恵を借りたいとは言ったが、捜査方針を立て直してくれと頼んだ覚えはないぞ」

「なるほど、お説はごもっともですがね」綸太郎はがっかりしているのを気取《けど》られないように、馬鹿丁寧《ていねい》な口調で、「だからといって、ぼくはそうあっさり納得して、お父さんみたいにのほほんとしちゃいられませんよ。お説の通り、死体の入れ替わりの可能性がないとしても、長年一緒に暮らした親友を殺して死体の顔を焼くなんて、尋常《じんじょう》のふるまいではありません。そうした並外《はず》れた事実を等閑視《とうかんし》できるからには、北沢署の俊敏にして有能なお歴々は、葛見百合子の猟奇的な行為について、よほど奇抜で説得力のある説明をでっち上げたんでしょうが」

「それなんですけど、あたしの推理を聞いてもらえますか?」とまた傍《はた》から容子がくちばしを突っ込んだ。「でも、あの、推理だなんて、自分で言うのもおこがましいようなことなんですけど」

「どうぞ、どうぞ、おかまいなく」と警視。綸太郎はしれっとして、「謹聴謹聴」と囃《はや》すようにつぶやいた。

容子はじろりと綸太郎をにらみつけたが、その目つきとは裏腹に、口許に余裕しゃくしゃくの笑みを浮かべながら、

「フィアンセの三木達也がサンテラス双海に来た時、ドアはロックされてなかったのよね。それって、犯人が逃げる時に鍵をかけないで出ていったってことでしょう？　でも、常識的に考えたら、人を殺して逃げようという時には、犯行が発覚するのを少しでも遅らせて、時間を稼ごうとするのが人情ってもんよ。だから、犯行現場のドアをロックして出ていくのが当たり前っていうか、犯人にとっては自然な行動なんじゃないかしら。なのに、あえて彼女がそうしなかったのは、どうしてだと思う？」

「人を殺した直後で、気が動転してたのさ」綸太郎は尊大ぶって答えた。「冷静さを失って、うっかり鍵をかけ忘れただけのことだろうよ」

「そんなことないって。だって、彼女は親友を殺した後で、わざわざ、ガスレンジで顔を焼いてるのよ。たしかに常軌を逸してはいるけど、冷静さを欠いた人間のすることとはちょっとちがうような気がする。しかも、三木達也がやってきた時には、すでにレンジの火が消えてたんだから、逃げ出す前に火の元に注意を向けるだけの心の余裕があったはず。ということは、死体が残された部屋のドアがロックされてなかったのは、単なる鍵のかけ忘れなんかじゃなくて、ほかにもっともな理由があって、わざと開けたままにしておいた

にちがいないわ。そう考えるべきじゃない、冴えない名探偵さん？」

「では、そのもっともな理由とやらを聞かせてもらおうか、ニッキー？」

「誰よ、それ。そもそも、清原奈津美は日曜日に彼氏とデートの約束をしてたんでしょう。だから、当日、約束をすっぽかして、いっさい三木と連絡を取らなきゃ、彼が心配して家まで訪ねてくることは充分予想できたんじゃないかしら。それだけじゃなく、ドアの鍵を開けっ放しにしとけば、彼がそのまま室内に入ってきて、真っ先に葛見百合子の死体を発見するにちがいないってことも。要するに、奈津美は自分のフィアンセに、死んで焼けただれた親友の顔を見せつけてやりたかったんだわ」

「犯人と被害者の名前が逆ですよ」法月警視が煙草をはさんだ指を容子に向けて注意した。「死んで顔を焼かれたほうがナツミ、すなわち清原奈津美で、親友を殺して逃亡中の犯人がカツミ、すなわち葛見百合子のほうです。それに、三木達也は百合子のフィアンセ」

「あ、そうでしたっけ。ということは——」

「いや、言いたい意味はわかります。綸太郎、おまえがよけいなことを言ったせいで、彼女まで混乱してるじゃないか」

「灰が落ちましたよ、お父さん。でも、どうして葛見百合子は三木達也に、死んだ清原奈津美の焼けただれた顔を見せたいと思ったんだ、ニッキー？」

「決まってるじゃない、三木達也が百合子から奈津美に乗り換えたのよ」と容子は決めつける。「それとも、最初から男のほうが二股《ふたまた》かけてたのかもしれない。百合子はそれを知って、かっとなった。さっき法月クンが言ったように、三木の卑劣な裏切りのせいで女の友情にひびが入って、それで、百合子は激情に駆られて親友を殺してしまったんだわ。そして、自分を裏切ったフィアンセに当てつけるために、わざわざ清原奈津美の顔を焼いて、ふた目と見られないほど醜くして、その顔をじかに見せつけることで三木にしっぺ返ししようとしたの。だから、あたしの考える通りなら、事件の元凶は三木っていう男のほうで、葛見百合子は親友を殺したといっても、もっと同情されて然《しか》るべきよ。彼女も清原奈津美も悪い男に食いものにされた犠牲者なんだから――ところで、ニッキーって誰のこと？」

「ニッキー・ポーターって、エラリイ・クイーンの秘書さ。ハーレクイン・ロマンス的世界観の持ち主で、憎めないベビーフェイスだけど、女の直感と称して事件をとんでもない方向に誘導する癖がある。きみの推理だって、似たようなもんじゃないか？」

「あら、言ってくれるじゃない。でも、あたし、自分の考えには絶対自信があるわよ」

「そう。もちろん、あなたが正しくて、息子のほうがまちがってる」と法月警視が容子の肩を持って言った。「北沢署が下した結論も、大筋そういう線だったのです。というのも、三木達也の供述には若干《じやつかん》煮えきらないところがあって、どうやら、彼をめぐって二人の女が恋のサヤ当てを演じたらしいふしがあるのだ」

「おやおや」綸太郎は肩をすくめた。

「三木が職場の同僚の死に強いショックを受けているのは事実で、しかも、事情聴取の際には、フィアンセの百合子をかばうどころか、ずいぶんきついことも言っていたらしい。事件の参考人にすぎない人物に無理強《じ》いして口を割らせることはできないから、まだ三木自身がはっきりそのことを認めたわけではないが、何らかの形で、彼が葛見百合子から清原奈津美に鞍《くら》替えしようとしていたのは、現時点でほぼ決定的と見ていいだろう。したがって、犯行の性格といい、被害者の顔が焼かれていた理由といい、今の容子さんの説明でほとんど言い尽くされている。だから、俺が何度も言った通り、事件そのものは単純で、とりたてて謎めいたところはない。あるささいな点を除いては——」

「やっと、本題にたどり着いたようですね」と綸太郎は悔《くや》しまぎれに言った。「お父さんがあんまり焦《じ》らすもんだから、ぼくはもう話が終ってしまったのかと思いましたよ。さて、そのささいな謎というのは何なのですか？」

警視はひとことで言った。

「鍵だ」

「鍵？」

「鍵を知らないのか？　錠前に差し込んで、回すやつだ。問題の鍵、ささいな謎は、思いがけないところから発見された」

「思いがけないところというと？」

「被害者の胃の中だ。司法解剖で見つかった」警視はさっき見せた意味ありげな含み笑いをもう一度再現して、「そのことは、最初にはっきりと言ったつもりだったがな。おまえ式の陳腐な表現で」

「お父さんの合わせ技一本ってとこかしら」すかさず容子が寸評を加えた。「さっきから、名探偵の看板もかたなしね」

綸太郎はものを言う気も失《う》せて、溜息をひとつついた。まったくとんだバースデイ・プレゼントである。警視は容子に向かってさも同感という表情でうなずいてから、真顔に戻って説明を続けた。

「解剖に当たった医大の教授の所見では、被害者が殺害される直前に、自分の意志で嚥下《えんか》したものであるということだ」

「被害者が殺される直前に、鍵を呑み込んだ」と綸太郎は気を取り直して言った。「それはつまり、一種のダイイング・メッセージと考えられますね」

「おまえが何と呼ぼうとかまわんが、清原奈津美が何らかの手がかりを残そうとして、そうした可能性は高い。問題はその手がかりが何を指し示しているかということだが、これがさっぱり見当が付かなくて、北沢署の面々も頭を抱えている。その鍵が見つかった後、サンテラス双海の現場を再検証した。呼ばれて俺も立ち会ったが、それに見合う錠の付いた品さえ発見することができなかったのだ」

「どんな鍵ですか？」

「何の変哲もないやつだ」警視は平然として、信じがたい文句を付け加えた。「ただし、長さ約九〇センチ相当のキーホルダーが付いている」

「九〇センチ⁉」

＊

「ちょっと待て、鑑識で撮《と》った写真がある」

法月警視はさりげなく言って、テーブルの上に無造作に投げ出してあった仕事用の鞄《かばん》を引き寄せて開けた。中からファイル・ホルダーを出し、こちら向きに直してテーブルに広げた。モノクロの写真で、原寸大の煙草と並んで、小さなステンレスの鍵が写っていた。鍵の大きさは、サイズ比較用の煙草の半分足らず。刻みはごく単純で、子供だましのおもちゃのようにも見える。卵形の平板なツマミの穴に輪が通してあり、細くて目の詰まった短い鎖で、透明なプラスティックのプレートとつながっている。プレートの表面には、焼印のようなロゴで、

1 yard

と刻まれている。

綸太郎は父親をにらんだ。長さ約九〇センチ相当のキーホルダーとは。またかつがれたわけだ。

「どうかしたか？」と警視が言った。

綸太郎はむっつり黙って席を立つと、自分の書斎から百科事典の「もね—りこ」の巻を取ってきて、「ヤード」の項目を読み上げた。

ヤード　yard　ヤード・ポンド法の長さの基本単位。記号はyd。〇・九一四四メートルと定義されている。起源は古代オリエントのダブルキュービットだが、名称は腰帯（ガードル）に由来するらしい。一ヤードは、三フィート（三六インチ）にあたる。起源の伝説は多く、ヘンリー一世の鼻の先から前に突き出した親指の先までとか、アングロ・サクソンの腰まわりの長さとかいう説がある。エリザベス一世のとき標準尺がつくられて安定し、一八五五年に新しい原器、帝国標準ヤードがつくられた。しかし、アメリカやイギリス連邦諸国との間で多少の差が生じていたので、一九五八年各国の科学用協定値として〇・九一四四《メートル》が決まり、六三年イギリス規格協会も採用した。

「それで？」読み終えると、じれったそうに警視がたずねた。

「いや、別に」綸太郎は百科事典をぱたんと閉じて、容子に顎をしゃくった。「ニッキー、きみの意見は？」

「このキーホルダーは、あれね。ほら、原宿《はらじゆく》の露店みたいなとこで扱ってる女の子向けのメモリアル・グッズで、買ったその場でイニシャルとか、〈メグミ&ヒロシ　ＬＯＶＥ〉とか彫り込んでくれるやつだわ、きっと」

「一ヤードの思い出に？　だとすると、鍵とホルダーは別々に入手したものなんだろうな」

「たぶんね」

「だったら、鍵そのものに神経を集中するために、とりあえず、九〇センチ云々《うんぬん》については目をつぶることにして、お父さん。この鍵の持ち主は清原奈津美だったんですか、それとも、葛見百合子？」

「被害者自身の持ち物だったことはわかってる。北沢署で三木達也にこの写真を見せたところ、たしかにプレートには見覚えがあるという返事だった。奈津美が会社に持ってきているのを、今年の春ぐらいから、何度か見かけたことがあるそうだ。始終、願かけのお守りみたいに身に着けていたようで、三木もその一ヤードという文句が気になって、一度いわれをたずねてみたそうだが、奈津美は何でもないようなことを言って、煙《けむ》に巻いてしまったらしい。三木もそういうことについては、比較的喋ってくれるんだが」

「なるほど、お守りみたいにね」と綸太郎はクールな口調で前置きして、「ということは、こういうふうにも考えられませんか？　つまり、その鍵は実際に使われていたものではなくて、ヒランヤ・ペンダントやお金が貯まる蛇の皮みたいな、幸運を呼ぶおまじないグッズの一種だった。洋の東西を問わず、古来から、鍵は魔除《よ》けや権威のシンボルとして、魔術的な力を持つと信じられています。それなら、鍵とセットになった本体の品が見つからないのは当然だし、清原奈津美が殺される直前にそれを呑み込んだのも、ダイイング・メッセージ云々ではなく、絶体絶命の窮地に追い込まれて、護身のために、はかない魔法の力に頼ろうとしたというふうに解釈できませんか？」

「写真をよく見ろ」にべもなく警視が言った。「先端の部分に細かい疵《きず》がたくさんあるだろう。実際に何度も鍵穴に差し込んで、回したために付いた疵だよ。それに、鍵の刻みもかなり摩耗《まもう》して、角が取れている。おまえが言うようなおまじないグッズだったら、こんなふうになっているはずがない。だから、この鍵が鍵本来の役割を果たしていたことはまちがいない。しかも、かなり頻繁《ひんぱん》にだ」

「いや」綸太郎は気障《きざ》っぽく首を傾げた。「ひょっとしたら、鍵ではなくて、オルゴールのゼンマイを回すネジかもしれませんよ。それだったら、刻みに疵が付いていても不思議はない。被害者が示そうとした手がかりというのは、オルゴールの曲だったということもありえます」

「馬鹿を言うな。ゼンマイを回すネジなら、先端の刻みが中心軸に対して左右対称にできているはずだ。こいつは、誰がどう見たって鍵にちがいない。そうでないケースをいくら数え上げても、時間の無駄だ」

「先入観にとらわれないために、ひとつの可能性として言ってみただけです」と綸太郎はちょっと鼻白《はなじろ》んでみせた。「しかしですね、お父さん。これが実際に使われていた鍵だとすると、それにしてはあまりにも作りがちゃちすぎると思いませんか。ぼくはそこが気になりますね。子供の頃、お父さんにせがんで、鍵のかかる筆箱っていう半分おもちゃみたいなのを買ってもらったことがありますが、あれに付いてたやつと大差ない。ぼくはけっして錠前破りの専門家じゃないですが、この程度の鍵に見合う錠だったら、針金の一本もあれば、ものの五分足らずで開けることができますよ」

「だろうな」警視はうなずいた。「その筆箱のことは覚えているよ。おまえが鍵をなくしたと言って、びいびい泣いてうるさいから、俺がピンセットを使っていとも簡単に開けてやったことがある。むろん錠の安全性については、北沢署の連中もおまえと同意見だった。だから、部屋の合鍵とか、銀行の貸金庫の鍵とか、そうした貴重品を保管する容物《いれもの》を考えるには及ばん道理だ」

「びいびい泣き虫」と容子がふざけて半畳《はんじょう》を入れるのを、綸太郎はきっぱり無視して、

「そうすると、この鍵とセットになっていた容物というのは、そんなに高価なものをしまっておくわけではないにしても、他人に気安く中をのぞかれては困るような品で、なおかつ、被害者が頻繁に開けたり閉めたりしていたものだということになります。おそらく、彼女の日常的な生活空間の範囲内にあり、鍵のサイズから見て、大きさもそんなにかさばらないものでしょうね」

「たとえば？」

「まず考えられるのは、机の抽斗《ひきだし》とか、スーツケースやトランクの類《たぐい》」

「ふん」と警視は鼻であしらって、「誰でもそれぐらいのことは、真っ先に思いつくさ。だが、清原奈津美の部屋に、該当する抽斗・鞄は見当たらなかった。書き物机はもちろん、ドレッサーや化粧台などの収納家具もチェック済みだし、鞄類も大から小までひとつひとつ検《あらた》めて、錠付きのものは特に念入りに調べたが、どれも鍵が合わない」

「預金通帳と実印が入った手提げ金庫は？」

「いいや」

「私信を入れておくレターケースとか、アクセサリーをしまう箱とかでは？」

「レターケースはあったが、鍵など付いてない」

「じゃあ、何と言ったらいいか、昔の思い出の品を保存するタイムカプセルみたいなものは？」

「段ボール箱が関の山だな」

「ピアノはどうです？　ピアノの鍵盤《けんばん》の蓋」

「ピアノを置くようなスペースはない」

「それなら、もっとほかの楽器で、ギターかバイオリン、あるいは管楽器のケースというのは？」

「それもちがう。楽器に一番近いものといえば、ＣＤラジカセぐらいだったな」

「それなら、ペットの檻《おり》とか？」

「サンテラス双海では、ペットを飼うことは禁じられている」

「──薬箱？」

「おいおい」と警視はあきれた顔で、「覚醒剤を射《う》ってるわけでもないのに、薬箱に鍵なんかかけるもんか」

「かけやしませんね。被害者の持ち物だけでなく、葛見百合子の部屋も探してみましたか？」

「当然だ。結果は同じ、該当品なし、成果なし」

「箱の形にこだわりすぎたかな。ええと、女二人が２ＤＫの部屋に同居していたわけですよね。そうしたら、お互いのプライバシーを守るために、それぞれの部屋のドアに鍵を取り付けたりしてたんじゃないですか？」

「二人ともそんなことはしていない。ただしバスルームは別だが、これは中から閂《かんぬき》をかける式のやつで、鍵の出番はない」

「だったら、サンテラス双海だけに捜索を限ってもだめなんじゃないですか？　清原奈津美の勤め先には、彼女の事務デスクがあって、きっと鍵のかかる抽斗があるはずです。あるいは、錠の付いた何か別のものが。むしろそっちのほうが、サンテラス双海よりも有望ですね」

警視はそっけなく煙草の烟を吹っかけて、

「いや、からっきし望みはないね。北沢署の連中や俺がそんなに間抜けだと思っているのか？　言わなかっただけで、当然、奈津美の職場にも捜査の手は回してあるが、何も見つからなかった。それから、念のために言っておくが、会社の更衣室のロッカーの鍵でもないぞ」

「おみそれしました」綸太郎は溜息をついて、おもむろに立ち上がった。「形から見て、バイクや自転車の鍵ではないし、自動車のエンジンキーってのは問題外だ――」

「おい、どうした。もう降参か？」

「まさか。やっと本腰を入れて考える気になったところですよ」うつむいて落ちかかる顎を右肘を立てて支える格好で、ソファの周りを大股でめぐり歩く。「サンテラス双海の郵便受けは？　郵便物が抜き取られないように、鍵が付いてるやつではありませんか。さもなくば、留守中に宅配便を受け取るための簡易ロッカー、最近、マンション住まいのＯＬや共稼ぎ夫婦なんかに売れ筋の商品らしいですが、それに類する品はなかったですか？」

「宅配便専用の簡易ロッカーというのはなかったな。それから、郵便受けは施錠《せじよう》式のやつだが、やはり鍵が合わない」

「――清原奈津美が私設の私書箱を使っていた可能性は？」

警視はぴくりと眉を動かしかけたが、すぐに冴えない仏頂面《ぶつちようづら》に戻って、

「いや、それならもっと立派な鍵にするはずだ。これでは頼りなさすぎて、プライバシーが守れそうにない。一応当たってはみるが、期待薄だな」

「そうだ！」綸太郎ははたと膝を打ち、得意顔を父親に向けて、「もしかしたら、清原奈津美は奇術マニアだったのでは？　マジック・ショップで、仕掛けのある鍵と錠のセットを購入して――」

「もういい、わかった」警視は途中で綸太郎をさえぎった。「それ以上言うな。被害者は奇術マニアではないし、珍しい鍵や錠を集めるコレクターでもなかった。オルゴールのネジのほうがまだましだ」

「うーん」綸太郎は歩き回るのをやめてソファに戻り、容子の隣に腰を沈めた。「どうも

調子が出ないな。ここらへんで、女の直感でピンと来るものはないかい、ニッキー？」

とたずねると、容子は出番を待っていた端役《はやく》の女優の台詞《せりふ》みたいなせかせかした口調で、

「あのね、あたしの知り合いで、ダイエットしてるコがいるんだけど——その彼女がですね、夜、お腹《なか》がすいてもぜったい衝動食いしないようにって、自分の部屋の冷蔵庫の扉にこんな大きな南京錠《なんきんじよう》をかけてるんです。そうして、目標体重を書いた札を鍵にくっつけて、冷蔵庫を開けるたんびにその数字を頭に刻みつけるんだそうです。ひょっとしたら、殺された彼女も何かそれに似た習慣があったんじゃないでしょうか」

「ふむ」と警視がほんの少し興味をそそられた様子で、「ダイエットの線はないとして、それに似た習慣というと、たとえばどんな？」

「はあ。それはええと、プレートに一ヤードと書いてあったんですから——」

「バストがふくらんで、九〇センチになりますようにってかい？」綸太郎はおどけた口調で言った。「なかなかいい線いってるぜ、ニッキー！　その調子でもうひと押しだ」

「おまえは黙ってろ」と警視がたしなめる。「人の意見に茶々《ちやちや》を入れる暇があったら、もっとましなことを考えたらどうだ？　それより——おや、容子さん、どうかしましたか」

当の容子はぽかんと口を開け、文字通りのどんぐり眼《まなこ》でこっちを見つめている。綸太郎はちょっとどぎまぎして、

「そう怒るなよ。それとも、ぼくの顔に何か付いてる?」

「それよ!」と容子が言った。

「何が?」

「法月クンが今、自分で言ったこと」

「ぼくが?」綸太郎は首を傾げた。「ぼくの顔に何か付いてるって」

「そうじゃなくて、その前に言ったこと」

「九〇センチのバスト? それとも、なかなかいい線いってるぜ、ニッキーってやつかい? その調子で——ニ、ッ、キ、ー⁉」

「それよ」容子は目を輝かせて、綸太郎の肩を揺すった。「日、記、の、鍵なのよ」

「日記?」と不得要領な面持ちで警視。

容子はうなずいて、

「施錠式の日記帳です。貴重品をしまっておくわけではないけど、気安く他人にのぞかれちゃ困るもの。横文字のハードカバーみたいな装丁《そうてい》で、革のバンドと留金《とめがね》が付いてて、こんなちっちゃな鍵で開けるんです」

「だが——施錠式の日記帳なんて、清原奈津美の部屋にはなかったはずだ」

「まちがいなく断言できますか、お父さん?」と今度は綸太郎が容子を援護した。「北沢署のこわもての刑事たちの頭には、箱形の容物という先入観が邪魔をして、はなから日記帳なんて発想はなかったでしょう。しかも、見かけは普通の本と変わらないから、本棚の奥にでもさりげなく忍ばせてあれば、誰も気づかなかったとしても不思議はない」

「それはおまえの言う通りかもしれないが、しかし、結論を急ぎすぎではないか？　そもそも、この鍵が日記帳の鍵であることを示す積極的な根拠は何もない」

　綸太郎はにやりとして、かぶりを振った。

「ありますよ。キーホルダーのプレートの文句がそれです」

「なんだと」警視はいぶかしげに目を細めた。「だが、一ヤードと日記とどういう関係がある？」

「ちがいますね、お父さん。これは一ヤードと書いてあるんじゃない。アラビア数字の1をローマ数字で表記すると、こうなります」

　綸太郎は机の上に、指で「I」と書いた。

「言うまでもなく、この文字はアルファベットのiと等しい。したがって、1 yardはi yardと読み換えることができる。すなわち、日記——diaryの綴り換え《アナグラム》です。以上、証明終り」

6

重力の無情な手鉤《てかぎ》によって、夜の帳《とばり》が垂直に切り裂かれる。不意に生じた空気の亀裂《きれつ》が、存在のうつろな余韻《よいん》のように打ち震えている。

きみはとっさに両手を宙に泳がせて、見ることのできない冷たい女陰をまさぐるように夜の襞《ひだ》をかき分けながら、残された裂け目をつかみ取ろうとする。けれど、その裂け目は、全身を槌《つち》にして打ちつける墜落の鈍《にぶ》い衝撃が奈落の底に吸い込まれるのと同時に、常夜灯の光さえ柔らかく呑み下す闇の充足の中に口を閉じてしまう。きみの手は、むなしく空を切るばかり——。

はっとしてわれに返ると、地鳴りのように耳を聾《ろう》して、たえず流れ落ちる水の音。黒々とした梢《こずえ》の葉の重なりの切れ目から、京都の市街地の灯りが点々ときみの目に映る。その光のひとつひとつがここから遠くかけ離れ、頭上に仰《あお》ぎ見る北天の星座とも見まがうばかりの隔たりを感じさせる。きみの背後には、常夜灯に照らし出されて、発電所の制水ゲートがいかめしい城門のようにそびえ立っている。幅の狭い連絡通路の手すりから身を乗り出して、きみは女が落ちていった方をのぞき込んでみる。

左右を小高い崖にはさまれて、楔《くさび》形に切れ込んだ峡谷の薄暗い闇のたまりの下に、太い水圧鉄管が二本、シュプールを描くみたいに谷底の傾斜路を弓なりに這《は》い下っている。きみは水圧鉄管の間に目を凝《こ》らす。コンクリートで固めた礎床《そしょう》に、女が倒れているのがおぼろに見える。四分休符みたいな格好で横たわって動かない。きみははかない残像を通して、闇のスクリーンに落下のイメージを投影する……今きみがひとり立ちつくしている連絡通路から、彼女は手すりを越えてまっさかさまに転落し、水圧鉄管にその身を激しく打ちつけて、さらにバウンドしながら礎床に投げ出されたのだ……常夜灯の光は谷底まで及ばず、むき出しになった女の腿のほの白い色のほかは影とも形とも区別が付かない。おまけにそのぼんやりとした影すらも、なんだかやけにちっぽけに見えて、望遠鏡を逆《さか》さにのぞいているようだ。なぜあんなに小さいのだろう、ときみは不思議に思う。とても等身大の人間とは思えない。遠近感が狂っているのか、それとも、周囲の闇にむしばまれて女が縮んでしまったのか、とにかく矮小《わいしょう》の一語に尽きる印象で、事態の深刻さに比べてあまりにもそぐわない気がする。

というよりも、この場に最もそぐわないのは、平然とそれをながめているきみ自身ではないか？　いや、放心状態というのとはちがう。こんな時に自分でもあきれるぐらい、きみは落ち着いている。心臓の鼓動は気にならないし、肌にも汗ひとつかいていない。五感も正常に働いていて、起こったできごとを充分に理解し、正確に把握しているつもりだ。にもかかわらず、それがちっともリアルに、身に迫って感じられないのはどういうわけなのか？　きみは自分を今、ここにつなぎ留めようとするように、錆止《さび》めを塗った鉄の手すりを握りしめる。決定的な破局を目の当《ま》たりにしているはずなのに、当事者であるという自明の感覚がまったく欠落している。きみの心の中は夜の凪《なぎ》の海のようで、遠く響き渡る海鳴りに耳を澄ますのみ。地べたに張り付いた黒い塊《かたまり》にぴくりとも身じろぎする気配はなく、苦痛に歪《ゆが》んでいるはずの顔もそれと見分けられず、断末魔のうめき声も血の匂いも、連絡通路の高みまで届いてはこないけれど、だからといって、そうした生々《なまなま》しい刺激の不足が、今のきみから現実の確かな手応《てごた》えを奪っているわけじゃないだろう。

止まってしまったのだ、きみの時間が。たぶん、あの裂け目をつかみそこねた瞬間から、きみそのものが現在から切り離されて、生きた時間の流れの外に再び押し出されたにちがいない。きみは静止した「時」の化石標本の陳列台の傍に、ひとり超然とたたずんでいる——まるで、これは取り返しの付かない現実だ、けっして夢ではありえない、と自分で意識している夢の中に閉じ込められているみたいに——きみは揺るぎない現前の事実を鮮明に認識しながら、きっともう死んでいるだろう、と他人事《ひとごと》のように考える。

女はきっともう死んでいるだろう。ここから下の礎床までの距離は暗くて目測が利かないが、女の体が水圧鉄管にぶつかって弾《はず》んだ時の重い金属的な響きを、しつこい幻聴のようなこだまを、きみはその耳でしかと捉《とら》えたではないか。あれだけの衝撃を一時に全身に受ければ、頑強な男の肉体でもひとたまりもないだろう。ましてや、かよわい女の体では

——だが、そうなったのは、きみのせいではない。きみが責められるいわれはない。きみが引き止める間もなく、彼女はひとりで手すりを越え、勝手に飛び降りてしまったのだから。

彼女は自ら、死を選び取ったのだ。そして、その選択にきみが異を唱《とな》える筋合いじゃない。

彼女は自ら、死を選び取ったのだ。

彼女は自ら——。

いや、はたして本当にそうだろうか？　彼女は本当に、自分ひとりで身を投げたのか？　きみはまた他人事のように自問しながら、手すりを握った両手を広げ、掌《てのひら》を上に向けて持ち上げる。その手は今まで一度も見たことのない、他人の手のようだ。ひょっとしたら、この両腕が彼女の死への跳躍に手を貸したのかもしれない。きみはじっと掌を見つめて、そんなふうに想像する。自分で手を下した覚えはないけれど、充分ありうることだ。きみは両開きの扉を閉じるように手首を回す。彼女の背中に向かって、この手をこうやって……想像の中の演技とも、現実の記憶の再現ともつかぬままに……押し出した……きみはいま一度、両手を手すりの向こうに向けて勢いよく突き出す……女の体ががくっと前に折れ……ごうごうと流れ落ちる水の音……そのまま手すりを越えて落ちていく……。

だが、その想像はきみを動揺させはしない。今しがた、ひとりの人間の命を奪ってしまったかもしれないという考えによって、きみはこれっぽっちも自分を責めようとは思わない。女に対して、哀れみも悲嘆も感じない。後悔も罪の意識も、きみとは無縁のものだ。彼女は自分の行為にふさわしい報《むく》いを受けたのだから。悲嘆と罪の意識に押しつぶされたのは、きみではなく、彼女自身の心と体なのだ。仮にきみが女の墜落を妨《さまた》げたとしても、それは一時の気休めでしかなく、遅かれ早かれ、情け容赦ない破滅の手が彼女をわしづかみにして、暗い奈落の底に引きずり込んでいただろう。きみが手を下そうと下すまいと、あるいは、少なくとも黙って女を見殺しにしたとしても、とどのつまり女の死は、彼女がひとりで招いた自業自得《じごうじとく》の結果にすぎない、ときみは思う。だから、きみがその重い負債の連帯保証人となって、女の代わりにきりのない罪悪感を引き継ぐべき理由などかけらもありはしない。

濡れた粘膜の感触が唇に残っている。きみはシャツの袖《そで》で口を拭《ぬぐ》う。淡い紅《べに》の跡が女の体温の名残《なごり》のように布地をくすませる。彼女が残していったものは、それだけだ。しかし、その痕跡《こんせき》もきみにとっては、ただの汚れとしか映らない……女ががむしゃらに唇を寄せてきた時、きみはそれを拒《こば》みすらしなかった。唇を重ねる行為を通して、女がきみの中に何らかの感情を喚起しようとしていたことは想像がつく。憐憫《れんびん》、あるいは、もっと法外な反応を切望して。それはすべてを失った人間のみがなしうる熱狂的な賭《か》け、存在そのものを無限の深淵《しんえん》に投じて、起死回生の活路を求める一瞬の生の閃光《せんこう》……だが、同じ瞬間、きみの心は冷たく澄んだ一個の水晶となって、あっけなくその閃光を素通りさせてしまう。拒絶の身振りさえ与えない、絶対的な拒絶。やがて、後退《ずさ》りするように唇を離しながら、わなわなと震える瞳で、彼女はきみを見つめる。死んでいる人間を見るように昏《くら》いうつろな視線、漆喰《しっくい》で塗り固めたようなおののきの表情。きみにしがみついていた腕がつかみどころをなくして、ずり落ちる。しがみつくようすがは、何ひとつ残されていない。「嘘」と女がひとことだけ言う。どういう意味なのか、きみにはわからない──やがて、ゆっくりと身を転じて、手すりに手を載せる……それが、きみが女の顔を見た最後だった。

だが、すでにきみは、死んだ女の顔を思い出せなくなっている。まるできみとは縁のない、通りすがりの他人にすぎないように。髪型も、女が着ていた服の色も定かでない。顔のないのっぺらぼうの女。顔を思い出せないばかりか、きみは女の名前もわからないことに気づく。あの女はいったい、どこの誰だったのか？　いや、女の名前がわからないという言い方は不適当かもしれない。少なくとも、きみは女が名乗るのを聞いたのだから。彼女はきみに告げた──あたしは葛見百合子です、と。

けれど、きみは女が自称した名前で、彼女を呼ぶことはできない。きみの目の前で自殺したのっぺらぼうの女と、葛見百合子という名前を結びつけることはできない。できなくて当然だ、ときみは思う。彼女は葛見百合子ではないのだから。

あれは別の女だ。別の女が百合子の名前を詐称《さしょう》して、きみを惑わし、たぶらかそうとしたのだ。きみはそんな手口には引っかからない。断じて引っかかるものか。あの女はきっと、葛見百合子という名前を、持ち主の手を離れて第三者が手に入れても、自由に使用できる鍵のようなものと考えていたにちがいない。その鍵を使えば――葛見百合子と名乗りさえすれば――本来の持ち主と同様、きみの心をたやすく開くことができると思い込んでいたのだろう。ひとりよがりの甘い考え、彼女もすぐにそのことを思い知ったはずだ。だから、思いあまってあんなふうに、口移しに葛見百合子という名前をむりやり注ぎ込んで、きみの心を鎖す錠《とざ》を力ずくでこじ開けようとしたんだ。そんなことをしても、無駄だというのに。きみがほかの女を葛見百合子と呼ぶことなど、絶対にありえないと決まっているのに。

百合子、百合子、その名を口ずさむだけで、きみは今でもありありと思い描くことができる――はにかんで両の目尻が少しだけ下がり、口許で破顔するのをこらえているような慎《つつ》ましい微笑み、できたてのマシュマロみたいに指で触れたらへこんでしまいそうな、なめらかで柔和な表情を。きみはあの笑顔を忘れない。きみのすべてが失われ、心の中が冷たいがらんどうのようになってしまった今でも、その表情だけはリアルな温《ぬく》もりを失わない。たとえ、それがこれからもう二度と実物を目にすることのできない、現在から永遠に置いてけぼりにされた死者のかぐわしい残像にすぎなくても。

顔のないのっぺらぼうの女が、きみの前でどんな表情を浮かべても、あのかけがえのない微笑みとは重ならない。ほかの人間が真似しようとしたって、似ても似つかないのだ。過去に取り憑《つ》かれた通りすがりの他人が、今ふたたび葛見百合子と名乗ってきみの前に現われても、すでに封印された物語をよみがえらせ、たったひとりのヒロインの後釜《あとがま》に坐ることなどできないように。

忘れられた女、他人の名前――きみは、葛見百合子と自称する女が死ぬ前に口にした、もうひとつの名前について考え始める。ナツミ、清原奈津美、今のきみにとって何の意味もなさない名前。シャツの袖に残った薄い紅の跡のように、よそよそしいうつろな響き。それはむしろ、死んだ顔のない女にこそふさわしいのっぺらぼうの名前だ。ということは、水圧鉄管の間に倒れているあのちっぽけな黒い塊を、今からきみは、清原奈津美と呼ぶべきではないか？　その名前が正しかろうと、あるいはまちがっていようと、どうせきみとは縁のない無名の女なのだ。何と呼ぼうと、きみの勝手じゃないか。

きみは考える、清原奈津美は百合子の名前を奪った。名前だけでなく、その生命も。彼女が、清原奈津美がきみにそう告げたのだ。いや、実際に奈津美が話した内容は、少しちがっている……あたしは葛見百合子、あたしは親友の清原奈津美を殺した、あの子があたしの名前を奪ったから……だが、きみに言わせれば、百合子の名前を奪ったのは、親友に名前を奪われたと主張していた当の本人、きみが今、清原奈津美と名付けたもうひとりの女。だから、奈津美の告白は名前の対応だけでなく、原因と結果も逆さまになっている。

彼女は正しくこう言うべきだったのだ……あたしは親友の葛見百合子を殺した、百合子の名前を奪うために、もうひとりの葛見百合子として、あなたと会うために……きみに会うために。しかし、清原奈津美はなぜ、そうまでしてきみと会おうと思ったのか？

清原奈津美は高校時代、百合子の同級生だったと言う。それが嘘でなければ、きみと同じクラスで、ということは、きみも当然、彼女の顔を知っているはずだ……二宮君、あたしよ。思い出して……でも、きみはそう言う奈津美の顔を覚えていない。名前すら記憶にないのだ。そんな見ず知らずの他人でしかないはずの女が、きみに会うために、親友を殺して名前を奪うことに、どういう理由があるのだろう。それとも、まちがっているのは、きみのほうなのか？　きみは彼女のことを忘れているだけなのだろうか？　間接的に二人の女の死を招いたきみとは、二宮良明とはいったい何者なのだ？　女の言葉が未《いま》だに理解できない、きみはまったくわからない。

……いや、きみは理解している。わかってる。葛見百合子と自称する死んだ女のほうが正しくて、きみの考えがまちがっているのを知っている。知っているけれど、その事実を認めたくない、それで忘れたふりをしているだけだ。今のきみが、きみの物語にしがみついていたいだけなのだ。でもきみはすでに、二人の女の間で何が起こったのか、本当のことを知っている。なぜ奈津美／百合子が、百合子／奈津美を殺したのか、その理由を知っている。そして、その死の責任がきみ自身にあることを知っている。きみは女の口から一部始終を聞いたのだ。

それだけじゃない。女が語った物語には、ちゃんとした裏付けが存在する。女がきみに会おうとした理由のひとつは、その証拠を見せることだった。そこには、すべてがありのままに書かれている。きみはそれを否定することができない。きみは女の告げる真実を、きみの物語を根底から覆《くつがえ》す非情な事実を認めざるをえない。しかし、思いがけない事実に直面しなければならなかったのは、きみひとりではなかった。つまり、女の考えもまちがっていたということだ。奈津美／百合子が、百合子／奈津美を殺す理由がないということを、女はその瞬間まで知らなかった。女が自ら死に向かって身を投じた本当の理由は、きみが女の最後の訴えを拒絶したからではない。女の信じるもうひとつの物語、それさえも一瞬で突き崩す事実の非情さが、女を追いつめたのだ……。

＊

きみは矛盾《むじゅん》を内包したまま、闇の中にたたずんでいる。もしそのことに思い当たらなければ、いつまでも、ひとりそうして立ちつくしていただろう——日記！　飛び降りる間際まで、女がそれを後生大事《ごしょうだいじ》に抱えていたことを、きみはようやく思い出す。あの日記は女の体と一緒に、この暗い奈落の底に沈んでしまったはずだ。きみはどうしても、それを回収しなければならない。証拠の湮滅《いんめつ》？　たしかに日記には、きみの名前が記されている。きみたちの物語、二宮良明と葛見百合子の物語が綴《つづ》られている。でも、けっして保身のためじゃない。その日記こそ、きみが愛した女が遺《のこ》した唯一の形ある思い出なのだ。

きみは回れ右して、連絡通路を来たほうに戻り始める。左右をフェンスにはさまれた短い階段を降りていくと、鉄のボードがカン、カンともの寂しい音を立てる。けれど、その足音を聞きとがめて、きみを呼び止めようとする人影はない。周囲はひっそりと寝静まって、耳に届くのは沈砂池《ちんさち》を流れる水の音ばかり。きみを除けば、こんな時刻にこんな場所をうろついている者などいない。

蹴上《けあげ》浄水場を西に一望できる高台には、明治時代、琵琶《びわ》湖からこの街に疏水《そすい》を引く事業を推進した人物の銅像と記念碑が市街地を見下ろすように建ち、その周りを四角い石材のベンチと、関節炎に罹《かか》ったみたいなこぶのある枝に鬱蒼《うっそう》と葉を重ねた、広葉樹の黒い影が取り囲んでいる。フェンスを越えて立入禁止の梯子《はしご》から断崖をまっすぐ下り、水圧鉄管のところまで降りていく経路もあるが、暗くて足場が見えないことを考えると、かなり危険が伴《ともな》う。足をすべらせて自分が落ちたりしたら、元も子もない。夜明けまで、まだ時間はいくらでもある。遠回りでも、迂回《うかい》して麓《ふもと》の方から近づくほうがいい。きみはそう決めて、人気《ひとけ》のない広場を足早に横切る。地面に敷き詰めた砂利《じゃり》の角張った先端が靴底でこすれ合う。水路を隔てるフェンスに沿って、何台も駐車している無人の乗用車。息をひそめて、点々とうずくまる灌木《かんぼく》。

きみは広場を右に折れ、散策者のために丘の斜面を削《けず》って作った踏み段を駆け降りる。朽《く》ちた落葉の層が地面の凹凸《おうとつ》をならしている。段丘状の土地を踊り場のように開いた猫の額《ひたい》ほどのスペースに、噴水のある小さな円形の池。夜通し、噴水塔のてっぺんから放射状に水が落ちている。坂道はそこで向きと勾配《こうばい》を変え、土留めの石垣を埋め込んだ崖の起伏に身を寄せるように、さらに右手に回り込む。段と段の間隔が広がって、足が勝手に走り出し、きみは何度もたたらを踏みそうになる。今は使われていないインクライン（高低差のある水路の間で、舟を運ぶのに用いる装置。斜面にレールを敷いて舟を乗せた台車をワイヤーロープで昇降させる）を隔てた道路の方から、時折、すべるように車が走り抜けていく音が聞こえてくるけれど、土を踏んでくぐもったきみの足音は、崖肌を覆《おお》いつくす雑草の下生《したば》えに吸い込まれ、地虫《じむし》の啼《な》き声とともにかき消えてしまう。坂の勾配はじきになだらかになって、作業車両用の通路に突き当たり、コンクリートの舗装路の下を走る目に見えない暗渠《トンネル》から、休まずどうどうと流れる水の響きがじかにきみの足に伝わってくる。

きみは丘の麓で足を止める。車止めの真鍮《しんちゅう》の杭《くい》が四本、地面から垂直に突き出している。きみは胸をふくらませて、大きく息をつく。乱れた呼吸を整え、蹴上トンネルの入口を煌々《こうこう》と照らし出している常夜灯の光の助けを借りて、闇の奥に目を凝らす。その地点から、車両用通路の支線が丘の東側に回り込んで、水圧鉄管と併走しながら制水ゲートの方に延びているのが見える。きみは車止めのチェーンをまたぎ越す。舗装路を垂直に横切って、ワイヤー・フェンスの通用ゲートが立ちはだかり、ゲートの左右にもうねうねと切れ目なくフェンスがめぐらされて、作業車両用の通路と丘の斜面の境界を隔て、むこうみずな散策者が迷い込むのを防いでいる。

通用ゲートにはがっちりした閂が差してあって、「関係者以外立入禁止」の札が下がっている。しかし、ゲートの高さはきみの背丈ほどで、有刺鉄線を巻き付けてあるわけでもなく、おまけに、監視の目すらないようだ。無断で侵入して事故に遭《あ》っても、発電所はいっさい責任を負わない、という意味の警告にすぎないのだろう。きみは一刻もためらわず、ゲートのてっぺんに手をかけ、ワイヤーの網目に爪先《つまさき》を突っ込んで、フェンスをよじ登る。まだ息がはずんでいる。しがみついて横ざまに足をかけ、フェンスを越えながら体を入れ替えて、そのまま後ろ向きに地面に飛び降りる。真夜中の障害物競走。でも、きみの競争相手は最短コースを経て、とっくにゴールに着いているのだ。

舗装路は弓なりに右に曲がりながら、ゆるやかな登り勾配になっている。道の左に鈍色《にびいろ》のガードレール、その向こうに巨大な砲塁《ほうるい》のようなコンクリート・ブロックが顔を出し、二本の水圧鉄管の下流端を固定している。きみはうなだれた格好で、暗い道を登っていく。右手の崖の斜面に植わった木の枝が、夜風に揺すられて、かさかさと葉ずれの音を立てている。

前方に城壁のようにそそり立つレンガ造りの堰《せき》が見えてくる。さっききみが立っていた連絡通路が頭上、逆光の中に浮かび上がる。きみはガードレールに足を載せ、はずみをつけて手前の水圧鉄管に飛び移る。直径がきみの身長ほどもあろうか、表面に手がかりがないので、体がずり落ちないように腹這いにしがみつく。分厚い鉄管を通して、目に見えない水圧が腹の底まで響いてくるようだ。そのままじりじり這い登って、体の向きを変え、水圧鉄管の間の礎床に爪先を着けて降り立つ。錆止め塗料の細かい剝片《はくへん》が、きみの汗ばんだ掌にちくちくとこびり付いている。左右の鉄管に指先を這わせながら、おっかなびっくり、礎床の傾斜路を進んでいく。足下は暗くおぼつかないが、顕著な凹凸はなく、幅も充分取ってあるので、歩きにくいということはない。

きみは堰の手前で立ち止まる。女の体が礎床にうつ伏せに倒れている。頭を向こうにして、腰を横にくねらせるような格好だ。落ちてから、動いた様子はない。膝の上までめくれたスカートの裾《すそ》から、白い向こう脛《ずね》が二本突き出して、肌の上を血の筋が何本も走っているのがわかる。片方の靴がなくなって、残ったほうも半分脱げかけている。きみは女の腕を踏まないように気をつけながら、水圧鉄管に体をこすり付けるようにして頭のあるほうに回り込み、その場にしゃがみ込む。息の音はなく、すでにこと切れていると知れる。

きみは立ち上がって、死体の全身を見下ろす。暗いせいだろうか、見かけは大した損傷もなさそうだ。しかし、体を裏返して、打撲の傷をいちいち確かめる気にはならない。それに、礎床のあちこちに出血の跡を示す黒いしみが広がっている。むやみに触ると、手が汚れる。しばらくそうして見つめていたが、人間の死を前にした厳粛な気持ちなど、これっぽっちも湧き起こってはこない。きみとは縁もゆかりもない、見ず知らずの他人の死にすぎない。

日記を見つけなければ。きみはコンクリートの礎床に、注意深く目を配る。死体の下敷きになっていたら、引っぱり出すのが面倒だ。さいわい日記は手付かずで、奥まった堰寄りの地点、水圧鉄管の底部と礎床の間の隙間《すきま》にはさまっている。たぶん、水圧鉄管にぶつかった瞬間、女の手から離れて、そこに落ちたのだろう。きみは腰をかがめて、日記を拾い上げる。白いクロスの表紙から埃《ほこり》を払う。革のバンドと留金が付いていて、留金には小さな穴がうがたれている。両手両足をもぎ取られた人形のような穴の形を見れば、それが鍵を差し込むためのものだとわかる。ちっちゃな錠に守られた秘密。だが、その錠はこじ開けられている。秘密の残骸。凌辱《りょうじょく》された物語。

きみはいとおしむように日記を胸に押し当てて、しばらく目をつぶる。じきにあの微笑みが、脳裏《のうり》に鮮明に浮かび上がる。きみは顔を上に向けて、ぎゅっと瞼に力を入れ、涙をこらえる。耳鳴りがする。峡谷全体がきみを中心に、ぐるぐる回っているかのような錯覚にとらわれる。肺がはち切れんばかりに空気を吸い込んで、そのまま息を止めている。きみはひとりぼっちだ。またしても、きみはひとりぼっちになった。これからずっと、この孤独に耐えていかなければならないのだ。

きみは目を開ける。二本の水圧鉄管に左右を阻まれて、細く閉じた礎床の道がきみの前にある。きみはもう死体には目もくれず、その幅《はば》の狭い間隙《かんげき》を逆にたどり始める。亡霊のように足音ひとつ立てないで、一度も背後を振り返ることもなく。

――ひとつの物語の終り。だが、それも長い長い終りの、もうひとつの始まりにすぎない。

7

誕生日の翌日、十六日の朝、綸太郎は父親と一緒に北沢署の捜査一係を訪れた。捜査の指揮を執《と》る柏木《かしわぎ》課長は、四十代後半の偉丈夫《いじょうふ》で柔道五段、都内の実業団の間では、未《いま》だに〈松原の青鬼〉の異名《いみょう》で恐れられているという。もちろん、凶悪犯を向こうに回しての武勇伝には事欠かないが、むしろ刑事としての本領は、ささいな事実も疎《おろそ》かにしないできめ細かに裏を取る粘《ねば》り強さと、ここぞという時に見せる判断の確かさにあって、本人は「大男、総身《そうみ》に知恵が回りかね」とことあるごとに謙遜してみせるが、どうしてなかなか〈青鬼〉の異名に恥じない切れ者として、本庁でも定評のある人物だった。以前から警視とは昵懇《じっこん》の間柄で、本庁の捜査一課に対する変な縄張り意識みたいなものは持っていない。アマチュアの綸太郎がサンテラス双海の事件に横から首を突っ込むことに関しても、すでに彼から暗黙の諒解《りょうかい》を得ている。

「レズ騒動のほうは片付いたのかね？」

警視が開口一番にたずねると、柏木警部はうんざりしたような顔で、

「あれはこれっぽっちも、うちの落ち度ではないですよ。マスコミが面白がって、裏付けもなしにはしゃいだだけで、こっちが連中の尻拭いをする筋合いじゃありません。ただ、あれで事件が世間の注目を浴びましたからね、犯人の逮捕が遅れるようだと、署長の機嫌が悪くなるかもしれない」

「それで、葛見百合子の逃亡先について、新しい手がかりは？」

「ないですね」と柏木は思わしくないそぶりで首を横に振った。「会社の同僚や友人関係の線は、収穫ゼロですよ。福井県警にも手配書を回して、駅及び実家の周辺に網を張ってますが、今のところ、そっちに姿を見せたという報告もなし」

「三木達也は？」

「今日は平常通り、出勤しています。万一、葛見百合子が三木と連絡を取ろうとする場合も考えて、見張りを付けましたが、きのうおといの彼の様子では、その可能性はないと

見ていいでしょう」

「だろうな」と警視はうなずいて、「あるいは、偽名でホテルにでも潜伏しているか」

「それも一応、めぼしいところは当たってますが、なにしろ数が多いですからね。あぶり出すとしたら、本庁の応援があっても、三、四日かかるでしょう。もっとも、女がまだ都内にいるとしての話ですが」

「そうでない徴候でもあるんですか？」

と綸太郎は柏木にたずねた。柏木は顔をこっちに向け、父親とは応対する口調を変えて、

「月曜日の朝、葛見百合子は銀行が開いてすぐの時刻に、丸《まる》の内《うち》の都銀のATMで自分の口座から現金を引き出してる。金額は二十万、当面の逃亡資金だろうね」

「丸の内の都銀」と綸太郎は繰り返した。「つまり、日曜の晩は都内で夜を明かして、翌日、朝イチで軍資金を下ろし、そのまま、東京駅からJR線に乗ったというわけですか」

「そんなところだろう。にもかかわらず、まる二日経《た》っても、百合子が実家に現われていない以上、別の場所を目指したとしか考えられないが、まあ、たとえそうであっても、相手はシロウト、いや普通のOLだから、すぐに足を出すにちがいない。手持ちの資金が底を突けば、また考えなしに、行った先の銀行のATMで現金を引き出すだろう。その時はオンラインで支店を突き止められるから、居所《いどころ》はじきに割れるものと期待しているんだ

が」

「それにしても、郷里の福井に向かったのでないとすれば、いったいどこに行くつもりだろう？」と警視が首を傾《かし》げながら、誰に問うでもなしに言った。「葛見百合子は親元を離れて以来、ずっと東京暮らしだったはずだ。よその土地に頼れる当てがあるとも思えない」

「でも、お父さん。なにも郷里でなくても、世話になっていた親戚がほかの土地にいるとか、中学時代の友達が関西で就職しているとか、仕事で知り合った知人がいるとか、いくらでも行く当てなら考えられますよ」

「さもなくば、見知らぬ土地で自殺する気だ」と警視は暗い顔で、「いや、もう手遅れかもしれん」

「そんな仮定ばかりいくら並べても、仕方ないのでは？」と柏木がもっともなことを言う。「それより葛見百合子の日曜日の行動について、ひとつだけ新しい報告があったので、警視の耳にも入れておきます。昨日の訊《き》き込みでわかったのですが、犯行の翌朝、つまり彼女が姿を消した日曜の朝に、勤め先の出版社に立ち寄っているようです」

「勤め先に？」

「ええ。葛見百合子が勤めていた北洋社《ほくようしゃ》は、締切りでもない限り、日曜は完全休業でオフィスは無人なんですが、たまたま、同じビルに入っている速記事務所のアルバイトが急ぎの仕事を届けに出てきた時に、ビルの階段で百合子と思われる女性が降りてくるのとすれちがったそうです。目撃者の男性は正社員ではないので、百合子の顔は知りませんが、特徴はほぼ一致しています。女の服装はチェックのスカートに、紺か紫色のジャケット。それに荷物をいっぱい詰め込んだ、旅行鞄のようなものを携《たずさ》えていたようです」

「時刻は？」

「午前八時すぎ。夜が明けるまで、犯行現場の自宅にとどまって手回り品を整え、駅の改札を目立たずに通過できるぎりぎりの時刻を待って、電車で移動したと見られるので、松原周辺の各駅員に改めて確認を急いでます」

「そうすると、目撃された時、百合子はオフィスから立ち去るところだったわけだね？」

「そうです」

「だが、どうして会社に行ったんだ？　私物でも取りに寄ったのか」

「かもしれません。ただ同僚に確認した限りでは、彼女のデスクから所持品がなくなっていた形跡はないようです」

「要はオフィスでこそこそ何をしていたか、わからんということか」警視は気がかりらしく、ちょっと眉を寄せた。「何となく引っかかるな。綸太郎、おまえの意見は？」

「意見というのとはちがいますが、北洋社のオフィスというのは、休みの日でもそんなに自由に出入りできるんですか？」

「彼女にはできたんだ」と柏木。「オフィスのドアを開けるには、鍵と暗証番号の入力が必要だが、暗証番号は社員ならみんな知ってる。しかも、今週はたまたま、百合子が朝一番に出社して事務所を開ける当番に当たっていたから、鍵を預かっていた」

「なるほど――もし彼女がその当番でなかったら、同居人を殺した後で、わざわざオフィスに現われたりはしなかったような気もしますね」

「鍵で思い出したが」と綸太郎が言い終らないうちに、警視が話題を変えた。「そもそも、今朝はそのことで顔を出したんだった。例の解剖で見つかった鍵のことだがね」

「ああ、一ヤードの」

「あれの謎が解けたかもしれない。せがれの言うことだから、例によって根拠薄弱な思いつきの域を出んが、かなり見込みはあるぞ」

「というと?」

柏木はがぜん興味を示して、綸太郎の顔をのぞき込んだ。綸太郎は昨夜の絵解きを柏木に伝えたが、最初に気づいたのが容子であることはおくびにも出さなかった。その程度の虚栄心なら、誰にだってあるものだ。

綸太郎の説明に、柏木は肩すかしを食ったような顔をしたが、すぐには感想を洩らさず、代わりに現場の捜索に加わった一係の刑事を呼んで、被害者の部屋に施錠式の日記帳がなかったかどうかたずねた。呼ばれた刑事は気がつかなかったと言い、ひょっとすると見落としたかもしれないと認めてから、とはいうものの、部屋の机にはパーソナル・ワープロが置いてあったので、別に手書きの日記帳を買う必要はないのではないか、という意見を付け加えて、そそくさと課長席から退いた。

「彼の言い分ももっともだ。語呂合わせだけでは説得力に欠ける」

何となく気乗りのしない表情で、柏木が溜息混じりにつぶやいた。綸太郎は自信があったが、うわべはそうでもないふうに肩をすくめてみせた。法月警視がじれったそうに口を出した。

「日記が実在する確率は五分五分だろう。あればあったで儲《もう》けものだし、見つからなかったところで、別段捜査に支障を来《きた》すわけでもない。いずれにせよ、サンテラス双海に行ってみれば、すぐに答の出ることだ。面倒な家《や》探しは俺とせがれで引き受けるから、だまされたと思って、誰かひとり現場まで案内を付けてくれないか？」

「せっかくだし、私が立ち会いましょう」柏木はやっとみこしを上げて、椅子の背に引っかけてあった上着の袖に手を通しながら言った。「だまされたなんて言いませんよ。それに、息子さんのお手並みを拝見できるいい機会でもありますしね」

＊

サンテラス双海は鉄筋三階建ての建物で、壁はモルタル仕上げ、今ふうにマンションと呼ぶよりは、アパートの上の部類と言ったほうがしっくり来そうな地味なたたずまいだった。新築ではないが、表から見る限り、メンテナンスは行き届いていた。周囲は網目状に道の入り組んだ住宅街で、庭付き一戸建ての家と中流の集合住宅が混在している。アパートは社宅然とした構えのものが目立ち、サンテラス双海も実態にそぐわない気取った名前を掲《かか》げる以外は、そうした保守的な街並みに歩調を合わせていた。住民同士は朝の通勤で何となく顔見知りで、ゴミの分別《ぶんべつ》収集日もきちんと守る。治安はよく、真夜中に軽装で徒歩五分の距離にあるコンビニエンス・ストアまで往復するのもへいちゃらである。そんなふうに、地方出身の堅実な娘たちが暮らしていくには、申し分のない土地柄のようだった。事件の発覚した日曜の午後、道路を埋めつくすパトカーと警察関係者のものものしい姿を、近所の住人たちはさぞや、もの珍しい好奇の目でながめたにちがいない。

三人はがらんとした階段を三階まで登った。二階の部屋から壁を隔てて、子供の声とTVの音が聞こえた。ミントグリーンのリノリウムを張った通廊が階段の三方を取り囲み、それに沿って、四つのドアがコの字形に配置されている。二号室のドアに、清原と葛見の名前が並べて表示してあり、NHKの受信シールが律儀《りちぎ》にその下に貼られている。柏木警部が管理人から借りたスペア・キーでドアを開け、法月警視、綸太郎の順で続いて、さして広くない玄関の三和土《たたき》に三足の靴を押し込めた。

マットを敷いた板床に上がると、正面は木目《もくめ》をプリントした戸袋のない引き戸で、ピンで吊紐《つりひも》を留めYURIKO KATSUMIと記されたコルク張りの札がぶら下がっている。右の廊下は洗面所とおぼしき扉に続き、左手はドアをはさまないでじかに台所に続いていた。

「清原奈津美の部屋は?」

「こっちだ」と警視が言って、台所の方を指した。柏木はもう先に行っている。

台所は六畳分ほどの広さで、タイル模様を印刷したリノリウムが敷き詰めてあった。ダイニング・テーブルとセットになった椅子が三脚、テーブルの上はきれいに片付けられている。椅子に坐ったままでも扉が開けられる位置に、共用の大型冷蔵庫。東に採光の窓と換気扇、食器棚や電子レンジを配して、北側の壁に沿って清潔なシステム・キッチン、干《ひ》上《あ》がったステンレスの流し《シンク》。奥に二口並んだガスレンジの足下に当たる位置に、かすれたチョークの跡が残っていた。日曜日の午後、三木達也がこの部屋を訪れた時に、顔を焼かれた清原奈津美の死体がそこにひざまずいていたのだ。

流しの反対側がやはり木目をプリントした引きちがい戸になっていて、百合子の部屋の引き戸とおそろいのコルク張りの札が下がっていた。NATSUMI KIYOHARAとある。レタリングの接着剤が半分剝《は》げて、ファースト・ネームの最後のIの文字が斜めに傾いでいた。あるべき位置から外れたI、diaryのI、わたし、愛。ひょっとすると、それが手がかりなのかもしれない。

綸太郎が名札を確認するのを待って、柏木が引きちがい戸を開け放った。清原奈津美の私室は慎ましい六畳の和室だった。戸の裏側には、襖《ふすま》を模《も》した化粧紙が貼ってあり、畳の目地《めじ》は素足になじんですり減っていた。南側の窓に引かれた目隠しのカーテンは濃いベージュ色である。柏木がカーテンを開け、左右を紐で絞って留めた。被害者は大手化粧品メーカーに勤めていたというが、部屋の第一印象は、彼女についてあらかじめ抱いていたイメージ——化粧品のプロ、すなわち日常化した虚飾——とはそぐわないもので、サッシ窓から外光が射し込んでも、その印象は変わらなかった。

入って右手、西側の壁面にも引きちがい戸、入口と同じ化粧紙が貼られていて、これは押し入れである。マンションの造作《ぞうさく》としてはかなり大きい部類に入るし、その上は観音開《かんのん》きの天袋で、部屋自体の収納スペースは充実しているようだ。窓に寄せて、箱形の木製デスク、椅子は布張りのスツール。北沢署で耳に入れた通り、普及型のラップトップ・ワープロと、仕事の資料だろうか、コスメティック関連の本や雑誌が無造作に積んであった。その山の中に埋もれるように、電話が一台。留守番電話が付いているが、コードレスではない。

コタツ台と兼用の座卓が部屋の中央に陣取り、カバーに砂時計のイラストをちりばめた色ちがいのクッションが二つ、畳の上に置いてある。東側の壁に背を付けて、ワードローブと横長のローチェスト。ローチェストには、十四インチのTVと横を向いた姿見、それにマリモの浮かんだ小さな水槽が載《の》っていた。マリモの大きさは直径二センチに満たない。姿見はかろうじて半身が映る程度のサイズで、使う時だけこちらに向けていたのだろう。壁の上の方には、年の瀬にむりやり押し付けられたような、ぱっとしない図柄のカレンダーがかかっていた。

だが、この部屋の雰囲気を支配しているのは、そうした必要最小限の調度が示す、内向的なそっけなさではなかった。それらはむしろ、余った空間に追いやられているような印象で、壁面の大部分を占《し》めているのは、机の脇でサイドボードを兼ねているやつも含めて、合計五つの本棚である。あとの四つはいずれも綸太郎の身長ほどの高さで、引きちがい戸の片面を半分覆《おお》い隠すほど幅を利《き》かし、頑丈《がんじょう》なスチールのラックにまんべんなく本が詰まっていた。数える気にはならないが、畳のくぼみようを見ても、半端《はんぱ》な冊数ではない。レディース・コミックや実用書の類《たぐい》は目に付くところには見当たらず、並んだ背文字を追っていくと、プロフィールに「趣味は読書」と記すようなレベルを軽く超えていることがわかる。しかし、あまり系統立たない読書傾向と本の配列の気ままさがお手製のパッチワーク・キルトみたいな肌合いを感じさせるせいか、量的な威圧感はさほどでもなく、かえって育ちのよい親密さとくつろいだ雰囲気が部屋全体に行き渡っているような気がした。

　綸太郎は本棚から目を離し、ワードローブを開けてみた。吊るしてあるのは型にはまった既製服ばかりで、華美なブランド品や大胆なパーティ・ドレスなんかとは無縁である。中を見る前から、何となく予想した通りだった。ワードローブの扉を閉めながら、父親と柏木の両方に問いかけるように言った。

「化粧品メーカーに勤めるＯＬにしては、なんというか、ずいぶん垢抜《あか》けしない部屋ですね」

「そりゃそうだ」と警視が言った。「地方出の二十五の娘が普通の給料で、東京で自活しようと思ったら、たいがいはこんなものさ。水商売でもせん限り、トレンディ・ドラマみたいな浮世離れした部屋には住めないぞ」

　警視は問いかけのニュアンスを取りちがえているようだったので、綸太郎は言い直した。

「いや、そういう意味ではなくて。つまり、ここは本当に清原奈津美の部屋なんですか？ぼくにはそうは思えませんが」

「それは、どういう意味だね？」と今度は柏木が質問に質問で応えた。

「この本の量ですよ。これは化粧品メーカーのOLより、編集者の部屋にこそふさわしい数です。ねえお父さん、ゆうべの話題を蒸し返すわけではありませんが、犯人と被害者の部屋が逆になっている可能性はないですか？　ひょっとしたら、部屋の入口の名札が取り替えられているのでは」

「何を言ってるんだ、きみは」柏木は首を傾げながら、拍子《ひょうし》抜けしたような口調で言った。「清原奈津美は、ヌーベル化粧品の出版文化事業部に属していたんだ。知らなかったのかね？　だから、化粧品メーカーの社員といっても、実際の仕事は編集者と変わらない。本が多いのは当然だ」

「出版文化事業部？」綸太郎は出端《ではな》をくじかれた格好で、思わず父親をにらみつけた。「でも、そんな話は初耳ですよ」

警視はばつが悪そうに、耳の後ろを指で掻《か》きながら、

「そういえば、昨日言い落としたかな」

「じゃあ、清原奈津美と葛見百合子は、二人とも編集者だったということですか？」

柏木はうなずいて、机の上に積んであった雑誌の中の一冊を取り上げ、綸太郎に見せた。『VISAGE』という誌名で、主に女性向けのファッション情報を扱う雑誌だった。月刊誌の体裁《ていさい》で、裏表紙の耳の部分に「発行　ヌーベル化粧品　出版文化事業部」と記されている。visageとはフランス語で顔の意味だから、文字通り会社の顔、PR誌の役目を

果たしているのだろう。とはいえ、パラパラとページを繰《く》った印象では、企業PR誌にありがちな下請《う》けプロダクション任《まか》せのおざなりな誌面ではなく、ちゃんとした売り物になっていて、社内で本格的な編集体制が組まれているようだった。

「納得がいったかね？」綸太郎が雑誌を戻すと、柏木はもったいぶった口調で言う。「被害者はこの雑誌の編集に携《たずさ》わっていた。まあ、雑誌編集者にしては垢抜けない部屋かもしれないが、むしろそういうのは性格の問題だろうよ。仕事内容に興味があるなら、同僚の三木達也に会ってたずねるといい。彼も同じ出版文化事業部の編集部員なんだ」

「ああ。もちろん、そうでしょうね」

「でも、とりあえず、その件は今は後回しだな。われわれがここに来たのは、被害者が呑み込んだ鍵の問題を解決するためで、部屋のインテリアについて議論するためじゃない。言うまでもないことだが、この部屋の私物はすべて清原奈津美のものだよ。それはすでに確認されてる。万一、部屋が入れ替わっている可能性があるとすれば、入口の名札だけでなく、二つの部屋の家具調度品をまるごと移し替えなきゃならん道理だろ？　そんなことはできるはずがないから、われわれは予定通り、この部屋を調べればいいわけだよ。はたしてきみの語呂合わせが当たっているか、施錠式の日記帳が本当に存在するのか、手分けして早いとこ片付けようじゃないか。さて、どこから手を付けるかね？」

＊

日記は見つからなかった。

三人は手分けして、部屋じゅうの家具を動かし、壁との隙間に手を突っ込み、あらゆる抽斗《ひきだし》を隅々まで検め、押し入れと天袋を掻き回して、段ボール箱のガムテープを引っぺがし、蓋の付いているものはすべて開いて中を調べ、本棚の本もあらかた引っぱり出して、清原奈津美の日記帳を探したが、そんなものは室内に影も形もなかったのである。彼女はこまめに部屋の掃除をしていたらしく、埃まみれにならなかったことが唯一の収穫だった。

故人に対する気遣いから、最後まで手出しを控えていたワードローブの下着が入った抽斗のチェックも空振りに終り、腫《は》れ物に触るような手つきでブラジャーやパンティを戻しながら、柏木は綸太郎に渋面《じゅうめん》を向けて、失望をあらわにした声で言った。

「どこにも見当たらんようだね」

「そのようですね」

「どうする？」と警視がたずねた。

「隣の部屋を探しましょう」

綸太郎はさして動じないそぶりで、脇目も振らずに隣室へと向かった。警視が柏木をなだめすかすように促すと、やれやれ、もう結果は見えたも同然なのにとぼやきながら腰を上げた。

葛見百合子の部屋はやはり六畳の和室で、間の壁をはさんで奈津美の部屋と対称に向き合う構造になっているが、室内の雰囲気はずいぶん異《こと》なっていた。ベッドを入れている分、奈津美の部屋よりもやや手狭な印象を受ける。クリーム色を主調にした幾何《きか》学模様のカーペットを敷き詰めて、生活感に乏《とぼ》しいインテリアも似たような色調で統一し、入口の引き戸と押し入れの引きちがい戸にも、クロスの壁紙を上から貼り直して、流行《はや》りのワンルーム・スタイルに近づけようとするいじらしい努力の跡が感じられた。窓にはカーテンの代わりにブラインド、壁にヒロ・ヤマガタの複製画。スチールのシステム・デスクと三面鏡。TVのブラウン管も奈津美の部屋にあったものよりひと回り大きく、ビデオデッキとステレオのサラウンド・スピーカーに配線が接続されている。奈津美の部屋にはビデオはなく、オーディオも片手で持ち歩けるCDラジカセがあるのみだった。

といっても、同じ職種で歳も同じ二人の収入にそれほど開きがあったはずはない。むしろ、部屋の印象がこれだけちがうのは、二人が意識して和洋それぞれにコーディネートを分担した結果ではないか。ビデオもステレオも二人で費用を折半《せっぱん》して買ったものだろう、と綸太郎は思った。せっかく二部屋あるのだから、二通りのムードを共有するほうが賢明にはちがいない。秋の夜長、ベッドをカウチに見立てて、サイドボードにワインかなんか置きながら、照明を落として、レンタル・ビデオのせつない恋愛映画に二人して涙することもできるし、真冬には、コタツに入ってのんびり足を伸ばし、熱い番茶に大福でもつまみながら、気心の知れた親友同士、下世話な話題で朝まで盛り上がることもできる。時にはお互いのパジャマを交換して、百合子のベッドで一緒に眠ることもあったのではないか？　別にワイドショー的ないやらしい想像をめぐらしているわけではなくて、二人の同居生活は夏休みの長期合宿とか、当てのない徒歩旅行とかの無自覚な延長みたいなものだったような気がしたのだ。

もっとも、二人の意図は別として、建前《たてまえ》は共有でも、それぞれの部屋がお互いのプライバシー空間を兼ねている以上、結果的に奈津美のほうが割りを食っていた可能性は否《いな》めない。もしそうだとすれば、さっき柏木に言われたように向かい合った部屋の表情のずれから、表面的な趣味や生活信条の相違とは別に、百合子と奈津美の性格的なコントラストの微妙な反映を読み取ることができるはずだった。

「何をぼうっと突っ立っているんだ？」と警視に声をかけられた。「おまえが言い出したことだ。手を抜かずにちゃんと探すんだ」

綸太郎は本棚を引き受けた。清原奈津美と同様、編集者という仕事柄、やはり本が多い。表に出ている書架は二つしかないが、押し入れを開けたらその中も書庫と化していたので、分量的には奈津美の部屋に引けを取らない。漫然と書名を追いながら、綸太郎はあることに気づいた。奈津美の本棚とほとんど重複がないのだ。といっても、読書傾向が画《かく》然《ぜん》と分かれているわけではなくて、現に同じ著者のシリーズ作品があっちとこっちで半々ずつ並んでいたりするから、要は二人が共同で本を買いそろえ、お互いに本をやりとりして、本代のコストと本棚のスペースを節約していたにちがいない。本の虫が二人で住んでいるのだから、当然といえば当然、うがった見方をすると、そうしたメリットが彼女たちに同居生活を続けさせる、固い絆《きずな》の役目を果たしていたのかもしれない。いずれにせよ、二つの部屋の雰囲気の落差から引き出した先の想像が、あながち的《まと》を外れていないことの証左である。

百合子のほうが持ち物が多い分、探す手間がよけいにかかったが、誰も手を抜きはしなかった。それでも、奈津美の日記は見つからなかった。柏木が洩らした通り、結果は最初から見えていた。

「今度はキッチンかね？」

その柏木が先回りして、綸太郎にたずねる。黙ってうなずいた。警視が溜息をつくのが聞こえた。三人とも、報《むく》いのない作業に疲れ始めていた。

キッチンと洗面所、バスルームの調査は早々に切り上げた。日記はなかった。どこにもなかった。

「息子さんの推理も、今回は空回《から》りだったみたいですね」手洗から戻りハンカチで手を拭きながら、柏木が取って付けたように言った。

「そのようだな。骨折り損の何とかってやつか」

法月警視は奈津美の部屋の窓を開け、室内に背を向けて一服していた。もう昼過ぎだった。どこかの部屋の窓からTVのCMソングが洩れて、ところどころかすれたメロディが飛び込んできた。警視は煙草の灰を窓の外に落とし、こちらに振り返った。

「おい、綸太郎。どうする? 今日のところは、潔《いさぎよ》く負けを認めて引き上げるか」

綸太郎はすぐには返事をしなかった。座卓の前に胡坐《あぐら》をかき、額に掌を押し当ててまだじくじくと考えていた。自分の推測が誤っているとは思えない。別に依怙地《いこじ》になっているわけではなかった。柏木の言う通り、たしかに根拠は薄弱だが、プレートの1 yard の文字が日記の存在を示していることには妙に自信があった。にもかかわらず、肝心の日記帳が見つからない。どうしてなのか? それはここに、この部屋のどこかにあるはずなのだ、誰かが持ち去りでもしない限り——。

「そうか」綸太郎は中指と薬指で額をぺちぺちたたいた。「そうだよな」

「どうした？」

「やはり、日記は存在します」綸太郎はすっくと立ち上がった。「被害者が呑み込んだ鍵は、日記帳の鍵でまちがいない」

「だが、俺たちが三人がかりで部屋じゅう嗅《か》ぎ回って、見つからなかったんだぞ。それとも、まだどこかに見落としがあるとでもいうのか？」

綸太郎は首を横に振った。

「見つからなくて当然です。犯人が持ち去ったからです」

柏木警部がすっと二人に近寄って、綸太郎の注意を引くように咳払いした。

「ということは、無駄骨を折った甲斐《かい》あって、ようやくきみもわれわれと同じ結論にたどり着いたわけだ。ただし、それが施錠式の日記帳であるかどうかは別にしてだが」

「日記ですよ」と言って、綸太郎はほくそ笑んだ。

「きみも強情だな」柏木は負けずににやりと笑みを重ねて、綸太郎を見つめた。「まあ、それも親父さん譲《ゆず》りの性分なのかもしれないが。いずれにせよ、犯人がこの部屋から証拠品を持ち去ったのはまちがいないとして、どうしてそれが日記帳だと断言できるのかね？　さっきの語呂合わせのこじつけ以外に確たる説明があるんだったら、教えてくれないか」

「コピーですよ」

「コピー？」

「ええ。葛見百合子は日曜日の朝、勤め先の北洋社のオフィスに現われた。しかし、彼女が何のために会社に立ち寄ったのか、その理由はわからない、とさっきあなたの口から聞きました。ぼくの考えだと、彼女の目的は、犯行現場から持ち去った清原奈津美の日記のコピーを取ることだったはずです」

柏木は半信半疑の目つきで、

「どうして？」

「さあ」と綸太郎は肩をすくめた。「それは百合子に訊いてみないとわかりません。ただし、ひとつだけ言えることは、彼女が編集者であるという事実です。仕事の原稿を受け取った時、そのコピーを取ることは、彼女の職業にありがちな習慣になっていたはずです。ちがいますか？」

「ちがいますかと言われてもな」警視は気むずかしそうに唇を曲げて、柏木に顎をしゃくった。「きみはどう思う？」

「どう思うも何も、私はこの手の水掛け論で時間をつぶしたりはしませんよ」と柏木は言って、デスクに歩み寄り、奈津美の電話を雑誌の山の中から掘り起こした。「あやふやなことにぶつかったら、裏を取るだけのことです」

柏木警部が北沢署の捜査一係を呼び出して、日曜日の朝、葛見百合子がオフィスのコピー機を使用した形跡がないかどうか、北洋社に問い合わせるように部下に指示している間、綸太郎は手持ちぶさたになって、奈津美の本棚に向ける関心の口火を再燃させた。最前から目に留めていた一冊の本を抜き出して、おもむろにページを繰り始めると、法月警視が肩越しにのぞき込む気配がする。

「何の本だ？」

綸太郎は上体をひねり、本を閉じて父親に表紙を見せた。がっちりした角背・溝《みぞ》付き、マーブル・プリントの模様が入ったブルーのビニール革装丁のアルバムで、表紙には「福井県立朝倉《あさくら》高等学校第41期生」という文字と校章のデザインが金箔《きんぱく》で打ち込まれている。

「高校の卒業アルバムか」と警視。「そういえば、隣の部屋の本棚にも、同じやつがあったな。これが何か、気になることでもあるのか？」

「いえ、別に。TVのワイドショーでちらっと見ただけで、二人の顔を知らないから、ついでにちゃんと見ておこうと思ったんです」

「そうはいっても、六年以上も昔の制服の写真で、おまけにただでさえ、女が化ける年頃だ。田舎《いなか》から東京に出てきて、二人ともすっかり垢抜けてまったく別人みたいになってるんじゃないのか？　どれ、俺に見せてみろ」

警視は強引にアルバムをもぎ取り、背中を向けてそれを独占して、クラス別の個人写真のページにせわしなく目を走らせた。綸太郎は憮然《ぶぜん》として父親をながめていたが、当人はまったく悪気のない様子で、ややあって、横顔で振り向いた。

「あった」

　綸太郎はすばやくアルバムを奪い返して、座卓の上にそのページを広げて置いた。警視が緩慢《かんまん》な動きで腰をかがめながら、感に堪えないような口ぶりで洩らす。

「最近の娘は、田舎の育ちでも、高校生の分際でこうまで顔ができ上がっているものかね。昔とはえらいちがいだな。ひとりぐらいほっぺたの赤いのがいたぐらいが、可愛げがあっていいじゃないか」

「いつの時代の話です?」綸太郎は苦笑して、自分もしゃがみながら、「どれですか」

「ここだ、二人並んで載ってる」警視は指で顔写真を押さえながら言った。「こっちが清原奈津美で、隣が葛見百合子」

　硬い厚紙の見開きページに、当時の三年E組（文系クラス）の生徒全員の顔がひとりひとり、思い思いの表情で、証明判サイズのカラー写真の行列に収まっている。男女合わせて四十人のクラスで、レイアウトの都合で余った左中段のスペースには、教室で撮った全員写真が入っていた。写真の配列は男女ばらばらである。清原奈津美と葛見百合子の個人写真は、右ページの二段目、のどから数えて二番目と三番目に相次いで載っていた。制服はどこにでもあるような濃紺のブレザー、両名とも肌白で、端整な顔だちに飾り気のない純朴《じゅんぼく》な笑みを浮かべているけれど、髪型はどちらもいささか野暮ったい。第一印象でぱっと人目を引くようなタイプではなく、ほかの女生徒と比べても、まだ磨かれていない原石という感じで、二人の個性は埋もれがちだった。

いったん二人の写真から目を離し、ページの右端に視線をずらすと、そこに各自の写真の配列と順番をそろえて、各々《おのおの》の名前と所属クラブ名が記されている。警視が示した写真と二人の名前を改めて対応させようとして、綸太郎はとまどった。

斉木雅則（バレー部）
近藤　聡
清原奈津美（図書部）
葛見百合子（図書部）
樫村欣司（サッカー部）

「お父さん」

「なんだ？」

「もう一度、二人の名前を言ってくれませんか」

「ちゃんと聞いてなかったのか。いいか、何度も言わんから、よく見てろ」と警視は左側の写真を指して、「こっちが清原奈津美で――」それから、右隣の写真を指しながら、「こっちが葛見百合子だ」

綸太郎は首を横に振った。

「それだと名前が逆ですよ」

「何を言ってるんだ」警視は心なしかむっとした様子で、「俺は捜査資料の写真を見たんだよ。髪型は二人とも最近のものとちがうが、面影《おもかげ》が残ってるんだ、顔をまちがえるわけはない。その証拠に迷わずこの二つの写真を選り《え》出しただろ？　俺の目を信用しろよ」

「でも、ここにそう書いてあるんです。ほら、左から二番目が葛見百合子で、次が清原奈津美と。お父さんが言ったのとは順序が逆です」

「ちょっと貸してみろ」

警視は疑わしそうにアルバムをつかんで念入りに照合し、さらに、老眼鏡まで取り出して名前の文字を確認すると、見たものがまだ信じられないというように小鼻をふくらませつぶやいた。

「本当だ。だが、おかしいな。俺の記憶に狂いはないはずなんだが」

「どうかしたんですか、警視？」とその時、通話を終えて受話器を置きながら、柏木が二人をかえりみた。警視はむずかしい顔をして、

「きみ、ひょっとして、何かの手ちがいで、入手した被害者と加害者の顔写真を逆に綴《つづ》り込んだりはしなかったかね？」

「まさか」

「じゃあ、こいつを見てくれ。二人の高校の卒業アルバムの写真なんだ。どっちがどっちか、見分けがつくかい」

警視は名前の箇所を手で隠しながら、アルバムを見せた。柏木はざっと写真を一瞥《いちべつ》すると、ためらいなく二人の顔を選び出した。顔と名前の対応は、警視が最初に指摘したのと同じ組み合わせだった。

「面影が残っているから、一目瞭然《いちもくりょうぜん》ですよ」柏木もさっきの警視と同じことを言う。

「俺もそう思った。ところが、名前が逆になってるんだ」法月警視は不安な目で柏木を見つめて、名前を隠していた手をどけた。

「――本当だ」柏木は顔をしかめた。「いや、名前のほうがまちがってるんじゃないですか？」

「いいえ、それはないと思います」綸太郎は横から口をはさんだ。「名前の配列をよく見てください。苗字《みようじ》の頭《かしら》文字を拾うと、このブロックの左から、かし―かつ―き―こ―さ、要するに五十音順に並べてあって、もちろん全体がそうなんです。ということは、男子女子の区別なく、生徒の姓名の五十音順に出席番号を振っている学校にちがいない。だから、二人の写真が隣り合わせになっているのは、別に仲がよかったからでも何でもなくて、単に名前の音《おん》のせいです。したがって、このアルバムの写真の順番に関しても、かで始まる葛見百合子の顔が、きで始まる清原奈津美のそれより後に来るはずはありません。

葛見百合子の写真は清原奈津美のそれより前に、このアルバムの配列では左に位置しなければならない。つまり、ここに記されている名前の配列のほうが正しいのです」

「そうか」柏木はうなった。「確かにそうだ」

警視が急に立ち上がって、部屋から出ていった。さして間を置かずに戻ってきた時には、百合子の部屋でも見かけた同じもう一冊の卒業アルバムを抱えていた。三年E組のページを広げて、奈津美のアルバムと突き合わせた。もちろん、顔と名前の対応は二冊とも同じだった。

「綸太郎」警視が気詰まりな沈黙を破った。「これはどういうことなんだ？　俺にわかるように説明してくれ」

綸太郎は考えをまとめながら答えた。

「ひとつの可能性、逆転した選択肢《し》です——殺されたのは、清原奈津美ではなかった。葛見百合子だった。そして、われわれが葛見百合子だと思っていた人物、殺人犯として追い求めていた女が、実は清原奈津美だった。あるいは、少なくとも、現在の二人がこのアルバムに載っている当時と反対の名前を名乗っていた——そういう可能性があります」

「よし、わかった」警視は色めきたって、あわただしい口調で言った。「昨日、おまえに言ったことを撤回する。この事件は見かけほど単純ではなさそうだ。死体の顔が焼かれていたことには、おまえが示唆《しさ》した通り、目くらましの意図があるのかもしれない。葛見百合子と清原奈津美が、東京での六年半の同居生活のどこかの時点で——まだいつとは決めがたいが——名前を取り替えていた可能性を否定できないからだ。犯人がその発覚を恐れて、被害者の顔を焼いたとすれば、とりあえず筋は通る。どうだ、これでいいか？」

綸太郎は性急にうなずいた。柏木は腕を組み、うなだれて深刻に考え込んでいる。まちがいをまちがいとして認めかねている様子だった。警視が念を押すようにたずねた。

「俺が見た二人の写真は、どこから？」

「勤め先の社員原簿から借りてきたものです。むろん、別々に入手したものですから、入れ替わったりすることはありえません。それに、三木達也も含めて会社の同僚が二人の写真を確認してますし、被害者の遺族も——」

「だが、家族が遺体を確認したといっても、被害者の顔はひどく損傷していたから、実際はおざなりな立会いのみですませているはずだ。それで、まちがいが見過ごされたという可能性もある。万一ということもあるから、遺体の身元を再確認したほうがいい。それから、葛見百合子の手配写真だが、これまで清原奈津美の写真とされていた分も添えて、もう一度各方面に回付してみよう——いや、写真はそのままで、名前だけ訂正すればいいのか？　まあどっちでもいい、念のためにとりあえず、両方手配しておこう。もうひとつ、三木達也が二人の片割れとぐるになって、わざと嘘の人定《じんてい》証言をした可能性は？」

「それはないと思いますが」

「このアルバムを彼に見せてみたら？」と綸太郎は提案した。「どういう反応を示すか予想できませんが、この混乱を解き明かす何らかの手がかりを得られるかもしれません」

「そうだな。じゃあ、三木のほうは俺とせがれで当たってみるから、きみは今言った手配を頼む。それから、二人の母校に連絡して、アルバムの写真にまちがいのないことを確かめるのも忘れずにな」

「日記のコピーの件は？」と柏木がたずねた。

「もちろん、それもだ。万事遺漏《いろう》のないようにやってくれ」

8

鹿ヶ谷通《ししがたにどおり》のなだらかな起伏のある路上の一角で、きみは電柱の陰になり、気配を消してひとりたたずんでいる。まだ陽も昇らない早朝、間近に黒々と迫る東山《ひがしやま》連峰の稜線が、夜明け空の縁《ふち》を隈取《くま》るようにその形をあらわにし始める時刻。墨《すみ》色の空気が湿った冷気をはらんで、まだ寝静まっている住宅地域を徘徊《はいかい》し、点々と歩哨《ほしょう》のように立ちつくす街灯の列がアスファルトにうら寂しい光を落としている。動くものといえば、蒼《あお》みがかった闇をわがもの顔に切り裂いて飛び交《か》うカラスの群ればかり。ゴミ収集日で道端に集められたポリ袋をくわえ、引きずり、ついばんで、辺《あた》りに腐臭と残骸を撒《ま》き散らす。オレンジ色のヘッドライトが一閃《いっせん》し、図体のでかい貨物トラックが道いっぱいをふさぎながら、きみの前をよぎっていくと、一度は飛び去ったカラスの群れがまた平然と地上の餌《えさ》をあさり始める。こうした光景が目につくようになったのは、ごく最近のような気がする。きみのほかに人影は見当たらない。山のほうから甲高《かんだか》くぴちゅぴちゅとさえずる鳥の声、街のほうからはじわじわとさざ波のように、百五十万都市を賦活《ふかつ》する循環機能の目覚める音が伝わってくる。

きみは道路をはさんで、斜め向かいに位置する民家の門を監視している。一戸建ての和風住宅だが、歩道に沿ってめぐらされた石塀が目隠しになって、高く伸びた庭の松の梢と家屋の二階部分しか目に入らない。塀の切れ目に門が設《もう》けてあり、何かの文様《もんよう》をかたどった鉄の装飾扉が締まっている。門灯の光は早々と落とされている。見張りを始めてからかれこれ三十分は過ぎているはずだが、今のところ、目立った動きは見られない。きみは辛《しん》抱《ぼう》強く、監視を続ける。

新聞配達のバイクが一台、きみの視界に入ってくるが、目的の家の前には止まらない。続いてぎりぎりとギヤを軋《きし》ませながら、別紙の配達員の自転車が回ってきて、門の郵便受けに折りたたんだ朝刊を押し込む。配達員はきみのほうには目もくれず、次の家に行ってしまう。きみは腕時計を見る。五時四十分。昨夜は一睡もしていないが、体じゅうをアドレナリンが駆けめぐり、目が冴えて眠気はまったく感じない。まもなく、がらがらと玄関の戸を開け閉めする音がきみの耳に届く。人影が門に重なる。きみは息を詰め、ちょうど死角に入るように体の向きを変えて、ぴったりと電柱に寄り添う。

片目だけのぞかせてそっと様子をうかがうと、鉄扉《てっぴ》を開けて中年の男が路上に姿をさらけ出す。爪先まで銀とブラックの二色でまとめたジョギング・ウェア、全体にスリムな体型を維持しているが、注意してみると、下腹部のラインが危《あや》うくなっているのがわかる。彫りが深く抜け目ない顔だちなのに、放縦《ほうしょう》とも脆弱《ぜいじゃく》とも見える甘さが抜けきらず、寝起きに一度櫛《くし》を通しただけみたいなラフな髪の乱れさえ、妙にさまになっている。雑誌のグラビアやブラウン管で見かける表情とプライヴェートにほとんど変わりがないのは、この男の一種の才能なのだろうかと、きみは一方的な不快感を交《まじ》えながら考える。

路上でひとしきり教科書通りの腿上げ運動を繰り返すと、男は気負いのないスタートを切る。きゅっきゅっと小気味よく靴底を鳴らし、哲学《てつがく》の道《みち》のほうに小走りで坂を登っていく。きみは電柱の陰から顔を出し、男の背が消えるまで見送る。それから、男が出てきた家の前まで駆け寄って、門の表札にもう一度目を走らせる。竜胆直巳《りんどうなおみ》、とある。きみは表札に彫り刻んだ文字を指でなぞり、ざらざらした石の触感と冷たさを記憶にとどめる。そして、竜胆が登っていった坂道を一足遅れてついていく。

＊

夜はもうすっかり明けきって、朝靄《もや》の立ちこめる疏水沿いの遊歩道にも、透明な光の帯が射している。秩序だったテンポで砂利を蹴る足音が聞こえてくるが、複数で、竜胆のものではない。きみはまた身を隠す。体育会系学生ふうの若い男が三人、前方から走ってくる。三人が行き過ぎてからきみはやっと顔を出し、砂利を踏む音を嫌って、散策者のために敷かれた石畳のコースを選びながら、竜胆の後を追う。じきにきみは、彼の後ろ姿をとらえる。

竜胆は南禅寺《なんぜんじ》の方角に向かっている。ペースは速くない。その気になればすぐ追いつけるが、きみははやる気持ちを抑《おさ》え、少しずつ、慎重に距離を詰めていく。目の届く限り、きみと竜胆のほかには誰もいない。竜胆は自分のペースに夢中で、きみの気配を感じているとしても、振り返りもしない。近づくにつれて心臓の鼓動が速くなり、着衣の下の肌が汗ばんでいくのがわかる。それがただ走っているせいなのか、それとも精神的沸騰の前兆なのか、きみ自身にも判別しがたい。だが、いずれにせよ、きみの心の中にひそむ凶暴なものに、火がつきかけていることだけは確かだ。きみの吐く息が熱を帯びて、ぼうっと白く光って見える。

若王子《にゃくおうじ》の辺りまで来ると、竜胆はペースを緩《ゆる》め、ほとんど歩くのと変わらない足取りになる。哲学の道の南禅寺寄りの終点、疏水に沿った土手のへりに、簡素な遊具と石のベンチを並べて、ほんの小さな公園が仕切ってある。そこまでたどり着くと、竜胆はベンチに腰を下ろし、ふうっと息を洩らしてタオルで顔の汗を拭う。そのしぐさから、決まりきった習慣的な休憩であることがわかる。竜胆はリラックスして、無防備だ。きみは周囲をうかがい、近くに人影がないのを確かめてから、歩調を落とし、なにげないふうを装ってベンチに近づく。腹の底からこみ上げるやり場のない怒りに蓋をしながら、きみは声をかける。

「小説家の竜胆先生ですか?」

「ああ」竜胆は顔が売れていることにまんざらでもなさそうにうなずき、「学生さんかね」と気散じのようにたずねる。

「ええ」きみは愛想のよい顔をこしらえて、間近まで歩み寄る。「エッセイや短編なんかをよく読んでいます」

「それはどうも、ありがとう」

「『VISAGE』という雑誌に毎号、連作短編を書いていらっしゃいますね」

「ああ? うん、化粧品メーカーのPR専門みたいな雑誌で、お世辞にも文芸畑とはいえないが、編集部からぜひとも先生の作品をと懇願されてね。ふうん、あれは女性読者向けなのに、きみ、よくそういうところまで読んでいるんだな」

「担当の編集者と知り合いでした」

「清原君と？」口に出すと同時に、気のふさぐ事件を思い出したように相手の顔が曇る。「――そうなのか、なんというか、彼女は気の毒なことをしたね。突然あんなことで、惜《お》しい人をなくして、私も残念に思っている」

きみはきっぱりと首を横に振り、竜胆の真正面に立ちふさがって、上から見下ろすように頭ごなしに告げる。

「ちがいます、名前は葛見百合子。彼女から先生にお世話になった、よろしくと」

竜胆は聞きちがったような顔で、首を傾げ、

「――いま、誰だって？」

きみは答えない。噴《ふ》き出しつつある激情に、もう歯止めが利かない。ジョギング・ウェアの襟首《えりくび》をつかんで竜胆を引き寄せ、考える先に、右のこぶしを顔面にたたきつける。

「な、何をする」

もう相手の言葉など耳に入らない。ずしりと響く手応えに怒りの炎をあおられるみたいに、間を置かず二度、三度。竜胆は反動で頭をぐらぐら揺らしながら、何が起こっているのか理解できない、ぽかんとした顔できみを見ている。だらんと両手を垂らして、防御の構えさえおぼつかない。だが、今すぐに頭で理解できなくても、おまえの罪はもはや隠し

ようがない。おまえが彼女にしたことを自分の体で味わい、償《つぐな》えばいいのだ。きみはめちゃめちゃに頬を張りとばし、腰が引けかけた竜胆の鳩尾《みぞおち》に膝を突き入れる。竜胆は苦悶《くもん》にうめき、両手で腹を押さえてしゃがみ込もうとする。すかさず足を払って、そのまま体ごと地面に引きずり倒す。そんな俊敏な動きがどこから出てくるのか、自分でもわからない。

「——許してくれ、勘弁してくれ。これは何かのまちがいだ」

竜胆は両手で頭を覆って、地べたに顔を埋め、涙を流しながら、懇願するようにつぶやいている。鼻から血が流れている。なんというさもしい姿だ。こんな、こんな男に——思い知らせてやる。きみは靴の裏で竜胆の頭を地面になすり付け、泣きを入れるのを黙らせる。土を噛め、泥をなめるがいい。蛆虫《うじむし》のように醜い姿が、竜胆直巳、おまえには一番ふさわしい。がら空《あ》きになった腹と胸を爪先で蹴ると、竜胆はやっと身を守ることを思いついたように体を丸くして、ダンゴ虫みたいに縮こまろうとする。かまうもんか。きみは脇腹といわず、脚といわず、背中といわず、容赦なく蹴り続ける。踵《かかと》で踏みつける。竜胆はじたばたと土の上をのたうちまわって、ジョギング・ウェアが泥まみれになる。

きみの体は熱く、燃え盛るようだ。まるで内なる炎になめ尽くされているような気がする。焼け焦《こ》がされた心が、どうしようもない怒りの捌《は》け口をあけすけな暴力に求める。悶《もだ》え、身をよじる竜胆の物理的苦痛を目にすることのみが、きみのはかない慰めとなる。汗が目に入るのもかまわず、きみは蹴る、蹴る、手心を加えず蹴り続ける。もう竜胆は自分からは動けない。苦痛の叫びも洩れてはこない。意識を失っているのだろうか。それでも、きみは止めることができない。一方的に暴力を行使しているきみ自身も、竜胆に負けず劣らず醜い。だが、そうするよりほかに、きみはどうしようもないのだ。

やがて、きみの中の熱く燃えるような塊が臨界に達して、静かに冷《さ》めていく。すうっと潮《しお》が引くように。きみはひとり波打ち際に取り残されたみたいに、立ちつくしている。きみは肩で息をつく。体のほてりが異物感を伴って、まだきみに取り憑《つ》いている。顔の汗を腕で拭い、地面を見下ろす。竜胆は気を失っている。顔が腫《は》れて、青黒くむくんでいる。時々、引きつけでも起こしたみたいに、びくっ、びくっと体のあちこちを波立たせる。何の感慨も湧かない。ただ、死にはしないだろうと思う。おまえの命までは奪いはしない。次に意識を取り戻した時、おまえがしたことの意味を自らに問うがいい。

手に付いた鼻血をハンカチで拭《ふ》き、きみはもう一度深呼吸する。急にぐったりと疲労感を覚える。梢で鳥のさえずる声がする。疏水を渡ってくる朝の風が汗ばんだ肌に冷たい刺激を与え、きみはぶるっと身震いする。いつまでもここにとどまってはいられない。坂道の方から誰かの足音が聞こえてくる。きみはその音とは反対の方角へ、なにごともなかったように、ゆっくりと走り出す。今はただ疲れて、眠い。何もかも忘れて、ぐっすり眠りたい。

9

ヌーベル化粧品の本社屋は、銀座六丁目の並木《なみき》通りに面して華やかな外観のビルがひしめく一等地の中でも、ひときわ威容を誇っている。業界でも五本の指に入る大手企業だけあって、正面《ファサード》の構えはいかにもものものしく、館内に立ち入ると、吹き抜けのゲスト・ホールの空間構成は、螺旋《らせん》と曼陀羅《まんだら》のイメージ（たぶん）をモチーフにして、壁と柱には色鮮やかなオニックス石をふんだんに使い、隅々までポストモダン的洗練というやつに意を尽くしていた。もっとも、こうしたスノッブな様式の戯《たわむ》れ、キッチュで脱領域的な折衷《せっ》主義は、数年前ほどもてはやされなくなってしまったが。

——そう、たしかに一九八〇年代は、化粧品メーカー宣伝部の黄金時代だった。新製品のキャンペーンに携わる選《え》り抜きの宣伝部員たちは、めくるめく新時代の最先端を軽《かろ》やかに疾走していたはずだった。彼らは口紅やパウダー、ローションなんかではなく、日々刻々と移り変わる気まぐれなイメージを、消費者を翻弄《ほんろう》する幻想のパラダイムをより意識的・戦略的に売り始めたのだった。生産＝労働中心社会から、消費中心社会へ。ボードリヤールが看破《かんぱ》したように、高度資本主義経済は新しい局面に突入したのだ。八〇年代半《なか》ばは、化粧品のメーカー出荷額は、ついに年間一兆円の大台に乗る。だが、喜んでばかりはいられない。それは数字のマジックだ。国内マーケットは成熟して、需要は飽和状態に達し、高度経済成長期のような、作れば売れる式のセールスはもう望めない。消費者の意識変化、価値観の多様化と個性化が進む成熟市場の中で、細分化した購買層をターゲットにしたマーケティング戦争はいっそう激化する。オイル・ショック後の低成長期に入って、こうした変化の徴候に真っ先に反応したのが、際限のない虚栄を切り売りすることで成長し続けてきた化粧品産業だったことは、別に不思議でも何でもない。化粧品と広告の切っても切れない関係から見ても、しごく当然のなりゆきだ。

コスト神話は崩れ去り、代わって付加価値という言葉が王座に就《つ》く。熾烈《しれつ》化する研究開発競争は、最先端のバイオテクノロジー、ファインセラミックス技術まで取り込んで、目をみはる新素材を続々と産み出していく。バイオヒアルロン酸の量産、チタンホワイトの薄片板状化、高純度層状多孔質シルクパウダー、多重エマルジョン製剤、マイクロカプセル乳化技術、中空多孔質球状粉体、多機能性新蛋白《たんぱく》質プラステイン・ＰＭ……だが、そうした最新のハイテク技術の輝かしい成果も、消費者にとっては何がどうすごいのか、さっぱりわけがわからない。新素材・新技術の開発が進めば進むほど、商品自体の効能はメーカー間でほとんど差を失って、それらは互いに区別の付かないシミュラクルと化し、モノを彩《いろど》るイメージの微細な差異こそが販売実績を大きく左右する。先端技術の粋《すい》を集めたバイオ新素材さえ、いったん研究室の外に出れば、大衆の注意を引きつける目新しい宣伝文句の受け皿として、ちんぷんかんぷんな魔法の呪文《じゅもん》のようにその特許名を連呼されるだけ。昼夜で使い分けるファンデーションの成分比率や保湿力のちがいなんて、本当は誰も気にしちゃいない。

肝心なのはネーミング、名前がシェアを決定するのだ。響きがよくて、なんとなく意味ありげで、あまり聞き慣れないけれど、耳に新鮮で覚えやすい名前。要するに、商標名のよしあしにすべてがかかっている。コピーライターたちは耳慣れない異国の言葉を手当りしだいに動員し、指示対象のはっきりしない横文字の造語を次々とひねり出す。はじめに商標名ありき。名付け親《ゴッドファザー》とは文字通り、神《ゴッド》であり、父《ファザー》のことなのだ。彼らは魂を持たないモノに、イメージという疑似《ぎじ》生命を吹き込む現代のデミウルゴス。生まれたてのコンセプトは、大衆の潜在的欲望を糧《かて》にして成長する。こいつはどんな赤ん坊よりも貪欲《どんよく》で、けっして満腹することを知らない。おまけに発育の早さは驚異的で、ひとり歩きを覚えれば、もう一人前のトレンドになる。シャンプーとリンスがひとつになりました。これで忙しい朝でも、手間をかけずに髪しっとり、サラサラ――。

化粧品業界では、毎年、三千から四千種の新製品・新色が開発されて、市場に送り出されるという。春は口紅、夏はファンデーション、秋はポイントメイク、冬は基礎化粧品。季節ごとの新製品を中心にプロモーション・タイトルを付け、その商品にふさわしいイメージ・キャラクターを起用して、大々的なキャンペーンを展開する。ＣＦの製作費は天井知らず、人気タレントの起用をめぐってキャスティング屋が暗躍する一方で、無名の新人モデルがたったの十五秒間でスターの座を射止め、タイアップのCMソングがヒットチャートの上位を独占し、時を同じくして、メディア・ミックス効果の実験が密《ひそ》かに全国規模で試される。テストの結果は、オンライン・ネットワーク上の市場調査によって厳密に数値化され、腕利きのPRマンのチームがコンピューターを駆使《くし》して、早くも次の次の年度の戦略プランを練り始める。感性のワンダーランドでは、一刻の猶予《ゆうよ》も許されない。みんなと同じスピードで走っている限り、きみの相対速度はゼロに等しい。立ち止まることは現状維持ではなく、あっという間に置いてけぼりを食うことを意味する。いいかね、諸君。トレンドは待っていて生まれるものじゃない、われわれの手で作り出すものなんだ。男が化粧をしてなぜいけない？　否《いな》、男性にとって、化粧することこそ、解き放たれた最後の自己表現ではあるまいか？　商品が売れるか売れないかは、市場の未来図を予想するヴィジョンの正確さのみにかかっている。マーケットの無意識をすくい上げることとさえできれば、たったひとつのコピーで世界市場を動かすことだって可能だ。モノではなく、きみの作り上げる未来のヴィジョンを消費者に売り込みたまえ。否、究極のプロモーションにおいては、商品の存在すら自明で、不可欠の前提ではない。やがて、情報テクノロジーの超進化に伴って、本物以上に精巧なヴァーチャル・リアルの物語があらゆるモノを駆逐《くちく》するだろう。その時こそ、広告業は商品の呪縛《じゅばく》から解放されて、宣伝の、宣伝による、宣伝のための宣伝が確立するのだ！

悪《あ》しき価値相対主義の蔓延《まんえん》、ニヒリスティックな世紀末の自閉的貧血症？　いや、そうじゃない。それは完全に自由な感性の王国、価値体系がどんなに様変わりしたって、広告の価値は貶《おとし》められない。広告それ自体は、何ら価値的な負荷《ふか》を帯びていないからこそ、メタレベルに立って情報を流通させ、諸価値を操作する権力装置として君臨することが可能だ。諸君の感性を信じたまえ。来たるべき新世紀、ハイパー・キャピタリズムの黄金時代には、メディア・ネットワーク上を浮遊する情報こそが世界経済の唯一の通貨となる。マルチメディアによるトータル・コミュニケーションの千年王国が誕生し、われわれのひとりひとりが真の意味でのトレンドのカリスマとなって、神託を待ち受けている大衆を、いや、全世界を先導し支配してやるのだ。

らちもない誇大妄想だって？　でも、ついこの間までは、誰もがこぞってこうした言説を鵜《う》呑みにして、先を争って感性の王国とやらの建設運動に加わろうとしていたのではなかったか。個人の一属性にすぎない「感性」が、時代を左右するかのように過大評価され、広告イコール「文化」であるという錯誤が、疑う余地のない常識として流布《るふ》された。「先端的」でありさえすれば、ただそれだけで素晴らしい、そんな楽天的な幻想が舞踏病《ぶとうびょう》のようにあらゆる人々を熱狂させた。八〇年代とは、そういう時代だった。

だが、今では広告だけでモノは売れない。化粧品に限ったことではなく、どこに行っても当たり前の常識だ。バブルの崩壊、景気の先行き不透明感から消費者の財布の紐が一時的に堅くなっただけなのか、それとも小人国のガリバーが、じつは裸の王様にすぎなかったと、みんな気づいたからなのか。どんなにメディアが躍起になって扇動しても、あらかじめすべてを経験して、豊かになってしまった大衆には最初からネタが割れていて、笛吹けど踊らず、改めてブームと呼べるものは見当たらないし、これからの文化の徴候も存在しない。大衆の中から新しい欲求《ウォンツ》／要求《ニーズ》も生まれてこない。送り手側はメディアを使って話題作りに励《はげ》むより、本質・本分・本物を指向する反省期に入り、受け手のほうも張り詰めた同時代性から気が抜けて、ブランドがブランドでなくなり、あれだけラディカルだった「消費」すら、ただの消費という行動に戻ろうとしている。あんなにヒヤヒヤ／ワクワクした湾岸戦争だって、すでに風化してしまった。どうして、こんな停滞状態が訪れたんだろう？　このままいくと九〇年代は、内側からはもう何も起こらず、起こす必要もないので、世界最大の豊かさの上に、どんどんダサイ／クサイものがよみがえってくるだけの、つまらない時代になってしまうんじゃないか？「出口なし」と宣伝部員たちはつぶやいて、溜息を洩らすばかり――。

＊

表で駐車に手間取ったせいで、時刻は午後二時を回っていた。一階のフロアは小規模なイベント・ホールとショールームを兼ねていて、開放的だが、ひっきりなしに人の出入りがあるために、猥雑《わいざつ》というか、落ち着きのない雰囲気に支配されている。父親と肩を並べて、中央エスカレーターを昇っていくと、いずこからか、水のせせらぎの音に混じって、微《かす》かに鳥のさえずる声が綸太郎の耳に届いた。空耳かと思って振り返り、吹き抜けのフロア全体を見渡してやっと合点《がてん》がいった。降って湧いたような実業界のエコロジー・ブームを象徴するように、南米かどこかの密林の自然音を録音したテープを館内スピーカーで流しているのだ。だが、エアゾール製品のフロンガス使用を中止したからといって、棚ぼた式に紫外線ケアを商品の売り文句にしている営利企業が、地球環境の保護をお題目のように唱《とな》えることに論理的矛盾はないのだろうか？　いや、それよりも、このやらせのようなブーム自体、いったいいつまで長続きするのだろうか？

中二階に当たるフロアの壁沿いに、ホテルのクロークみたいな受付のデスク。自社製品の売上げにプライヴェートではさして貢献してなさそうな、肌白で化粧っ気《け》の控え目な受付嬢がにっこり微笑んだ。いかにも適材適所という感じで、人事部長も彼女のえくぼがお気に召したのだろう。襟元にブルーのリボン・タイ、制服のベストが胸をぎゅっと締めつけて、さも窮屈そうである。法月警視は、綸太郎を鞄持ちに従えるような格好でデスクに歩み寄り、相手の部署と名前のみを告げて面会を求めた。

「出版文化事業部の三木でございますね」受付嬢はデスクの陰の内線番号表を目で確認しながら、歯切れのよいアルトで応じた。「恐れ入りますが、どちらさまでしょう？　お約束はございますか」

警視は目つきをはずにして、もの慣れた手つきで警察手帳を垣間《かいま》見せたが、受付嬢はとりたてて驚いたそぶりは見せなかった。万事心得ているみたいにうなずいて、よけいな質問を重ねたりもしない。

「警視庁捜査一課の法月です」と警視は改めて名乗った。「ついさっき、電話で、こちらにうかがうとご本人にお伝えしてありますが」

「かしこまりました。少々、お待ちください」

受付嬢はインタフォンのスイッチを入れて、出版文化事業部の番号につないだ。堂に入ったあしらいに感心して、綸太郎は父親の肩越しにそれとなくデスクをのぞき込んだ。受話器を握っている指のラインがきれいで、ちょっと目が離せない。簡潔なやりとりがあって、インタフォンを切り、彼女は警視に目を戻した。

「お待たせいたしました。三木はただいま、すぐに降りてまいりますので、そちらのロビーでお待ちください」と協力的な笑みを絶やさずに言って、同じフロアのエレヴェーターの前、大理石の床に応接用のソファをシンメトリックに並べてある方を優雅な手ぶりで指し示す。

警視は礼を言って受付を離れたが、ほかに外来客の姿がないのを見計《はか》らって、綸太郎はそのままデスクの前に居残った。受付嬢がやっと彼の存在を認めたというように、もう一度微笑んだが、今度は前よりややぞんざいな感じだ。煙《けむ》たがられているのは承知の上で、綸太郎はデスクに肘をはべらせ、フランクに笑いかけながら、

「ねえ、きみ」

と呼びかけた。

「まだほかに何か、刑事さん」

「まあね。彼が降りてくるまでの間、時間つぶしにちょっと世間話なんてどうかな?」

「あいにくですが、勤務時間中にそういう私的な会話は、社規で禁じられておりますの」

さすがにこの手の誘いにはすっかり慣れっこになっているらしく、澄ました顔でぴしゃりとはねつける。綸太郎は苦《にが》笑いしながら、一歩も引かず、ニセ刑事の役柄にかこつけて、

「そりゃ残念だ。仕方がないから、訊き込み捜査でもしよう。私的なお喋《しゃべ》りなんかじゃない、職務に基《もと》づくやつね。例の事件に関して、きみにたずねたいことがあるんだけど」

「わたしに？」

「そう、きみに」

相手の顔に虚《きょ》を突かれたような、どっちつかずの表情が浮かんだ。警戒と好奇心がいっとき争って、じきに後者が勝利を収めたのは、たまたま虫の居所がよかったのか、あるいは、受付嬢の仕事は一見、華やかなようでいて、実際は退屈なルーティン・ワークにすぎないせいかもしれない。改めて口を開いた時には、お堅いですます調も引っ込めて、

「例の事件って、出版文化事業部の清原さんが殺された事件のことね。週明けから、北沢署の刑事さんが何度も訊き込みに来て、毎回、わたしが取り次いでるのに、自分が質問されるなんてこれが初めて。まさか容疑者扱いはないと思うけど、いったい何を訊くつもりなの？」

「社内の噂」綸太郎はにやりとして、耳打ちするように彼女に顔を近づけた。「聞くところによると、会社の玄関の受付のお姉さんは、社員間のゴシップや会社の裏情報に精通してるものなんだってね。マスコミでも何かと話題の事件だし、ここんとこその噂で、社内は持ちきりなんじゃないかな」

「そうね。でも、刑事さん。あの、悪気はないんだけど、もう少し顔を離してくれません？　ちょっとニンニク臭いから」

はたと昨日の夕食のメニューを思い出して、綸太郎はすごすごと五十センチばかり退い

た。今度は受付嬢のほうがにやにや相好《そうごう》を崩しながら、声をひそめて、口ぶりはさも不審そうに、

「でも、犯人は一緒に暮らしていた女の人なんじゃないの？　ＴＶでもそう言ってたし、それなら、会社とは関係ないわ。どうして今さら、三木さんをしょっぴくの」

「しょっぴくわけじゃない。聞き漏らしたことを確認しに来ただけだよ」

「ふうん」と受付嬢は言って、心持ち顔を横に傾けながら、「三角関係のもつれだったそうね。それもずいぶん複雑だったらしいじゃない。清原さんと三木さんのフィアンセが、高校時代からああいう関係で、三木さんは三木さんで親友同士に二股《ふたまた》かけてて――」

「故人の名誉のために言うと、ああいう関係っていうのは存在しなかったんだ。ＴＶ局のヤラセだよ。それより、二股云々《うんぬん》のことだけど、彼が婚約者には内緒で、清原さんにもちょっかいを出してたっていうのは本当なのか？」

「さあ。みんなはそう言ってるけど、わたしは二人とも付き合いはないし、とにかく噂で聞いただけだから」と、これは蓋を開ける前の決まり文句。

「何にせよ、そういう噂はあったわけだ」

「事件が起こる前からね」

「なるほど。噂の具体的な内容は？」

「ごく最近、三木さんが彼女に言い寄るところを、社内で目撃した人がいるというの。た

またま、なりゆきで向こうと付き合うことになったけど、本当は前からきみのことが、とか何とか、残業時間に、給湯室《きゅうとう》かどこかでね。でも、誰が目撃したのかはっきりしないし、職場の同僚で恋人の親友ともなれば、当人同士にその気がなくても、第三者が見かけて、誤解しかねないやりとりがあっても不思議じゃない。だから、噂の火元は結構あやふやなんだけど、むしろ、それ以外のささいな情況証拠っていうのが出そろってて、信憑《しんぴょう》性はかなり高いみたいよ。女の子たちって、見るところはちゃんと見てるから」

自分も女の子たちの中の一員であることは棚に上げて、しっかり太鼓判《たいこばん》を押す。

「その目撃談が事実だったとして、清原さんはどう反応したんだ？　職場の同僚だから、一緒にいる時間は恋人よりも長い。親友の彼氏に突然、言い寄られて、心が揺れたりはしなかっただろうか」

「それには二つの説があるの」と彼女は与えられた役割を愉《たの》しんでいるような口調で言った。「じつは清原さんも秘めた気持ちは同じで、口説《くど》かれたその場でＯＫしたという説。そのことが親友にばれて、殺人にまで発展したっていう、もっともらしいオチが付くんだけど、これは事情に詳しくない人たちが、事件を知ってから急に言い出したようなふしがあるから、あんまり信用できないわね。もうひとつは、三木さんが何と言って口説こうと、清原さんはあっさり突っぱねたはずだというのよ。もちろん、親友の彼氏だからってのもあるけど、この説には別の根拠があって、というのは、言い寄った三木さんは全然、気づいてなかったようだけど——そうそう、女の子たちの一致した見解によれば、彼って相当ニブい人らしいのよね——じつは彼女、ほかに付き合ってる男がいて、おまけにそれが、例のあれだったみたいなの」

「あれって？」

受付嬢はもったいぶって、声を出さずに唇の形で綸太郎に教えた。フ・リ・ン、と読める。

「不倫？　会社の中で？」

「ちがうちがう。だって、もしそうだったら、相手がわからないはずないもの。ＯＬの社内ネットワークを侮《あなど》っちゃだめよ、刑事さん」

「でも、それは不確かな噂の中でも、いちばん曖昧《あいまい》な部分だろう？　相手も絞れないのに、不倫だと言い切る根拠があるのかい」

「あら、最初に噂を聞きたいって言ったのは、刑事さんのほうよ」とますます焦《じ》らすような態度でほのめかす。「それに、火のないところに煙は立たぬっていうじゃない。ささいな情況証拠だって、積み重ねると立派な根拠になるものよ」

「というと？」

耳を貸して、というしぐさをする。核心に入るための儀式。綸太郎が息を詰めて顔を近づけると、彼女はミントの香りがするひそひそ声で、

「三木さんの一件とは別口で、清原さんに関するトップ・シークレット級の噂があったの。その不倫の相手っていうのは、東京の人間じゃない。出張先の京都で頻繁に接触してるらしくて、しかも、一説によれば、かなりのビッグ・ネーム——」

そこまで言いかけて、受付嬢は急に口をつぐみ、びっくり箱の蓋みたいに背筋を起こして、しゃちこばった勤務姿勢に立ち戻った。つられて綸太郎もデスクから身を離しながら、それとなく、

「どうかした？」

とたずねると、彼女は無言で、顔も動かさずに、エレヴェーターの方に目配《めくば》せする。ちょうど二人連れの男が降りてきて、背中でドアが閉じかけるところだった。ひとりは綸太郎と同じ年格好で、あくのない凡庸《ぼんよう》なやさ男ふうの顔つき、もうひとりはやぶにらみの四十男、エネルギッシュな管理職タイプ。二人とも足を止めて、やぶにらみの視線がロビーをさまよい、法月警視の姿を認めてから、確認を求めるようにこっちを見る。受付嬢はうなずいた。二人が歩き出してから、綸太郎は小声でたずねた。

「若いほうが噂の二股男だな。もうひとりは？」

「峰岸《みねぎし》さん。『VISAGE』の編集次長」

綸太郎は受付の前を離れ、なにくわぬ顔で父親のところに向かった。降りてくるのにずいぶん時間がかかると思ったら、何か言い含めることでもあったのだろう、しっかり上司

の監督付きというわけだ。警視と合流して、三木、峰岸の両名と型通りの挨拶《あいさつ》を交わした。綸太郎は例によって、法月警視の名前のない部下という扱いである。

峰岸はロビーの人目を嫌って、よそに席を移そうと提案した。打ち合わせでよく使う喫茶店がこの近くにあるという。下手《したて》に出ているようで、押しが強く、かなりのやり手と見た。彼の提案に従ってロビーを離れ、二人ずつ前後に並んで下りエスカレーターに乗ってから、前の二人に聞こえないように警視がささやき声でたずねた。

「受付嬢と何を話していたんだ？」

「噂の収集ですよ」と言って、綸太郎は思わせぶりに片目をつぶった。彼女の名前を聞かなかったことに気がついて、急いで受付デスクの方を振り返った時には、もう頭のてっぺんしか目に入らない。

10

……いちばん人恋しいのは、夜明け前、ひとりぼっちの数時間。でも、その時刻、人恋しさよりもっと激しくきみを虜《とりこ》にする感情がある。たったひとり、世界から切り離されて、今は身近に頼りになる話し相手もなく、自分が自分であるということの理不尽な恐ろしさ、耐えがたい罪悪感にさいなまれながら、しかし、この自明さの桎《しっ》梏《こく》から免《まぬが》れる術《すべ》はない。いっそのこと、この悪循環の源《みなもと》を根絶やしにしたい、この世から二宮良明という存在を消してしまいたくなる。そうするのが一番手っ取り早い解決法、唯一の合理的な手段のように思えてならない。

もちろんきみは、今日までその結論に何度もはかない抵抗を試みた。目覚めているのに、今にして思えば、最初から無駄なあがきとわかっているのだった。目覚めているのに、いや、目覚めているからこそこの同じ悪夢から逃れられない。昨日までそんな長い夜を幾度も明かした。果てしない後退を続ける消耗戦に召集された兵卒のように、眠りを奪われたきみは、救いを求める悲鳴も遠くかき消され、疲弊《ひへい》しきって援軍を乞《こ》う力も失せ、手も足も出ないまま、朝を迎えるたびに自分の臆病さを呪《のろ》う。どうしてみんな平気で生きていられるのだろう？　だが、そんな煩悶《はんもん》も今夜限りでおしまいだ。きみはもう二度と、夜明けを迎えることはないのだから。

物の形もわからない暗がりの中で、きみはひとりぽつねんと坐っている。灯《あか》りのひとつもない漆黒《しっこく》の闇に塗り込まれ、自分の深い息の音を耳にしながら膝を抱えてうずくまっている。ずっと長い間、そうし続けているのだった。誰かを恨《うら》んでいるのでも、自分を責めているのでもない。ただ所在なく、時が来るのを待っているだけだ。もはやきみを此岸《しがん》に引き止めるものはない。もう悲嘆に暮れなくてもいいと、そう思うことが何より安らかで、傷ついた心を逆《さか》なですることもない。

どれぐらい時間が経ったのか。白《しら》み始めた空に明るみが刻々と広がり、部屋の中の物の形を浮き上がらせようとしている。白い薬袋の不格好にふくらんだ凹凸《おうとつ》が、魚の内臓を取り出してテーブルに置いたように見える。カーテンを透《す》かして暁《あかつき》の微光が入り込むが、依然として暗く、きみの影がくっきりと全貌を見せることはない。きみは淵から這い上がるように身を起こすと、はだしの足を引きずるようにして、流しに立つ。何日も洗わないで放ってあるガラスのコップをわしづかみにして、水道の蛇口をひねり水を満たす。身をひるがえすようにきみはまた元の場所に戻り、テーブルの角にコップを置く。薬袋を開けて、錠剤のピルシートを取り出す。

医者は一日に一錠、それ以上まとめて服用してはいけないときみに言った。もらったばかりの薬が二週間分と、先週からわざと飲まずに取っておいた分を足して、三週間分の錠剤をひとつずつ指で押し出し、コップの水に落としていく。ビニールの梱包《こんぽう》シートの気泡をつぶす、あの不毛な作業に似ている。水があふれるのも気にしない。全部落とし込むと、きみはコップを手にし、何のためらいもなく飲み下す。喉につかえた錠剤の固まりを吐き出すのをこらえれば、あとはもう何もすることはない。何もない。

思い残すことは何もない。

きみは空になったコップをテーブルに戻し、床の上にじかに仰向《あおむ》けに横たわる。両手を重ねて腹に載せる。そして、部屋の中に滲《にじ》み込んでくる朝の光を出し抜くように、ゆっくりと目をつぶる。

静かだ。

きみは自分の深い息の音にじっと耳を傾け、何の恐れも幻滅も感じないで、ひっそりと眠りが満ちてくるのを待つ……。

——ちがう。

きみは自分の叫びで目を覚ます。それは夢だ。眠りの中で目覚めていたのは、きみじゃない。だが、きみは相変わらず闇の底にいる。物の形が黒々とした輪郭の定まらない塊《かたまり》となって、深い海底に沈んでいくような、夜明け前のように薄ぼんやりした闇。その中できみは夢で見たのと同じように、仰向けに床に横たわっている。ちがうのは、息苦しく、全身汗にまみれて、病人みたいに震えていることだ。

きみは落ち着かない。今、見た夢は初めてではない。いつも同じ場面から始まって、同じところで目が覚める。昔、繰り返し見た夢の記憶と寸分もちがわない。あの頃は毎晩のように、同じ夢にうなされていたものだ。もう長いことその夢を見ないでいられたのに。きみは不安に駆《か》られる。目覚めているのは確かなのに、まだ夢の続きを見ているような気もする。激しく動悸《どうき》が打つ。だがその不安こそ、夢とのちがい、きみが生きている証拠なのだ。きみは立ち上がり、目隠し鬼遊びのように宙を手探りして、やっと灯りをつける。まばゆい光が一瞬で部屋を満たし、きみは少しくらくらして目をこする。時計を見、夜明け前ではなく、もう夜が近い時刻だということがわかる。明け方に眠りに落ちて、ずっと熟睡していたのだ。まる半日の間、死人のように。不安がきみに取り憑いて離れない。きみは部屋の中をうろうろ歩き回る。ちがう、ちがう、ちがうときみは何度もつぶやく。しかし、いったい何がちがうというのか？　ちがうという断言の裏には、なぜという問いが貼りついている。なぜ、なぜ、なぜ？　きみは吃音《きつおん》の呪文のように、やみくもに自問を繰り返す。どこに問いを向ければいいのか、それすらわからないままに。きみは書架の本に手を伸ばす。どれという当てがあるわけではない、たまたま手が触れた一冊を抜き出し、でたらめにページを開いて、立ったまま読み始める。渇きの海のように荒涼とした虚無感を埋めるために。何年も前、同じ自殺の夢にうなされて、深夜ひとりで飛び起きた時、波立つ不安を紛《まぎ》らわせるために、いつもそうして耐え忍んだように。

……思考を重ねる中でわれわれが、全てはわれわれの中にあるということを否認できないならば、生においてわれわれに間断なく伴なっている限定感というものを説明するには、われわれがわれわれ自身の一部分に過ぎないのだと仮定するより方法がなくなる。するとここから直線的にある汝への信仰が導き出されるであろう。ただしここでの汝は（生における如《ごと》く）自我に対置されてあり、相似《あいに》ているもの（人間に対する人間であり、人に対する動物や石等ではない）というわけではなく、対自我（Gegen-Ich）一般として考えられている。そしてさらに、原自我（Ur-Ich）への信仰が必然的にこれと結びついている。この原自我こそが本来、哲学を基礎づけるものなのである。この一点において哲学の全てのラジアンが交わる。従ってわれわれの自我は、哲学の観点よりするなら、原自我というものへの、そして対自我への関係を含んでいる。自我は、同時に汝であり彼でありわれわれであるようなものなのである。

こうなると、自我の外部の非我（Nicht-Ich）というものは全くあり得ない。右の観方《みかた》と全然相容《あいい》れないがゆえに、非我なるものを考えることはここではかえりみられない……。

難解な哲学用語と堅苦しい翻訳文体が、かろうじてきみの心を和《やわ》らげる。フリードリヒ・シュレーゲル『哲学の発展　意識の理論としての心理学』の第一章「直観の理論」、一八〇四年から五年にかけてケルン大学で行なわれた文学講義の一部だ。

F・シュレーゲルはドイツ・ロマン派——ゲーテやシラーで知られる「疾風怒濤《シュトルム・ウント・ドラング》」運動に続くドイツ文学史の一時代——の理論的指導者で、いわゆる初期ロマン派のイェーナ時代（一七九七—一八〇四）に彼が打ち立てた「ロマン的イロニー」の理論は、フィヒテの知識学の顕著な影響を受けている。きみはちょうど大学院の修士論文で、この影響の過程を詳細に論じようとしているのだ。

　ドイツ観念論の極致を築いた哲学者フィヒテは、カントの認識論が最終的に到達できないものとして残した「物自体」の代わりに、認識主体である「自我」の絶対性を据《す》える。フィヒテによれば、自我と理想と無限の努力は、純粋自我の絶対的な同一性において、原理的にひとつにつながっている。これらをつなぐものこそ、無限性と有限性の間を行き交う交替運動、「構想力の能力」であるという。

　むろん、現実経験のすべての局面で、有限な自我は現実世界の制約を受け、いかなる瞬間にも無限な絶対自我とひとつになることはできない。その限りでは、理想へと向かう自我の努力は――カントが言うように――無限の当為にほかならない。しかしまた、あらゆる現実経験は、あらかじめ絶対自我の自己規定による、そのつどの創造作用としてあり、有限な自我の活動は、実際に自分では気づかなくても、それ自体としてみれば、同時にすでに無限な絶対的自我としてあることも疑えない――哲学者はその知的直観によって、自らがそれ自体において絶対的自我であることを認識し、自覚しているのだから。したがって、有限な自我にとって無限の努力の果てにあり、しかしけっして手の届かない終極と見えるものは、じつはその出発点から達成を約束され、またその瞬間ごとの「相互に衝突し合う二つの方向の間での漂《ただよ》い」、すなわち「構想力の能力」としての交替運動の中で、すでに果たされているというわけだ。

シュレーゲルが提唱するロマン的イロニーとはこのような交替運動、漂いの別名にほかならない。哲学者にとっての知的直観であったものが、芸術家にとってはイロニーなのであり、詩人が文学世界を創造する際の美的構想力は「ファンタジー」と呼ばれる。シュレーゲルによれば、ロマン主義文学とはファンタジーがそのつどもたらす断片としての作品を無限に超えて、ひとつの全体へと向かう「発展的普遍文学」であり、「いかなる実在的関心にも理念的関心にもとらわれず、文学的反省の翼《つばさ》に乗って、描写された対象と描写する主体との中間に漂い、この反省を次々と累乗《るいじょう》して合わせ鏡の中に並ぶ無限の像のように重ねていくことができる」(『アテネーウム断章』)。したがってそれは、「ジャンルを超えたジャンルであって、いわば文学そのものであるということのできるただひとつの文学ジャンルである」。イロニーとは「詩人の恣意《しい》」であり、「いかなる法則をもわが身に甘んじて受けることはない」。

のみならず、イロニーは自己の作品さえも、単に限定されたものにすぎないとして、これを戯れのうちに否定する「自己パロディ」の「考え抜かれた偽装」の身振りによって、一切を見下し、一切の上に漂う「無限に高まろうとする気分」に身を置く。「超越論的喜歌劇」の身振りとは、こうしたものであるという——。

二つの相争う思考の間の、たえまなく自らを生み続ける交替運動。やがて、きみはまた彼女の日記帳を開かずにはいられない。

なぜ、なぜ、なぜ？　きみは日記を読みながら、あてどなく自問を繰り返す。すでに手遅れになってしまった問いを。

物語の終り。終りの終り。きみはまたしても生き延びてしまった。その代償として、またしばらく悪夢にうなされて眠れぬ夜の底を漂う日々が繰り返されるのだろう、ときみは思う。

――だが、きみはいずれ、それに慣れてしまうだろう。かつてもそうだったように。

11

いったん表に出て、前の歩道を北上すると、二つ隣のスマートなテナント・ビルの二階に、『メルヒェン』という看板が出ていた。峰岸は店に入るなり、出迎えたウェイトレスに顎をしゃくる。以心伝心で、壁で仕切ったコンパートメントふうの部屋に通された。峰岸がコーヒーを四つオーダーして、ウェイトレスは退いた。三木は対座する二人よりも、隣に坐っている上司の目を意識するかのように、隅の席で小さくなっている。

「さっそくですが、三木さん」峰岸に主導権を握られる前に、機先を制して警視が切り出した。「あなたの目で、じかに確かめていただきたいものがあるんです」

「はあ」と三木は不明瞭につぶやいて、不安そうに身をよじらせた。

警視は鞄を開けて、サンテラス双海の被害者（清原奈津美——ではない？）の部屋から借りてきた、福井の高校の卒業アルバムを引っぱり出した。三年Ｅ組のページを開いて、三木の鼻先に上下を回して差し出す。

「清原さんの高校の卒業アルバムです」と警視は説明した。「失踪中の葛見百合子の部屋にも、同じものがありました。前にご覧になったことは？」

「いいえ。これが何か？」

「二人が同級生だったことはご存じでしょう。この中で、顔の見分けがつきますか？　その写真と名前の対応を確認してほしいのですが」

三木は釈然としない表情でうなずいて、ためらいながらアルバムに目を落とした。ところが、やぶにらみの上司がでしゃばって、頼みもしないのに横からのぞき込み、三木より先に、殺された自分の部下の顔を見つけた。ページの横に指を走らせて、葛見百合子の名前をとんと突き、おやっと顔を上げて、警視に言った。

「こりゃ名前が隣とまちがってますな。校正ミスでしょう、清原君の写真はこっちのはずだ。面影が今とそのままですから」

「名前のミスということはありえないのです」警視はにべもなく言った。「前後の名前を見てください。左から右にちゃんと五十音順になっているはずです」

峰岸は口の中で、いくつかの名前を読み上げた。戸惑いの表情が顔を覆い尽くしていく。

「本当だ。すると、なんですか。もしこのアルバムにある通り、葛見百合子という名前が正しいとしたら、清原君が本名を偽《いつわ》っていたとでも?」

「まだ断言はできませんが、死体の顔が焼かれていたことも考えに入れると——」

「そんな馬鹿な。だいいち、採用時に人事部が身元を確かめるから、そんな芸当はできやしません。しかし、どういうことなんだ。三木君、きみは何か知ってるのか」

三木はうわの空の様子で、うなだれたまま、すぐには返事をしなかった。二人の写真と名前が逆になっていることに気づいて、やはり最初は驚きの反応を示したが、思い当たるふしがないわけでもないらしく、眉間《みけん》に皺《しわ》を寄せながら、しばらく物思いにふけった末に、ああ、と声を洩らした。

「いや、これはやっぱりまちがいで、写真が入れ替わってるだけなんです」と三木は自信がありそうに言った。「清原君から聞いたことがあります。前にうちの雑誌で、見開きページに入れる写真の指定をまちがって、直しが間に合わず、配置が入れ替わったまま、店頭に並んだ号があるんですが、たしかその時、彼女が愚痴《ぐち》をこぼしてました。そういえば、自分の高校の卒業アルバムでも似たようなことがあって、ひどい目に遭《あ》ったことがあると」

「――写真の指定ミス？」綸太郎は父親と顔を見合わせた。峰岸と同じ文句が口を突いて出る。「そんな馬鹿な」

「本当ですか」と警視。「高校の卒業アルバムといえば、誰にとっても思い出深い一生の記念品だ。よりによって、その写真をまちがって載せるなんてことがあるとは思えませんが」

三木はかぶりを振って、詳細を思い出そうとしている。やがて、得心がいったようにうなずき、卓上のアルバムをこちらに向け直すと、熱のこもったきまじめな口ぶりで、

「清原君の説明によると、学校からアルバムの製作を請け負《う》った地元の印刷所の従業員が、名簿の中の葛見という姓の読み方をまちがえたんだそうです。かつみでなく、くずみと訓読してしまった。吉野葛《よしのくず》の葛です。それで、たまたま彼女と清原君のところだけ、名前の五十音の配列が前後して、写真の順序も現場の判断で入れ替えてしまったわけです。ただしその時点では、顔と名前の対応はちゃんとしていたので、それぐらいのまちがいなら、大目に見られたかもしれません。ところが、運が悪いというか、その後の校正段階で名前の前後のみが見つかって、写真のほうも入れ替わっていることは見過ごされたらしい。名前だけは正しい順序に組み直されたんですが、写真の配置はそのまま、結果的に二

人の顔と名前が一致しない状態で、アルバムが完成してしまったそうです。こういうものは、一冊の単価が高いうえに、予算の制約もありますから、刷《す》り直しもできないまま、卒業生全員に配布された。ぺらぺらの訂正表が申し訳程度に添えられていたそうですが、彼女たちは腹立ちまぎれに捨ててしまったとか。そんなふうに聞きました。ですから、このアルバムの写真は単なるまちがいで、二人が名前を偽っていたわけではけっしてないんです」

法月警視が声を出さないで、顎をがくがくさせた。綸太郎は冷汗をかいていた。三木の説明はもっともで、筋が通っている。たしかに、葛という漢字の音《おん》はカツだが、訓読すれば、くずである。したがって、重箱《じゅうばこ》読みを嫌って葛見という姓を、くずみと読んでも不思議はない。実際、土地によっては、くずみと読ませる例もあるのではないだろうか？

しかも、アルバムの写真の配列を吟味《ぎんみ》すると、二人の写真の配置ミスが見逃されやすい条件がそろっていることに、改めて気づかされる。

斉木雅則（バレー部）
近藤　聡
清原奈津美（図書部）
葛見百合子（図書部）

樫村欣司（サッカー部）

第一に、二人の姓が葛見と清原だったこと。かつみ—きよはら—くずみ、ちょうど一字ちがいで、順序が相前後する絶妙のコンビネーションだ。さらに、名前の順序と写真の入れ替えが、二人以外の生徒の配置に何ら影響を及ぼさなかったこと。仮に両隣の男子生徒が、亀山《かめやま》とか木村《きむら》とかいう名前だったら、男女入り交じって配列の狂いがはっきり目立つから、校正段階で名前だけ訂正して、写真のほうは手つかず、といったお粗末なミスは生じなかったはずだ。おまけに、二人とも同じ図書部に所属する親友同士で、写真を見比べるだけでは、際立《きわだ》った個性の差を認めがたく、お互いに曖昧な印象しか残らないのである。こうした条件が重なり合って、二人の名前と写真を逆に刷った卒業アルバムができ上がってしまったのだろう。

ある意味では、綸太郎自身、同じ不注意の罠《わな》に陥《おちい》ったといえる。名前の五十音順の配列にだけ注目して、写真が入れ替わっている可能性を見落としたのは明らかなボーンヘッドだが、そもそも、そんな不良品を生徒に渡す学校も学校である。卒業アルバムに託された三年間のかけがえのない思い出を、平気で踏みにじる行為ではないか？　それに比べれば、アルバムの写真を鵜《う》呑みにして早とちりをしたヘボ探偵のほうが、まだしも罪は軽い。

それとも、この説明が周到に練り上げられた作り話で、アルバムの写真と名前は正しい対応を示しているということはありえないだろうか？　綸太郎は慎重に自問した。少なくとも、三木が嘘をついている様子はないが、彼が正直に話しているからといって、説明そのものが真実であるという保証はない。清原奈津美と称していた人物が、アルバムの写真と名前の不一致を説明するために、彼にありもしない逸話を吹き込んだとしたら、どうだろう？

いや、そうした可能性を完全に論理的に排除することはできないが、現実問題としては九分九厘《くぶくりん》ありえない。奈津美が三木に語った逸話は、ちゃんと筋が通っていて、後からむなくでっち上げたものにしては、すでに検討したように、ミスを招いたささいな条件が嚙み合いすぎているからだ。このエピソードに人為的な操作を見出《みいだ》すとすれば、その前提として、あまりにも都合のよすぎる偶然の布石が手付かずのまま、投げ出されていたとでも認めなければならない。そうした様相主義的な布石を過去にさかのぼって期待するのは、一種のオカルト論理に陥ってしまうのと大差ない。

さらに、もっと現実的な反駁《はんばく》も可能だ。三木の話によれば、清原奈津美は自発的にその逸話を語ったという。しかも、三木はこのアルバムを見るのは、今日が初めてだと言った。仮に二人の女が何らかの理由で名前を取り替えていたとしても、アルバムの写真と名前の不一致をとがめられたわけでもないのに、自らそうした作り話を披露する必要があるだろうか？　あらかじめ、そんなことをする理由はないのだ。したがって、三木が聞かされた説明そのものに疑いの目を向けるのは、厳密に論理的な要請というより、単に負け惜しみで屁理屈《へ》をこねているにすぎない。下手《へた》な考え、休むに似たり。どっちみち、後から学校に問い合わせて確認すればはっきりすることなのである。

＊

場の空気がいっぺんに白《しら》けてしまったところへ、ウェイトレスがコーヒーを運んできた。峰岸はブラックで、あおるように喉に流し込むと、妙に尊大ぶった口調で言った。

「今の説明で、彼女の疑いはすっかり晴れたわけですな。やっぱり、清原君は清原君だ。おたずねの件というのは、これだけですか？　でしたら、われわれも企画会議を途中で抜けてきたので、あわただしくてすみませんが、失礼させていただいて――」

席の暖まる暇もなく、三木を促《うなが》して腰を浮かそうとするのを、法月警視は手を上げて制止して、

「お忙しいのはわかりますが、もうしばらく付き合ってください。もしどうしてもとおっしゃるなら、三木さんだけ残っていただいて、あなたは会社に戻られてもかまいませんが」

やぶにらみのまなざしが険《けわ》しくなったが、峰岸は愛想笑いでごまかして坐り直した。警視は卓上のアルバムをそそくさと片付けて、思わせぶりに手帳を開いた。第一ラウンドでは、出合い頭《がしら》にカウンターを食らって思わぬダウンを喫《きっ》したが、本当の勝負はこれからなのである。ページを繰りながら、あたりさわりのない口調で三木にたずねた。

「その後、葛見百合子から何か連絡はありませんでしたか？」

「いいえ、何も」

「彼女が身を寄せそうな場所に心当たりは？」

「それはもう何度も、北沢署の刑事さんにお答えしました。福井の実家のほかには、これといって、思い当たりません」

「ということは、清原君を殺した犯人の行方は、まだ皆目《かいもく》つかめんのですか？」

峰岸が答のわかりきった質問を、ことさらに差しはさんだ。警視は目もくれずにかぶりを振って、上司の差し出口を封じ、

「北沢署での事情聴取によると、日曜日の午後、あなたは葛見百合子と池袋で会う約束をしていたそうですが、その目的は何だったのですか？」

「普通のデートですよ。目的なんて、大げさなものじゃないです。食事をして、映画を見るとか、買い物に付き合わされるとか――」

「ホテルに入って、ベッドを共にするとか？」

三木は答えなかった。峰岸が不愉快そうに咳払いしてみせる。警視はそんな質問など口にしなかったように、平然と続けた。

「その日は、何か普段とちがって、特別な予定でもありませんでしたか？」

「いいえ」

「彼女とは、頻繁に会っていたのですか？」

「休みの日はいつも。平日でも、なるべく暇を見つけて、会うようにしてました」

「その時は、いつも二人だけで？　清原さんが同席することはなかったのですか」

「いや、よく三人一緒に飯を食いましたよ。二人の家に招かれて、手料理をごちそうになったこともあるし、特に仕事の後で会う時なんかは、清原君も誘って。平均したら、三回に一回ぐらいの割かな。付き合い始めた頃は、もっと多かったかもしれません。彼女と知り合ったのは、そもそも、清原君に紹介されたのがきっかけですから」

「葛見百合子と最後に会ったのは、いつです？」

三木は顔色を曇らせ、唇をなめてから、

「──半月ぐらい前の日曜だったと思います。先月の二十九日かな」

「おや。それはずいぶん、間隔が開いていますね」

「たまたま仕事が立て込んで、お互いに時間が取れなくて」三木の声は言い訳がましく響いた。「でも、その間も電話は欠かしませんでした」

か？」

「時間の都合というより、最近、フィアンセとうまくいっていなかったのではありません
三木は表情をこわばらせて、目に見えるほど肩を上下させた。目をみはって警視の顔に据えたまま、唾を飲み込む。それから、やっと唇を動かした。

「どうして、そんなことを？」

「北沢署の事情聴取の記録に目を通したのですが、あなたの答は、かなり激しくフィアンセを非難しているように読めましたからね。彼女に対する思いやりがまったく感じられなかった」

「それは──」三木の瞳が落ち着きのない、乱雑な動きを示し始めた。「よく覚えていませんが、清原君の死体を見つけた直後で、たぶん気が昂《たかぶ》っていたせいで、つい言葉だけ先走って、そういう言い回しになったんでは」

「あなたはその際、犯人は葛見百合子、被害者の同居人であると、事情聴取に当たった刑事に真っ先に告げていますね。これはその時点で、強くそう確信する理由があったのですか？」

「──あの現場の様子を見たら、そうとしか考えられませんでした」

「あるいは、葛見百合子が親友を殺す動機に、何か思い当たることがあったのではないですか」

警視がたたみかけると、三木は叱られている子供のように目を伏せた。

「いいえ」

「彼女があんなふうに、清原さんの顔を焼いた理由についてはどうです？」

「いや、見当も付かないです」と答えたが、内心の迷いが声を震わせて隠しようがない。

峰岸が助け舟を出そうと口を開きかけたので、警視はすかさず質問の角度を切り換えた。

「ところで、葛見百合子との婚約は白紙に戻すのですか？」

「こんなことになってしまった以上、解消せざるをえないでしょう」三木はやおら居直ったように、語調を荒くした。「彼女のご両親にも、すでにその旨《むね》を伝えてあります」

「それは手回しがいいですね」と警視は皮肉めかして言った。「しかし、よりによって、こういう時にそうまでしなくとも」

「たしかに、ご両親にはお気の毒ですが、殺人は殺人です。それに、早く態度を決めないと、ぼくの立場というものがあるので――」

「こういうことは、早目に白黒を付けたほうが、お互いのためになるのでは？」と峰岸が部下を弁護するように言い添えた。警視はほんの形だけ同意するようなそぶりをして、

「今度のようなことがなければ、予定通り、来年には彼女と結婚するはずだったのですね？」

「え、ええ。そうです」

「結納《ゆいのう》とか、式場の予約とかはどうしました？」

「いや、それはまだこれからのつもりで――」

三木はまた言い渋って、語尾を濁《にご》す。綸太郎はそろそろ潮時《しおどき》と見て、いきなり切りつけるような抜き身の問いを三木にぶつけた。

「最近、あなたが清原さんにしつこく言い寄っていたという噂が社内でささやかれているそうですが、その噂は事実ですか？」

三木は息を飲んで、まばたきもせず、綸太郎を見つめた。顔色はすでに蒼白で、放心したように、はいともいいえとも返事がない。警視はすぐに察しが付いたように顎をしゃくって、そのまま一気に寄り切ってしまえと目で合図した。

「それでは、清原さんがずっと日記をつけていたことはご存じですか？」

「日記？」三木はおぼつかない表情で、反射的に応じた。「いいえ、知りません」

綸太郎は一ヤードのプレートが付いた鍵に基づく推理を要約して伝えた。「谷崎《たにざき》ですな」と峰岸は興《きょう》がってみせるが――谷崎潤一郎《じゅんいちろう》の『鍵』は日記帳ではなく、書斎の小机の抽斗の鍵である――脱線している暇はないから、聞き流す。三木が半ばあきらめに近い及び腰でたずねた。

「その日記には、何かぼくのことが書いてあったのですか？」

「いや、まだ日記そのものは見つかっていません。葛見百合子が犯行現場から持ち去ったからです。彼女が清原さんを殺した動機は、その日記の中の記述と関係があると見ていいでしょう」綸太郎は自分の推測を証明ずみの事実のように語った。「葛見百合子は何らかのきっかけから、無断で清原さんの日記を盗み読んで、そこに記されていた秘密の事実を知ったために逆上し、衝動的に彼女を殺してしまった。その秘密の事実というのは、三木さん、あなたに関係があることではないですか？」

三木はがっくりとうなだれて、テーブルに両肘を突いた手で額を抱え、黙り込んでしまった。だらしない男である。そのあからさまな反応によって、先に真偽をたずねた噂を事実と認めてしまったことになるというのに。

すると、峰岸がまた大きく咳払いして、やっと自分の出番が来たというように口を開いた。

「口はばったいことを言うようですが、そうやって三木君ばかり責めるのは、お門《かど》ちがいではありませんか？　たしかに、あなたがたが考えているような経緯があって、それが殺人という結果を招いたのかもしれませんよ。それはもちろん、ほめられた行為ではないし、三木君に分別《ふんべつ》の足りないところがあったのも認めますが、彼のしたことは別に犯罪でも何でもない、男女の間の自然な心の動きで、世間にいくらでも似た話のあることです。葛見百合子という女性も、ある意味では、気の毒な境遇の犠牲者だが、だからといって、犯けっして人殺しの言い訳は立ちませんよ。警察の仕事は道徳の取り締まりではなくて、犯罪を検挙することでしょう。刑事さんたちもこんなところで、無責任な噂の詮索《せんさく》にうつつを抜かすより、一刻も早く、犯人の行方《ゆくえ》を突き止めることに専心すべきではないですか？」

「それはちゃんとやっています」と臆することなく警視は答えた。「葛見百合子の足取りを追うためには、事件の性格と彼女の心理を把握《はあく》することが必要です。われわれはけっして、ここで油を売っているわけではありません」

峰岸が反駁する言葉を探しあぐねている間に、綸太郎は改めて三木にたずねた。

「あなたが清原さんに言い寄ったという噂は、文字通りの事実と受け取っていいのですね？」

三木は言い抜けする元気も失って、力なく頭を垂れた。法月警視が質問を引き取って、

「ということは、やはりここしばらく、葛見百合子との関係は冷えていたのですか」

「ええ」

「それは、あなたの気持ちが同僚の清原さんに移ったせいですか」

「——そうでないとは言いません」三木はぼそぼそとつぶやくように釈明した。「でも、それとは別に、百合子と付き合いを重ねるうちに、だんだん、彼女のいやなところが目に付くようになったのも事実です。普段はほとんど、おくびにも出さないんですが、気を許すと、ひどく傲慢な本心をのぞかせることがあって、ぼくにはそれが耐えられなかった。

そう、清原君のことが一番いい例なんです」

「というと？」

「ぼくたちが二人きりで本人がいない時、ことあるごとに彼女は、清原君をひどく見下したような物言いをするんです。奈津美なんて、あたしがいなきゃひとりで何もできないクセにとか、服装のセンスがダサイのは何とかならないのかしらとか、ここだけの話だけど、あの娘《こ》ったら未《いま》だに処女なのよ、ホントどうかしてるわ、よく平気でいられるわねとか——」

三木の話し声はまた少しずつ熱を帯びて、自分を弁護し、ぐらついた自尊心を支える心理的なジャイロコンパスの回転にはずみが付き始めた。

「たしかに彼女の言う通りなのかもしれませんが、そうかといって、長年一緒に暮らしてる親友のことを、あんなふうに悪《あ》しざまに言えるものでしょうか？　いくらなんでもそういう言い方はないんじゃないかと言うと、彼女は、何でそう奈津美の肩ばっかり持つのよ、と言って今度はぼくに当たるんです。それで、女同士でいがみ合っているのかと思えば、清原君が一緒だと本当に仲よさそうにしてるし、清原君のほうも、百合子がいないと、わたし、本当にひとりでめげちゃうんだから、みたいなことを折に触れて洩らすんです。めげてしまうのは、こっちのほうですよ」

警視は一応の理解を示しながら、三木の釈明に留保を付けるように、意見を差しはさんだ。

「しかし、若い女性同士の友情というのは、どこかにそうしたアンバランスな部分があったほうが、かえってうまくいくものではないですか？　親友を貶《おとし》めるように聞こえたとしても、必ずしも葛見百合子に悪気があったとは限らない」

「それはそうかもしれませんが、ぼくは百合子のそういう一面に、どうしてもなじめなかった。最初のうち、ぼくのほうが彼女に入れ込んでいた分、反動でよけいに嫌気が差して、だんだん、彼女と会うのがうっとうしくなり、逆に、万事に控え目で一途《いちず》な清原君の存在が光って見えるようになったんです。入社してうちの部に配属された時から、彼女の熱心な仕事ぶりには、打たれることが多かったですし。彼女の肩を持ちすぎると百合子が言うのも、半分は当たっていたわけですが、そういう焼きもちみたいな、あさましい優越感をひけらかされると、いっそう清原君のほうに気持ちが移っていくのに、拍車をかけられるばかりでした。言い訳めきますが、たしかにぼくのしたことは、ほめられた行ないではないかもしれない。でも、そういうふうになってしまった一因は、百合子のほうにもあったんです」

「今の説明で、清原君に関する部分については、私が保証します」といかにも取って付けたように、峰岸がコメントを付した。「上司の目から見ても、彼と清原君は、じつに息の合ったいいコンビだった。だから、三木君が彼女のことを愛《いと》しいと思うようになったとすれば、それはいわば、自然のなりゆきというものですよ」

　警視は聞こえなかったふりをして、またこちらに顎をしゃくった。それを受けて、綸太郎が質問を再開する。

「あなたが清原さんに自分の気持ちを告げたのは、いつのことですか？」

「しばらく前から、それとなくほのめかしたことは幾度もありますが、はっきりとそう伝えたのは、今月に入ってすぐです。たまたま残業で、二人とも遅くまで社にいた時に」

「それに対して、彼女は何と？」

　思い出すのもやるせないというような苦い表情で、三木はかぶりを振った。

「すげなく拒絶されました。ぼくは頼りになる先輩なんだそうで、尊敬してるし、これからもずっと一緒に仕事をしていくつもりだけれど、恋人とか付き合うとか、そういう気持ちにはどうしてもなれないと」いったん言葉を切って溜息をついてから、負け惜しみのように付け加える。「まあ、なんとなくそう言われるような気はしたんですが」

「彼女があなたを拒《こば》んだ理由は？」

「大事な親友を裏切りたくないから、と」

「それだけですか」

「ほかに好きな相手がいて、まじめに付き合っている——でも、そのことは絶対、百合子には内緒にしてくれときつく口止めされました。自分も今日のことは百合子には話さないから、秘密を守ると誓ってほしいと。ものすごく真剣な表情でした」

「その相手というのがどこの誰だか、彼女に訊きましたか？」

「ええ。でも、教えてはくれませんでした。社内の人間ではないような感じでしたが」

警視は予想外の面持ちで、もの問いたげな視線を投げてよこした。父親への説明は後回しにして、今度は峰岸にたずねる。

「清原さんは定期的に、京都に出張していたそうですね。それは、どういう仕事なのですか？」

やぶにらみの上司は底意《そこい》の感じられる目つきをしたが、すぐにそれを隠し、なにくわぬ口ぶりで、

「清原君は、竜胆直巳先生の担当でした。お名前はご存じでしょう、数年前にN氏賞を受賞した人気作家で、京都の鹿ヶ谷にお住まいの。竜胆先生は今年の一月から、うちの『VISAGE』という雑誌に一話三十枚の連作短編を連載中で、清原君は原稿の受け取りと作品の打ち合わせのため、半月ごとに鹿ヶ谷のご自宅に通っていました。三十枚といえば、普通ならファックスで片付けられる枚数ですが、なにしろ竜胆直巳といえば、今いちばんの売れっ子で、あちこちに連載を抱え、文字通りに超が付く忙しい作家です。おまけに、うちの出版文化事業部は企業メセナの一環として、本部の広報宣伝部門から独立してからまだ日が浅く、知名度も低いので——たとえば『VISAGE』にしても、会社が税金対

策のために出すような、企業PR誌に毛が生《は》えた程度の雑誌と未だに誤解されるぐらいですから、竜胆先生のような一流どころの作家に仕事をお願いする場合には、それなりの誠意を尽くすというか、少なくとも、名の通った大手の出版社さんよりよけいにこちらが気を配って、待遇をよくしないと、なかなか引き受けてもらえません。もっとも、『VISAGE』は最近、ぐんぐんと部数が伸びて、大手の出版社さんにも遜色《そんしょく》のない数字を出しつつありますが」

「要するに、彼女の出張の目的は、売れっ子作家のご機嫌伺《うかが》いだったということですか？」

「いやあ、それはちがいます」峰岸は鎌《かま》をかけられていると気づいたそぶりなど毛ほども見せず、なだめ伏せるように否定した。「使い走りの御用聞きみたいなことをさせるために、わざわざ、清原君を京都にやったわけではありません。竜胆先生にお願いした連作のコンセプトというのは、自画自賛めきますが、かなり思いきった新機軸でして、まあ、一種の商品タイアップ小説とでも言いますか、要するに毎回、わが社の製品をモチーフにして、そこからイメージをふくらませ、ひとつのストーリーを紡《つむ》ぎ出すんです。映画やTVドラマでも似たような発想はありますが、たいていは、スポンサー付きの商品があざとくワンカットだけアップになって、それで終り。叙情もへったくれもありません。そうした目先だけの小道具扱いではなくて、ストーリーと分かちがたく一体となった奥行きのあるイメージ、さりげない取り合わせの妙、いつまでも余韻《よいん》の残る読後感、われわれはそういうクオリティの高い表現を求めているんです。もちろん、あくまでも小説そのものが主眼で、商品の宣伝が目的ではありませんから、同じページに自社製品の広告を入れて、雰囲気をぶち壊しにするような愚《ぐ》は犯しません。このコンセプトを実現するには、竜胆先生はまさに打ってつけの作家で、女性心理の微妙な綾《あや》を描かせたら、今は彼の右に出る人はいないでしょう。もっとも、口で言うのは簡単ですが、ほかの連載を抱えながら、毎回イメージにぴったりのストーリーを練り上げるのは、さすがの竜胆先生でも大変な作業ですから、担当編集者との綿密な打ち合わせが欠かせません。清原君が半月ごとに京都に出向いて、じかに著者と会っていたのもそのためです。幸い、竜胆先生はこの企画に大乗り気で、しかも、彼女の熱意を買ってくれたおかげで、毎回すばらしい作品をいただいています。読者アンケートでもひじょうに好評で、今では『VISAGE』の目玉ページのひとつです。最初は一年間の連載の予定でしたが、好評につき、つい先日延長が決まったばかりで、同時に単行本化の作業も進んでいるというのに、肝心の功労者の清原君があんなことになってしまったのでは、元も子もありません。今後の算段どころか、まだ後任の担当さえ決まらない始末です。まったく惜しい人材を失いました。清原君にとっても、われわれ編集部にとっても、今度のことは残念で仕方ありません」

「なるほど、それでわかりました」綸太郎は父親に目をやって、質問が尽きたことを伝えた。警視はうなずいたが、今のやりとりが腑《ふ》に落ちない様子で、すぐに事情聴取を切り上げようとはしない。

「──しかし、刑事さん」と峰岸も不審そうに食い下がった。「清原君の出張の内容を聞いてどうするんですか？　それが、犯人逮捕の手がかりになるとも思えませんが」

綸太郎は腕を組んだ。別にこの場で答える必要はないのだが、法月警視も同じ疑問を顔に出しているので、ついでに話してしまおうと思った。

「さっきの三木さんの話では、清原さんには好きな相手がいて、しかも、そのことを親友の葛見百合子には秘密にしていた──あえて秘密にしなければならない、特別な理由があったのかもしれません。そこで、仮に清原さんの付き合っていた相手が、出張先で知り合った京都の人間だったとすれば、彼女の日記を読んだ葛見百合子が、その事実を確かめるために、京都へ向かった可能性もあります」

三木とやぶにらみの上司は、二人とも目を合わせずに、押し黙って何かの考えにふけっていたが、それぞれ考えている内容は別々のようだった。綸太郎はいずれの内容も見当の付く気がした。それ以上、二人が何も言う気配がないので、警視はやっとこさ腰を浮かせ、会見の終りを告げた。

「お忙しいところ、長々とお引き止めしてすみませんでした。われわれはこれで退散しますが、お話のおかげで、かなり事件の輪郭がはっきりしてきたようです。今後の捜査に進展があれば、またこちらから連絡します。ご協力ありがとうございました」

綸太郎も立ち上がり、二人は相次いで席を後にしかけた。ところが、警視がふと何か思いついたように踵《きびす》を返し、見送りに立ち上がった三木に近寄って何ごとか耳打ちした。警視はなにくわぬ顔ですぐに戻ってきて、さあ行こうと綸太郎を促した。去り際《ぎわ》にもう一度仕切り部屋の中を振り返ると、三木はあっけに取られた表情で、絶句し、棒杭《ぼうくい》になったみたいに立ちつくしていた。

＊

車を置いてきた場所まで歩いて戻りながら、綸太郎はヌーベル化粧品の受付嬢との会話を父親に話して聞かせた。法月警視は『メルヒェン』の仕切り部屋でのやりとりから、だいたい、その内容を察していたようだったが、清原奈津美の不倫説をめぐるトップ・シークレット級の噂という段になると、さすがに驚きの表情を隠せなかった。

「じゃあ、何か？　受付嬢がほのめかした、かなりのビッグ・ネームというのは、N氏賞作家で超売れっ子の竜胆直巳のことなのか」

「名前は聞けませんでしたが、たぶん」と綸太郎は請け合った。「ぼくの素姓《すじょう》を明かさなかったのは、正解でしたね。同業者だと知ったら、峰岸はもっと警戒して、口数を減らしたはずです」

警視は煙草の吸口を嚙みしだきながら、眉の端を釣り上げて、

「その筋では、よっぽど評判の悪い人物なのか、竜胆という男は？」

「ぼくはいっぺん、どこかのパーティ会場で、遠くからご尊顔を拝したことがあるだけで、直接の面識はありませんけどね、噂だけなら、耳にタコができるぐらい聞かされてますよ。一応、平成の無頼派《ぶらい》という触れ込みなんですが、飲む・打つのほうはさっぱり見かけ倒しで、もっぱら買うほうにばかり力を入れているとか。もちろん、買うといっても、相手をプロと限った話じゃありませんが」

車に戻ると、ワイパーに駐車違反の切符がはさんであった。警視は黙って切符を丸め、道すがら吹かしてきた煙草の吸殻と一緒に、ダッシュボードの灰皿にねじ込んだ。指示器を出して、桜田門《さくらだもん》の方角に車を走らせながら、助手席を横目にまた口を開く。

「要は、女関係がだらしないということだな」

綸太郎はうなずいて、

「ちゃんと奥さんがいて、たしか子供も二人いると思いますが、もう何年も前から、家族とは別居してるはずです。表向きは、本宅と仕事場を分けていることになってますけど、自分は京都の鹿ヶ谷に居を構えて、奥さんと子供は杉並《すぎなみ》のマンションで暮らしてるそうですから、これはすっかりあべこべで、実際は夫婦といっても、もはや名ばかりのものでし

かない。鹿ヶ谷の自宅には、身の回りの世話をすると称して、若い愛人を住まわせてるらしいんですが、これも噂によると、何カ月かおきにころころ変わるとか、訪れる曜日によってちがう女が出てくるとか、その手の風聞が年じゅう、編集者の間を飛び交《か》っています。とはいえ、そんなのはまだ序の口で、翳《かげ》りを帯びた甘いマスクと昨今まれな直情破滅型の文士という風評に物を言わせて、有名な女優や祇園《ぎおん》の芸妓《げいこ》、クラブのママに役者の卵、AVモデルに競馬ギャルの女子大生と、浮き名を流した例は、いま思いつくだけでも数知れず。自分が選考委員に名を連ねている新人賞を餌に、若い女流作家をものにしたり、ファンレターをもらった相手を呼び出して、初対面でいきなりホテルに連れ込んだりなんていうのは、もう日常茶飯事《さはんじ》だそうですよ。ところが、それこそ人気作家の強みというか、出版社に対して頭ごなしに物が言える立場を利用して、本当にやばい秘密がすっぱ抜かれそうになっても、記事になる前に会社との取引でもみ消せるから、写真誌とか女性週刊誌に登場することは絶対にないんです」

「そいつはずいぶんおいしい話だな」と警視は少し恨めしそうな顔つきで言った。「今時、小説家なんてみんなサラリーマン化して、別に大したステイタスでもあるまいと思っていたが、さすがにN氏賞クラスともなると、まだそれだけ羽振《はぶ》りが利《き》くんだな。平成の無頼派か、文学は死なずってわけだ」

綸太郎は皮肉っぽくにやりとして、

「もっとも、一説には、本人がのべつ自分で吹聴《ふいちょう》してるわりには、実際にうまくいったケースはその半分、いや、さらにその半分にも満たないと言いますけど。むしろ今の文壇そのものが、そうした幻想を維持するためのシンボルを必要としてるってことでしょうね。おまけに、聞くところによると、竜胆先生もそろそろ知命《ちめい》の歳を前にして、最近、体力の衰えをカバーするために、毎朝早起きしてジョギングに精を出し始めたとか。早朝ジョギングなんて、平成の無頼派の看板が泣きますよ。まあ、それはそれとして、噂の愛人リストを一から十まで鵜呑みにはできないけれど、少なくとも、竜胆直巳が据え膳《ぜん》を食わない主義の誇り高い紳士から、ほど遠い人物であることは確かです。とりわけ、N氏賞の肩書きが無条件に通用する相手に対して。だから、若いきれいな女の編集者を彼の担当に付けることは、良識ある出版社の編集部では、暗黙のタブーのはずなんです。ところが、『VISAGE』の編集部はあえてそのタブーを犯した」

「連載を引き受けてもらうのと引き換えに、清原奈津美を人身御供《ひとみごくう》に出したというのか？」

「だって、お父さんもさっきの峰岸の反応を見たでしょう。事の次第を胸三寸《むねさんずん》に納めて、知らん顔をしている様子だった」

「そう言われると、そんな気もしたが――」

警視は小首を傾げ、数寄屋橋《すきやばし》の信号の手前でまたブレーキを踏みながら、言いかけた途中で判断をニュートラルに保留した。晴海《はるみ》通りは相変わらず混んでいて、車の流れは鈍かった。警視はさっきからなんとなく気が立っている様子だが、それが都の拙劣《せつれつ》な道路行政のせいなのか、それともほかに理由があるのか、綸太郎は計りかねていた。

「竜胆直巳ぐらい名の売れた作家が、そうおいそれと、『VISAGE』みたいな後発のマイナー雑誌の連載を引き受けたりはしないと思うんですよ。峰岸は新機軸だ、新しいコンセプトだと力説してましたが、あんなものはよくあるCM小説で、広告代理店のコピーライターだって、いくらでも上等なものが書けるような仕事です。同業者から顰蹙《ひんしゅく》を買って、N氏賞の看板を汚《けが》したと陰口をたたかれるのがオチですね。それをあえて引き受けたということは、よほど高い原稿料を吹っかけたか、さもなくば、担当の編集者と昵懇《じっこん》になる機会を見逃さなかったか——ぼくは両方だと思いますけど」

「おまえの考えは、少しうがちすぎなんじゃないか」警視はアクセルを吹かしながら、不同意のつぶやきを洩らした。「N氏賞の看板を汚そうと汚すまいと、金の儲《もう》かる仕事なら何だって引き受けるのが、無頼派の無頼派たる所以《ゆえん》だと俺は思うがね。だいいち、受付嬢の証言は単なる噂の要約であって、清原奈津美が京都で不倫の関係を結んでいたという確証は何ひとつない。だいたい、そうした噂というのは、おもしろおかしい尾ひれがつきがちなもので、おまえみたいに、頭からそいつを鵜呑みにするのは危険だ」

「しかし、三木の証言にもあった通り、清原奈津美は現実に誰かと付き合っていたわけですし、前後の事情から見ても、その男が京都に住んでる可能性はかなり高いんじゃないですか？」

「俺もその点は認める。それに、おまえがさっき披露した、葛見百合子が奈津美の男と会うために京都へ向かった、という考えも悪くないと思う。だが、少なくとも、百合子が会いに行った相手は竜胆直巳ではありえない。なぜというに、仮に清原奈津美が竜胆とできていたとしても、縁もゆかりもない竜胆に対して、百合子がとやかく言う筋合いはないからだ。そうだろう？　竜胆に会って、いったい何を話すことがあるんだ」

「そうとも言い切れないですよ」綸太郎はいくぶんひるみがちに、かすれた声で答えた。「葛見百合子も奈津美と同じ編集者だったことをお忘れなく。彼女は仕事をきっかけに、過去に竜胆直巳と何らかの交渉を持ったことがあるかもしれません。その交渉がどのような種類のものだったか、今は問えませんが、いずれにせよ、現段階で何の裏付けもなく、百合子と竜胆が縁もゆかりもない見知らぬ同士だったと速断するのは——」

「おまえのほうこそ、何の裏付けもない屁理屈じゃないか」と警視は綸太郎をさえぎって、「噂と憶測を掛け合わせたって、確固たる事実にはならんぞ。それに、竜胆との不倫説では、もうひとつ説明の付かない点がある。清原奈津美はその相手のことが好きで、まじめに付き合っていると三木に告げたのだ。二十五の娘が竜胆みたいな札付きに惚《ほ》れること自体は別にかまわんが、仕事にかこつけて、名ばかりとはいえ、妻子持ちの男と逢瀬《おうせ》を重ねることが、まじめに付き合う部類に入るとはとても思えない」

「それは言葉の綾ですよ」綸太郎も強情に言い張った。「たぶん、清原奈津美がそういう言い回しを使ったのは、三木のわがままな求愛を退けるための、その場しのぎの言い訳でしかなくて、必ずしも文字通りの意味に取ることはできない。三木はその言葉を真《ま》に受けたのかもしれませんが、ぼくに言わせれば、あいつは馬鹿ですよ。自分のことばかりにかまけて、同僚の身の上に起こった変化には、まったく気づいていなかったにちがいない。その意味で、彼の話は額面通りに受け取れないと思います」

「その点についてなら、俺も同感だ」と警視が吐き出すように言った。「三木達也は馬鹿だよ。世間知らずの甘ちゃんだ。いい歳をして、ひとりよがりで何にもわかっちゃいない。それどころか、あんな男に関わり合ったのが、彼女たちの不幸の元凶だと言ってもいいぐらいだ」

その言い方には、自分が先に口に出した以上の刺《とげ》があったので、綸太郎はけげんに思って、父親にたずねた。

「『メルヒェン』を出る時、三木に何を吹き込んだんですか？　ひどく動揺していたようですが」

「被害者の解剖所見を教えてやったんだ」と警視は前の車両のテールを怖い目つきでにらみながら、いっそう毒を含んだ口調で言った。「清原奈津美は処女ではなかった、とな。

三木は、とうてい信じられないという顔をしていたよ。どうやら、葛見百合子の言葉をすっかり真に受けて、ずっと同僚をそういう目で見ていたらしい。やつがフィアンセを見放して、清原奈津美に言い寄ったのも、ひとつにはその思い込みがあったせいだと俺は思う——」憮然とした表情で、もう一度つぶやいた。「あいつは正真正銘《しょうしんしょうめい》のバカだよ」

＊

警視庁のオフィスに着いた二人を待っていたのは、京都府警から届いたばかりの最新情報だった。世田谷マンションＯＬ殺人事件の重要参考人として手配中の葛見百合子と見られる人物が、京都市内で死体で発見されたというのだ。

第三部　捜査Ⅱ　～京都～

人ごみに流されて変わってゆく私を
あなたはときどき遠くでしかって

12

東西新聞十月十七日（木曜日）付朝刊

行方不明の女性が発電所で転落死　京都

　十六日午前九時ごろ、京都市左京区粟田口の蹴上水力発電所の水圧鉄管のそばで、女性が倒れているのを見回り中の電力会社職員が見つけ、通報した。

京都府警の調べによると、死亡が確認された女性は東京都世田谷区の会社員葛見百合子さん（二五）で、十五日深夜、同発電所の制水ゲートから二十メートル下の水圧鉄管に転落、全身を強く打って即死したものと見られている。

　葛見さんは、十二日、世田谷区松原のマンションで、会社員清原奈津美さん（二五）が殺された事件の重要参考人で、翌日から姿を消しており、警視庁が行方を捜していた。京都府警では、事件と事故の両方の可能性があると見て、関係者から事情を聞いている。

＊

竜胆直巳さん　暴漢に襲われ大けが

十六日午前六時半ごろ、京都市左京区若王子町の哲学の道で、人気作家の竜胆（りんどう）直巳さん（＝本名・近藤直巳さん　四八）が倒れているのを、通りかかった人が見つけ、通報した。竜胆さんはすぐに病院に運ばれたが、全身を強く殴打されて一カ月の重傷。

京都府警が竜胆さんから事情を聞いたところ、ジョギング中に知らない男から話しかけられ、会話しているうちに、いきなり殴る蹴るの暴行を受けたという。男は身長一七〇センチぐらい、二十代半ばで、愛読者の学生と自称したが、竜胆さんは襲われる理由に心当たりはないと話している。

竜胆さんは京都市左京区鹿ヶ谷に在住。『まだ忘れられない』で第九五回N氏賞を受賞し、『別れの十二章』『グレーの雨傘』など、女性の恋愛心理を描いた小説で人気を博している。

《「嘘」、その男の顔を見て、真知子は、息の多い声で、まるでたった一言しか言葉を知らないように、言った。》

13

十月十七日の朝、綸太郎は中上健次《なかがみけんじ》の新聞連載小説の最終回を読み飛ばし、東京駅で捜査一課の久能《くのう》警部と落ち合って、九時ちょうど発のひかり二一三号で京都に向かった。葛見百合子が京都で死んだという前日の報を受けて、遺体の確認と十三日以降の葛見容疑者の足取りを明らかにするために、捜査本部を代表して本庁から久能が現地に派遣されることになり、もとより父親の下で幾度も捜査に協力して気心の知れた相手なのと、事件の結末を見届けたいという欲求に動かされ、綸太郎は自腹を切って出張捜査に同行することにしたのである。

そういえば、旅行で東京を離れるのは、もうかれこれ半年ぶりのことになる。長雨の後、晴天は三日と保《も》たず、今朝の空模様は今にも崩れそうで、関西方面の予報は雨だった。リクライニング・シートに頭を預けて、けたたましい発車のシグナルを聞き、窓の外をすべるように通り過ぎていく代わり映《ば》えのしないホームの景色を漫然とながめながら、綸太郎は改めて今回の事件との関わりについて考え始めた。前の晩、部屋で荷造りをしていた時に、父親と交わした会話が脳裏《のうり》によみがえる——。

「ずいぶん積極的じゃないか、え？　どのみち、事件は底が見えたも同然だ。わざわざ、縁もゆかりもないおまえが、京都くんだりまで出かける必要もなかろうに」

「それはそうですけどね」と綸太郎は着替えの衣類をたたむ手を休めて、法月警視に答えた。「付け焼き刃の好奇心かもしれませんが、気になって仕方がないんですよ、とどのつまり、二人の女の間に何があったのか？　ここにでんと構えて、悠長に京都からの報告を待っている気にはなれません」

警視はふふんと鼻を鳴らし、皮肉家ぶってむやみと詮索《せんさく》するような口調で、

「それは探偵としての関心なのか。それとも、新しい小説の題材を嗅《か》ぎつけたせいか？」

「——両方ともイエスと言うこともできるし、でも厳密には、そのどっちでもないですね」

「言っとくが、禅《ぜん》問答に付き合う気はないぞ」

綸太郎は笑った。

「謎解きの興味とか、作家的関心がまったくないとは言いませんよ。なにしろきっかけは、お父さんが持ち帰った一ヤードの鍵パズルですから。でも、そういう次元とは別に、

事件に対するもっと俗っぽい興味が徐々に生じてきて、今はむしろ、そっちのほうが支配的になっているぐらいの意味で、どっちでもないと言ったんです」

「俗っぽい興味というのは、ワイドショーのレポーターみたいな、使命感に燃えたノゾキ願望とはちがうのか？」

「元をたどれば、似たようなもんですよ」自分の仕事の悲劇的性格について日頃から大言《たいげん》壮語《そうご》している分、昨夜はよけいに口はばったい思いをしながら、綸太郎は説明に努《つと》めたのだった。「今日、サンテラス双海の部屋を見に行って、その後、三木達也の話を聞いているうちにふと、葛見百合子の側にも言い分があるんじゃないか、という疑念が湧いたと思ってください。彼女の釈明を聞いてみないと、なんとなく不公平のような気がしてきたんです。ところが、そう思った矢先に百合子が死んだと知らされて、ぼくはひどく据《す》わりの悪い気分になった。事件はこのまま、葛見百合子が犯行を悔《く》いて自殺したという線に沿って一件落着して、たぶん、その線でまちがいはないでしょうが、それではあまりにも彼女が気の毒なんじゃないか。そう思いませんか？　問題は百合子だけに限らず、殺された清原奈津美にとっても同じことなんです。警察のやり方に文句を付けるわけではありませんが、犯人が死んでしまった以上、明日からの捜査は残務処理、シーズン末の消化試合みたいなものになるでしょう。公判が開かれて新しい証言が明るみに出るわけでもないし、三木はあんなやつですから、じきに二人のことなんてけろっと忘れてしまうにちがいない。

そうすると、それこそ俗っぽい言い方ですけど、彼女たちの人生はいったい何だったのか、ということになる。たしかにぼくは死んだ二人とは無関係な三文《さんもん》探偵作家で、面白半分にこの事件に手を出したようなものですが、今ではそうした問いを口にしても許されるぐらいには、物語の中に首を突っ込んでしまっているわけです。だから、もしあえて誰も二人の物語にちゃんとした終止符を打とうとしないなら、たとえぼくみたいな半端《はんぱ》な物好きであろうと、その役割を引き受けたっていいんじゃないでしょうか？　それに、奈津美の日記帳のことだってあるし。京都府警の調べでは、施錠式の日記帳も、百合子が取ったはずのコピーもまだ見当たらないようですが、ぼくはその存在を固く信じてますよ。奈津美の日記を発見して、そこに何が書かれているか突き止めない限り、百合子の本当の動機もわからないはずなんです。だから、まず京都に行って、日記帳かそのコピーを見つけないことには、お話にならない。少なくともこの件については、ぼくの沽券《こけん》が関わってますからね、他人に任せちゃおけないんです」

「珍しく殊勝《しゅしょう》な口を利くじゃないか」と警視は次第に興《きょう》がってにやにやしながら、「回りくどいのは相変わらずだが、それがおまえの唯一の取柄《とりえ》なんだから、とやかく言ってもしょうがない。要するに、おまえには一種の名探偵コンプレックスみたいなものがまとわりついていて、いちいち自分で自分を納得させないと、身動きもままならんというわけだ。俺はおまえのそういうところがじれったくて、見ちゃおれんと思うことがしょっちゅうだが、まあ、今回は大目に見てやろう。本当のところは、都合さえつけば、おまえなんぞ差し置いて、俺が現地に飛んでいって、葛見百合子の死顔《しにがお》をこの目でじかに確かめたいぐらいなんだ。おまえだけじゃない、どういうわけだか知らんが、この事件は妙に俺の頭を悩ませる。見かけほど単純に割り切れないことが多すぎる。おまえは消化試合だと言ったが、俺はけっしてそんなつもりはない。そうでなければ、わざわざ久能警部を京都にやったりするものか」

警視はあらためて同意を求めるように顎をしゃくった。綸太郎は目を細めて父親を見つめ、

「向こうで何かわかり次第、連絡しますよ」

「おう」

それから、綸太郎は荷物を旅行鞄に詰める作業に戻ったが、父親は部屋の戸口のところに突っ立って、ウンとかアアとか、ひとりでつぶやいているのだった。清原奈津美の卒業アルバムを鞄の中に収めようとした時、警視がまた口を開いた。

「それも持ってくのか？」

「いけませんか？」

「いや。しかし、かさばって重たいばかりで、荷物の邪魔になりやしないか。特にアルバムが入り用というわけでもあるまいに」

「そうなんですが、なんとなく持ってったほうがいいような気がして」

「どうして？」

「顔ですよ」綸太郎は少し考えてから答えた。「二人の顔を見るまでは、奈津美といい百合子といい、名前だけで、連立方程式のXとYみたいな存在でしかなかった。それは相互に交換可能な記号みたいなもので、机上《きじょう》の図式に収まる数学的な項《こう》にすぎませんでした」

「いつだったか、おまえはこんなことを言っていたな。奇抜な仮説を弄《もてあそ》んだり、人の死を記号のように扱ったり、嬉々として他人の罪を暴《あば》いたり——そうしたことのすべてに、興味が持てなくなったと」

「ところが、昨日の晩、ぼくがしたことは、まさにそうしたことの繰り返しだったわけです」綸太郎は自嘲的な口調で言った。「いやはや、われながら、自分の度しがたい能天気さにあきれてしまいますがね。でも、それは探偵であることに付きまとう宿命のようなものので、そうしたことのすべてをいっさい退けることはできない。というよりも、まず形式的であることが必要不可決の前提なんです。その前提抜きで、人間を自明のごとく語れると思っているような連中は馬鹿ですよ。しかしまた、形式だけでやっていけると考えるのも大きなまちがいで、つまり、形式というのはのっぺらぼうなんです」

「のっぺらぼうか」

「でも、葛見百合子と清原奈津美はのっぺらぼうなんかじゃなくて、顔のある特定の個人だった。うまく言えませんが、そういうことなんです。いや、要するに、ぼくが言いたかったのは、こんなふうにこの事件のことが気にかかり出したのは、アルバムの二人の写真を見たせいにちがいないってことです。そうでなくても、卒業アルバムという品自体が個人的なもので、ただでさえ感傷を誘う要素があるうえに、二人の大切な卒業写真はカメラマンの手ちがいがもとで、入れ替わって載《の》っていた。なんと思いやりのない、理不尽《りふじん》な仕打ちじゃないですか。それでよけいに、もう死んでしまった奈津美と百合子に対して同情というか、ほっておけない気持ちが募《つの》るのかもしれない。だから、第三者であるぼくにとって、このアルバムは無言の依頼人みたいなものです。もっともそう言うと、事件とぼくを結びつける契機が、たったこれだけしかないと認めるのと一緒なんですが」

奈津美と百合子の卒業写真の配置ミスに関する三木達也の供述は、すでにその日のうちに、確かな裏付けが取れていたのだった。同じ十六日の午後、北沢署の署員が三木の供述とは無関係に、福井の二人の出身校に連絡を取って、アルバムの写真と名前の対応について確かめたところ、折り返し、あの写真はまちがいです、という回答があったというのである。後刻、柏木警部と詳細を突き合わせたところ、学校側の説明は、三木が清原奈津美から聞かされた話とほぼ一致していた。ただひとつだけ異なっていたのは、そもそも最初に葛見百合子の姓を読みちがえたのは、アルバム用の個人写真を学校で撮影した写真館のカメラマンで、製版を請け負った印刷所のミスではなかったということだ。しかし、その後の印刷所と学校の対応は、生前の奈津美が三木に語った通りのお粗末なものだった。

「――そういえば、綸太郎」とおもむろに、警視が妙に上《うわ》っ調子な声で言葉を継いだ。「おまえの高校の卒業アルバムは、どこにやったんだ？」

「ぼくの？　さあ、長らく見かけた覚えもないから、どっか奥のほうにしまってあると思いますけど。それがどうかしましたか」

「いや、なに、昨日の餃子の彼女のことをちょっと思い出してだな、ええと――」

「久保寺容子？」

「そう。その久保寺君もおまえの高校の同級生だったわけだ。つまり、この事件の性質を考えると、なんとなく奇遇じゃないか」

「そうですか？」

「俺はそんな気がするね。昨日、初めて紹介されたせいかもしれんが。それで、おまえが自分のアルバムをどうしてるのか、ちょいと気になっただけだ。大したことじゃない」警視は脈絡もなく、肩をすくめた。「そういえば――」

「今度は何です？」

「昨夜《ゆうべ》は聞き忘れたんだが、たしか去年の二月、中山美和子《なかやまみわこ》の事件だったかな。彼女がこの家で自殺を図《はか》って、おまえがふさぎ込んでいた時、うちにファックスが届いたことがあるだろう。地蔵のヨーコとかいう名前で、本の文章を一ページまるごとコピーしたやつ。

あれは彼女が送ったものなのか?」

「そうですよ」と倫太郎は父親のまだるこしい物言いに首を傾《かし》げながら、「同じ日の昼間にラジオ東京のスタジオで、ばったり再会したんです。むしろそっちのほうが奇遇だったな。前にそう言いませんでしたっけ?」

「そうか。ふうん」

「どうしたんですか、お父さん。変ですよ」倫太郎はまじまじと父親の顔を見つめた。

「まさか、彼女にひと目惚れしたとか言い出すんじゃないでしょうね? やめてください、いい歳をして。彼女はぼくの同級生なんだから、要するに、娘と同じ年代ってことになる。それじゃあ、竜胆直巳と一緒じゃないですか。ちっとは自分の立場というものをわきまえてくださいよ。いくら男やもめの父子家庭で、潤《うるお》いがないからといって、見境《みさかい》がないというか――」

「ちょっと待て」

警視がきっとなってさえぎった。半《なか》ばあきれ、半ば憤慨した様子で倫太郎をにらみ下ろし、上から蓋《ふた》をするような口調で、

「おい、馬鹿も休み休みにしないか。おまえは父親を何だと思ってるんだ。見そこなうのもたいがいにしろ。いいか、よく聞け。俺はだな、おまえが京都に行きたがるのは、てっきり――」と言いかけた途中で、警視は急に意気がくじけたみたいにこれ見よがしの溜息《ためいき》

をついた。「もういい。つべこべ言ってないで、さっさと支度《したく》して寝ろ。おまえは明日は早いんだからな。寝坊したって、俺は起こしてなんかやらないぞ」

ひとりでぷりぷりしながら、警視は手荒くドアを閉めて部屋を出ていった。綸太郎は何がなんだかわからないまま、半分詰めかけの旅行鞄を前にして、取り残されたのだった

――そうして、今朝は今朝で、葛見百合子の死と呼応するように竜胆直巳が暴漢に襲われたというニュースを朝刊で知って、お互いに前の晩の話題なんか吹っ飛んでしまったから、父親が何をほのめかそうとしていたのか、車中の人となった今でもさっぱりわからない。てっきり、警視は何だと思ったのだろう？　京都に行くことと久保寺容子の間に、いったいどういうつながりがあるのか？　これはこれで熟考を要する問題だ。

「なにか問題が？」

隣の席で久能警部の声がした。自問をつい口に出してしまったのか、綸太郎ははっとわれに返って窓から目を離し、いや、何でもありませんよ、と道連れに手を振った。

「それはそうと、駅に来る途中で、挨拶《あいさつ》がてら、北沢署に顔を出してきたんですけどね」と久能はいそいそとした口ぶりで言い添えた。「その時、一係の柏木警部からあなたにと預かったものがあって、何だと思います？」

「さあ」

久能はにんまりして、ダークブラウンの背広の内ポケットからありきたりの茶封筒を取

り出し、親戚の気のいい叔父《おじ》さんがお年玉でもくれるみたいに綸太郎に差し出した。封筒の中には折りたたんだ紙が一葉《よう》、広げてみると、A4サイズのコピーである。横罫《けい》のノート様《よう》の一ページに手書きの文章が何行も重なっていて、文字はかなり大きめだが、いかんせんひじょうに濃度が薄く、いたるところでかすれているうえに、用紙の全面を無数の細い筋が層状に覆《おお》っているせいで、ほとんど判読できない。欠落箇所と見られる白紙部分もあり、さらによくよく見ると、層状の筋に沿って、ひとつひとつの文字にもずれやぶれが生じていた。どうやら、糸状に裁断された紙片を何十本もつぎはぎしてあるらしい。おそらく、いったんシュレッダーにかけたページの紙屑《かみくず》を回収して、手作業で復元したオリジナルの書面を少しでも読みやすいように拡大コピーしたものにちがいない、と綸太郎は考えた。

とりあえず、すぐに判読可能な文字を拾っていくと、ざっと次のような文面だった。

一……一年……日（日）

……しは、…………う日…………………れな……………記を…………

………。

（欠落？）

のぺ……………………………。

……るで十八……………………………………。

恋………………………………………………んな………………………………………がす……………………

…………。

（欠落？）

手……………………………………ワープ…………。

…………………………………………………は手……………………………………れな……。

……ひとに。

……………………………………………………そんな…………………………ほ………………………………

……い。………………………………………記を書……………………………………だ

これはどう見ても、日記の文章だ。綸太郎は胸が躍《おど》るような気分がした。1 yard = diary の等式はまちがっていなかった。コピーから目を上げて、久能に確認した。

「清原奈津美の日記の断片ですね」

久能はうなずいて、

「たぶん、冒頭部分でしょう。筆跡鑑定はまだですが、被害者の手になるものと見てまちがいない。その点については、柏木警部も同意見でした。あなたには脱帽だ、と言ってましたよ」

「どこでこれを見つけたんですか？」

「あなたが注意を向けた場所で」と久能は言った。「北洋社のオフィスです。日曜日の朝、葛見百合子がオフィスに立ち寄ったのは、清原奈津美の日記をコピーするためで、つまり、あなたが考えた通りだった。被害者の日記帳は実在します。向こうの連中もこの証拠を見せれば、納得するでしょう。奈津美の日記帳、もしくは、そのコピーの発見が京都での捜査の最優先課題になったわけです」

＊

久能によれば、証拠発見までのいきさつはおよそこういう次第だった。綸太郎のあやふやな推測を確かめるために——あるいは、その可能性を否定するために——柏木課長からの指示を受けて、北沢署の橋場《はしば》という熱意あふれる若い刑事が、すぐさま北洋社に足を運んで訊き込みを始めた。ところが、刑事の質問に対する百合子の同僚の回答はそっけないもので、日曜日の朝、彼女がコピー機を使ったかどうかわからない。コピー用紙の残量をいちいち確かめたりはしないし、仮に目立った変化があったとしても、すでに三日も過ぎているから、その痕跡は消えてしまっているはずだ。もっと早く言ってくれれば、何とか対処のしようもあったのに、今頃そういうことを訊かれても、答えようがない、と。

ところが、橋場刑事はすぐにはあきらめず、粘《ねば》り強く食い下がった。葛見百合子が日記をコピーしたとすれば、その時、一枚ぐらいはミスコピーが生じて、それをそのまま、手近の屑籠《くずかご》に放り込んだ可能性もあるのではないか？　その場の思いつきでたずねたのだが、編集部の反応も冷たかった。このコピー機は最近買い替えたばかりの新品で、シートフィーダー部も精確に動いているから、ミスコピーが出ることはほとんどない。それに、ユリちゃんは普段からコピーを取り慣れてるから、めったにコピーをしくじって、貴重な紙資源を無駄にしたりはしないですよ。

しかし、と橋場刑事はなおも言った。万一ということもありますから、一応確認させてください。ミスコピーないしは書き損じの原稿、そのほか不要になった用紙類は、どうやって処分しているのですか？　裁断機にかけて細かく切り刻んでから、まとめてゴミの収集日に出すことになっていると聞いて、橋場刑事は裁断機を調べることにした。収穫は千《せん》切《ぎ》りになった紙屑をぎっしり詰め込んだ、ひと抱えほどもあるポリ袋だった。係の者にたずねると、折よくその週が明けてから、裁断屑は捨てていないという返事だった。

そこで、橋場刑事は裁断屑をその場で押収して、北沢署に持ち帰り、文字以下のレベルにまで寸断され、ハイブリッド化した種々雑多なテクストの残骸を細心の注意を払って会議室の床に広げ、気の遠くなるような選《え》り分け作業に取りかかったのである。綸太郎は久能の話を興味深く聞きながら、そのくだりでなんとはなしに、ボルヘスの「バベルの図書館」を連想した。というよりは、むしろ、ボルヘス的小宇宙のジャンク／ダブ・リミックス・バージョンというべき混沌《カオティック》とした光景なのだが。

「――それで、徹夜の作業の結果、やっとこさ復元できたものがそれなんですよ」久能は橋場刑事の骨折りを強調するように言った。「もちろん、そいつは読みやすいように拡大したコピーで、糊《のり》でつぎはぎした現物は北沢署が証拠として押さえてますが。本当はもっとコピー濃度を上げられるんですが、そうすると継ぎ目の線が太くなって、かえって文字のほうが読みにくくなるそうで。欠落部分はともかくとして、被害者の日記の存在が確証付けられたのは、われわれにとっての幸運ですが、一番ラッキーだったのは、誰よりも橋場刑事自身でしょうね。つまり、彼の苦労がいっさい水の泡になる可能性もあったわけですから。葛見百合子はコピーを取る際、ひどくあわてていたようで、最初に取った一ページ分だけコピー濃度が低すぎて、字が薄くかすれてしまったようです。そこで、百合子はその一枚だけ屑籠に捨て、濃度調整を濃くして、改めて一ページ目からコピーを取り直した。その後はミスもなく、順調に全部片付いたんでしょう」

「あるいは、百合子自身がミスコピーをシュレッダーにかけたかもしれませんね。まさか、裁断屑を選り分けて、つなぎ合わせるとは予想もしなかったでしょうから。もっとも、日記の断片が手に入った以上、どっちだってかまいませんが」綸太郎はとぎれとぎれの文章にもう一度目を落として、「それより、これが日記帳の冒頭の一ページだと断定できる確かな根拠があるんですか?」

久能はその質問が出ることを予想していたような表情でうなずいて、引き続き綸太郎に説明した。

「そのコピーはA4サイズに拡大してありますが、復元不可能な欠落部分も勘定に入れて、もともとのミスコピー自体もA4サイズでした。しかし、橋場刑事が復元した現物では、A4横の用紙の左半分が白紙状態になっていたそうで、つまり、今あなたが見ているそれは、A5サイズの右半分だけを面積二倍に拡大したものなんですよ」

綸太郎は右手を上げて久能をさえぎり、とっさに頭を回転させて、説明の続きを先取りした。

「ということは、オリジナルの清原奈津美の日記帳の判型は、A5サイズだった。言い換えると、葛見百合子は見開き二ページ分ごとにコピーを取っていたことになる。ところが、ミスコピーの左半分は白紙の空コピーで、罫線も何も入っていなかった。オリジナルが横書きの日記帳であるからには、見開き左半分の白紙部分は、表紙の見返しか扉の裏、何も印刷されていないページ以外には考えられない。したがって、右半分の記入されたページは、紛失した日記帳の書き出し部分でなければならない。そういうことですね？」

「その通り」と久能は学校の先生のようにもったいぶった相槌《あいづち》をはさんで、「というのは全部、橋場刑事が考えたことで、私のはその受け売りですが」

根気強いだけでなく、頭の切れる刑事だ、と綸太郎は思った。親父《おやじ》さんの言う通り、警察の捜査力を見くびるもんじゃない。

「橋場刑事はこの日記の断片について、ほかに何か参考になりそうなことを言いませんでしたか？」

「さあ。私が寄った時には、彼は署の仮眠室で寝入りばなの様子でしたからね。起こすには忍びなかった。だから、これまでの話はすべて、柏木警部からの又聞きです。警部は橋場刑事にずいぶん目をかけてるみたいですね。彼の若い頃もあんなふうだったらしい。ただひとつ、欠点があるとすれば——これは柏木警部の台詞《せりふ》ですが——あいつは推理小説を読みすぎる」久能はいったん言葉を切り、くすぐりを入れるような顔をして付け加えた。

「あなたの本も読んでるみたいですよ」

「ぼくの？」

「それで、張り切ったんじゃないか、と私はにらんでるんですがね。そもそも、被害者の日記が存在すると指摘したのは、あなたです。橋場刑事はそれを小耳にはさんで、いいところを見せてやろう、と思ったのかもしれない。だとしたら、興味深いケースですよ。名探偵の存在が警察の士気を高める」

「まさか」綸太郎は目を丸くして、ことさら大げさに肩をすくめた。「考えすぎですよ、きっと」

久能は面白半分にからかっているにちがいない。綸太郎は窓台に肘《ひじ》を載せて頬杖《ほおづえ》を突きながら、窓の外に視線をさまよわせた。やれやれ、親父さんといい、久保寺容子といい、最近はみんなこんな調子だ。まるで絶滅寸前の珍獣か無形文化財でも保護するみたいに、ぼくを扱う。レッド・データ・ディテクティヴズ？　もっとも、こういう扱いを受けるのは、日頃の自分の愚痴《ぐち》っぽい言動のせいであって、周囲の人間をとやかく言うことはできない。名探偵コンプレックスなんて、要は大きな駄々っ子がすねたふりをして、周りの反応を冷めた目でうかがっているのと変わりない。トンネルに入ったので、二重窓のガラスに自分の横顔がだぶって映っている。「本格探偵小説ないし名探偵という反動的装置、あるいは二十世紀の黄昏《たそがれ》とともに疲弊《ひへい》しつつある物語と言い換えてもよいが、それらの延命策を講じることは、ひとつの倫理的な選択として容認できるのであろうか？」。問題は、こうした問いを自らに投げかけること自体がはらんでいる危《あや》うさなのである。そうした問いの構えを取ることによって、自分を空虚な高みに持ち上げ、倒錯したアイロニーの地点からささいな契機を過大に評価して、だらしない現状肯定《こうてい》と自己満足に行き着くとしたら、それこそ見るも無残な内面の茶番劇、最低の思考パターンにほかならない。一昨日の夜、問題設定の土台を揺るがしかねない容子の問いかけに対して、まじめに答えることができなかったように。あるいは、昨夜、父親に対してした説明は、この罠《わな》から免れていたといえるだろうか?

しかし、今この場で、その問題に深入りすることは、観念的な悪循環をもたらすのみで、単なる時間の無駄のような気がしたので——ある評論家の指摘によれば、「読者が関心を持てない主題に寄り道して、しばしばプロットを中断する悪癖が、法月作品に構成上の欠陥を招いている」——綸太郎は京都までの残りの二時間を目の前の問題、清原奈津美の日記の断片の解読に費《つい》やすことにした。コピーをしくじって、ずたずたに寸断され、一度塵芥《じんかい》に帰した後、手作業でつなぎ合わされて、思いがけなく再生した被害者の日記の第一ページ。いや、綸太郎の手の中にあるのは、さらにもう一度、それを拡大したコピーでしかないのだが。誰かに読まれることを待っている物語の不完全な、あまりにも不完全な複製。清原奈津美が書き記した秘密の独白、声にならない声の消えかかった微《かす》かなエコー。列車が西に向かうにつれて雲の層が厚く垂れ込め、やがて、窓に雨の粒が当たる音が聞こえ始めた。雨だれはガラスの外側を斜めによぎって、とぎれとぎれの透明な筋を幾重《いくえ》にも刻み付ける。飛び石のような単語、つかみどころのない文脈。猛スピードでたえず後方に流れ去っていく沿線の風景。窓を打つ雨はだんだんと荒い大粒になって、コピーからふっと目を上げるたびに、太く切れ目のない水の流れがガラスの向こうをなでていく。とてつもなく俊敏なナメクジの群れが這《は》うさまを裏側から透《す》かし見るように、綸太郎はその跡をたどる。だが、ガラス越しの冷たい流れを指先で実際に触れることはできない。

＊

お定まりの車内アナウンスが――最初は日本語で、続いて英語で――まもなく京都に到着すると告げた時になって、やっと綸太郎は日記の解読作業を切り上げた。頭上の棚から荷物を降ろして下車に備えながら、久能が中腰でたずねた。

「できましたか？」

「かなり」綸太郎は赤ペンで真っ赤になったコピーを久能に見せた。日記の断片は、もう少し文章らしくなっていた。

一九九一年三月十日（日）

わたしは、きょうという日のことを…………忘れない。また日記をつけはじめることにする。

（欠落？）

のページを…………。

まるで十八の頃みたいに、頬を染めて。

恋するひとの一挙一動を…………みんな書き留めておかないと気がすまなかった…………。

（欠落？）

手で書いてたんだけど、…………ワープロばかり。

手紙？…………わたしは手紙が書きたかったのかもしれない。

あのひとに。

きっとそうだ。でも、…………そんな勇気がない。ほんのわずかの勇気…………ない。…………昔みたいに日記を書こう…………。だ

「あのひとに、か」と久能は感慨を込めた口ぶりで言った。「清原奈津美の彼氏ってのは、どんなやつなんでしょうね？」

ばかでかい白のビショップ、いや、雨に烟《けむ》る京都タワーが右手にぐんぐん近づいてくる。古都の玄関口にはそぐわないと地元では評判が悪いらしいが、新宿の新都庁に比べれば、はるかに奥ゆかしいような気がするし、今ではこれを目にしないと、京都に来たという実感が湧かないほどである。じきに重ったるい制動がかかって、列車は速度を落とし、十一時三十四分、定刻通りに京都駅に着いた。

14

新幹線の到着時刻を知らせていなかったので、京都府警からの迎えはなかった。二人は地下の食堂街で昼食をすませ、駅前でタクシーを拾って、上京区《かみぎょう》の府警本部に走らせた。市街地を南北に貫《つらぬ》く烏丸通《からすまどおり》を北上する。ランチタイムで活気づいたオフィス街を抜け、京都御苑《ぎょえん》を取り囲む石垣と丈高《たけ》く生《お》い茂った並木を右手にかすめて、烏丸下立売《しもだちうり》と標識の出ている、赤レンガの教会の角で西に折れた。新町《しんまち》通の西側に時代がかった欧風建築の府警本部庁舎が建っている。運転手は前の歩道に寄せて、車を停《と》めた。タクシーから降りると、目の詰んだ篩《ふるい》にかけたようなきめの細かい雨が顔に吹きつけてきた。

久能警部が刑事部の捜査共助課に顔を出して、出張捜査の挨拶をしている間、綸太郎は玄関のロビーで待っていた。十五分ほどで久能が降りてくる。

「何か収穫は？」

とたずねると、久能は首を横に振って、

「型通りの挨拶だけ。よそ者のヤクザが、土地の親分に仁義を切るのと一緒ですよ」

「なるほど」

「捜査一課長とも話したんですが、本件の捜査は所轄の川端《かわばた》署に一任しているので、詳しい報告はそっちで聞いてくれと。われわれの行動に関して、向こうから口出しするつもりはないようです。あなたのことも一応話しておきましたが、とりたてて気にかけるふうでもなかった。警視庁の流儀で勝手にやってくれ、という感じです」

「逃亡犯人の自殺とわかっているから、わざわざ本腰を入れる気にもならないんでしょうね」と綸太郎は言った。「こっちにとっては、そのほうが好都合かもしれない」

川端署まで車で送ってもらうことになったが、運転席の若い巡査は交通課の勤務で、刑事事件とは縁がないという。東京から来た警視庁捜査一課の警部を見る目が、あこがれと尊敬に輝いている。綸太郎はリアシートに坐って、下っ端《ぱ》のヒラ刑事みたいな顔で窓の外をながめていることにした。京都の街は初めてではないので、東西南北、およその土地鑑《かん》はある。雨で増水している鴨川《かもがわ》を渡り、丸太町《まるたまち》通と東大路《ひがしおおじ》の交差点で南に折れた。運転席の巡査によれば、この辺《あた》りに「新左翼の過激派の残党の巣窟《そうくつ》」があって、今でも機動隊のガサ入れが年中行事みたいに行なわれているそうだが、そんな物騒な土地柄には見えない。車体を緑に塗った市バスが数珠《じゅず》つなぎになって、よろよろ走ったり、ぐずぐず止まったりしている。雨天だというのに、二輪の数が少なくない。道路は幅員《ふくいん》が窮屈で、雑然と肩を寄せ合う沿道の古びた家並が、盛り上がった車道のアスファルトにかぶりつくようだ。

川端署は、蹴上から鴨川に注ぐ琵琶湖疏水のほとり、東大路と冷泉《れいせん》通が交わる地点にあった。左右を給油所とリカー・ショップにはさまれて、見るからに収まりの悪いコンクリート・ブロック造りの三階建て。駐車スペース分だけ引っ込んで東大路に面した一階のファサードは、地域住民に開かれた警察をアピールするように、ほとんど全面がガラス張りになっているが、効果のほどは疑わしい。府警本部から連絡が行っていたらしく、車から降りると、川端署の刑事が二人を待っていた。歳は四十がらみ、どちらかといえば小柄で、目鼻立ちのきつい独特の丸顔、七三に分けた髪が水から上がったばかりのように額に張り付いている。

「捜査一係の奥田《おくだ》です」と出迎えた刑事は、関西ふうの抑揚を付けて自己紹介した。「遠いところ、わざわざご足労様でした」

ロビーで簡単に情報を交換した。奥田刑事の説明によると、昨日（十六日）の午前九時十五分、蹴上発電所の職員が、川端署管内の南禅寺派出所に駆け込んできて、「発電所の水圧鉄管の間に、女が倒れている。制水ゲートから転落したらしい」と知らせた。蹴上発電所の制水ゲートは、派出所から四百メートルほど南下した地点にある。派出所の巡査が現場に直行したが、女はすでに死亡して何時間もたっている模様だったという。

南禅寺派出所からの通報を受けて、奥田自身も含む川端署の捜査員が現場に赴《おもむ》いた。女の遺体を調べたところ、ただちに身元を示すような所持品はなかったが、着衣のポケットからホテルのルームキーが発見され、彼女が岡崎《おかざき》のビジネスホテル、京都ツーリストインの宿泊客であることがわかった。京都ツーリストインのフロントにたずねると、女の名前は桂《かつら》ゆみ子、住所は福井県福井市。十四日月曜日の午後にチェックイン、逗留《とうりゆう》は三泊の予定で、一日目はそこに泊まったが、二泊目の十五日夜から部屋に帰っていないという答だった。

ところが、フロントに命じて、彼女が宿泊していた部屋の鍵を開けさせ、旅行鞄を検《あらた》めてみると、チェックインの際に記帳した名前は偽名で、預金通帳等に記された本名は葛見百合子、警視庁が世田谷のOL殺しの重要参考人として、十三日から行方を追っている人物であることが判明した。速《すみ》やかに手配書のチェックが行なわれ、遺体の特徴と一致することが確認された時点で、京都府警は警視庁に手配中の容疑者、死体で発見の報を伝えた。

「後でわかったことですが、葛見百合子が記帳した住所は、福井の実家のものでした」奥田は指をなめて、手帳のページを繰りながら言った。「桂ゆみ子という偽名も、本名からとっさに思いついたんでしょうな」

「遺体の身元確認はきちっとしましたか?」久能が念を押すようにたずねた。

「手配中の人物と判明して、すぐに実家に連絡を取りました。両親が昨夜《ゆうべ》の特急雷鳥《らいちょう》でこっちに着いて、その足で遺体の顔を確認してもらいました。娘の百合子にまちがいない、という答でした。昨夜は二人とも京都ツーリストインに宿を取って、今日もまだ京都におられます」

遺書は残されていなかったが、覚悟の飛び降り自殺であることは明らかだった。現場検証の結果、百合子が過《あやま》って制水ゲートから転落死した可能性は、真っ先に否定された。ゲートの連絡通路には転落防止の柵《さく》があって、自分から手すりを乗り越えようとしない限り、下に落ちることはありえない。また、現場付近は若い女性が深夜、ひとりで散歩するような場所ではなかった。つまり、百合子は最初から身投げするつもりで、人気《ひとけ》のない蹴上発電所の敷地を選んだということになる。

「自殺の動機に、疑問の余地はありませんな」と奥田が続ける。「百合子は月曜日に東京を離れて、いったん京都に身を隠してみたものの、文字通りの八方塞《ふさ》がりというやつで、前途にひとかけらの希望もない。かといって、自首する勇気も持ち合わせず、親友を手にかけてしまったことに対する重い自責の念は、日ごとに募るばかりだったはずです。そして、犯行から三日たった火曜日の夜、ついに自殺の決意を固めた。ホテルの従業員の証言もこれを裏付けておりまして、百合子は朝から一度も表に出ず、一階のレストランで食事する以外、ずっと部屋に閉じこもっていたんだそうです。食事中も、ひどく思い沈んで生気がなく、周《まわ》りのことなど目にも入らない様子だったので、みんななんとなくおかしいと思っていたようですが、その晩遅く、ふらっとホテルを出ていく姿を最後に目撃された時には、何かふっきれたというか、もう思い残すことはないというような雰囲気に変わっていたそうです。ちなみにフロントによれば、百合子は二回にわたって、部屋からどこかに電話をかけています。最初は月曜の深夜で、市外通話。もう一件はホテルを出る直前にかけたもので、こっちは市内通話ですが、両方とも通話先の記録は残っていません」

あまり関心のない口ぶりでさらっと言い添える。奥田は、百合子が出かける直前に、京都市内に電話をかけたことを重視していないようだった。話の流れに沿って、久能が質問を継いだ。

「百合子がホテルを去った正確な時刻は？」

「九時十分ごろに、ひとりで。フロントには何も告げず、まっすぐ表に出ていったそうです。最近は、いちいちフロントにルームキーを預けないで、客が自由に外出できるホテルが増えてるようですな」

「司法解剖はすんだのですか？」

「今日の午前中に、嘱託の医大で。葛見百合子の死因は、蹴上発電所の制水ゲートから二十メートルばかり下に転落した際、全身に受けた打撲衝撃による内臓破裂、および頭部の骨折。打撲は二回に及んでおりまして、現場の状況と遺体の損傷具合から見たところでは、いったん水圧鉄管に体を強く打ちつけた後、バウンドするような格好で、さらにもういっぺん地面のコンクリートにたたきつけられたらしい。たぶん、即死だったはずです。それから、頭部の骨折というのは地面にぶつかった時のもので、最初の勢いが殺されていた分、顔面の損傷はそうひどいものじゃなかった。ですから、身元確認の妨《さまた》げにはなりませんでした」

「死亡推定時刻は?」

「死体発見時の現場での検分と解剖の結果を合わせまして、十五日火曜日の夜、九時半から十二時にかけての間と思われます。京都ツーリストインから蹴上発電所までは、徒歩で約二十分の距離があるので、現場に着くのは九時半以降。付近は深夜には人通りがなく、目撃証言の得られる見込みもありませんから、死亡推定時刻の幅をこれ以上せばめることは期待できんでしょうなあ。それより、これは東京の事件と関係があるのかどうか、私にはよくわからんのですが——」

「何です?」

「遺体を解剖してみて、もうひとつわかったことがあるんです」奥田は思わせぶりな目つきで久能と綸太郎を交互に見つめ、それから、声のトーンをいちだん低くして言った。

「このことはまだ両親の耳に入れておりませんが、解剖所見によると、葛見百合子の体には中絶手術を受けた跡があったそうです。それも、ごく最近、おそらく、ここ一カ月以内のものが」

三木達也の子にちがいない。たちどころにそう直感して、綸太郎はまたいっそうやりきれない気分になった。恋人の口から妊娠の事実を告げられて、三木があわてて中絶を命じたのか、あるいは、頼りないフィアンセには知らせずに、百合子が自分ひとりの判断で手術を受けたのかもしれないが、いずれにせよ、それを境に二人の関係が悪化して、ますます危機的な状態に陥《おちい》ったことは想像に難《かた》くない。いや、ひょっとしたら、三木の心はその時点ですでに清原奈津美に移っており、百合子の妊娠を知って、後の面倒を避けるために、本心を隠して婚約者を欺《あざむ》き、口先だけの口実で説得して、彼女に中絶を承知させたのかもしれない。

もちろん、百合子が積極的に子供を産みたがっていたかどうかはわからない。編集者の仕事を続けるために、自ら中絶を決意した可能性もあるように思える。しかし、中絶手術による肉体的・精神的なダメージは、一方的に女の側に集中するのだ。奈津美殺しの動機の形式的な説明を求めるだけなら、この事実が決定打になる、と綸太郎は思った。人工妊娠中絶の技術がいくら進んでいるといっても、母体の健康にとってはけっして望ましいことではない。手術の後遺症で体調を崩すのは言うまでもなく、百合子には理屈では解消しきれない胎児殺しの罪悪感がつきまとう。しかも、術後の不安定な回復期に心身の支えとなるべきだった男の気持ちは、彼女から離れて親友の奈津美に移っていた。これでは正気でいろというほうが無理である。犯行に先立つ数週間、百合子の精神は正常なバランスを失って、ひじょうにもろく崩れやすい状態になっていたにちがいない。そこに何らかの契機が加わって、彼女の人格に決定的な亀裂が生じた。内部に蓄積したもやもやした感情のマグマが噴《ふ》き出して、瞬時にいびつで攻撃的な形をなし、その憎悪の矛先《ほこさき》をいちばん身近にいた清原奈津美に向けた。臨床例に通じた犯罪心理学者なら、葛見百合子が長年一緒に暮らしてきた無二の親友を衝動的に殺害し、死体の顔を焼くという残忍な行為に走った原因をそのように図式的に分析して、満足するだろう。その図式に則《のっと》れば、殺された清原奈津美に限らず、葛見百合子もまた、不幸な状況の犠牲者だったことになる。そうした意味では、サンテラス双海の惨劇は、痴情殺人の典型的なケースだともいえるのだ。

むろん、それでまちがっているわけじゃない。だが、その説明には欠けているものがある。綸太郎にとって、この事件の核心はもっと別のところにある何かだった。それは、百合子を犯行に走らせた契機そのもの、おそらく、奈津美の日記帳に記されていた何かだ。そのページに記されているのは、三木達也の裏切りとは別の次元に属するできごとであり、そのできごとこそ、百合子を京都に招き寄せ、否応《いやおう》なく死に追い込んだ力が生じる磁《じ》場《ば》の見えない極であるはずだった。奈津美が日記に書き綴《つづ》った言葉とは、白いページにふりかけた磁鉄粉《じてつふん》、そこから事件の核心を指し示す運命の磁力線《じりよくせん》が浮かび上がってくる。綸太郎がはるばる京都までやってきたのも、その磁場が放つ引力に吸い寄せられて、見えない極のありかを見定めようと欲したからにほかならない。そのありかを突き止めない限り、死んだ二人の女の顔にぽっかりと開いた空白を埋めることはできないのだ。

久能が軽くこっちに横顔を振り向けた。中絶の件は後で父親に報告することにして、綸太郎は奥田の顔に目を戻し、あらたまった調子で切り出した。

「葛見百合子は被害者の日記帳か、あるいはそのコピーを持っていたはずです。ホテルの部屋で、どちらか見つかりませんでしたか？」

「いいえ」奥田はにべもなく首を横に振った。「その件については、警視庁からさんざん問い合わせがあって、われわれも特に注意を払って探してみましたが、そうした品は一切見当たりません」

「おかしいな。そんなはずはないんですが」

綸太郎が拍子《ひようし》抜けして首を傾げると、奥田はちょっと不服そうな目つきになって、やんわりと二人に問いただすように、

「葛見百合子がその日記を持ち去って、身に着けていたというのは、憶測でない、確かな事実なんでしょうか？　東京からの要請に対して、日記帳の特徴を訊いても、具体的なことはわからないが、日記かコピーのどちらかはあるはずだ、と聞かされるばかりで、失礼

な言いぐさかもしれませんが、ひょっとしたらあやふやな見込みにすぎないんではないか、どうもそういう感じがするんです。まず、そこのところをはっきりさせておきたいんですが」

「半分は、あなたが言う通りなんですがね」と久能が苦笑で応じた。「しかし、日記の件に関しては、今朝になってちゃんとした証拠が挙《あ》がりました」

北洋社から押収したつぎはぎの日記の断片のコピーを奥田に見せて、北沢署がそれを入手するまでのいきさつを要約して説明した。奥田は久能の筋の通った説明に異議をはさむことはできなかったが、しかし、死んだ女が日記帳やそのコピーを携帯していたことはありえないと言い張った。

「犯行現場もホテルの部屋もくまなく、念入りに探したんです。われわれの調べに遺漏《いろう》があるとは思いません。少なくとも、葛見百合子が日記帳やコピーを身辺に置いてなかったことは断言できます」

奥田は別に片意地を張っているわけではない。捜査官としてのプロ意識が、そう言わしめているのみである。綸太郎は少し考えてからたずねた。

「所持品の中に、コインロッカーの鍵とかクロークの預かり証とか、そうした類《たぐい》のものがありませんでしたか？」

「なかったですね」

奥田の答は早かった。ということは、そのつもりで、手抜かりなく調べていたのだ。今度は彼のほうから妥協点を求めるように、別の意見を出した。

「私が思うに、犯罪の証拠品を持ち歩くのは危険だと気づいて、日記帳もコピーも百合子自身が処分してしまったのでは？」

「いや、それはないでしょう」と久能。「日記帳だけ処分した可能性は考えられなくもないが、コピーは手元に残っているはずだ。処分するつもりだったら、初めからコピーなんか取らないですよ」

奥田は腕を組み、鼾《いびき》みたいなうなり声を絞り出して、椅子を軋《きし》ませながらロビーの天井を仰《あお》いだ。久能はテーブルに置いた日記の冒頭ページのコピーをつまみ上げて、読み返すでもなく、漫然と両手で弄《もてあそ》んでいる。綸太郎はさりげない口調で、奥田に問いかけた。

「死体が発見された時、百合子の靴はどうなっていましたか？」

「左の靴は地面に転がってました」奥田は無頓着《むとんちゃく》に答えた。「水圧鉄管でバウンドした時に脱げたんでしょう。右のほうも半分脱げかけて、爪先だけ引っかかった状態でした」

「でも、飛び降り自殺をする場合は、靴は脱いでそろえておいて、素足で身を投げるのが普通じゃないんですか」

「いや、最近は必ずしも、そうとは言えませんな。入水《じゅすい》自殺の場合は、今でも圧倒的に素

足が多いようですが」と言ってから、奥田ははっと身を起こして綸太郎の顔を見つめ、

「今のはいったい、どういう意味です？」

「葛見百合子の死に、第三者が関与していた可能性があると思います」

「まさか」奥田はそう言ったきり、ぎゅっと表情をこわばらせた。久能はコピーを弄ぶ手の動きを止め、けげんな顔で綸太郎を見た。

「百合子は清原奈津美の日記を持ち去り、それを身に着けて京都に来たはずです」と綸太郎は二人に言った。「しかし、日記帳もコピーも百合子の身辺には見当たらない。ということは、彼女自身がそれを処分したというより、何者かが日記帳とコピーを奪った、ないしは百合子の死後、現場から持ち去ったと考えるべきだと思います」

　奥田がいぶかしそうに問い改めた。

「つまり、あなたが言いたいのは、百合子は自殺したのではなく、殺されたのだと
——？」

「今の段階で殺人と決めつけるつもりはありませんが、百合子以外にもうひとりの人物が蹴上の現場にいた可能性は高いと思います。百合子はホテルを出る直前に、市内通話をかけていたそうですね。その時、電話をかけた相手と蹴上の辺りで、密《ひそ》かに落ち合う約束をしたのではないでしょうか？　百合子の目的は、呼び出した相手に奈津美の日記を読ませること以外には考えられない。そして、九時半から十二時の間に、二人の間で何かがあっ

て、百合子は制水ゲートから転落し、残ったもうひとりは日記帳とコピーを持って、現場から立ち去った。ぼくの推測では、その人物が日記を持ち去ったのは、彼にとって他聞をはばかるような事実が、そこに記されていたからだと思います」

「彼、と言いましたね」久能は耳聡《ざと》く聞きつけて、顔つきがいっぺんに鋭くなった。「その相手というのは、奈津美の日記に出てくるあのひと——ヌーベル化粧品の社内で噂《うわさ》になっていたという、京都の秘密の彼氏のことですか?」

綸太郎は久能に向けた右頰だけでにやりとして、おもむろに腰を上げ、二人のやりとりに目を白黒させている川端署の刑事を促《うなが》すように言った。

「お手数ですが、葛見百合子の遺体が見つかった現場まで案内してもらえますか?」

＊

ロビーで話し込んでいるうちに、外の雨は傘も要《い》らないぐらい小降りになっていた。府警本部の車はすぐに帰してしまったので、奥田刑事が川端署のマークⅡのハンドルを握った。東山仁王門《におうもん》まで南下して、そこから東に進路を変え、疏水沿いの道を走る。東山山系の連峰が衝立《ついたて》のように間近に迫ってきて、京都は盆地なのだと痛感した。奥深い緑の連《つら》なりが至るところで紅《あか》く色づいて、秋たけなわを物語り、尾根には羽衣《はごろも》と見まがうような雨霽《あまもや》の裾《すそ》が白く覆いかぶさっている。国立近代美術館、朱に塗った橋の欄干《らんかん》、神宮道《じんぐうみち》に泰《たい》然《ぜん》とそびえ立つ平安《へいあん》神宮の大鳥居《とりい》、岡崎動物園、インクラインの舟溜まり跡を左手に見て、道は弓なりに右へカーブを切り、南禅寺の参道と合流する。交差点の西のへりにへばりつくように、派出所が設《もう》けられていた。和風家屋みたいな作りで、さっき奥田の話の中に名前の出た南禅寺派出所である。

奥田は信号で左折して、南禅寺の参道にマークⅡを乗り入れた。道の両側に湯豆腐《ゆどうふ》の看板を出した店が建ち並び、観光客がそぞろ歩く合間を縫《ぬ》うようにタクシーと観光バスが往還する。大本山南禅寺と白書きされた中門をくぐると、鬱蒼《うっそう》と伸び茂った松林の梢《こずえ》の間から、二階二重、左右に山廊を備えた堂々たる禅宗様建築の山門が見え隠れする。ちょっとした観光気分である。すぐさま右にハンドルを切って、幅の狭いクランク・カーブに入った。観光客が道いっぱいに広がって歩いているのを、徐行してよけていく。金地院《こんちいん》の門前を過ぎ、両側を白い築地塀《ついじべい》にはさまれた直線をしばらく進むと、道はまた右に折れる。左手の築地塀が途切れて、代わりに私有地なのだろうか、きれいに輪郭を刈り込んだ生垣《いけがき》と天然の岩を組み重ねた石垣が続き、それらを前景に、すぐ近くまでにじり寄った山麓の斜面を、濡れそぼった混合林がびっしりと覆っている景色が視野をかすめた。道の突き当たりは、インクラインが南北に防波堤のように横たわり、前方の進路を阻む障壁《はば》になっている。レンガ積みの短いトンネルがその下をくぐって、三条《さんじょう》と山科《やましな》を結ぶ幹線道路に通じているが、車の通り抜けはできない。いったん南禅寺側に迂回《うかい》して、大きくUターンしたのはそのせいだ、と運転席の奥田が説明する。

ハンドルを左に切って、坂になったコンクリート敷きの車両用通路を二十メートルほど登り、立入禁止と記されたフェンスの前の車止めに車首を寄せて、マークⅡを駐車した。

フェンスのこちら側に、作業服を着て、大きな鍵束を携《たずさ》えた電力会社の職員が立っていた。車を降りた三人に心得た顔で、川端署の刑事さんですね、とたずねる。再立入の許可を得るため、署を出がけに、奥田が発電所に連絡しておいたのだった。

電力会社の職員が南京錠《なんきんじょう》を外して、閂《かんぬき》を抜き、ゲートを開いた。車を降りた時から、ごうごうと水の流れる音が響きわたっている。彼を先頭に水圧鉄管に沿って、ゆるい勾配《こうばい》が付いた舗装路を進んだ。舗装路の左端から鉄管まで、体ごと伸ばせば手が届くほどの距離で、路肩のガードレールが申し訳程度にその間を隔《へだ》てていた。谷間を渡る風が山腹の斜面に根付いた木々の梢を揺らすたび、雨の名残《なごり》のしずくが頬に肩に降りかかる。

「ちょうど蹴上のこの辺りで、左京《さきょう》区と東山区、それに山科区の境界が接してましてね」

歩きながら、奥田がふと思いついたように言った。「インクラインは東山区に入っていて、遺体がもう少し西にずれた位置で発見されたら、捜査は松原《まつばら》署の管轄になっていたはずです」

そうすれば、自分もこんな厄介《やっかい》な連中に付き合わなくてすんだのに、とでも言いたげな口ぶりに聞こえた。自殺という判断にクレームをつけられたせいで、奥田は戸惑っているようだった。憤慨する以前に、そのクレームにどう対処すればいいのか、決めかねている感じだ。難攻不落の要塞のようにそびえ立つ、見るからに頑丈な制水ゲートの手前で足を止め、水圧鉄管の付け根から数メートル離れた地点を宙に輪を描《か》くみたいに指で示して、

「そこです。ここからでは管が邪魔して見えませんが、遺体はその向こう側、二本の水圧鉄管の間の地面にうつ伏せの格好で落ちてました」

綸太郎は目を頭上に転じた。間近からほぼ垂直に見上げるせいで遠近がつかみにくいが、レンガを積んだ堰《せき》の高さは、五、六階建てのビルぐらいありそうな気がする。ゲートのてっぺんを横切る連絡通路の手すりを指して、奥田にたずねた。

「あそこから落ちたんですね？」

「そうです」

それでは、ひとたまりもないだろう。綸太郎は電力会社の職員に、水圧鉄管を乗り越えてもかまわないか訊《き》いてみた。ＯＫが出た。奥田が水を差すような口調で忠告する。

「止めはしませんが、昨日われわれが調べた時は、何も見つかりませんでしたよ。それに、今朝《けさ》の雨で地表はきれいに洗い流されてる」

「かまいません」と綸太郎は言った。「自分の足で現場を踏んでおきたいだけですから」

上着を脱いで久能に預け、シャツの袖を肘までまくり上げた。久能はにやにやしなが

ら、自分では動く様子もない。ガードレールに足をかけ、弾《はず》みをつけて手前の水圧鉄管に飛び移る。鋳鉄《ちゆうてつ》の太い円筒で手がかりがないうえに、雨に濡れて表面が滑《すべ》りやすくなっているので、甘く見ていた分、鉄管の上に乗ってから、バランスを失いかけてヒヤッとした。ゴム底の靴を履《は》いてくればよかったと思いながら、体を入れ替え、背中からコンクリートの礎床に降り立った。

二本の水圧鉄管はそれぞれ、接《つ》ぎ目ごとに逆かまぼこ型のコンクリート台に据えられている。管の直径は綸太郎の背丈とほぼ同じぐらい、つまり目線より鉄管のほうが高いので、その間にはさまれると、視野《しや》狭窄《きようさく》に陥ったような感覚にとらわれる。そもそも、鉄管自体に即物的な威圧感があった。鉄管と鉄管の間隔は二メートル強ほど、コンクリートの礎床が荒涼とした歩廊のように延びているのみで、ややもすると、自分が古代都市の地下道の遺跡に迷い込んだ孤独な考古学者みたいに思えてくる。左右の鉄管の内部をたえず流れ落ちる水音がサラウンド・ステレオさながらにこだまして、ますます、外界から遮断されているという気分が募った。

足下のコンクリートの表面に、雨のせいでほとんど消えかけてはいるが、現場検証で死体の輪郭をかたどったとおぼしきラインの跡がうっすらと残っていた。しかし、葛見百合子の死を伝えるものは、それだけだった。血痕はすっかり洗い流されていた。その場にしゃがみ込んで、周囲に目を配ってみたが、奥田の言った通り、何も見つけることはできなかった。鉄とコンクリートに囲まれた無機質な空間で、草のひとつも生えていなかった。綸太郎は瞼を閉じて、悲惨な最期を遂《と》げた殺人犯のために黙禱《もくとう》した。そうしながら思った。二日前の深夜、誰かが自分と同じように水圧鉄管を乗り越え、底知れぬ闇の中にひとり膝を屈して、葛見百合子の死体を探り、清原奈津美の日記帳を奪い去ったのかもしれない、と。

「何か見つかりましたか？」

久能の声がした。声の方を振り仰ぐと、鉄管の頭越しに久能が顔を出して、こっちをのぞき込んでいる。左右に肩が振れているのは、ガードレールの上に両足を載せてバランスを取っているせいだろう。綸太郎は首を横に振り、すぐ戻りますと告げた。ところが、鉄管に手をかけ、体を引っぱり上げようとしてから、さっきのガードレールの代わりに、踏み台にする足がかりがないことに気づいた。しがみついて登れない高さではないのだが、そうすると、どうしても服が濡れてしまう。錆《さび》の浮いた雨水で、シャツを台なしにしたくなかった。鉄管を支える台では高さが不足だし、鉄管と礎床の間には二十センチほどの隙間があるものの、そこから這いずって出るわけにもいかない。ためらっているのを見かねて、久能が制水ゲートの方を指差した。なるほど、ゲートの壁面に足をかけて踏んばれは、上半身でしがみつかなくても、鉄管の上に体を持ち上げることができそうだ。やってみると思いのほか簡単で、それなら、最初からこうすればよかったのだ。

何も見つかるはずはないと決めつけてはみたものの、ひょっこり見逃した証拠が出てきたりしたら、川端署、ひいては京都府警の面目《めんぼく》丸つぶれ、と少しは危ぶんでいたのだろう。綸太郎が手ぶらで戻るのを見て、奥田は半分ほっとしたような顔になり、柄にもない余裕のそぶりさえ示して、何か自殺の線を覆《くつがえ》す手がかりがありましたかと声をかける。いや、おっしゃる通りでした、と綸太郎は神妙な顔をして答え、ガードレールから飛び降りた久能から上着を受け取って、袖に手を通しながら、改めてゲートの連絡通路を見上げた。

「あそこまで上がってみますか?」

と奥田が言う。綸太郎はうなずいた。制水ゲートと崖の斜面が交わる位置に、雨ざらしの非常階段のような作業用タラップが取り付けられている。電力会社の職員が先頭に立って、奥田、久能、綸太郎の順にスチールのステップを登った。勾配がきつく、手すりを握っていないと、足下が滑りそうでおぼつかない。登りきると、工事現場の仮設桟橋《さんばし》のように空中に張り出した狭い職員専用の通路があって、制水ゲートの連絡通路と直角に交わっている。通路の周囲には先端を鋭くとがらせた鉄棒のフェンスがめぐらせてあり、部外者の侵入を厳重に拒《こば》んでいた。電力会社の職員がまた鍵束をじゃらじゃら言わせて、連絡通路との間を隔てる門扉《もんぴ》の施錠《せじよう》を外した。

制水ゲートの高さと切り立った崖の勾配も考慮に入れると、部外者が深夜、無断でこのフェンスを越えようとしたら、かなりの英断ないし無鉄砲さを要求されるはずだ。心理的障害というやつである。現時点ではまだ想像の域を出ないけれど、連絡通路から葛見百合子を突き落とした人物が、奈津美の日記帳を回収するために、水圧鉄管のところまで降りていく必要に迫られたとしたら、たとえ遠回りでも、いったん麓《ふもと》まで下りて、作業用車両の通路に沿って迂回するルートを選ぶだろう、と綸太郎は思った。そう考えると、最前までの雨が恨めしくなった。雨が降りさえしなければ、その人物が麓のフェンス・ゲートをよじ登った際の痕跡、靴底の泥か何かが残っていたかもしれないのだ。

連絡通路の手すりをつかんで、身を乗り出した。眼下に這い延びる二条の水圧鉄管は、さっき地上にいた時の印象と比べると、高所から俯瞰《ふかん》しているせいなのだろう、妙に平板でちっぽけに見える。かすれかけた人の形の線も見えなかった。奥田が隣に寄ってきて、同じように下を見下ろしながら、

「どうですか？」

とたずねた。綸太郎はかぶりを振って、そのまま後ろに振り返った。目の前をさえぎる高いフェンスの向こうに、アルファベットのEの字を横倒しに伏せた格好で、煉瓦《れんが》ブロックの制水ゲートの外郭《がいかく》がそびえ立っている。片側に螺旋《らせん》階段が付いていて、中世の古城の城門のようだった。梯子《はしご》を取り付けた鋼鉄の仕切り板が二枚、三本の太い支柱の間にはさまれて、それぞれ№１・№２ゲートと表示がある。真ん中の支柱の手前にはスイッチと表

示ランプが並んだ制御盤があり、これらは仕切り板を上下にスライドして、水圧鉄管に注ぎ込む水量を調整するための設備と思われた。もちろん、フェンスには立入禁止の表示が出ている。久能は二人から少し離れて、電力会社の職員に現場の専門的な質問を重ねながら、時々メモを取っていた。

ここでも、間断なく水の流れる音がしていた。耳を澄ますと、斜面を一気に流れ落ちるのではなく、ゆったりした渓流のような音だった。目を左に転じると、東側の山の奥に向かって、水路が切られていた。いったんゲートで堰止められた水のほとんどは、そちらに流れていくようである。綸太郎は奥田にたずねた。

「あの水路はどこまで通じているんですか？」

「疏水の支線ですか。ここから南禅寺の境内《けいだい》にある水路閣《すいろかく》を通って鹿ケ谷を北上し、途中から導水管を通じて松ケ崎《まつがさき》浄水場まで続いてます。ちなみに、若王子から銀閣寺《ぎんかくじ》にかけての疏水沿いの遊歩道が、西田幾多郎《にしだきたろう》先生で有名な哲学の道ですよ」

「若王子というと、ここから近いんですか？」

「そう、歩いて二十分かそこらですね。東映《とうえい》の俳優が経営してるしゃれた喫茶店なんかもあって、いい散歩コースです」

奥田は観光ガイドみたいな口調で言う。綸太郎はそれをさえぎって、

「今朝の新聞で読んだんですが、昨日の早朝、その哲学の道で、N氏賞作家の竜胆直巳が

暴漢に襲われる事件があったそうですね。記事では、現場が若王子町と書いてありましたが」

「ああ、そうです」奥田の答には何の屈託もなかった。「幸い命に別状はなくて、一カ月ほどの怪我ですんだようですが」

「犯人は捕まったんですか」

「いや、まだだと思います。自分の担当ではないので、詳しい経過はわかりませんが。でも、それがどうかしましたか？」

「その暴行事件と葛見百合子の墜落死との間に、何か関係があるのでは」

「まさか」奥田はけげんな表情をした。「いや、たしかに距離的には目と鼻の先だし、日時も接近してますが、だからといって――」

「そうとも言い切れないんです」綸太郎は語調を強くした。「葛見百合子に殺されたルームメイト、清原奈津美は化粧品メーカーが発行している雑誌の編集部に勤めていました。竜胆直巳はその雑誌に小説を連載していて、おまけに、彼の担当編集者が奈津美だったんです」

奥田は寝耳に水というような顔をした。

「どういうことですか、詳しく説明してください」

綸太郎は昨日、銀座の喫茶店『メルヒェン』で、『VISAGE』の編集次長から聞いた話を要約して、奥田に伝えた。奥田の困惑がいっそう深まったようだった。

「でも、それだけでは何とも言えませんな。二つの事件がどうつながるのか」

「竜胆直巳を襲ったのは、二十代半ばの若い男だったそうですね」二人の話を聞きつけて、久能が議論に加わった。「その若い男というのは、清原奈津美が出張のたびに会っていた京都の秘密の彼氏ってやつじゃないでしょうか?」

　綸太郎はうなずいた。

「たぶん」

「しかし、今のあなたの話では、清原奈津美は竜胆直巳とできていたというじゃありませんか」と奥田が言った。「それなら、竜胆とその秘密の彼氏が同一人物ということになる。別の男がからんでくる余地はないはずです」

「昨日まではぼくもそう考えていたんですが、どうもまちがっていたようです。奈津美は葛見百合子のフィアンセに口説かれた時、ほかに好きな相手がいて、まじめに付き合っているからと言って断わったそうですが、その相手が妻子持ちの竜胆直巳だったと考えるのは、やはり無理がある。仮に奈津美が竜胆に関係を強要されていたとしても、それとは別に、彼女が本当に好きだった男がこの京都にいるはずだと思います」

「しかし、それだけでは、その彼氏が竜胆を襲った人物とイコールであるという理由にはならんでしょう。だいいち、その彼氏はどうして竜胆を襲ったのか?」

「それはさっきも言ったように、竜胆が人気作家という立場を利用して、奈津美を慰みものにしていたからです。ぼくは、その噂は事実だと思う。彼女の恋人なら、竜胆を痛い目に遭《あ》わせてやろうと思っても不思議はありません」

「だが、その彼氏はどうやって被害者と竜胆の関係を知ったんですか？　奈津美はすでに死んでいるし、生きている間だって、自分の口からそれを告げたとは思えない」

「日記ですよ」と綸太郎は言った。「紛失した奈津美の日記帳に、そのことが書いてあったにちがいない。奈津美の彼氏は十五日の深夜、この場所で葛見百合子と接触し、恋人を殺した犯人に対する報復の感情から、発作的に彼女を突き落として殺害、同時に奈津美の日記を手に入れた。彼はそれを読んで、奈津美が竜胆に関係を強要されていたことを知ったのです。その場で湧き上がる怒りを抑えきれず、夜が明けきらぬうちに、竜胆直巳のジョギング・コースで待ち伏せて、前後の見境なしに彼を襲った。あるいは、N氏賞作家の日課について、生前の奈津美の口から聞き及んでいたのかもしれない。こう考えれば、十五日の夜から翌朝にかけて、葛見百合子の墜落死と竜胆直巳に対する暴行、二つの事件が相次いで起こったことの説明が付きます」

「何もかも憶測ばかりだ」奥田は拍《はく》を取るように首を横に振りながら言った。川端署の刑事の態度はどっちつかずの尾根から外れて、頑《かたくな》な否認の急崖《きゆうがい》を一気に転げ落ちた。「あやふやなデータに基づいて、仮説ばかり積み上げたって、何も説明したことにはならんです。いいですか、そもそも、肝心の日記の存在自体が不確かなんです。あなたは、葛見百合子がルームメイトの恋人に日記を読ませるために京都に来たのだと主張するが、それだって、被害者の日記の実在が不可欠の前提のはずなのに、無責任なＯＬの噂のほかに何ひとつ具体的な根拠もない、単なる当て推量の域を出ないものだ。そうした当て推量でわれわれの判断にケチをつけたり、ほかの事件の捜査にまであれこれ口を出すのは、いくら何でも行きすぎではないですか？」

「葛見百合子が被害者の日記を持ち去ったのは、当て推量や不確かな憶測じゃありませんよ」久能がやんわりとたしなめるように言った。「少なくとも、百合子が日記のコピーを取ったことについては、先ほど説明した通り、ちゃんと証拠があります。それに、わざわざコピーを取ったからには、百合子にもそれなりの思惑があったはずだ。日記帳とコピーを別々に保管していた可能性だって、充分考えられます。仮に彼が言うように、何者かが百合子の手から日記帳の原物を奪ったとしても、その時、コピーの存在までには思い当たらなかったにちがいない。ということは、案外、まだどこかに手付かずで、コピーが隠されているかもしれませんよ。とりあえず、百合子が逗留していたビジネスホテルに行ってみませんか。何か手がかりが見つかるかもしれない」

15

ふたたびマークⅡに乗り込んで、来た道を戻り、岡崎の京都ツーリストインに着くまで、奥田はぶすっとして何も言わなかった。着いたところは、ビジネスホテルとしては立地条件が中途半端で、建物自体もその中途半端さに耐え忍んでいるようななりをしているのだった。三人がこぢんまりした質素なロビーを横切っていくと、奥田の顔を見かけただけで、銀縁眼鏡《ぎんぶちめがね》をかけた管理職らしい男がすかさずフロントにしゃしゃり出て、小太りで眠たそうな目をした受付の若い女と交代した。ホテルの接客チーフで、水原《みずはら》という名札を胸に付けていた。すでに顔見知りになっているようで、奥田は警察手帳も掲《かか》げずに、ひどく事務的な口調で、手間をかけさせて申し訳ないが、もう一度、葛見百合子が宿泊していた部屋を検めさせてもらいたいと命じた。

「それはかまいませんが、あいにく、お部屋のほうは今朝のうちに掃除をすませてしまったので」水原は弁明するように言い添えた。「もちろん、事前の許可はもらってあります」

奥田はつと振り返って、それでもよいかと念を押すように、連れの二人に顎をしゃくってみせる。綸太郎は奥田の肩越しに接客チーフにたずねた。

「部屋の掃除をした時に、これぐらいの書類の束のようなものが出てこなかったですか？」

「書類に限らず、死んだ女性の遺留品で、何か目を引くようなものは？」

「いいえ」

「いえ、わたくしどもも注意しておりましたが、特に見つかったものはございません」

水原の返事をことさら強調するように、奥田が肩をすくめた。綸太郎は気にも留めずに、久能とうなずき合ってから、接客チーフに直接言った。

「掃除がしてあってもかまいません。部屋のキーをお願いします」

水原はカード型のホルダーが付いたルームキーを取ると、小太りの女性に何ごとか言い含めてフロントを外し、自ら部屋の案内に立った。綸太郎は自分をこの事件に引き込んだ、ちっぽけな鍵のことを思い浮かべた。四人乗ったら、それだけでいっぱいになってしまうエレヴェーターで三階まで昇り、廊下の端まで歩いていって、「312」とナンバーの打たれた部屋のドアを水原が開けた。

ロビーの印象と同様に、ごく質素で華やかさのまるでないシングルの部屋だった。毛羽《けば》立ったカーペット、独《ひと》り寝の冷たいベッド、煙草《たばこ》の焼け焦げ痕《あと》のある机、サイドボードの上の小インチのブラウン管、サーモスタット式の湯沸かし器、空ハンガーが下がっているクロゼット、照明だけが妙に明るいユニットバス——いや、どこの土地に行っても、ビジネスホテルの規格化された部屋のたたずまいは、変によそよそしくて、うら寂しい感じがするものだ。久能が水原に一泊の宿泊料金を訊いた。うなずいて、そのまま耳から抜けていくような標準的な数字だった。百合子は手持ちの資金を節約しようとか、あるいは、開き直って浪費しようとはこれっぽっちも考えていなかったにちがいない。単に行動の便宜《べんぎ》に合わせて、このホテルを選んだようなふしもある。水原にたずねると、チェックインの当日、予約なしに、電話で部屋に空きがないかどうか問い合わせてきたという。よそが満室で断わられた後かもしれなかった。

フロントで聞いた通り、部屋には念入りな掃除の手が入っていて、葛見百合子の生前の痕跡は完全に拭《ぬぐ》い去られた後だった。取り替えられたばかりのまっさらなシーツが無言で告げているように、部屋にあるものすべてが白紙に帰したも同然で、そこから読み取れるものは何もなかった。水原が所在なさそうに室内をきょろきょろ見回した。綸太郎はかぶりを振り、久能と手分けして、百合子がコピーを隠した可能性のある場所をしらみつぶしに探し始めた。奥田はユニットバスのドアを背にして立ち、捜索には手を貸そうともせずに、冷ややかな目つきで二人の動きを追っていた。それが徒労に終ることを確信している表情だった。

そして、実際にそうだった。室内には、日記帳もコピーも存在しなかった。

312号室を後にしながら、久能は当てが外れてひどく気落ちしている様子だった。蹴上の墜落現場で奥田に啖呵《たんか》を切ってみせた分、なおさらである。綸太郎は初めからそう楽観できなかったから、落胆の度合も彼ほどではなかったが、コピーの行方を知る手立てが尽きて、途方に暮れている点では大差ない。窮屈なエレヴェーターの中で、気まずい沈黙に耐えかねたように、久能が口を開いた。

「ひょっとして、犯人が先回りして、部屋からコピーを持ち出した可能性はないですかね」

「どうやって？」

「葛見百合子の死体からルームキーを拝借してこのホテルを探し当て、宿泊客のような顔をしてこっそり312号室に忍び込み、コピーを持ち去ったとすれば？　後は蹴上の現場にとんぼ返りして、キーを戻しておくだけでいい」

「ロビーで目撃される危険を冒《おか》して？」と奥田は半ば聞き流すような口調で言い、エレヴェーターが一階に降りて扉が開いた。「フロントには深夜でも、当直の人間が詰めているはずですよ。十五日の夜、泊まり客以外の不審な人物がロビーを出入りするのを見かけた従業員がいるなら別だが？」

水を向けられて、接客チーフはきっぱりと首を横に振った。保安および風紀上の要請から、泊まり客以外の第三者の深夜の出入りには特に目を光らせており、ロビーで不審な人物を見かけた場合は、逐一《ちくいち》報告するよう従業員に義務付けている。十五日の夜には、その種の報告はないという答だった。

答を聞く前から、綸太郎はちがうような気がしていた。さっき久能自身が指摘したように、百合子が自分の口から告げない限り、犯人はコピーが存在することを知りえないはずだから。久能はがっかりした顔でうなずきながら、どうしようかと問うようにこちらを見やった。綸太郎は水原にたずねた。

「彼女の両親がここに泊まっているそうですが、もうチェックアウトしたのですか？」

「いえ、まだです。もう一泊のご予定とうかがっておりますが」

「二人と話ができますか」

「もちろん、そのつもりでした」と奥田が言った。こちらのメンツが傷ついた分だけ、彼の態度はいくぶん寛大さを取り戻していた。

フロントから内線で葛見夫妻の部屋にかけると、幸い二人は在室していた。といっても、こんな状況でどこに出かける当てがあるはずもないのだが。水原から受話器を受け取って、奥田がこちらの希望を伝える。会話は短かった。

「向こうからロビーに降りてくるそうです」受話器を戻しながら、奥田が言った。「ただ、少し時間がかかるかもしれない、と父親のほうが」

＊

時間が必要だったわけは、二人がロビーに現われた瞬間に明らかになった。母親は心痛でやつれて人前に出るのがやっと、というありさまだった。夫の腕にすがりついて、かろうじて崩れ落ちるのをこらえている夢遊病者のように見えた。子供が殴り書きしたみたいに髪がほつれている。泣き腫《は》らして赤くなった目の縁をその場しのぎの化粧で塗り隠していたが、それも手間をかけたわりには、悪酔いでもしたような顔色のむらをかえって際立たせているにすぎない。こんなことさえなければ——快活で、聡明で、思いやりがあって、平凡だが、幸福な生活を送れることに感謝しながら、しかしそれを一度も疑ったこともなく、日々を安穏《あんのん》に過ごしてきた主婦の顔を想像するのはむずかしくなかった。いや、そっちの顔のほうが目の前のうつろな面貌よりもずっと現実感のあるような気がして、綸太郎は妙にいたたまれない気持ちになった。説明の付かない不幸の前におののき、うちひしがれているばかりで、娘の身に降りかかった忌《い》まわしい運命を呪《のろ》う悪意さえ持ち合わせていないのだった。

百合子の父親は葛見義隆《よしたか》と名乗った。福井市内で税理士事務所を開いているという。能《のう》の翁《おきな》の面に血を通《かよ》わせて、十ばかり若返らせたような分別くさい顔つきをしていた。感情を抑えようとしているせいで、よけいにそう見えるのかもしれない。生まれつき太らない体質なのだろう、持久走の選手みたいな無駄な肉のない体型を保っていた。ロビーでは落ち着かず、話しにくそうな様子なので、水原が気を利かせて、従業員がミーティングに使う会議室みたいな部屋を空けてくれた。

「お嬢さんはお気の毒なことをしました」二人が席になじむのを見計らって、久能が切り出した。「お力落としのこととは思いますが、これまでの捜査の報告を兼ねて、ご両親に二、三おたずねしたいこともあり、こうしてうかがった次第です」

葛見義隆は軽く首を横に振った。

「どうか気を使わないでください。娘がしでかしたことで、かさねがさねご迷惑をおかけして、本当に申し訳なく思っているのですから。そちらのご参考になることでしたら、たとえ娘の恥の上塗《うわ》りになるようなことでも、何でもお答えします」

「いや、たしかに殺人は重い罪ですが、ここ数日の捜査の過程で、百合子さんの側にも同情すべき事情のあることがわかってきたのです。できれば、百合子さん自身の口から、その説明を聞きたかったのですが。こんな結果になる前に、お嬢さんの行方《ゆくえ》を突き止められなかったことが残念です」

「そう言っていただけると何よりです」短く嚙《か》みしめるように、葛見義隆は言った。

「いつまでこちらに滞在されるのですか？」

「家内は今日の夕方の便で、福井に戻らせようと思っています。娘の葬儀があるので、私も明日帰りますが、それがすんだらまたすぐこっちに戻って、しばらく様子を見ようかと。事務所のほうは、私が不在でも、四、五日は業務のやりくりは付きますし、それにどっちみち、今は仕事がどうこう言ってられるような状態ではないので」

「何かこちらにとどまるわけでも？」

葛見義隆は唇の間に薄い隙間を作って、何ごとか口にしかけたが、微かにかぶりを振るようなしぐさを見せたかと思うと、いや、特別なわけというものはありません、と押し殺すようにつぶやいた。何でも答えると言ったのを言葉通りに受け取れるわけでもなさそうだった。そうでなければ、呼び水が必要なのかもしれない。母親のほうはもうずっと、心がどこかに飛んでいってしまったきりという表情で、目の前のやりとりも耳に届いていないようである。

綸太郎は奥田刑事に目をやった。部屋の中でひとりだけ椅子に坐らないで、サッシ窓にもたれかかり、腕を組んで静観者のポーズをとっている。

「例の件を話してもいいですか」

「例の件？」奥田は訊き返したが、すぐに思い当たった様子で顎をなでた。「ああ、どうぞ。あなたがたに一切お任せしますよ」

葛見義隆が控え目な興味をのぞかせるように、眉を上げた。綸太郎は久能とバトンタッチして、捜査の進捗《しんちょく》状況をかいつまんで話し始めた。自分で意識してそうしたつもりではないのだが、百合子の境遇に同情的な話しぶりになっているらしく、父親の反応でそれと気づいた。当の聞き手は、マスコミの報道に毛が生えた程度の事実しか知らされていないようだった。犯人の家族には、質問する権利さえ与えられないのだ。娘の死に対して人並みの親らしい感情を示すことも禁じられ、正義漢ぶったワイドショー・レポーターが垂れ流す根も葉もない中傷に傷ついても、表立って反論することは許されず、ただじっと鳴りをひそめて、人々の記憶が薄れていくのを待つしかない――だが、綸太郎は人殺しの娘に先立たれた父親の無言の問いかけに、ひとつひとつ答を探すように話し続けながら、自分もまたこの事件に後から加わった舌足らずな語り手のひとりにすぎないように思った。物語の真の語り手たるべき人物がまだこの後に控えていて、自分はその人物の出番が来るまで、とりあえず場をつないでおくための前座でしかない、とも思うのだった。

しかしまた、語り手と聞き手の立場はいつでも入れ換わるものであり、とりわけ、探偵という役割はその顕著な実例にほかならず、そして、それは鎖のように、網の目のように、どこまでも果てしなく物語をつなぎ、人から人へ語り継いでいく、後戻りの利《き》かない過程でもある。そうした意味では、特権的な物語の真の語り手、最後の語り手などという者は存在しないのではあるまいか。いかなる物語もその聞き手に向かって開かれている。物語の終りとは、その場限りの暫定《ざんてい》的な終止符にすぎなくて、エンド・マークの後ろでは、もう次の語り手が出番を待っているのだから。トゥ・ビー・コンティニュード、物語の結末はたえず更新されていく——。

かつて綸太郎は、求心的な物語の最後の語り手たらんと欲した女に出会ったことがある。西村海絵《にしむらうみえ》という女だった。彼女はかけがえのない自己の物語を完結させるために、固く口を閉ざして、それを誰にも語らないというアイロニカルな方法を選んだ（『頼子のために』講談社刊）。しかし、そのやり口とは、物語の結節点を高みから見下ろすメタレベルの語り手となって、自らの絶対的な優位を確保しようとすることにほかならない。だからこそ、彼女は物語の終りを宣告する沈黙を見届けるメタレベルの聞き手を、気まぐれで尻軽な狂言回しなんかではなく、最後で唯一の終止符となりうべき共犯者をひとりだけ必要としたのだった。そして、綸太郎は予期せぬ不意討《う》ちのように、その終止符の役割を押しつけられ、やがて、語られざる物語からにじみ出る毒に冒されて、身動きができなくなってしまった——あれはそういうことだったのだ。

だが、現実には、なんぴとたりとも物語の外に立つことはできない。というより、現実ということの意味がそれなのだ。物語の終りを宣告したつもりでも、それは恣意《しい》的な錯覚にすぎない。彼女はそのことに気づいているだろうか？　物語の終りは、常に次の語り手によって乗り越えられる。いや、それは文字通りの意味で乗り越えられるんじゃない、手探りで数珠《じゅず》をつなぐような人と人の出会いの過程で、どこまでもその続きが語り継がれていくのみ。ひとり繭《まゆ》のような沈黙の中に浸《ひた》り続けても、最後で唯一の終止符の役割を担《にな》うべき共犯者が、否応《いやおう》なく次の結節点に動かされてしまったら、自己完結した語られざる物語といえども、また別の物語の連鎖の一環として開かれざるをえないということを、彼女は認めてくれるだろうか？

今、こうして葛見百合子の両親と顔を合わせ、事件について話しているというできごとそのもの、語り手は聞き手に、聞き手はまた語り手に、たえずその役割を転じて定まることがなく、この場で行き交う言葉やまなざし、声にならないわだかまりやもどかしい吐息、偶然のしぐさのひとつひとつが刻々と移ろいながら、物語の血となり肉となって、さらにそれが語り継がれ、終りをかわし続ける力を産み出していく。偶発的なできごとの後戻りの利かない貴重な一回性が、網の目のような物語の無限の展開の原動力となっている。探偵とは、どこまでたぐっていっても終りのない物語の連鎖の結節点、そのひとつひとつに進んで身を置き、移ろい続けようとする意志の世俗的な別称なのかもしれない。むろん、そうした場にやみくもに身をさらし続けなければならない理由などない。探偵であることに根拠はない。認識と実践の乖離《かいり》は避けられないし、その矛盾を止揚《しよう》することなど不可能だ。それでも、物語は続いていく。そして、探偵という立場の無根拠は、物語に終りがないということと同じ意味を持っている。それは現実だ。

紛失したまま、行方がわからない清原奈津美の日記について細かく触れると、葛見義隆は何か思い当たることでもありそうな目つきをした。しかし、その流れで、竜胆直巳が襲われた事件との関連を論じることは差し控えた。まだ仮説の段階にすぎないので、捜査担当者以外の人間に洩らすのは時期尚早《しょうそう》と思われたからだ。最後に、例の件――百合子がごく最近、妊娠中絶手術を受けていたという川端署の解剖所見を率直に告げて、綸太郎はとりあえず捜査の報告を締めくくった。

葛見義隆は固く歯を食いしばり、錐《きり》のように視線を絞り込んで、しばらく綸太郎の頭の後ろの壁をにらみつけていた。殺気に近いものがあった。銀座の『メルヒェン』でのやりとりをあまさず伝えたせいかもしれない。それから、はっと気づいたように妻の顔に目を向けるしぐさをした。百合子の母親は相変わらず上《うわ》の空で、自分で自分をシャットアウトした抜け殻のような表情だった。今、明かされた事実を理解しているのかどうかすらおぼつかない。たぶん音として耳に入っていても、意味をつかむことなく素通りしているのだろう、綸太郎はそう思った。そして、彼女の夫も同じことを望んでいるのが肌触りでわかった。あえて同席してもらうには及ばなかったかもしれない。

「――それは三木君の子供なのですか？」こちらに目を戻して、彼がたずねた。胸の内にわだかまるものをかろうじて絞り出して、しずくを垂らすような口調だった。

「おそらく」

「彼は、そのことを知っていた？」

「わかりません。知っていたのではないかという気もするのですが、本人に訊いてみないと、どっちとも。それと、これは立ち入ったことになるかもしれませんが、事件の直後、彼から一方的に婚約破棄の申し出があったそうですね？」

「火曜日に電話で」そう言って、一度口を閉じた葛見義隆の喉が嘔吐《おうと》の発作をこらえるみたいに上下した。こぶしを握りしめる腕の力が余って、音叉《おんさ》のように肩が震えている。

「しかし、非はすべて娘のほうにあるのですから、向こうの言い分がもっともです。それに結局、こういうことになってしまった以上、もうどっちみち、そのことで彼を恨むつもりはありません」

葛見義隆は深く息を吸い込んで、自分に暗示をかけているみたいにゆっくり吐き出しながら、こぶしに込めた力を徐々に抜いた。それ以上、三木達也のことをたずねるにしのびない所作《しょさ》だった。綸太郎は話題を変えた。

「奈津美さんのご遺族には？」

「土下座してでも謝罪するつもりで、一度お宅にうかがいましたが、会ってはもらえませんでした」

彼はまた妻の顔を見やって、その目をつとテーブルに落とし、ぎくしゃくとかぶりを振った。単に門前払いを食っただけでなく、もっと冷たい仕打ちを受けたことが察せられた。

「向こうにしてみれば、それが当然です。いや、憎まれるのは仕方がないとしても、清原さんのご両親とは、お嬢さんを通じて前から面識があったので、こちらの話ぐらい聞いてもらえると思っていたんです。甘い考えでした。その時はまだ、私も家内も、娘がしでかしたことの意味をよくわかってなかった。でも、娘は奈津美さんを殺したんです。昨日、百合子の亡骸《なきがら》と対面して、自分が向こうのご両親と同じ立場になって、それがどういうことなのか、どんなに取り返しの付かないことなのか、やっと気づいたようなていたらくで――もちろん、同じ娘に先立たれたといっても、私たちと清原さんのご夫婦とでは事情が全然ちがうし、百合子が死んだからといって、犯した罪や負い目が消えるわけではありませんけれど。それに清原さんのお嬢さんは、ひとり娘だったんです。うちにはまだ下の息子がいる分、辛《つら》い思いだって半分にも及ばない」

自虐的な口調そのものがやるせない痛恨の念をさらけ出し、うわべの言葉を裏切っている。たしかに葛見夫妻と奈津美の両親とでは、置かれた立場がちがうのだった。被害者の遺族はその一方的な怒りを犯人とその家族に向けて、ある意味では、そこに慰めを見出《みいだ》すこともできるが、目の前の彼らはやり場のない感情を誰にぶつけることもできない。公《おおやけ》にすることを禁じられた痛みは、癒《いや》しがたいわだかまりとして、二人の内部にひっそりと匿《かくま》われることしか許されていない。それもまたひとつの語られざる物語、にもかかわらず、終りを求める超越的な意志とは無縁のもの――。

「お察しします」と久能が言う声が聞こえた。

葛見義隆は目をしばたたかせて、話し続けた。

「清原さんご夫婦はお二人とも学校の先生で、たったひとりのお嬢さんを東京に出すについては、ずいぶんと反対されました。あれは子供たちが相談して決めたことで、もう七年も前になりますが、言い出しっぺがどっちだったのか、一緒に東京の私大に進学する、卒業したら、二人とも出版社に入って編集者になると、いきなりそんなことを申しましてね。百合子の進路については、私も家内もそれでかまわないと思ったのですが、奈津美さんのご両親にとっては寝耳に水だったようで、親元から離れることは絶対に認めない、世間知らずの田舎の娘がそんな夢みたいなことを言うんじゃない、と強く言い聞かせたらしいのですが、子供たちは梃子《てこ》でも動かないような固い結束で、一歩たりとも譲《ゆず》りません。普段はおとなしかった奈津美さんが、その時ばかりは家出も辞さないと、一週間ばかりうちに泊まり込んで、ストライキの構えです。行きがかり上、私と家内が間に入る形で、向こうのご両親を説得する羽目《はめ》になって、結局、二人が同居するという条件で、ようやっと上京にＯＫが出たようないきさつがありましてね。ひょっとすると、清原さんから見れば、うちの娘が私たちを味方に付けて、大事なお嬢さんをさらっていったように映ったかもしれない。あるいは、百合子にもそういう意図が少しはあって、奈津美さんをたきつけたのかもしれませんが、いずれにしても、私は子供たちがせっかく自分で考えて決めたことを尊重してやりたかったし、実際、二人とも東京ではしっかりがんばって、編集者になるという希望もかなえ、充実した毎日を送っているようでしたから、清原さんの心配も取り越し苦労だったね、と家内とよく話していたものです。ところが、それがめぐりめぐって、こういう思いもかけない形でいっぺんに子供たちを亡《な》くしてしまうと、あの時、あちらのご両親の意向をないがしろにしたのはまちがいだったんじゃないか、子供たちのためによかれと思ってしたことが、結局のところ、今度のことにつながる災《わざわ》いの種をまいただけではなかったか。そう考えると、親御さんはもちろん、亡くなった奈津美さん本人に対しても、すまないことをしたという思いがいっそう募るのです」

「——本当にあの時は、もう大変な騒ぎで」それまで一度も口を利こうとしなかった百合子の母親が、だしぬけに声を発して、夫の語りに折り重なるカノンのように言葉を継いだ。「主人もわたしもどうしようかとおろおろしているのに、当人たちは至って呑気《のんき》なもので、それこそ修学旅行でもしてるつもりで、子供みたいにパジャマの取り替えっこはする、毎晩、明け方近くまで、百合子の部屋から二人の話し声が聞こえましたし、朝になればなったで、平気な顔で学校に出かけるんですよ。おまけに百合子ときたら、お母さん、先生にはこのことは内緒にしといてね、話がこじれるとまずいから、なんて。清原さんのご主人は血相変えて怒鳴り込んでくるし、丸く収まったからいいようなものの、あの時は本当にはらはらしっ放しでした」

「ああ、そうだった」

葛見義隆は妻の近いほうの腕にそっと手を添えながら、一足飛《いっそく》びに現在を追い越した未来の時点から、過去の過去を回想しているような込み入った顔つきで相槌《あいづち》を打った。すると、彼女の口許がじわじわとほころんだが、それは血の通《かよ》った泣き笑いの表情というより、文字通り顔と内面の境界に生じたほつれ目に似ていた。目はやはり夢みるようにうつろで、話している言葉そのものも、たえず今この瞬間をすり抜けて、いずこへともなく消えてしまいかねないはかなさに満ちていると綸太郎は思った。

「奈津美さんは高校の時からずっと、百合子の一番の親友でしたの。素直でしっかりした、かわいいお嬢さんで、そう、最初はちょっと、はにかみ屋さんなところもありましたね。それで、娘と波長が合ったのかもしれません。何よりご両親のしつけがちゃんとしていらして、こういうのも何だかおかしな話ですけど、その例のストライキの真似事《まねごと》で、一週間うちに泊まり込んだ時でも、正直、自分の娘と比べて、つくづくそう思ったぐらいです。それはまあ、あんまりほめられた行ないではないですけれど、そういう普通じゃない、切羽《せっぱ》詰まった場面でこそ、よけいに本人の地というか、育ちのよさみたいなのが出るものじゃありませんか？　わたしはそう思いました。もちろん、百合子が行儀が悪いというんじゃなくって、よそのお嬢さんと比べたら、どうしても、家の中で、自分の娘のあらばっかり目に付くのは、隣の芝生は何とかで、仕方ないでしょう。わたしが女親だから。

それでも、うちの百合子だって、いったん外に出れば、あれぐらいちゃんとした娘はそういないはずですよ。自慢ではありませんけどね。

奈津美さんとは、高校に入ってすぐの一年生のクラスで、出席番号が隣り合わせで、机の並びも前後してたんだそうです。それはたまたま、ほんのきっかけですけど、十五、六の時に、本当に心が通《かよ》い合って、十年たっても変わらない付き合いができるお友達と出会えるなんて、幸運なことですよ。それはもう、お互いに一生の宝になります。男の人とちがって、女の子の場合はよけいにそうね。みんな、むずかしい年頃ですから。見かけは仲がいいようで、腹の底では親の仇《かたき》みたいに、いがみ合ってるようなことが、女同士だとままありますでしょう。少しちがうかもしれませんが、二人きりだと、ろくすっぽ口も利かない姉妹とか。そのへんは、女親の目から見たら、仕方なく付き合ってる相手かどうかなんて、すぐにわかるもので、当人がいない時に、ついぽろっとこぼしたりすると、露骨に本音《ほんね》を隠せませんから。奈津美さんについてはね、彼女の前ではすごく自然に自分を出せるんだって、いつだったか、しみじみと百合子が言うんです。それを聞いて、わたしも内心、ああ、よかったとしみじみ思って。なにしろ、百合子は中学ぐらいまでは、学校のお友達のことなんて、ほとんど話さない娘だったんです。小さい時から、根が負けず嫌いのくせに、感情を表現するのに無器用で、それはわたしではなくて、この人、主人の血なんだと思いますが、おかげで、外では人見知りの癖がなかなか抜けなくって。それに、中学の時は、学校の持ち上がりのクラスの雰囲気が肌に合わなかったようで、女子の派閥みたいなグループは毛嫌いしてましたし、クラブにも入ってなかったでしょう。休みの日なんかでも、弟とばかり遊んでたような気がしますから、その頃のお友達といったって、格別、思い浮かぶ名前はないですね。本人はそんなことは言いませんけど、本当はずっと寂しかったのじゃないかしら。

奈津美さんとは、高校に入ってすぐの一年生のクラスで、出席番号が隣り合わせで、あら、そのことはさっきも言ったかしら、ええ、机の並びも前後してたせいで、自然と話をする機会も多くて、お互いに何となく気が合うということがわかったんでしょうね。何よりも、百合子は昔から本が好きで、こっちはわたしの遺伝かと思いますけど、奈津美さんのほうもご両親とも学校の先生ですから、百合子以上にたくさん読んでいて、本の貸し借りもあったり、二人で肩肘《かたひじ》張らずに好きな本の話ができることが、親密さを深める一番の弾みになったみたいです。高校に図書部というのがあって、百合子がせっかくだからと奈津美さんを誘って、一緒に入部しましてね。学校の図書室で購入する本を選べるのが第一の魅力だったようですけど、じきに図書室報とか、校内文芸誌の編集なんかもやるようになって。そう、文芸部というのは慢性の部員不足で、もう何年も前に廃部になっていて、図書部はその穴を埋めるような活動もしてたんだそうですよ。そんなわけで、もう一年生の時から、校内文芸誌の編集を任《まか》されたので、二人ともすっかり張り切ってしまって、奈津美さんは自分でも短編小説を書いて載せたりしていたのが、二年生の時に作った号で、全国コンクールの編集部門・特別奨励《しようれい》賞という賞をもらいまして、それがよっぽど嬉しかったんでしょう。その頃から、これからも二人で、本を作る仕事をやっていけたらいいね、将来は出版社に入って、編集者になりたい、そんな夢を一所懸命に語り合っていたようです。

マスコミや編集の勉強をするために、東京の大学を受けると百合子が言い出した時には、最初、わたしも母親ですから、本当はずいぶん心配したんですが、奈津美さんも同じ考えだと聞いて、それなら大丈夫だろうと、主人ともよく話し合ってOKを出しました。ところが、奈津美さんのご両親は、関西か名古屋の大学ならまだしも、東京なんてもってのほか、それに、もし大事なひとり娘が編集者にでもなろうものなら、絶対地元には帰ってこないし、おまけに、婚期が遅れるばかりだからといって猛反対されて、そのあげくに子供たちのストライキです。でも正直、わたしはそれを見て、かえって頼もしいような、うらやましいような気持ちがしましたね。二人でこれだけがんばれるんだったら、東京に出ても、お互いに励《はげ》まし合って、ちゃんとやっていけるはずだって。第六感みたいなものですけど、その時思った通りになって、わたしはそれでよかったと思ってるんです。

これが百合子ひとりのことだったら、どうなっていたかわかりませんもの。ええ、本当に。それは自分の娘だから卑下《ひげ》して言ってるのでも何でもなくて、奈津美さんという無二の親友がいたからこそ、今の百合子があるようなもので、昔からそういう娘でしたけど、何でも人のことにかこつけないと、自分だけで何かするのは、じつはひどく臆病というか、苦手《にがて》なんです。それでも、下に弟がいるせいか、何かと面倒見のいいところもあって、だから、気心の知れた相手からお姉さんみたいに頼りにされると、えいやっと迷いの虫がふっきれて、負けず嫌いの性質が外に向かって発揮できるんです。学生時代から大学の勉強以外にも、出版セミナーとか、編集助手のアルバイトとか、こまめに見つけてきては、何ごとも経験だから、と引っ込み思案《じあん》の奈津美さんを連れ出して、その動き方は高校時代から全然変わらないですよ。最初は東京のペースに慣れないせいで、いろいろ失敗もあったらしいですが、百合子はもちろん、奈津美さんだって、いったんこうと決めたら、芯《しん》の強いガンバリ屋さんですし、何よりもそういう積み重ねがあって、初めて自信というものが身に付いてくるわけでしょう。その証拠に、百合子も向こうに出てから、ずいぶんと大人になりましたよ。母親のひいき目なんかではなしに。それは何度も言いますけど、奈津美さんがいたからこそできたことです。娘が里帰りするたびに、あたしがしっかりしてないと、奈津美は頼りなくて、ひとりじゃ何にもできないんだからって、よく聞かされました。向こうのご両親がお聞きになったら、そんなことはないと反対されそうですが、それだって、文字通りの意味というよりも、本当は奈津美さんを励ますのと一緒に、自分も励ましてるってことですからね。そこらへんのところは、百合子自身もそうですし、奈津美さんもよくわかっていたはずで、だって、何の後ろ盾《だて》もない、かよわい女の子が二人、親元を離れて東京で暮らすのは心細いに決まってますし、どうしても、そこに生活の知恵というか、ちゃんとそれぞれの役割を心得て、お互いに持ちつ持たれつ、支え合いながら生きていく方便というものがなくてはね。百合子だって、くじけそうになったり、絶望しかけたりしたことがいくらもあったでしょう。そんな時、ひとりぼっちじゃない、と教えてくれるお友達が身近にいて、二人で一緒に泣いたり、笑ったり、背伸びして、励まし合って、そうやって、お互いがお互いの支えになって、困難を乗り越えて、大きくなっていくんです。だから、主人もわたしも、奈津美さんには心から感謝しているし、これからもずっと、将来、結婚して家庭を持っても、百合子とは一生変わらない親友であってほしいと願ってます」

百合子の母親のよどみない語りは、取り返しの付かない悲惨な現実を言葉にすることを回避するように、現在の手前でふっつりと途切れた。不連続面が地表を通過していくような沈黙があった。彼女は話している間、ずっと夢見心地《ごこち》のがらんどう然とした微笑《ほほえ》みを浮かべていたけれど、やがて、かりそめの火が消えるようにその危うい均衡すらも失い、燃え殻の灰みたいな蒼白の色だけが顔に残って、次の瞬間には、もうぼろぼろと泣き崩れていた。

「すみません」いっそう沈痛の度を加えた面《おも》持ちで妻を慰撫《いぶ》しながら、葛見義隆が言った。

「昨夜《ゆうべ》からずっと、これの繰り返しなのです。今まで、娘が小さかった頃の思い出話をしていたかと思うと、突然声を押し殺して泣き出してしまう。百合子が死んだことを、自分の中でまだ納得できないのです」

「申し訳ありません」と久能が言った。「奥さんまで、無理にお呼びする必要はなかったです」

葛見義隆はうつむいて、小さく首を横に振った。

「いや。こうやって百合子のことを人に話したほうが、たぶん、家内にとってはいいのです」

「――そうかもしれません」と久能がつぶやいて、綸太郎も無言でうなずいた。

「私だって、納得できないことはあります」葛見義隆はいきなり顔を上げ、人が変わったような剣幕で、思い余って吐き出すように言った。「娘が、百合子が自殺したというのは、本当に、それでまちがいないのですか？　だが、私には信じられない。そんなことは絶対にありません」

彼が強く自己主張したのは、後にも先にも、この時きりであった。奥田刑事が溜息混じりに、サッシ窓から身を離した。やれやれ、という表情で露骨に首を傾げながら、こちらの反応をうかがい見ている。綸太郎は問いの間合《まあい》を測《はか》りつつ、ゆっくりと目を戻して、葛見義隆にたずねた。

「そう信じられないわけがあるのですか？」

「ええ」彼はくすんと鼻を鳴らして、自制を失いかけたことを恥じているように、またいっそう改まった口調で答えた。「このことは今まで秘密にしていたのですが、じつは事件の後に一度だけ、娘が家に電話をかけてきました」

「いつですか」

京都ツーリストインの通話記録に、市外通話が一件残っていたことを綸太郎は思い出した。

「月曜日の深夜ではありませんか？」

「そうです。私が出ました。なんとなく、娘だという予感がありました」

「その時、百合子さんは何と？」

「どこにいるかは言いませんでしたが、心配をかけてすまない、奈津美さんを殺したのは自分だ、と素直に認めました。私が自首を勧《すす》めると、いずれそうするつもりで、罪の償《つぐな》いをする覚悟もできている、でも、今は少しだけ待ってほしい、と言うのです。どうしてと訊くと、警察に自首する前に、どうしても会っておかなきゃいけない人がいるからと、そういう返事でした」

「どうしても会っておかなきゃいけない人？」

綸太郎がおうむ返しにたずねると、葛見義隆はうなずいて、

「誰とは言いませんが、たしかにそういう言い方をしたのです。私には何のことだか皆目《かいもく》わかりませんでしたが、娘の声があまりにも真剣なので、それだけのわけがあるにちがいないと考えて、何もたずねませんでした。その代わり、どんなことがあっても、お父さんはおまえが無事に帰ってくればそれでいい、思い詰めて自分の命を粗末にするようなことだけはしないでくれ、と言い聞かせると、これ以上、お父さんやお母さんを悲しませるようなことはしないって約束する、百合子がはっきりそう言ったのです。私はその言葉を信じました。それから、電話をかけたことは、警察には黙っておいてと言い添えて、すぐに向こうから切りました」

彼が京都にしばらくとどまると言い、あるいは、奈津美の日記に関する推測に興味を示したのも、その会話のせいだと気づいた。綸太郎はあらためて、奥田刑事の顔に目をやった。父親の証言の重要性がわかっているだけに、苦虫《にがむし》を嚙みつぶしたような表情である。

久能がこっちに目配《めくば》せしながら、懐柔《かいじゅう》するように奥田に言った。

「今の電話の話で、彼の説が補強されたのではありませんかね？　月曜日の夜の段階で、百合子には自殺の意志はなく、自首を考えていた。そして、火曜日の夜、彼女が蹴上に行ったのは、その会っておかなきゃいけない人というのと会って、清原奈津美の日記を読ませるためだったにちがいない。これはもう憶測ではありません。百合子が自分の口から、

そうした人物の存在をほのめかしているわけですから。つまり、彼女以外の人間が蹴上の現場に居合わせたことは、現時点でほとんど確実だ。ここまでわかっているのに、彼女がひとりで自殺したと決めつけるのは、事実度外視の暴論ですよ」

「それはそうかもしれないが、月曜日にそう言ったからといって、次の日に気が変わるということだってなくはない。いや、何も屁理屈をこねようというつもりではないです。しかし、あなたがたは日記、日記とおっしゃるが、肝心の日記そのものが出てこない以上、われわれに手の打ちようがないのも確かじゃないですか」

そう反論したものの、奥田自身、考えあぐねてふんぎりがつかないらしく、言葉尻も歯切れが悪かった。久能は何も言わず、肩をすくめた。綸太郎はもう一度、葛見義隆にたずねた。

「月曜日の夜、百合子さんは、日記のことを何か言いませんでしたか?」

「いいえ、ひとことも」

「奈津美さんの日記か、そのコピーのありかについて、何か心当たりは?」

「何も」彼は力になれないことが残念でたまらないというように、何度もかぶりを振った。

＊

収穫がなかったわけではないが、さしあたり、手詰まり感も拭えない。もどかしい気分で川端署に戻ると、不在の間に、警視庁から電話が入っていた。署員から渡されたメモには、戻り次第法月警視に連絡を取ること——大至急、と記されている。大至急の文字が丸で囲んであった。

綸太郎は電話を借りて、捜査一課の直通番号にかけた。すぐに、父親の執務室につながった。

「おまえか」と法月警視が言った。「ついさっき、そっちに電話したところだ」

「その伝言を見てかけたんです。大至急って、東京で何かあったんですか?」

「大ありだ。とびきり耳寄りなニュースがある。だが、その前にそっちの報告を聞かせてくれ」

「お父さん、そんなこと言って、焦《じ》らさないでくださいよ」

「そうせっつくな、こいつはおまえが小説でよく使う手じゃないか。それに俺だって、京都での動きが知りたくて、じりじりしてるんだ。話すのが面倒だったら、久能警部と代わってくれ」

受話器を握ってにやにやしている父親の顔がありありと想像できた。綸太郎はちっと舌打ちして、

「自分で言いますよ」

昼からのできごとを手っ取り早く要約して、新しい事実のみを父親に伝えた。警視はいちいち質問をはさんで、報告を途切れさせるようなことはしなかった。まるでこちらの動きを事前に察知しているような応対ぶりで、綸太郎はますます焦らされている気持ちが募った。

「そのことは知ってる」葛見百合子の解剖所見を話すと、警視はこともなげに言ったのだった。「中絶したのは、たしかに三木の子だ。あいつ、泣き言をこぼすから大目に見てやったのに、だらしないだけかと思ったら、卑怯《ひきょう》この上ないろくでなしだった。同じ男として、俺は死んだ二人の女に会わせる顔がないよ」

「また三木を締め上げたんですか？」不思議に思って、綸太郎は訊いてみた。

「ちがうよ。耳寄りなニュースがあると言っただろう」と警視はわざとらしくさりげない言い方をした。「清原奈津美の日記が見つかったんだ」

「本当ですか？」

「こんなことで嘘を言うものか。ただし、原物じゃない。百合子が会社で取ったコピーのほうだ」

「日記のコピーが見つかったそうです」電話口の傍で耳を澄ましている久能に教えると、

「東京で?」と不思議そうな顔をする。綸太郎はすぐに受話器に顔を戻して、父親にたずねた。「どこで見つかったんですか」

「それがだな、意外に思うかもしれないが、三木達也のところだ」

「どうして三木が?」

「今朝、ヌーベル化粧品の出版文化事業部に宅配便が届いたんだ。受取人は三木達也の名前になっていて、差出人が葛見百合子だった」

「そうか、宅配便――」

「午前中、三木は外出していて、会社に戻ったのは昼過ぎだった。彼は差出人の名前を見て仰天《ぎょうてん》し、中身も検めずに北沢署に通報した。封を切らなかったのは、万一、共犯扱いされることを嫌ったせいだと思う。中を見ていたら、届けていたかどうか疑問だな。押収された品は角形五号の封筒で、百合子が勤めていた北洋社の社名入り、中には二つ折りにしたA4判のコピー束が入っていた。今年の三月十日から、百合子に殺される当日まで、清原奈津美がとびとびにつけていた日記の写しだ。冒頭の三月十日分の記述は、北洋社で発見されたミスコピーの復元ページと文面、筆跡とも一致している。あれは読んでるな?」

「ええ、新幹線の中で」

「送り状の記載によると、百合子が宅配便を出したのは、十五日の夜。荷受けしたのは、京都市左京区岡崎のコンビニエンス・ストアだ。ただし、当日発送分には間に合わなかったので、翌日付けの受け取り扱いで出入りの宅配業者が回収した。したがって、届け先に到着するのは十六日の翌日、つまり、今日の午前中ということになって、日数の計算は合う。おまえが京都に日記を探しにいくのと、ちょうどすれちがいでこっちに着いたことになるから、こいつはちょっとした皮肉だな」

「十五日の夜というと、百合子が死んだ晩です」と綸太郎は言った。久保寺容子が彼の誕生日を祝いに来てくれたのと同じ夜でもある。「逗留していたホテルから蹴上の現場に向かう途中、最寄《もよ》りのコンビニに寄って、荷物を預けたにちがいない。控えの受領証は捨ててしまったはずですが、当然、送り状に差出人の名前を書けば、荷受け先から足がつくのはわかりきってますから、逆に考えると、彼女はその時点でもう逃げ回る気はなかったはずです。百合子はその直後、蹴上で誰かに、ぼくは奈津美の京都の彼氏だと思いますが、会おうとしていた。彼女が犯行後に姿を消したのは、警察に捕まることを恐れたからではなく、自由の身であるうちに、その人物を捜し出して会うことが、唯一で最大の目的だったからでしょう。さっきの父親の証言もそれを裏付けている。要するに、その目的を達することが目前で可能になったからこそ、それまで手元に残しておいた日記のコピーを三木達也に送る決心がついたということです。宅配便を送る時期を急いで、その人物を見つける前に、自分の居場所が警察に知れてしまったら、元も子もないわけですからね」

「俺の考えでは、百合子は最初から、その日記を三木に読ませるつもりで、コピーを作ったにちがいない」と警視が言った。「終りのほうに軽く目を通しただけだが、奈津美が書いているのは、三木が読んだら、面目丸つぶれ、いたたまれなくなるようなことばかりだよ。百合子が三木の子供を堕《お》ろしたことも書いてあるし、例の給湯室での告白の一件に関しても、かなり手厳しい文句が記されている。もちろんそれだけじゃないがね。だから、百合子は自分を裏切った男に対するしっぺ返しのつもりで、三木にコピーを送ったんだろう。俺は故人の遺志を汲《く》んで、目の前であいつにこれを読ませようと思ってるよ」

「三木のほうはそれでいいとして、肝心の奈津美の彼氏についてはどうなんです。日記にあのひとと記されている人物の正体は？　それから、竜胆直巳は今度の一件と関係があるのですか」

「それは俺がどうこう言うより、おまえが自分で日記を読んだほうがいい。今、そっちにファックスを流してるところだ。分量が多いから、少し時間がかかるかもしれないが、じきに全文が読めるはずだ。そっちで目を通したところで、もう一度連絡してくれ。その時、改めて事件について検討しよう。ちょっと打ち合わせたいことがあるから、久能警部と代わってくれ」

「じゃあ、また後で」綸太郎は片目をつぶって受話器を久能に手渡し、遠慮のない、きびきびした口調で奥田刑事に言った。「警視庁から長文のファックスが入っているはずですが?」

第四部　清原《きよはら》奈津美《なつみ》の日記

話しかけるようにゆれる柳の下を
通った道さえ今はもう電車から見るだけ

16

一九九一年三月十日（日）

わたしは、きょうという日のことをぜったいに忘れない。また日記をつけはじめることにする。

今わたしは熱く胸をときめかせながら、新しい日記帳（東京駅の地下街で、まだ開いている文房具屋さんを探して買ったばかり）のまっ白な最初のページを開いたところだ。まるで十八の頃みたいに、頬を染めて。

恋するひとの一挙一動をその日のうちにみんな書き留めておかないと気がすまなかったあの頃。なつかしい福井の高校時代。七年前のわたし。

ひょっとしたら、今こうしてペンを走らせているのは、最近やっと仕事になじみはじめた編集者二年生の清原奈津美じゃなくて、六年間の歳月をひとっとびに越えてきた、あの頃のままでちっともオトナになれない、内気でナイーブな少女のわたしなのかもしれない。

なんだかすごく乙女《おとめ》チックな書き方。仕事ではこんなセンチな文章はきっとボツにしてしまうのに。どうしてだろう？　いつものワープロとちがって、手で書いているせいかも。そういえば、このペンで書くのもひさしぶりだ。ペン先がちょっとひっかかるこの感じもなんだか快《こころよ》い。少し前までは、長い手紙を書く時は必ずこのペンを使って手で書いてたんだけど、最近はワープロばかり。

手紙？　そうだ、本当はわたしは手紙が書きたかったのかもしれない。

あのひとに。

きっとそうだ。でも、今のわたしにはまだそんな勇気がない。ほんのわずかの勇気が足りない。だから昔みたいに日記を書こうと思いついた。だったらこの日記は、勇気を出すための練習？　ちょっと変だけど、そういうことにしておこう。

日記。そう、たしかにあの頃は毎日日記をつけていた。学校の宿題（田舎の公立高校だったのに、あんなに宿題が多くて、予習・復習・その他いろいろ）を終らせるのがもどかしくて、受験勉強もほとんどそっちのけで、ベッドに入る前パジャマに着替え一日のあれこれを片付けて、深夜放送のラジオを小さい音でかけながら、今と同じようにドキドキしながら、こうやって白いページを自分の字で埋めていった。気がついたらいつのまにか外が明るくなっていて、時計を見たらもう朝でびっくりしたことが何度もあったっけ。

あの頃の日記にはどんなことが書いてあるんだろう？　もう細かいことは思い出せないし、昔の日記は全部実家に置いてきたから、今読みかえすこともできない。でももし今ここで読めるとしたら、はずかしくって、せつなくって、泣けちゃって、いたたまれなくなって、きっと途中で投げ出してしまうんじゃないか。いろんな思い出がぎっしり詰まってて楽しい思い出や笑っちゃう失敗談なんかもたくさんあるはずだけど、でもきっとそうじゃないことだっていっぱいあるはずだから。

あの頃のことを考えると、それだけでせつなくなってくる。思い出すのはやっぱりあのひとのことばかりだ。もう七年も前のことなのに、まるでついきのうの出来事のようで、そう思うとなんだかすごく不思議な気持ちになる。この気持ちはただなつかしいっていう感じからは、どうしてもはみ出してしまう。地元の高校を卒業して百合子と一緒に東京に出てきて、この部屋で暮らしはじめてからまる六年間、長いようで短いようで喜怒哀楽《きどあいらく》のいろんなことがあったはずなのに、またこうして日記帳のページに向かっていると、それがみんなすっぽり抜け落ちて、ひたすら純だった十八歳の自分がそのまま手つかずでここにいるみたいな気がする。きのうまでのわたしは眠っている夢のなかで生きていて、それがある朝ぱっとめざめたら、本当の自分はなにひとつ昔と変わってなかったような感じ。それともひょっとしたら、きょうの出来事が夢で、わたしは今もこうしてありもしない幻を綴《つづ》っている夢を見てるのかも?

でも、そんなことはどっちでもかまわない。これが夢だってわたしはちっともかまわない。今のこの気持ち、胸の高鳴り、ときめきとほんのちょっとの不安(でも、それは期待と背中合わせのワクワクするようなすてきな気分）は本物なのだから。

それにしても、どうしてこんな回りくどいことばかり書いているんだろう？　なにをぐずぐずしてるんだろう？　回りくどくてぐずぐずしてるのは生まれつきの性格だけど。でもペンを握ってるこの手はきょうの午後の信じられない出来事、夢みたいな偶然の出会いのことを書きたくてウズウズしてるのに。ただそのためにこの日記帳を買ったのに。

きょう、京都であのひとに会った。

あのひと。高三のクラスで同級生だった二宮君。二宮良明君。六年ぶりに再会した初恋のひと。


ああ、とうとう書いてしまった！

この手で一画《いっかく》一画その名前を綴るだけで、心臓の鼓動が早くなり、顔がほてってくるのがわかる。初恋っていう字を書くのがものすごくはずかしい。はずかしさのあまり、この日記帳を閉じて目の届かないところに隠してしまいたくなる——。

三月十一日（月）
ゆうべはあれから本当にこれを閉じて、机の抽斗《ひきだし》に隠してしまったけど、やっぱりあのひとのことを書かずにはいられない。きょうは会社でもずっとうわの空で、仕事も手につかなかった。それでもまる一日たってきのうと比べたら、まだしも落ち着いてきたほうだし、一刻も早く文字にして書き留めておかないと、本当に夢のなかの出来事になってあとかたもなく消えてしまいそうな気がするから。そう、これは手紙を書く練習だから、ほんのちょっとの勇気を出すためのリハーサルなんだからって、きょうは書きながらこう自分に言い聞かせてる。

「ナツミ、きみはもう二十四歳の一人前のＯＬで、ティーンエイジのうぶなネンネじゃないんだから、もっとしゃんとしなさい！」

なんだか百合子に言われてるみたい。

四条通りを歩きながら、向かいの歩道の人込みのなかに偶然かれの姿を見かけた時はあまりの驚きに息が詰まって、本当に心臓が止まってしまうんじゃないかと思った。もちろん心臓は止まらなかったけど、そのかわり目に映る景色のすべてが一瞬動きを止めたようだった。音もなかった。たった一目見ただけで、あんなに大勢の人のなかから六年も会ってないひとの顔を見分けることができたなんて、一日たった今でもまだ信じられない。考えれば考えるほど、かれとわたしが同じ瞬間、同じ場所でぶつかるなんて、何百万分の一の奇蹟にも等しい偶然だ。

小説や映画なんかだと不思議となにかそれらしい前ぶれがあったりするものだけど、わたしの場合とりたててそんな予感があったりはしなかった。あの瞬間あの場所を通りかかったのは掛値《かけね》なしの偶然、本当にちょっとした気まぐれのせいだった。いや、もしその気まぐれを予感というなら、やっぱり出会いの予感はあったのかもしれない。鹿ヶ谷の竜胆先生のお宅にうかがって、連載の原稿をいただいて、次回の打ち合わせもすませて――先生はこの後ひとと会う予定があるからといって、今回はいつもより短時間で切り上げた――あとは日帰りで東京に戻るだけ。ふだんならタクシーを拾って、京都駅に直行。そのまま新幹線に乗って車中で原稿に目を通すことにしてるけど、きのうはちがった。

理由があるとすればお天気のせいだ。先生のお宅を失礼して、午後のぽかぽかした陽射《ひざ》しを浴びながら表を歩いていると、風が木の芽の香りを運んでくる。春の訪れを肌で感じて心がはずんだ。せっかくの日曜だし、京都に来て時間の余裕もできたことだし、ちょっと寄り道するのも悪くないってそんなふうに思ったのだった。たしか四条通りをどこかで上がるか下がるかしたところに、前に一度取材で行ったことのあるシックな雰囲気の画廊喫茶があったのを思い出して、河原町でバスを降りあやふやな記憶をたどりながら、人の波に混じって歩いていた。方向音痴《おんち》できょろきょろしていたのがよかった。そうでなければ、通りの向こう側にまでせわしなく目を走らせたりはしなかっただろうから。

あとで聞いたら、かれも日曜日で陽気に誘われて散歩がてら街に出てきたという。これも偶然。だから一等感謝を捧《ささ》げるとしたら、きのうのお天気ということになるんだろうけど。

「だって、もうじき春だからね」

二宮君はそんなふうに言った。まるで春という季節は魔法の力を持っていて、かれもわたしもその気まぐれな魔法のとりこになって、偶然の再会劇を演じているというように。でも気まぐれな偶然だっていくつも積みかさなれば、それは必然と同じなんじゃないだろうか。少なくともわたしにとってはそう。春の魔法？　そんなものがあるんだろうか。六年前の卒業式もちょうど今と同じ季節、でももうじき春だっていうのに、その日は朝からどんより曇って肌寒い一日だったことを覚えてる。わたしの気持ちもそうだった。春は別れの季節だった。見る見る遠ざかっていくひとの背中、足がすくんで声も出ず心のなかで呪文《じゅもん》を唱《とな》えても、ちっとも届かなかった——たぶんあなたは知らないでしょう。あの頃のわたしが、このままずっと春なんて来なければいいと願っていたことを。

そんなことはとても口に出せなかったけど。

それにしても、よくもまあためらいもせず、あんなふうに声をかけることができたものだ。われながらつくづく感心してしまう。街のまんなかでいきなり大声で名前を呼んだり往来で手を振ったり、二宮君もびっくりしたにちがいない。もしひとちがいだったらどうするつもりだったんだろうって、今あらためて思い直すとまた顔が赤らんでくる。他人の空似《そらに》ってことはいくらでもあるのに、その時はそんなことちっとも考えなかった。でも、考えるより先にわたしにはわかった。ひとちがいなんてありえない。たとえどんなに姿が変わっていても、もっと大勢の人込みのなかにいても、かれの顔を見れば、わたしにはすぐわかったはずだから。六年も会っていないひとだけど、わたしが一目でかれに気づいたことだけは春の魔法のせいなんかじゃない。あの瞬間、後先のことなんて考えてる余裕はなかった。あのひとがいる。思いきって声を出せば届くところにあのひとがいる！　それだけだった。なりふりかまわず、とにかくがむしゃらだった。胸に詰まった息を吐き出すのと、かれの名を叫ぶのが一緒だった。その後のことはもうほとんどやけくそだ。

昔のわたしだったら、ぜったいにあんな真似《まね》はできなかっただろう。あの頃は遠くからかれの姿を目で追うだけでせいいっぱい、おまけにそれで満足していた。毎日同じ教室に机を並べてこっそり横顔を盗み見たり、話してる声に耳を澄ましたり。なんのへんてつもない日常的な生活の一コマ、たったそれだけのことがどんなに貴重でかけがえのない一瞬だったか、卒業して離れ離れになるまでわたしは知らなかった。こっちに出てきてからも、かれのことを忘れられなかった。あの頃話しかける機会はいくらでもあったのに、後悔してもあとの祭りだった。卒業アルバムを開いて、かれの写真を見ながら朝まで泣き明かしたこともあった。数えきれないくらい何度もあった。そんな夜をいくつも明かして、あのひとの面影《おもかげ》はいっそう鮮明になった。わたしのことを覚えてるかどうかさえおぼつかない一方的に見つめていただけのひとなのに、会えないことがこんなにつらいものかとその時はじめて気づいたのだった。

上京した年の夏、一度きり出席した同窓会にも二宮君は来なかった。その時にかぎらず、いつ帰省してもかれの消息を聞くことはなかった。だれかにたずねる勇気もなかった。聞いたからってどうなるものでもない、いつもそう自分に言い訳してた。ずっと言い訳ばかりの六年間だった。だから、もしあの頃のわたしと今のわたしがちがってるとしたら、好きなひとに会えないつらさを身にしみて思い知らされた六年の差があるだけ。それ以外はきっとなにも変わってない。きのうあそこで後先も考えず声をかけることができたのは、昔に比べて勇気の量が増えたわけじゃなくて、六年間つもりにつもった後悔の念がいっぺんにはじけたせいだと思う。道路ごしになりふりかまわず、二宮君と叫ぶだけの勇気を。

そうだ。もしかすると、かれがほのめかした春の魔法っていうのはこのことかもしれない。今ふとそう思った。いくじなしのわたしにほんの一瞬力を貸してくれたのが、春という名前の気まぐれな魔法使いだとしたら？　卒業式の日に心のなかで唱えた呪文をやっとかなえてくれたのかも。

もしそうだったら、

ところが、時計を見たらショック！　もう四時を回ってる。時間がたつのをすっかり忘れてた。これじゃあ本当に昔と同じ。まだまだ書きたいことはたくさんあるけど、あした（というか、きょう）の仕事にさしつかえるし、それよりも書きはじめた時とは気が変わって、きのうのきょうでなにもかも書き尽くしてしまうのが惜しくなってきた。せっかくの幸せな気分をあわてて使いきるのはもったいない。なんて欲張りみたいだけど、でも本当にこの調子で書き続けたらこの日記帳を一冊書きつぶしても全然足りないような気がするから、とりあえずきょうの分はここまで、続きはまたあした（スペア・インクを忘れずに買っておくこと）。

では、きのうは書き忘れたけど、あらためて。おやすみなさい、二宮君。

P.S. ゴメンネ、百合子。

三月十二日（火）

きのうもおとといもつい有頂天《うちょうてん》になって、自分に都合のいいことしか書かなかった。とりとめない思い出ばかり綴って、肝心の出来事を先延ばしにしているのは現実と向き合うのをこわがってるせいだ。本当は手放しで喜んでばかりはいられない。どうしても書いておかないといけないことがあるのに。そのためにこの日記をつけはじめたってことを忘れないようにしないと。

——きのうの続き。

高校時代のわたしは今よりもずっとずっと内気で成績も中ぐらい、クラスのなかでは一番地味で目立たない生徒だった。三年の文化祭の時クラスの男子がだれかに、「清原って、そんなやつ、うちのクラスにいたっけ？」とたずねている場面を目撃したことがある。わたしはその時すぐ近くにいたのに、かれはちっとも気づいてなかった。それどころか卒業間近になっても、わたしの顔と名前が一致しなかったらしい。そしてそれを極端なケースと言いきる自信もないほど、わたしは印象の薄い存在だった。当時でさえそんな調子だから、二宮君がわたしのことを覚えていなくてもしかたないと思ってた。

でも、かれはわたしの顔を覚えていてくれた。こんなことを書くのはおこがましいけど、わたしの声に気づいてかれがこっちを見て、道路ごしに目が合った時ピンと来た。二宮君はわたしとわかって視線を止めたのだ。それから、すぐさまわたしにこたえて手を振りかえしてくれた。そのしぐさにどんなに力づけられたことか。もうこのまま車に轢《ひ》かれて死んでも悔いはないぐらいの勢いで、四条通りの横断歩道を駆けわたったのだった。

こんにちは、ひさしぶりですねと言った後、しばらくなにを話したのかすっかり舞い上がっていたせいでよく覚えてない。あのひとの顔を間近で見たら急に自分が取りかえしのつかないことをしでかしたような気がして、わあっと頭に血が昇り、もう右も左も区別がつかない状態だった。だけど、わたしの顔を見て、すぐにだれだか思い出したっていう、かれの言葉だけはしっかり耳に残ってる。その時なんだかあれっと思った覚えはあるけれど、そのまま聞き流していっそう熱に浮かされたようにとりとめないことをしゃべり続けた。なにかとんでもないことを口走ったような気もするけど、それがちっとも気にならない。六年間のせつない思いをすべて帳消しにして一生分のおつりが来るぐらいの幸運にめぐり逢った気分で、そのままはち切れてしまいそうだった。

春の魔法。きのうそんなことを書いたけど、たしかにその瞬間わたしは魔法にかかっていた。わたしはシンデレラだった——だけど、本当のシンデレラの魔法は十二時の鐘が鳴るまで有効なのに、わたしにかかった魔法はものの五分ともたなかった。春という名の魔法使いは、おとぎ話の魔女よりもいじわるだった。

路上で再会を認め合いながら、わたしは自分の名前を言いそびれた。わざわざ名乗らなくても、二宮君は知っていると思い込んでた。ひょっとしたら、心のどこかでかれを試そうとしていたのかもしれない。でも——顔を見たら、一目でだれかわかったって、二宮君ははっきりそう言ったのだ。それを聞いてほっとして有頂天になって、もうそれ以上かれの記憶を確かめようとはしなかった。まさかかれがわたしをほかのだれかと混同してるなんて、考えるよしもなかった。

二宮君はわたしを百合子と勘ちがいしている。かれの目に映っているわたしは清原奈津美ではなく、葛見百合子という名前の持ち主——。

きょうはもうこれ以上書けない。

三月十三日（水）

「カツミさん、きょうこの後の予定は？」

そう聞かれるまで二宮君が勘ちがいをしていることに気がつかなかった（いや、あとで考えると、その前にも一度かれがその名前を口にしてたような気もするのだけれど）。

——葛見さん？

頭のなかにぽっかりと丸い穴が開いたような気がして、わたしは一瞬からっぽになった。かれの口から出た名前と、わたしがわたしであることのずれにつまずき、どうしたらいいのかわからなくなってついその食いちがいをやり過ごしてしまった。立ち話もなんだからと近くの喫茶店まで二宮君とならんで歩きながら、夢みるように浮き立った気持ちの片隅でわたしは一抹《いちまつ》の不安を感じはじめていた。

かれは、カツミさんではなく、ナツミさんと言ったんじゃないか？　でも、そんなことはありえないと思った。喫茶店で話すうちに疑念は決定的になった。やはりまちがいなく、かれはわたしを百合子と思い込んでいると知った。

あのひとを責めることはできない。高三の時にかぎらず、百合子とわたしは学校ではいつも行動を共にしていて部も授業の選択も一緒だったし、背格好やヘア・スタイルもわりと似たような感じでクラスのみんなからも「カツミ・ナツミ」とセットにした名前で呼ばれていたほどだから、かれがうっかりわたしたちの顔と名前を混同してしまったとしても不思議じゃない。あの頃は制服だったからよけいにそうだ。卒業アルバムにまつわる苦《にが》い思い出もある。かれはちっとも悪くない。そもそも卒業して六年もたっているのに、わたしの顔を覚えていてくれただけでも二宮君には感謝しなくちゃいけない。

悪いのはみんなわたしだ。

あの時はっきり、「わたしはナツミ、清原奈津美のほうですよ」とひとこと言えば、それで笑ってすんだことだったのに。こんなに悩むことなどなかったのに。でもその場では気まずくなるのを恐れて、なんでもないようなふりをしてしまった。黙っているのは自分から葛見百合子と認めたのと同じこと。もちろん喫茶店に入ってからも、きっかけさえあればすぐにまちがいを訂正するつもりだったけれど、つい言い出しかねて何度もあったはずの機会をすべて取り逃がし、とうとう最後まで自分の素姓《すじよう》を打ち明けられずに——また会うことだけ約束して——かれと別れてしまった。

たぶんわたしはまちがいを訂正した後に、二宮君が態度を変えてしまうのを恐れていたんだと思う。言い換えれば、それだけかれが好意的に接してくれたということだ。もっとそっけない態度だったら、臆せずに切り出せたはず。といってもけっしてなれなれしいそぶりではなくて、むしろ口数は少ないほうだったけれど、ひとつひとつの言葉に飾らない親しみがこもってて——勝手な思いすごしでなければ——偶然の再会を歓迎しているように感じられた。そうしたかれの態度は、わたしのなかでずっと冬眠していた種子からひそかに芽吹いた恋の予感を育てるには充分すぎるものだった。

お茶を飲んでいたのは、かれこれ一時間ぐらい。かれは文学部の大学院生で、ドイツ・ロマン派のシュレーゲルという学者を研究しているとか。わたしも卒業後のこととか近況報告ぐらいで、あんまり突っ込んだ話はできなかったけれど、あとで考えたら、高校時代クラスメートとして過ごした一年間に交《か》わした言葉を全部足したのよりも、ずっとずっとたくさんのことを話したような気がする。だけどもっとゆっくり話せればよかった。二宮君に伝えたいことは山ほどあったのに、幸せな時間はあっというまに過ぎ去って、別れの後に残ったものはどうしようもない自己嫌悪と疎外感——。

三月十四日（木）

わたしは嘘つきなんだろうか？

よくわからない。

百合子のようなふりをして、二宮君をだまし通したのはたしかだ。もし本当の名前を告げたら、かれはあんなふうに接してくれただろうか？　そう思うと、盛り上がった気持ちもいっぺんにしぼんでしまう。だからといって、それはたまたま行きがかり上そうなっただけで、かれをだますつもりなんてこれっぽっちもなかった。ただちょっとした行きちがいがもとで、これという理由もないのに少し臆病になっただけ。責められるべきことだろうか？

二宮君の前でわたしはなにひとつ偽《いつわ》りの言葉を口にしていない。卒業してからのことや今の仕事、その日京都に来ていた理由だって、名前以外はありのままの自分について話した。ただ言わなければならないいくつかのことを黙っていただけだった。

それだけ——たったそれだけのことで、日曜日の出来事はなにもかも嘘として否定されてしまうんだろうか？

そんなことはないはずだ。ぜったいに。だって、わたしの口から出た言葉は全部真実だった。そしてかれの言葉もすこし照れたような微笑《ほほえ》みも、人込みのなかでわたしを認めたまなざしも——こうして会えたのもなにかの縁だから、またこっちに来る時は連絡してくれませんか？　そう言ってかれが教えてくれた電話番号（075—7×1—5××、その数字はすっかり暗記してしまった）、それはみんな真実のものだ。あなたの前にいたわたしはちがう名前で呼ばれて

三月十九日（火）

先週末から『VISAGE』五月号の追い込みで、連日忙しくて日記をつけるどころじゃなかった。三日間の平均睡眠時間が二時間弱。毎月のことだけど、われながらよくやってると思う。きのうは家に帰るなり、布団《ふとん》にそのままバタンキュー、きょうは五日ぶりにペンを握っている。

前のページが尻切れとんぼなのは、書いてる途中でドアにノックの音がしたからだ。あわてて日記帳を机の抽斗に隠し竜胆先生の初校ゲラと取り替えると、百合子がパジャマ姿で入ってきた。

「ここんとこ、毎晩遅いみたいだけど、仕事？」

「うん、ほら今度の月曜が校了だから」

「あんまり無理してさ、体こわさないでよ」

「ありがと。でも自分こそ、こんな遅くにどうしたの？」

「へへ、じつはさっきまでカレと電話で話してたんだけど、なんとなく寝つけなくって、

それでナツミの部屋をのぞいてみたの。ちょっとだけいい?」

そんなやりとりがあって、しばらく雑談。話題はもちろん三木先輩のことで、わたしはほとんど聞き役。校了明けの水曜(つまり明日)に三人でなにか食べに行こうという相談がまとまってから、おやすみを言って百合子は部屋に戻った。京都での出来事はひとことも話してない。そのことが後ろめたくて、もう一度日記を開く気はしなかった。週末は仕事に集中して、なるべく二宮君のことを考えないように努めた。

わざわざこんなことを書いたのも、いつか百合子がこの日記を読むかもしれないってそう思ったからだ。でも今まで自分が書いたものを読み直して、ものすごく落ち込んでる。十四日の文章なんて自己弁護ばかり。最悪。本当はこういうことを書くつもりじゃなかった。だって、わたしはこの日記を百合子に宛《あ》てて——二宮君はもちろんだけど、でもそれ以上に一番の親友のあなたに謝るつもりで書き出したはずだったから。

いつもならどんなことだって、百合子にだけは安心して相談することができる。知り合ってからもうじき十年、ずっとそうだった。百合子がいなければ、今のわたしはなかった。でも今度のことだけはそうはいかない。六年ぶりに再会した二宮君の前で百合子のふりをしてたなんて。そんなこと、とても本人に打ち明けられない。

打ち明けられないのには理由がある。あの日、百合子のふりをしながら、わたしはひそかに親友に嫉妬《しっと》していたのだった。喫茶店で話している時、高校時代のことも話題に上ったけれど、二宮君の口からわたしの名前が出ることは一度もなかった。もちろんわたしは臆病だったから、清原奈津美という名前を避けていた。いや、なにかのきっかけで、かれがその名前を思い出してくれるんじゃないかとすがるような期待をかけていたせいもある。でも清原奈津美という名前は、かれの記憶からすっかり抜け落ちてるみたいだった。

そのことがとても悲しかった。悲しさのあまり自分の臆病さを棚に上げて、百合子に嫉妬しないではいられなかった。だって、二宮君はわたしの名前を忘れてるのに、百合子の名前はちゃんと覚えていたのだから――。

もうよそう。こんなことばかり書いてると、ますます気持ちが沈んでくる。書けば書くほど深みにはまって、もっとこわいことを書いてしまいそうになる。どれだけ言葉を費やして自分を憐《あわ》れんだって、なにも変わりやしない。結局自分が嫌いになって、だれかに八つ当たりするだけ。そんなふうになりたくないから。

この前書こうとして書きそこねたこと。たとえちがう名前で呼ばれても、あの日二宮君の前にいたわたしは正真正銘《しょうしんしょうめい》の清原奈津美だった。そのことはだれよりも自分が一番よく知っている。

わたしはわたし、それでいいじゃない。

もっと前向きになろう。

三月二十日（水）

銀座の『シシリア』で、百合子と三木先輩と一緒に食事。その後少しお酒を飲んだ。まだちょっと酔いが残ってる感じ。

三人でいると、どうしても肩身がせまくなる。三木先輩は一応気を使ってくれるんですが、なんていうか――そう要領がよくない。でもまあ、そんなに気にはならないけど。先輩と一緒の時、百合子はすごく楽しそうで、当てられるほうにしてみればちょっとやっかんでしまうんだけど、やっぱり幸せそうな二人を見てるのは気分がいい。

二人を見てて、なんとなく自分ひとりで空回《から》りしてるような気分になってしまう。二宮君のこと。もしかしたらわたしの悩みなんて、今の百合子にとってはどうでもいいことなんじゃないかってつくづく思う。二宮君と偶然京都で再会したの。そう言っても、へえそうなの、ですんじゃうような気がする。だって、百合子の頭のなかは三木先輩のことでいっぱいなんだから。

だからって、このことを百合子に打ち明ける気にはならない。それより二宮君に本当のことを話すほうが先決。わたしが百合子のふりをしてたことを黙っていてくれるように頼んで、それから百合子にかれのことを話せば、それでなんの問題もないはず。

そうだ。そうするのが一番いい。

二十四日、いつも通り京都に行くことになってる。向こうに一泊して、帰京は月曜日の予定。その時かれに会って、今度こそ本当の名前を告げよう！

三月二十一日（木）

春分の日。ゆうべのお酒のせいで、昼までのんびり寝ていた。起きてから二宮君に連絡しようとしてどこにも出かけず、一日じゅう電話の前で迷った末にやっとこさ勇気を奮《ふる》い起こして、午後九時過ぎにかけたら留守だった。何度ベルを鳴らしても出ない。あまり遅い時間にかけてなれなれしいと思われたくないから、今夜はあきらめる（留守電がついていたらいいのに）。でも、がっかりして気持ちのやり場がないのに困っている反面、なんとなくほっとしたような気もする――こらこら、そんな弱気なことではいけないぞ。

百合子はきょうも先輩とデート。帰ってきてから映画の話を聞かされる。

番号がまちがいだったらどうしよう？

三月二十二日（金）

六月号の企画会議。竜胆先生の連載は部内でも受けがいい。帰りがけに次長に誘われて、スナックのはしごにつき合わされる。結局二時までカラオケ。おかげで京都にも電話できずじまい。頭が痛いのでもう寝る。

三月二十三日（土）

さっき電話が通じて、二宮君とまた話せた。まだ胸がドキドキしてる。「もしもし」といっただけでわたしとわかったみたい。それは嬉しいのだけど、つい向こうに合わせて、東京の葛見ですと名乗ってしまう。この前は行きがかり上しかたない面もあるけれど、今度は確信犯かもしれない。隣の部屋に声が洩れないように、わざと小声でしゃべってたような気もする。

電話でならさらっと口に出せるんじゃないかってひそかに思っていたのは甘かった。かれの声を聞いたとたん頭のなかがまっ白になって、京都行きの件を伝えるだけでもうあとの言葉が出てこない。しどろもどろで、せわしなく切ってしまった。電話だと顔が見えないから、かえってあがってしまうこともあるのかな。

でもやっぱり、こういう大事なことは本人と面と向かってきちんと説明すべきだと思う。そうしないと二宮君だっていきなり電話でそんなことを切り出されても、混乱するばかりでちっとも釈然としないはず。それともこんなふうに考えるのも、自分の臆病さをごまかすための口実なんだろうか？

だけど、それでもいいんだ。かれの声を聞いたらそれだけで勇気が湧いて、もうくよくよ考えたりしないことにしたから。二十五日の一時、この前と同じ喫茶店で待ち合わせる約束をした。これだけでもわたしにとっては大事業。なにもかもいっぺんに片付けなくても、今できることをひとつずつやっていけばいい。百合子に相談したらきっとそう言って励《はげ》ましてくれるはず。

あさってに備えて、二宮君に打ち明けるためのリハーサルをしておかなくちゃ。

三月二十五日（月）

バカなわたし。

きょうも本当のことが言えなかった。

あんなに固く決心して、どうやって話を切り出そうか前の晩から何度も練習していたのに、あのひとの顔を見たら怖《お》じ気《け》づいて、自分の本当の名前を告白する勇気をなくしてしまった。嘘をついたことを明かしたら、二宮君は怒ってすぐにその場から立ち去ってしまうんじゃないか？　そう思うとこわくなって、最初から最後までずっと百合子のふりをしつづけた。そうすることがなにより卑怯《ひきよう》な裏切りだとわかっているのに。

――自己嫌悪。

帰りの新幹線の二時間半が果てしない拷問《ごうもん》のようにつらくて長かった。家に帰っても、まともに百合子の顔を見ることができない。疲れてるからといって、逃げるように自分の部屋に閉じこもった。わたしは二宮君だけでなく、無二の親友までも裏切っている。今までの二週間はなんだったの？　この日記帳に書きつけた言葉がすべて色褪《あ》せて見える。

やっぱりわたしは嘘つきだ。

＊

ここにも、物語に憑《つ》かれた人間がいる。

東京から送信された清原奈津美の日記の写しを読みながら、綸太郎はそんなふうに思った。偶然の再会、胸に秘めた思い、そして、洋服のボタンをひとつかけちがえたような悪意のない誤解。最初の二週間の記述は、筆者が意図したものではありえないにもかかわらず、まるで半年後の悲劇を招き寄せるために置かれた序章のように読めるのだった。

葛見百合子の母親によれば、高校時代の奈津美は典型的な文学少女で、当時から創作にも手を染めていたという。内向的で浮き沈みの激しい性格と、書くことに対する過剰な自意識。日記の文体にも、その傾向がはっきりと現われている。ということは、彼女は日記の冒頭で自ら認めている通り、十代の頃のナイーブで「乙女チック」な内面を、世間の風潮に抗して、大切に守り続けていたにちがいない。足かけ七年に及ぶ東京での生活も、彼女のそうした心のありように傷をつけることすらできなかったのだ。親友の百合子の存在が、一種の防波堤になっていたせいかもしれない。それが奈津美にとって、よかったのかどうかわからない。しかし、行間から切々とにじみ出る奈津美の感情の動きに心を奪われていく一方で、綸太郎は彼女の度を越したナイーブさがじれったくてたまらなかった。「今までの二週間はなんだったの？　この日記帳に書きつけた言葉がすべて色褪せて見える」

という自問に答えるように、続く二週間（三月末から四月上旬）の記述は、書くことに対する熱意が急激に冷めてしまったようなそっけない調子に変わって、一日当たりの記入も数行、仕事や身辺のできごと、読んだ本の書名などをメモ程度に書き記すにとどまっている。二宮良明という人物に関する言及は、ほとんど見当たらない。

例外は、四月八日の「Y・Nに電話」というメモと、十日の二行（その間に何行も文章を書いた跡はあるが、上からペンで何重にも線を引いて消してあるせいで、一字も読み取ることができない）のみだった……。

「四月十日（水）

――また言えなかった。

もうかれと会うのはよそう」

……四月十日、きみはその日のことをよく覚えている。彼女と会うのはその日が三度目で、きみたちは会う日ごとに、少しずつ打ち解けてきているようだった。その日の午後、きみたちは哲学の道を端から端まで歩いた。桜が盛りで、平日でも行楽客が多かった。行き交《か》う人々とすれちがう拍子に、きみたちの肘と肩がぶつかると、そのたびに彼女ははっと身をすくめるのだった。

「なんだか、みんなカップルばかり」何度目かに肩が触れた時、いつものようにいささか唐突に、彼女が沈黙を破る。「いいのかな、あたしなんかが一緒で。彼女に怒られたりしません？」

彼女なんていないけど、ときみは答える。

「——嘘ばっかり」

きみは肩をすくめる。彼女はまた黙り込んでしまう。やがて、きみたちはお互いに顔を見合わせ、くすっと笑う。マシュマロのような彼女の笑顔。遊歩道に沿って列をなす満開の桜が、気が遠くなりそうなぐらい美しい。

「そう言うけど、葛見さんこそ、しっかり東京に彼氏がいるんじゃないの？」

「——あの」彼女は時々、そんなふうに、エアポケットにでも入ったような頼りない表情をすることがある。「ごめんなさい、今なんて？」

いや、なんでもない、ときみはかぶりを振りながら、やっぱり、彼氏がいるんだろうなと思う……。

……それから二カ月あまりの間、奈津美は日記をつけることをやめてしまったらしい。しかし、この期間が完全な空白となっているわけではなく、日付のない断片的な文章がいくつか記されている。

＊

二宮君のことを百合子に相談できたら、どんなに気が楽だろう。こんな時頼りになるのはいつも百合子だった。

百合子に打ち明けたら、きっとこんなふうに言ってくれるにちがいない。

「なんでもっと早く、話してくれなかったの？　どうして、そんなことでうじうじするの？　心のなかでいくら悩んだって、言葉にして伝えないと、なんにも通じないよ。だって、一生に一度、あるかないかの大チャンスじゃない。宝くじ当てるよりもすごい幸運を目の前にして、指をくわえて、ひとりで悲劇のヒロイン気取ったって、ちっとも偉くないんだよ。あたし？　どうして、あたしが怒ったり、やきもち焼いたりするわけ？　達也さんがいるのに、なんでわざわざ、ナツミの恋を邪魔する必要があるの？　馬鹿ねえ、いつも言ってるでしょ、あたしはナツミの守護霊みたいなもんだって。うしろの百合子サマと呼んでちょうだい。ほら、二宮君の電話番号は？　知ってるんでしょ。いいんだって、まだ十一時だし、善は急げっていうでしょ。ナツミってば、ホントに世話が焼けるんだから。だいじょうぶ、先にあたしが話してあげるって。ブツブツ文句言うようだったら、怒鳴りつけてやる。ウソウソ、冗談だよ。そのかわり、途中でバトンタッチしたら、ちゃんと自分で謝って、二宮君にハッキリ好きですって言わなきゃダメだよ。彼女？　そんなの聞いてみないとわかんないじゃない。もし好きって言わなかったら、絶交だからね。もし、もし、二宮さんのお宅ですか？　夜分にいきなりですみません、わたし、高三の時の同級生で、葛見百合子と申しますが――」

こんな場面を何度も想像した。そうするたびに、自分が今までずっと百合子に甘えてたんだなあって身にしみて思う。

二宮君に会いたい。

会ってかれの顔が見たい。

今すぐにでも電話して、話がしたい。

――でも、できない。

かれの前ではきっとまた百合子のふりをして、なにもかも嘘になってしまうとわかるから。

そんなことをしたら、もっと自分がみじめになるだけ。

高校の卒業アルバムを見てたら、百合子が部屋に入ってきた。隠すのが間に合わなくて、見つかってしまった。

「なに、またそんなの見てるんだ？　相変わらずだねえ、ナツミも」

「そんなんじゃないって。あのね、こないだ六月号の刷《す》り上がりができてきたんだけど、特集のグラビアに指定ミスがあって、写真が入れちがってたの。キャプションと合わないから、もうみんなガックリ。三木先輩なんか、あんまりいつまでも落ち込んでるから、わたし、きょう言ってやったの。これぐらいなら、まだいいほうです。わたしなんか、高校の卒業アルバムで、もっとひどい目に遭《あ》いました」

「なるほど。そりゃそうだわ」

納得してくれたけど、それはとっさに思いついた言い訳で、その時見てたのは入れちがいになった百合子とわたしの写真なんかじゃなくて、やっぱり二宮君の顔だった。もうかれと会わないと決めた日から、毎日必ず一度はアルバムを広げている。未練がましいと思っても、そうせずにはいられない。

「そういえば、上京したての頃って、ナツミと二人で、毎晩こうやって、二宮君の写真を見てたね」

百合子が隣に坐って、しみじみそう言った。わたしも同じことを考えていた。

「そうだね」

「思い出すなあ。ナツミはほら、すぐ泣くんだもん。自分ひとり好きだったみたいな顔してさ、あたしがいつも慰め役。ねえ、あれはいつだった？　せっかく東京に出てきたんだから、もうかれのことなんか忘れて、もっといい男を捜そうよ。この悔しさをバネにして、新しい素敵な恋を見つければいいじゃないって、あたしがハッパをかけた時、ナツミ、自分がなんて言ったか覚えてる？」

「——わたしはそんな、百合子みたいに切り換えが早くないからって、そう言ったんだっけ？」

「そう。それで、あたしは頭に来たんだよね。あの頃はあたしだって、ナツミに負けないぐらい、二宮君のことが好きだったもの。でも、どうしてもかれには言えなくて、二人とも遠くからあこがれてただけで、それっきり離れ離れになったことが悲しいっていうより、歯がゆくってしかたなかった。もうあんな後悔はぜったいにしたくない、だから、東京に出てきて、かれのことは忘れよう、もっと前向きに自分を変えていこうと思った。いつもナツミを励ましながら、心のなかでは、そのことを自分に言い聞かせてるつもりだったんだ。それぐらい、ナツミもわかってくれてると思ってたのに、あんな言い方するんだもん、それでついかっとなっちゃったのよ」

「——あの時は、こわかったね」

「こわかった？」

「うん、たぶん、今までで一番こわかった。でも、わたしだって、それぐらいわかってたんだよ。わかってたけど、どうしようもなかった。だけど、百合子が怒りはじめた時、いつまでもこんなふうに、百合子に甘えてばかりじゃいけないんだって、そう気がついた」

「その後でもう泣かないって、約束したんだよね」

「そう。二宮君のことは忘れられない。でも、明日からは、かれのことで泣いたりはしない」

「約束は守ったね」

「本当はそうじゃないの。今だから言えるけど、百合子に見つからないように隠れて泣いてた」

百合子はしばらく黙って、アルバムを見ていた。それから急にこっちを向いて真顔《まがお》で言った。

「あたし、ときどき思うんだ。ナツミにはかなわないなあって」

「どうして？」

「どうしてかな。でも、理由なんかどうでもいいのよ。ナツミ、あの時は怒ったりしてゴメンね。だって、結局、ナツミが言った通り、あたしのほうが切り換えが早かっただけなのかもしれないし」

「そんなことないよ。わたしなんか、今の百合子がすごくうらやましい」

「達也さんのこと?」

「それだけじゃなくて、今の百合子が全部」

「本気でそう思ってくれる?」

「思う」

「じゃあ、あたしもナツミのこと、そう思うことにする。ねえ、もうひとつ聞いてもいい?」

「いいよ」

「今でもやっぱり、二宮君のことが好き?」

「うん——」

その時百合子に打ち明けるべきだった。話すとしたら、この時しかなかった。そうするつもりで、ほとんど喉まで言葉が出かかっていた。でも声になったのは、心にもない答だった。

「だって、一番大切な思い出のひとだから」

わたしはいつのまに、こんなに嘘をつくのが上手になってしまったんだろう?

もう百合子には話せない。ぜったいに。

なぜこんなやりとりをこと細かに書き留めておこうと思ったんだろう？　もうあのひとに会うまいと決めた日から、日記をつける理由もなくなったはずなのに。がんじがらめになった自分の胸の内を言葉に置き換えても、ただ心が痛むだけなのに。
それでもわたしは気がつくと、この日記帳を開いてしまう。どうして？　どうして？

王様の耳はロバの耳。王様の耳はロバの耳。王様の耳はロバの耳。王様の耳はロバの耳。王様の耳はロバの耳。王様の耳は――。

たぶん百合子は自分でそう思ってるほど、切り換えの早いほうじゃない。時々昔のことを思い出して、こっそり卒業アルバムを引っぱり出して二宮君の写真に見入っていたのは、わたしだけじゃない。べつにこの目で見たわけではないけれど、百合子の部屋に入った時、そわそわした様子からなんとなくそう気づくことが三木先輩とつき合いはじめるまでたまにあった。もちろんわたしは気がついても、百合子に悪いと思って、黙って知らないふりをした。
京都で二宮君に会ったことを百合子に隠しているのは、もしかしたらそのせいかもしれない。東京に出てきてからというもの、たしかに百合子は外に向かって積極的になった。

親元を離れたのをきっかけに、いい意味で大人になったんだと思う。無理をしてるようには見えなかったし、男の友達もたくさんできてそのなかの何人かと深いつき合いもしていたけれど、それでも百合子のなかで、高校時代の純粋さが消えてしまったはずはない。二宮君に対する気持ちはそんなに簡単に断《た》ち切れるようなものじゃない。だからこそ、そうやって折にふれて、当時のせつない思い出をひっそりといとおしんでいたと思う。わたしもそうだったように。

もちろん、それは百合子が三木先輩のことをないがしろにしてるってことじゃない。百合子は先輩のことを心から愛している。もし今先輩を失うようなことがあったら、百合子はきっと自暴自棄になってしまうか、絶望のあまりその場で死んでしまうかもしれない。わたしが本気でそう思うぐらい、百合子は先輩なしではいられない。でもそれとは全然べつの意味で、あのひとの存在は百合子の心のなかにしっかりと根を下ろしてる。

それともこんなふうに思うのは、自分が大人になりきれていないせいだろうか？　いや、そうじゃない、京都で再会するまでわたしにとってそうだったように、今の百合子にとってもかれは特別な存在、心のなかの一番奥まった場所に大切に保管してあるかけがえのない宝物のようなひとだ。そうでなかったら、「今でもやっぱり、二宮君のことが好き？」なんて聞いたりしないだろう。百合子が自分でそうほのめかしたように、わたしは百合子の心のなかを映し出す鏡なのだから。

高三の頃、百合子と交換日記をつけていた。ふたりとも二宮君のことが好きで、どっちがかれのことをたくさん思ってるか競《きそ》い合うみたいに、毎日何ページも費《つい》やして思いのたけを綴ってた。おたがいに真剣で、それでいてどうしようもなく無邪気だった。あの頃のわたしたちは恋に恋していただけで、どんなにかれのことを想《おも》っていても、最初から手の届かないところにいるひとと決めつけて、なにひとつ具体的な行動に出ることはなかった。だから同じ相手に好意を持ってるからといって、万が一にもふたりの間にひびが入るはずもなかった。嫉妬ややきもちとは無縁だった。百合子とわたしのどっちが欠けても成り立たない、二人三脚のような恋だった。

でも、今はちがう。わたしの顔を忘れないでいてくれた二宮君は七年前のかれとはちがって、もうけっして手の届かないひとじゃない。少なくともわたしがなにか言えば、どんなつまらないことでもかれはそれに答えてくれる。電話をかけて会いたいと言ったら、面倒がらずに会ってくれる。

だから、もし百合子が二宮君のことを知ったら、わたしに対して猛烈に嫉妬するだろう。そのことは三木先輩を愛していることとは関係ない。再会は偶然だったとしても、それを百合子に隠して、しかも百合子の名前までかたって密会を重ねていたことがばれたら、わたしがかれをひとり占《じ》めにしたと思われてもしかたがない。百合子は自分の名前を奪われたと思うだろう。心のなかに大切にしまってある思い出を盗まれたと感じるだろう。事実、そうなのだから。立場が逆ならわたしはきっと怒るだろうし、百合子にそんなふうに思われたら、今までのように仲よくやっていく自信はない。

わたしにしても似たようなものだ。親友に嘘をついて悪いと思う一方で、わたしはまだ百合子に嫉妬している。名前をまちがえられたことにこだわってる。かれに会うまいと決めたのだって、わたしの名前を覚えていてくれなかったことを心のどこかで許せないと思ってるせいかもしれない。

いや、そうじゃない。二宮君のせいじゃない。

でもかれはわたしを見ながら、そこにわたしではない葛見百合子というべつの人間を見ていた。今でもそう信じてるはずだ。自分が百合子の身代わりにすぎないんじゃないかと思うと、涙が出そうなぐらい悔しくなる。何も知らない百合子のことがうらやましくて、妬《ねた》ましくてたまらない。

親友なのに。百合子とはこの十年、喜びも悲しみも、苦しいことも楽しいことも全部分かち合ってきた親友なのに、こんなことを考えてしまうなんて。

もういやだ。

女っていうのは、なんて自分勝手な生き物なんだろう。

ある晩家に帰ると、部屋に二宮君がいた。びっくりして目の前にかれがいることに半信半疑のまま、どうしてあなたがここに？　とたずねると、二宮君は微笑みながらこう言った。

「二カ月近く、葛見さんから連絡がとぎれて、どうしてるのかなって心配になった。でも、アドレスも電話番号も聞いてなかったから、高校時代の古い名簿を探して、実家のほうに連絡して、ここの住所を教えてもらったんだよ。どうしても葛見さんと会いたかったから、すぐに飛んできた」

それを聞いて、驚きは喜びに変わった。わたしは素直な気持ちで、かれの胸に飛び込もうとした。

「わたしも二宮君に会いたかったの。ずっと、ずっと会いたかったの」

「いや、ぼくが会いたいのはきみじゃない」

かれの口から出た冷たい言葉にわたしの両足は凍《こお》りついた。開いたドアから百合子が入ってきて、かれと寄り添うように立った。百合子と打ち解けた視線を交わしながら、二宮君が言った。

「彼女から本当のことを聞いたよ、清原さん。きみは今まで、ぼくたちをだましていたんだね」

清原さん！

自分の名前が呼ばれた瞬間、魔法が解けたようにわたしはみすぼらしい姿になっていた。頭がくらくらしてもう立っていられず、その場にへなへなとへたり込んでしまった。そんなわたしを平然と見下ろしながら、二人が口々に言った。

「きみとはもうおしまいだ」

「さようなら、ナツミ」

「さよなら、清原さん」

二人は手をつないでひらりと背を向け、笑いながら去っていく。追いすがるわたしの手を振り払い、翔《と》ぶようにドアから外に消えていった。

「行かないで！　わたしをひとりにしないで」

どんなに泣き叫んでも、もうその声は届かない。目の前でぴしゃりとドアが閉じて、室内がまっ暗になったところで――目がさめた。

それは夢だった。でも、夢からさめても、わたしはやっぱり暗闇のなかでひとりぼっちで泣いているのだった。

＊

突然、彼女からの連絡が途絶えた二カ月の間、きみはなす術《すべ》もなく、向こうから電話がかかってくるのを待ち続けるほかなかった。その頃、きみはまだ彼女のアドレスも電話番号も知らなかった。ばったり再会したあの日、別れ際《ぎわ》にきみが自分の番号を告げた時、彼女がそれと引き換えに何も教えてくれなかったので、無理に聞き出すのは悪いんじゃないか、とつい腰が引けてしまったのが心残りだった。でも、それから続けて二回、彼女のほうから連絡してきて、間を置かずに会うことができたから、わざわざこちらからたずねなくても、向こうが教える気になってからでいいと、そんなふうにきみは楽観していたのだった。

もう会う気がないのだろうか？ 三度目に会った時、彼女はそんな素振りなど見せず、きみたちは前と同じように、名残惜しい笑顔で別れたはずだった。だが、それはきみの思い過ごしではなかったか。時々、彼女がふっとのぞかせる、あの奇妙な表情、魂《たましい》が抜けたような遠い目つき。

やはり、東京に恋人がいるのだろうか？ 最後に会った日、きみがあんなことをたずねたせいで気まずくなって、もう昔の同級生同士として気楽には会えないということなのか。いや、彼女がいきなりそういう話題を持ち出したのは、遠回しにそのことをきみにほのめかす伏線だったのかもしれない。

それならそれで、仕方がない。すでに決まった相手がいるなら、きみなんかの出る幕じゃない。残念だが、所詮《しょせん》、現実とはそういうものだ。彼女と再会できたことに満足して、すっぱり身を引くべきなのだ。きみはそうやって自分を納得させようとするけれど、いや、どうしても腑《ふ》に落ちない。

きみと話している時、はにかみながら、彼女の声ははずんでいたじゃないか。きみが自分の電話番号を書いて渡した時、彼女は長いこと、その数字を見つめていたじゃないか。約束の時間に遅れたわけでもないのに、彼女は二度とも、待ち合わせ場所に走ってきて、息を切らしていたじゃないか。彼女なんていないときみが答えた時、嘘ばっかりと言いながら、彼女は顔を輝かせたじゃないか――。

きみはもう一度、彼女に会わなければ、と思う。会って、どうしても訊いてみなければならないことがある――雑誌の連載の原稿取りと打ち合わせで、半月ごとに京都に来てるんです――彼女がそう言っていたのを思い出して、きみは指折り日数をかぞえ、それとおぼしき日の前後に、またあの日のようにばったり出会えることを期待しながら、当てもなく、繁華街をさまよい歩くようになった。彼女が担当している作家の住所を図書館で調べて、さりげなく家の近くで待つことも、一度ならずあった。だが、そうした努力にもかかわらず、きみは彼女の姿を見つけることができない。

季節は変わろうとしていた。芽吹いたばかりの柔らかい若葉が青みを深めて、雨上がりには、鮮やかで艶《つや》っぽい色に染まるようになった。どうにかして、彼女と連絡を取りたい。きみは苛立《いらだ》ちを募《つの》らせるばかりだったが、福井の実家や昔の同級生に問い合わせて、彼女の連絡先をたずねようとはしなかった。彼女が仕事をしている雑誌の編集部に問い合わせるのも、気が進まない。きみは彼女に気を使わせたくなかったし、そうしたやり方はひどく押しつけがましい感じがする。きみはもっと控え目な方法を望んでいる。もし向こうにその気がなければ、何の気がねもなしに、きみのアプローチを黙殺できるような方法を。

六月も半ばになって、きみがやっと思いついたアイディアはずいぶん不確実で、それが彼女の目に触れるかどうかさえ、運を天に任せるようなものだ。だが少なくとも、その方法なら、必要以上に彼女を煩《わずら》わせることはないだろう。反応がなかった時は、運がなかったと思えば、あきらめもつく。

そう、それはきみの未来を占う賭《か》け……。

……デジタル回線を通じて転写された手書きの文字を目で追いながら、綸太郎はたえずもうひとりの読者を強く意識しないではいられない。葛見百合子が蹴上で墜落死した夜、彼女から奈津美の日記帳を手に入れた二宮良明はどんな思いを抱いて、それを読んだのだろうか？　読み手の感情移入にはずみをつけるように、七十日ぶりに日付のある記述が復活して、以後、奈津美は日記を再開する。物語が息を吹き返し、ふたたび動き始める。

＊

六月十九日（水）

きょう、七月号の読者アンケート・ハガキの整理をしていると、そのなかに二十代の男性からの回答が混じっていた。珍しいなと思って目を通したら、こんな答が記入してあった。

「本誌を購入したきっかけは？」Ⓒ知人に勧められて
「今月号で一番よかった記事は？」⑦竜胆直巳の『コスメティック・ストーリーズ』
「本誌の内容について、ご感想・ご要望があれば、自由にお書きください」『コスメティック・ストーリーズ』で、遠距離恋愛のエピソードを取り上げてほしい。

差出人の名前を見て目が釘付《くぎ》けになった。二宮良明と書かれていた。

六月二十日（木）

きのうはほとんど眠れなかった。あのハガキはどういう意味なんだろう。遠距離恋愛？

それって、二宮君とわたしのことなんだろうか。かれはわたしと連絡を取りたがってるんだろうか。それともただちょっと筆がすべって、冷やかしでそう書いてみただけ?
会社にいる時から京都に電話をかけようとして、何度も受話器を持ち上げて、暗記しているかれの番号を途中まで押しかけて、でも最後の数字までは押さなかった。
もう会わないって決めたのに。百合子との友情を優先するって、そう誓ったはずなのに。かれの名前が記された一枚のハガキを目にしただけで、こんなに心が揺れてしまう自分がふがいない。

六月二十一日(金)
百合子の部屋で遅くまで話し込んでいた。溜息《ためいき》ばかりついていて、不思議がられた。ひとりでこの部屋にいると、二宮君のことで頭がいっぱいになってつい京都に電話してしまいそうになる。もっと仕事が忙しくて、なにも考えられない時期だったらいいのに。

六月二十二日(土)
迷いに迷った末に自分の誓いを裏切って、今さっき二宮君に電話してしまった。そうしないと、頭がパンクしそうだったから。でも二カ月以上がまんしてきたことが、これですべて水の泡。気持ちに整理をつけたつもりだったのに。もうじき二十五になるのに、なんて思い切りの悪い女だろう。

でも、二カ月ぶりにかれの声を聞いた瞬間、もやもやした気分がいっぺんに吹っ飛んでしまったこともたしかだ。

「妙なハガキを出して、ごめん。でも、住所も電話番号も聞いてなくて、ほかにコンタクトをとる方法を思いつかなかったから。ずっと連絡がなかったのは、前に会った時、葛見さんが気を悪くするようなことをなにか言ったせいじゃないか。もしそうなら、ひとこと謝っておかなきゃいけないと思って、気が気じゃなかったもんで、つい」

かれはそんなふうに、まるでわたしに迷惑をかけてるみたいな言い方をした。かれが謝ることなんてちっともないのに。でも悪いと思いながら、本当はいくらでも時間の融通《ゆうずう》ができたくせにスケジュールの調整がつかなかったせいにして、二カ月のブランクをうやむやにした。仕事の都合が優先するのは、しかたがないよね、自分が学生で時間が余ってるから、そこらへん、鈍感なのかもしれないなと、かれは軽く水に流してくれた。

「あの、それで、このアンケートの答のことなんですけど?」

さりげなく聞こうとしたつもりが、言葉が引っかかっていわくありげに響いてしまった。二宮君は、「ああ、あれはその」と言いかけて口ごもり、それから急にあらたまった口調で、

「今度はいつ、京都に来るんですか?」

と言った。

「――しあさっての火曜日」

「もし都合がつくんだったら、その時、もう一度、会ってくれませんか？　つまり、その、ハガキに書いたことは、あれはあれで、というか、そうじゃなくて、どうしても葛見さんに会って、話したいことがあって――」

「会います。そのつもりで、ちょうど電話しようと思っていたの。わたしも、二宮君に話したいことがあるんです」

いつもの場所で落ち合う時間を決めて、電話を切った。ハガキを読んだ日にすぐこうしていればよかったと、つくづく思う。この二カ月間ずっとかれからの呼びかけを待ち望んでいたということに、今やっと気がついた。いや最初から、もう会わないなんて考えなければよかったんだ。やっぱりわたしはこんなにも二宮君が好きなんだなって、心の底から実感してる。

わたしが抱えてるジレンマは相変わらずで、二カ月前から一歩も進んでないのもたしかだけど、でも今のわたしは二カ月前のわたしとはちがう。かれと会うこともできず、言葉さえも交わせなかった期間がありのままの自分の気持ちを教えてくれたから。百合子には申し訳ないと思うけど、きっとわかってくれるだろう。くよくよ思い悩んで本当の自分を抑《おさ》えつけてしまうより、素直に欲しいものを欲しいと言える強さを身につけたい。今度の火曜日、かれに洗いざらい打ち明けよう。そうすればきっと、なにもかもうまくいく。今のわたしならもう春の魔法の手を借りなくても、そうすることができるはずだ。

六月二十四日（月）

竜胆先生から電話。他誌の原稿が遅れそうなので、明日の打ち合わせの時間を夜にずらしてくれとのこと。（二宮君との約束をこっそり優先して）九時に祇園で会うことにしたら、「奈津美クン、ひょっとして、こっちに彼氏でもできたんじゃないの？　公私混同はいけないよ」と突っ込まれた。とぼけて否定したけど、さすがに先生は目ざとい。

明日は京都に泊まりになる。

六月二十六日（水）

きのう、かれと会った——。

最初はなんとなく、ぎごちなかった。二カ月以上会ってなかったせいかもしれないけれど、それより今まで百合子のふりをして自分の本当の名前を隠してたことをどうやって切り出そうかと、そればかり考えていて目の前の話題にちっとも身が入らなかった。わたしだけじゃなく、二宮君もいつものかれらしくなくて、口数が多いわりにつまらないわすべりなことを口にしかけては、わたしの反応が鈍いので自分でその話題を引っ込めてしまうような場面が何度もあった。なんだか二人とも再会したばかりの初めての日に逆戻りしたみたいな、そんなちぐはぐな雰囲気だった。でもお互いに大事なことを言いだそうとして、そのとっかかりを探しあぐねているということだけはそれとなく肌で感じ合っていたから、なおさら土曜日の夜、電話で話したことには触れられないままで、時間だけがどんどん過ぎていった。

一緒に食事をして店を出たら、竜胆先生との約束の時間がじきになっていた。二宮君はそこまで送ってくれると言った。四条大橋を祇園の方角に渡っていく時、鴨川の川べりに何組ものカップルが点々と等間隔に並んで坐っているのに気がついた。わたしは足を止めて、橋の欄干《らんかん》からその光景をながめた。前から噂《うわさ》には聞いてたけど、本当に測《はか》ったみたいにそうなっていた。二宮君にそう言うと、どういうふうに夕方から等間隔の列ができるか教えてくれた。わたしは欄干に頰杖《ほおづえ》をついて、川風で前髪がほつれるのも気にしないで、水面《みなも》に映った街の灯《あか》りが頼りなくゆらゆらと揺れるのを見つめていた。かれの声を聞きながら、頭のなかでは一心にほかのことを考えていた。ずっと名前を偽っていたことを打ち明けられるのは、今しかない。今なら口に出すことができる。やっとそう決心して、清水《きよみず》の舞台から飛び降りるような覚悟で口を開きかけた時だった。

「この前、電話で言いかけたことなんだけど」

かれのほうが先にそう言った。

「なかなか言いだしにくくて、いきなり唐突みたいだけど、でも、黙ってさよならってわけにはいかないから。どうしても話しておきたいことがあって、あんなハガキを出したり、きょう、わざわざ時間を割《さ》いてもらったのもそのためだった。この二カ月というもの、ずっと葛見さんのことを考えていた。いや、たぶんもっとずっと前からそうだったと思う。高校で同じクラスになった時から、葛見さんのことが――その、つまり、もしさしつかえなかったら、ぼくとつき合ってくれませんか？」

驚きのあまり、声も出なかった。しばらくはぽかんとして、二宮君の顔を間近から見上げるばかりだった。それまで自分の考えだけに気を取られてて、かれの言葉が心のなかに染《し》み込んでくるのに時間がかかったせいだった。それにわたし自身、こんな場面を身勝手な白昼夢のように思い描いたことは何度もあったけれど、それが本当にこんなに早く現実のものになるなんて、その時までは思ってもみなかった。二宮君はそんなわたしの反応をかんちがいしたらしい。目をそらし肩をすくめながら、落胆を表に出さないように、努めて深刻ぶらない態度を装って、急いで言い足した。

「いや、べつに葛見さんが乗り気でなければ、今のは聞き流してくれていいんです。気にしないで、なかったことにしてくれれば。そう、ええと、ああ、そういえば、さきおとといの電話で、葛見さんのほうもぼくに話があるとかって言ったけど、それは？」

わたしはかぶりを振った。いろんな思いが後から後からとめどなくあふれ出してきて、頭のなかがもみくちゃになって、でもとにかくなにか言わなきゃいけない、ありのままの素直な気持ちを二宮君に伝えなければ、と無我夢中になって、その前にどうしても言わなければいけないと決心して、用意しておいたはずの言葉はどこかに消し飛んで、全然ちがうことを口走ってしまったのだった。

「――わたしも、二宮君と同じことが聞きたかったんです」

「え？　それはつまり、ぼくと――」

「もし、二宮君がさしつかえなければ、恋人としてわたしとつき合ってください」

そうではなかった。言ってからしまったと思ったけれど、もう後には引けなかった。いや、その言葉が嘘だったということじゃない。それはたしかにその時のわたしの素直なありのままの本心だった。でもかれとわたしの間をさえぎってる誤解の壁をなくさないかぎり、わたしの本心はすべて偽りになってしまうのだった。なにより一番大事なことは、その誤解を解くことだったはず。今度こそ、自分が清原奈津美だということを打ち明けるつもりだったのに。そうしなければ、そこから始めなければ、それ以外のどんな言葉もかれを欺《あざむ》いてしまうとわかってたはずなのに。いくらかれの告白を聞いて有頂天になってたからといって、どうしてあんなふうに言ってしまったんだろう？　その時しかチャンスはなかったというのに。

「ハ、ハイ、わかりました」

二宮君はわたしの勢いに気圧《けお》されたように、しゃちこばった口調でそう答えた。その言い方がおかしくて、二人とも同時に噴き出してしまった。その瞬間、わたしは世界じゅうのだれよりも幸せで、しかも世界で一番みじめな嘘つきの女になっていた。

六月二十七日（木）

一日じゅう、二宮君のことばかり考えてる。エステ・サロンの取材記事をまとめないといけないのに、ぼうっとして仕事も手につかない。おととい の晩、つき合ってくださいといきなり切り出されて、わたしも同じ気持ちですと答えた後は、なんとなく体の力が抜けたみたいにお互いそれ以上なにも言うことがなくなって、おまけに竜胆先生を待たせているのでわたしはそんなにゆっくりもできなかった。別れぎわに、じゃあ、また今度と言ってかれが差し出した手を握りかえすと、ただの握手なのに二宮君はきまり悪そうにそわそわして、その様子が少年ぽくてかわいかった。今このペンを走らせてる手に、その時のかれの手の感触、肌の体温を重ね合わせながら、手を握ったのはそれが初めてだったと思い出す。

取りかえしのつかないことをしてしまったと本当に実感したのは、かれと別れてひとりになってからだった。一時《いっとき》の高揚が去って自分を顧《かえり》みると、まばゆい蜃気楼《しんきろう》に目をくらまされてまちがった近道をたどり、かえって迷子《まいご》になってしまったようなものだった。結局いちばん肝心なことはなにひとつ伝えられずに、また同じ過《あやま》ちをくりかえしたにすぎない。しかも同じ過ちを重ねるたび、背信の罪はどんどん重くわが身にのしかかってくる。わたしの名前は清原奈津美で、かれがそう思い込んでいる葛見百合子とは別人であるという決定的な事実がどうすることもできない現実の厚い壁となって、目の前に立ちふさがっているのだった。お互いに同じ気持ちとわかったのは嬉しいけれど、それと知ったせいで、かえって深い泥沼に足を取られ沈んでいくような気がした。わたしは百合子じゃない。嘘をついてかれの心を弄《もてあそ》んでいる。会うたび、言葉を交わすたびにかれを裏切りつづけてる。そのことがばれたら、二宮君の気持ちはたちどころにわたしから離れてしまうだろう。いっぺんに盛り上がった心もそんなやりきれない思いにむしばまれて、あっというまにもろく穴だらけになった。わたしは臆病な自分に嫌気がさし、百合子のことを恨《うら》み、そして一瞬でも親友に対してそんな理不尽な感情の矛先《ほこさき》を向けた自分を強く恥じた。これを書いてる今でも、そのことを一番恥じている。

竜胆先生と次の原稿の打ち合わせをしてる間もずっと罪の意識につきまとわれて、自分でも意識しないうちに友達に聞いた話という触れこみで、自分の悩みを先生に打ち明けていた。

「――それは面白いね。いや、面白いなんて言ったらその友達に気の毒だけど、ぼくは彼女の気持ちも理解できるような気がするんだよ。というと僭越《せんえつ》に聞こえるかもしれないが、要するに今の話を聞いて、いたく創作意欲を刺激されてしまったな。どうだろうね、清原クン。次回の『コスメティック・ストーリーズ』は、その話を下敷きにしようと思うんだが？　もちろん、ディテールは全然ちがうものにするけど、きみの友達と同じジレンマに陥《おちい》って悩む女の子がヒロインだ」

思いがけなく、竜胆先生がそんな提案を持ちかけた。先生はそれがわたしの身の上に起こった出来事だと見抜いたんだろうか？　よくわからないけど、わたしの考えすぎかもしれない。どっちにしても、その場でＯＫするわけにはいかなかった。駆け出しの編集者が竜胆先生に指図《さしず》できるような立場ではないけれど、二宮君の目に触れるかもしれないと考えると、どうしても二の足を踏んでしまうのだった。自分を信頼して、相談してくれた友達のことですから、本人の諒解《りようかい》を得ないことには――そんなふうに言い訳して、少し考える時間をくださいと言った。

「じゃあ、きみから彼女にきちんと伝えてほしい。ぜったいに迷惑をかけないように書くつもりだし、それに、これは彼女にかぎらず、読者みんなが共感できるテーマだと思うんだ。要するに、本当の自分が伝えられない、わかってもらえないってことだからね。もっと大げさに言えば、いかにして他者とのコミュニケーションの溝《みぞ》を埋めるかという問題でもある。そういう普遍的なテーマのモデル・ケースとして、このエピソードは活字にするだけの意味があると思う。だからこそ、ぜひともぼくに書かせてくれるよう、彼女を説得してくれないか」

先生の言葉がいちいち自分の胸に突き刺さり、わたしは黙ってうなずくのみだった。あれからもう、まる二日たっている。その間、二宮君のことばかり考えていた。明日は先生に返事をするつもりだ。そう、今この日記を書きながらようやく決心がついたのだから。

六月二十八日（金）

竜胆先生に電話して、本人から諒解をもらったので、先日の打ち合わせ通りに書いてくださってOKですと伝えた。「じつはもう書きはじめてるんだよ」という返事だった。やっぱり先生はあの話の出所《でどころ》を見抜いてるような気がする。わたしが迷うのも見越したうえで、あえてあんなふうに謎をかけたのかも。そこまで言ったら、うがちすぎの考えだろうか？　なにもかも自分を中心に世界が回ってるわけじゃないんだし、深読みのしすぎが裏目に出ることだってある。とりあえずそのことは気にしないことにしよう。

いずれにしろ、先生の小説をきっかけにわたしはこのジレンマから抜け出せるかもしれない。二宮君は毎号、『コスメティック・ストーリーズ』を読んでくれてるはずだ。わたしが竜胆先生の担当をしていることは再会した日に話したし、この前のアンケート・ハガキの一件もある。わたしとそっくりな境遇のヒロインが登場する物語を読めば、かれのことだから、きっとわたしの苦しい胸のうちを察してくれるにちがいない。もちろん小説を読むだけで百パーセント事情を理解してもらえるとは思わないけれど、わたしが本当のことを告白する前に、それなりの心の準備ができるんじゃないか。なんの前ぶれもなしに、わたしは葛見百合子ではありませんと訴えても、二宮君はとまどうばかりなのが目に見えてる。なによりも、そういう形であらかじめこちらの手の内をさらけ出しておけば、実際にかれに真実を打ち明ける時だって、少しはプレッシャーが軽くなるはず。

ずいぶん虫のよすぎる考えだろうか。打算的で、他力本願《たりき》で、おまけに公私混同？　だけど、今のわたしにはこれ以外にどうする手だても思い浮かばない。無理に自分を変えようともがいたけれど、もともと弱くて臆病な人間がそんなに急に強くなることなんてできっこないんだ。かくありたいと望むことは大切だけど、過大な要求をいっぺんに自分に押しつけるのには限界がある。なにもかも自分ひとりの力で解決できるわけじゃないし、ひとの助けを借りることを恥じる必要もない。打算的でも他力本願でも、結局は自分で考えてそう決めたことなんだから、目的に向かって少しずつでも近づいていくことさえできれば、それでいいじゃないか。

ねえ、百合子？　あなただったらきっとそう言って、わたしを元気づけてくれるはずだよね。

＊

「――コーヒーでもどうですか？」

声をかけられたので、綸太郎は日記の写しから目を上げた。久能警部が両手に紙コップを持って、

「ブラックとミルク入り。給湯室の自販機のやつだから、味は保証できませんがね」

「ありがとう。いただきます」伸びをしてからブラックのほうを受け取り、ひと口すすった。「まあ、こんなものでしょう」

久能は自分もミルク入りのコーヒーをすすると、ファックスの綴りをのぞき込んでたずねた。

「どこらへんまで読みました？」

「やっと七月に入ったとこです」

「それは早い。こっちは途中でリタイアです。元の字はきれいなんですが、ファックスだから読みにくいし、それにこういう感情過多の文章は苦手《にがて》で。おや、あちこちチェックを入れてますね」

「気になったところだけ。一応、こっちが本業ですからね。校正刷りの手入れをしている

と思えば」

「傍《はた》で見てると、編集者みたいですよ。皮肉なもんですね。編集者が残した遺稿を作家が検討する、本来の役割が逆転しているわけだから」

「なるほど」言われてみれば、たしかにその通りである。久能の指摘に妙に感心しながら、綸太郎はコーヒーを飲み干《ほ》し、元気を回復したところで、日記の後半に取りかかった。


六月末から七月上旬にかけての期間は、中断こそないものの、また以前（三月末から四月上旬）のように味もそっけもない業務メモふうの記載に終始していた。むろん、京都の恋人に関する記述もない。ということは、六月二十八日後半の記述にもかかわらず、奈津美はやはり、ある種の後ろめたさを拭《ぬぐ》い去ることができなかったのではないか。それが枷《かせ》となって彼女の筆を鈍らせたのではないか、と綸太郎は想像した。その前ぶれではないが、二十六、七、八の三日間の叙述はどことなく一貫性に欠けているようで、書きっぷりにもむらや反復が目立ち、筆者の心の迷いが統辞《とうじ》的な乱れとなって現われていた。

さらに、七月中旬以降になると、さいころを振って、双六《すごろく》のコマを進めるように日付が飛び、〈二都物語〉の間隙《かんげき》を埋める散文的な日常のメモはほとんど姿を消してしまう。ただし、久能警部が辟易《へきえき》したという「感情過多」の自問自答は次第に影をひそめ、普通の日記体の文章が主調となっていく。竜胆直巳の小説を利用して、間接的に恋人の誤解を正そうとする試みに対する両面的な感情——期待と後ろめたさが奈津美の内部でせめぎ合った結果、自ら招いたジレンマに関わる一切の感情を一時的に凍結し宙吊りにしたいという無意識の願望が、頻繁《ひんぱん》に日記帳を開くことをためらわせ、あるいは、ペンを握る彼女の手の動きを抑制したのかもしれない。

＊

七月十一日（木）

朝イチの新幹線で京都へ。今回は竜胆先生の原稿をいただいて日帰り。出来上がった原稿を受け取る時、先生自身のお墨付きをもらった。

「自画自賛めくけど、今まで渡したなかでは一番の出来だと思う。きみがいい素材を提供してくれたおかげだ。これからもよろしく頼むよ」

さっそく帰りの新幹線のなかで目を通して、先生の言葉通りだと思った。年子《としご》の姉にまちがえられた内気な妹と、彼女を被写体にするひたむきな青年カメラマンの恋物語に変わっているけれど、ヒロインの心の動きがわたしには痛いほどよくわかる。ハッピーエンドで、思わず涙ぐんでしまった。『VISAGE』の読者にもこの感動はきっと伝わるはず。これが活字になれば、たぶん二宮君も――。

かれとは竜胆先生のお宅にうかがう前、午前中に大学のそばで待ち合わせて（午後からゼミの担当教授と修論の打ち合わせがあると聞いた）昼ご飯を一緒に食べた。前回つき合ってくださいといわれたばかりで最初はなんとなく照れがあったけど、二宮君が今までと変わらない気さくさで接してくれたから、あまり意識しなくなってかえってよかった。だって急に恋人気取りでべたべたするのなんて、ぜったい不自然でみっともないもの。かれの前で百合子のふりをしていることも、きょうはなんだかそんなに気にならなかった。もうすぐこのジレンマから抜け出せるという期待がわたしの心を明るくしてるせいかもしれない。もちろん後ろめたさは少し残ったけれど、それも竜胆先生の原稿を読んだら、すっかり吹っ飛んでしまった。

七月十九日（金）

九月号の校正がすべて終了。みなさん、お疲れさまでした。校了日がこんなに待ち遠しかったことはない。今月はあんまり張り切っていたせいで、「なにかいいことでもあったの？」とみんなに聞かれるし、編集次長は「コレだよ、コレ」と指を立てて冷やかすしで、ごまかすのが大変だった。べつに隠す必要はないんだけど、口さがないひとたちに公私混同とか言われるのもシャクだから、当分は二宮君のことは秘密にしておくつもり。

「でも、今月の月間MVPはきみで決まりだろ」

と三木先輩が言う。

「エステの記事もよかったし、なにより今回の『コスメティック・ストーリーズ』はピカイチだ。次長に聞いたけど、きみがかなり竜胆先生をサポートしたんだってね。大したもんだ。やっと一人前の編集者らしくなってきた証拠だよ」

「そういうことはわたしなんかより、百合子に言ってあげなさい。先輩ったら、最近忙しくてずっと電話もしてないでしょう。百合子は気を使ってるけど、あれで本当は寂しがってるんだから」

「はいはい」

そんなやりとりがあったせいか、今夜は二人で遅くまで長電話してるみたい。わたしも日曜日あたり京都に電話してみようか。

七月二十一日（日）
百合子と三木先輩のデートに半日つき合わされて、夕食の後おじゃま虫はひとりで先に部屋に帰ったら、二宮君から留守電が入ってた。こないだ会った時に、遅ればせながら電話番号のメモをかれに渡してあったので——留守電の応答メッセージはいたずら防止用にあらかじめ電話機に吹き込んである声だから、そんな大胆なことができたんだけど。いきなり「ハイ、清原です」と入れてあったら、番号をまちがえたと思われてもしかたがない。ここらへんがまだちょっと、わたしの弱気なところかも？

百合子が帰ってこないうちに、さっそく折りかえし京都にかけた。「こっちからかけ直そうか？」と二宮君が言う。いつもわたしのほうからばかりかけていたから、長距離の電話料金が不公平になるんじゃないかって。わたしは毎月お給料をもらってるんだから、そんなこと気にしなくてもいいのにね。それに電話料金がかさむほどひんぱんに、かれと長く喋《しゃべ》ったことはなかった。わたしはずっと、隣の部屋の百合子の存在を意識していたから——。

木曜日に京都に行きますと伝えたら、なんとかスケジュールを調整して一緒に映画でも見ませんかとのお誘いがあって、一も二もなくＯＫした。ちょうど見たい映画がロードショー中なのです。森山塔彦《もりやまとうひこ》監督の『トゥ・オブ・アス』。各地の映画祭で賞を総なめにした話題作で、もうずいぶん前にフィルムは完成してたらしいけど、監督自身が夏休みの公開に固執《こしつ》して封切が延びたといういわくつきの新作。吉本《よしもと》ばぎなの原作が好きだし、森山監督の作品は学生の時からファンでずっと追っかけてるので、わたしにとっては願ってもない組み合わせだ。京都でもやってますかと聞いたら、調べておくとの返事。そんな感じで、今夜はとぎれなく会話が続いて、三十分近く喋っていた。もちろん今までの最長記録。

おやすみなさいと言って電話を切ってからも、名残惜しくて留守電のテープに入っているかれの声を何度もくりかえし再生して聞いた。「——これ、葛見さんの電話ですよね？京都の二宮です。ええっと、留守みたいだから、またかけ直します」「これ、葛見さんの電話ですよね？　京都の二宮です」「これ、葛見さんの——」……。

早く九月号の発売日が来ればいいのに。

七月二十五日（木）

楽しみにしていた『トゥ・オブ・アス』は、結局最後まで見られなかった。わたしの時間の都合がつかなかったからじゃない。竜胆先生との打ち合わせを早めに繰り上げて時間を作ったのだけれど、二宮君は映画を気に入らなかったみたいだ。でも、物事はなにが幸いするかわからない。

映画が始まってしばらくしてから、かれの様子がおかしいのに気がついた。わたしのために一所懸命がまんしてくれてたみたいだけど、三十分もたたないうちに、ごめんといって席を立ってしまった。かれの後を追ってロビーに出ると、うなだれて椅子に坐っていた。顔色が悪かった。

「だいじょうぶ？」

と聞くと、二宮君はうなずいて、

「ちょっと気分が悪くなっただけ。せっかくだから、気にしないで続きを見ておいでよ。ぼくは終るまでここで待ってるから」

気にしないでと言われて、はいそうですかと場内に戻るわけにもいかない。缶ジュースを二つ買ってきて一本をかれに差し出し、わたしも隣に腰を下ろしてプルタブを開けた。

「ありがとう」

「本当にだいじょうぶ？」

「うん、心理的なものだからじきに治るよ。そんなに大騒ぎするほどのことじゃないんだ」

「ひょっとして、映画がつまらなかったせい？」

「いや」

二宮君は口ごもり気付け薬のようにジュースを飲んでから、弁解するようにつぶやいた。

「知らなかったんだ、こういう映画だって。原作も読んでなかったし」

「こういう映画？　邦画がきらいなんですか」

「いや、そうじゃなくて。なんて言ったらいいのかな、ああいう家族がバラバラになる話ってね、からっきしダメなんだ」

「――どうして？」

恐る恐るたずねると、二宮君は少し言いよどむそぶりを見せてからおもむろに、

「現実に自分の両親が離婚してるせいかな。べつにデリケートを気取るわけじゃないけど、そういう話ってどうしても正視できないんだ。小説でも映画でも、絵空事《えそらごと》と受け取れなくて、自分の身に直接はね返ってきてしまう」

わたしはびっくりして、遠慮も忘れて聞いた。

「二宮君のご両親って、離婚してたんですか？」

「うん。ぼくが幼稚園に入る前に別れてるから、物心ついた時からずっと、母ひとり子ひとりの家庭だった」

「ごめんなさい。わたしそんな大事なこと、今まで全然知らないで――」

でもそう聞いて、思い当たることもたしかにあったのだ。高校時代クラスメートのほかの男の子たちと比べて、二宮君がどことなく大人びて肌触りのちがう空気をまとっていたことにわたしも百合子も直感的に気がついてた。というか、今にして思えば、わたしたちがかれに惹《ひ》かれた理由のひとつは、あの頃そうした特別な空気に、わけもわからずあこがれてたせいだったかもしれない。もちろんそれだけで好きになったわけじゃないし、両親の離婚にすべてを帰するつもりもないけれど。

（まだ長くなりそうだし、もう時間も遅いから、この続きは明日にしたほうがよさそうだけど、気持ちが昂《たかぶ》ってなかなか眠れそうにないから、もうちょっと書いておく）

「気にしなくていいよ」

と二宮君は言った。

「昔は色眼鏡で見られるのがいやで、なるべく家庭のことを黙ってるようにしていたから、葛見さんが知らなくて当然なんだ。高校のクラスでも、知らないやつのほうが多かったんじゃないかな。でも、母子家庭といったって、母親は宝石鑑定士の資格を持っていて養育費ももらっていたはずだから、生活に不自由は感じなかった。それに、ぼくは父親とちょくちょく会ってもいたから、そんなに普通と変わらない育ち方をしてると思うけど、まあ、マザコンの気《け》があるって言われたら、否定できないかもしれないな——ああ、ごめん、こんな話は退屈だろうね？」

「そんなことないです」

「そうかな。だけど、自分から映画に誘っといて、ぼくのわがままで、葛見さんの楽しみを邪魔してることのほうを先に謝らなきゃいけないな。ごめん、ぼくは本当にかまわないし、チケット代も払ったんだからやっぱり続きを見たほうがいいよ」

わたしは首を横に振った。

「いいんです。だって、映画はいつでもひとりで見られるけど、こうやって二宮君と話せるのは半月に一回しかないから。もう出ませんか？　外の空気を吸ったほうが気分もきっとよくなるし、それにもしよかったら、もっと二宮君の話が聞きたいから」

映画館を出ると、なんとなく、鴨川の方に足が向いた。川べりの道をひとしきり歩いて、いつかの夜、四条大橋の欄干から見た恋人たちのように、ふたり肩を寄せ合って腰を下ろし、高校に入るよりもっと前、お互いの子供時代の思い出を語り合った。それはわたしが心おきなく本当の自分を出せる話題だったし、同じ土地で育った者同士、重なり合う部分も多くて、自然と話もはずんだ。なによりもわたしの知らない二宮君の少年時代のエピソードを聞けるのが嬉しかった。まっすぐな夏の陽射しが川面《かわも》に照り映《は》えて、いつまでも目にまぶしかった。見逃した映画よりも、吉本ばぎなの小説よりも、わたしたちこそ『トゥ・オブ・アス』という物語の主人公にふさわしいような気がした。

でもひとつだけ心残りがあるとしたら、日が暮れるまでそうやって話していたけど、それでも全然話し足りなかったことだ。二宮君のことを知れば知るほど、かれに対する気持ちが高まっていく。好きになる気持ちに上限はないっていうことをこんなに強く実感したことはなかった。もっとたくさんあなたのことを知りたい。そして、今よりもっともっと、あなたのことを好きになりたい。

（註）　不思議な暗合というべきだが、綸太郎はこの映画と深い縁がある。離婚した父親と暮らす十七歳の少女まりあは、ある嵐の夜、次元のひずみからパラレル・ワールドに迷い込み、十二年前に事故死したはずの二卵性双生児の兄さとるとめぐり逢う。その世界では、十二年前に死んだのはさとるではなく、まりあ自身のほうだった！――ヒロインを演じたアイドル歌手畠《はた》中《なか》有《ゆ》里《り》奈《な》は、クランクインを控えた九〇年二月、ラジオ局アルバイト殺害の嫌疑をかけられ、自殺未遂にまで追い込まれたが、綸太郎と父警視が彼女の身の潔白を証明して、その年の秋、映画は無事に完成した。綸太郎が久保寺容子と再会したのも、この事件のさなかだった。詳細については、『ふたたび赤い悪夢』（講談社刊）を参照されたい。ちなみに畠中有里奈は、森山塔彦監督の次回作にも主演が決定、現在撮影が進んでいる。

八月一日（木）

九月号の見本が上がってきた。店頭に並ぶのは週明けの五日。ところが活字になった『コスメティック・ストーリーズ』を読み直しているうちに、そうそう楽観的になってばかりもいられないような気がしてきた。この前会った時、仕事の話にかこつけて、今度のお話はすごくいいから、ぜひ読んでくださいと言ったので、二宮君はきっとすぐに読んでくれると思うけど、それがわたしの気持ちを代弁してるということに気がつかないかもしれない。あるいは気《き》がついたとしても、ずっと欺かれていたことに腹を立てて、もう二度とわたしとは口を利いてさえくれなくなるかもしれない。

いや、かれはそんなひとじゃない、取り越し苦労とわかってはいるんだけど、だんだんその日が近づいて本当の名前を告白することを具体的に考えはじめると、今まで何度も同じ失敗をくりかえしてるせいかどうしてもプレッシャーを感じて、気持ちが腰砕けになってしまいそうだ。せっかくの妙案もフイにしてしまったら、元も子もないのに。

竜胆先生の小説はすごくいいものだけど、フィクションはあくまでもフィクションで、わたしの心のありようと百パーセント一致するわけじゃない。だからこそ、あるがままの気持ちを自分の言葉で正確に伝えるのがいちばん肝心なことだとわかってはいる。今度かれと会う時にちゃんと話すことさえできれば、それに越したことはないけれど、でもいざ面と向かってうまく説明できるかどうか、やっぱり自信が持てない——そんなことをくどくど考えているうちに、二宮君に手紙を書けばいいんだとひらめいたのだった。

どうして今までこんな簡単なことを忘れていたんだろう？　面と向かって話せないことでも、手紙に書くことならできるはず。だいいちこの日記をつけはじめたのは、かれに手紙を出すための練習だって最初のページに自分で書いてるじゃないか。こうやって日記帳のページを埋めるかわりに、便箋《びんせん》に自分の正直な思いを綴って、封筒に入れてポストに投《とう》函《かん》すればいい。宛先は七月号のアンケート・ハガキの住所が控えてあるし、ポストに投函するぐらいの勇気なら、いざとなれば出して出せないことはないと思う。

八月四日（日）
三日がかりで長い長い手紙を書き上げた。この日記帳が頼もしい味方になってくれた。
封をして切手を貼った封筒が、今わたしの目の前にある。二宮君の住所を表に書いた後、差出人の名前をどうするかでずいぶん迷ったけれど、考えて考え抜いたあげくに、清原奈津美、と記した。なんだか晴れ晴れした気持ちがする。

八月五日（月）

京都に手紙を出した！

投函する時は怖くて手が震えた。最後は目をつぶって手探りで受け口に押し込んだ。出してしまった後、いつまでも心臓がドキドキしてた。

もしかしたら、かれはわたしの嘘を許してくれないかもしれない。そう思うと気が気でないけれど、でも今のままどっちつかずの状態でかれをだましつづけるよりも、ぜったいにこうしたほうがいいに決まってる。

九月号の発売日。店頭で『VISAGE』を見かけた。できることはすべて手を尽くしたと思う。あとはもう運を天に任せるだけ。

神様、どうか、わたしの気持ちが二宮君に伝わりますように——。

八月八日（木）

信じられない。帰ってきたら、二宮君に出した手紙が郵便受けに戻ってきていた。しかも、「住所地に名宛人が不在です」と赤いスタンプが押してあった。もし百合子が先に帰宅してこれが目に触れていたらと思うと、ぞっとする。あわてて住所の控えと見比べたけど、書きまちがいではなかった。わけがわからない。京都に電話をかけたけど、ずっと留守だった。

どうして？　どうして？

八月九日（金）

どうしても二宮君に電話がつながらない。まさか引っ越したんじゃないだろうか？　いや、きっと夏休みで帰省してるだけなんだ。そういえば、この前そんな予定と聞いた気もする。

でもこの調子だと、あさって京都に行くのに、かれとは会えないんだろうか？　電話ぐらいしてくれたらいいのに。わたしはこんなに落ち込んで、不安で今にも胸が張り裂《さ》けそうなのに。

八月十一日（日）

竜胆先生から十月号の原稿を受け取る。今回は遠距離恋愛の話だけど、わたしが積極的に推《お》した題材ではない。先生の周辺でも九月号のエピソードは評判がいいらしく、すっかりごきげんだったけれど、あいにくこちらはそれにつき合う元気もなかった。結局二宮君とは連絡さえつかないで、すぐに帰ってきた。新幹線のなかで原稿を読んでも、全然頭に入らない。

帰ってきてから、ごくささいなことで百合子と口喧嘩《げんか》になった。お互いに虫の居所《いどころ》が悪かったようだ。弱り目にたたり目。厄日《やくび》なのかもしれない。二宮君のことでどうしても百合子に対して後ろめたい気持ちがあるから、すぐにわたしのほうから謝ってことなきを得たけど、なんとなく今夜はふだんの百合子らしからぬイラつき方だったような気がする。先輩と喧嘩でもしたんだろうか？

八月十五日（木）

終戦記念日。あれから毎晩二宮君の家に電話しつづけているけど、ずっと留守のようだ。お盆だから帰省してるにちがいない。でも実家からでも電話ぐらいできるはずなのに、もうきょうでまる三週間、口も利いてない。明日から十月号の追い込みだというのに、気が重い。

名宛人不在で戻ってきた手紙のことばかり考えている。二宮君は『コスメティック・ストーリーズ』を読んですぐに、わたしが名前を偽っていたことに気づいたんじゃないだろうか。かれは裏切られたと感じて、ひどく傷ついた（わたしの見込みは甘かっただろうか？　かれは許してくれないんじゃないか？）。それをきっかけにして、わたしの本当の名前を思い出したかもしれない。その直後に届いた手紙の差出人の名前を見て、封を切る前に内容を察しそれを読むことさえも潔《いさぎよ》しとせずに、そのまま名宛人不在で郵便局に突っ返したとしたら？　もしそうなら、封筒に押された赤いスタンプはわたしに向けられた絶交の意思表示ということになる。

――だけど、まさか二宮君がそんなことをするひととは思えない。きっと、ちょっとした配達ミスかなにかなんだ。そうであると信じたい。

八月二十日（火）

十月号がきのうで校了。今月は注意散漫でつまらないミスを連発して、さんざんだった。三木先輩がずいぶんフォローしてくれたけど、「先月の殊勲賞は、フロックだったのかね？」と次長にこっぴどく叱られた。でもそんなのはもうすんだことだから、全然気にしない。忙しくてずっと電話もできずやきもきしながら、今夜何日かぶりに京都に電話をかけたら、あっさり二宮君につながった。

聞いたら、案《あん》の定《じょう》お盆で十日ばかり帰省していたそうだ。校了前で忙しいんじゃないかと気を使って、それで連絡しなかったんだって。なーんだ。恐る恐るかれの住所のことをたずねると、下宿だから大家さんの名前（西田《にしだ》様方）付けで出さないと届かないことがあるという返事だった。欄が小さくて書ききれなかったので、アンケートの所書きでは省略したという。説明を聞いたら、本当になんでもないささいなことだった。なにもかも、わたしの考えすぎ。でもそれでほっとしたせいか、「あらたまって手紙なんて、なにが書いてあるの？」と聞かれて、思わず「手紙じゃなくて、暑中見舞いです」と答えてしまった――！

まあ、いいや。ひさしぶりにかれと話せたんだもん、悩まない・悩まない。こんど京都に行く時にこの手紙をじかに手渡せば、それでいいんだ。来週は待望の夏休みをもらっているから、帰省ついでに二、三日京都で過ごすつもり。まだかれには内緒だけど、びっくりするかな？

八月二十二日（木）

ここのところ、百合子の様子が変。どこか体の具合でも悪いんだろうか？　しかも月末に休みを取って、三木先輩と海外旅行に行くはずだった予定を急にキャンセルすると言いだした。せっかく今年はわたしがついていくのを遠慮して、先輩に譲《ゆず》ってあげたのに。百合子だって前からあんなに楽しみにしてたくせに、なにかあったんだろうか?

明日から一週間東京を離れるけど、百合子をひとりにしておくのがなんとなく心配だ。

八月三十一日(土)

きょう福井から戻ってきた。帰りの電車が家族連れで混んでいて、くたびれた。明日もう一日休んで月曜から出社。たまに家に帰ると、親が見合いをしろとうるさい。おとといで二十五歳になった。百合子は相変わらず元気がなくて、休みだというのに、ずっと家でごろごろしてるみたい。不健康だと言ったら、無視された。

京都には二十三、二十四日と二泊して、金曜の夜に竜胆先生との打ち合わせを片付け、日曜には嵐山《あらしやま》とか映画村に行った。もちろん、二宮君と一緒。誕生日だったらもっとよかったな。お祝いはしてもらったけど、べつに一緒に泊まったわけじゃない。

まだかれに本当のことを打ち明けてない。なにもかも思い通りにならない。もう考えるのが面倒くさくなってきた。

九月一日(日)

あの手紙はけっきょく渡せなくて、荷物と一緒に実家に持って帰ったのだった。十八の年まで寝起きしていた部屋で何日も過ごして、高校時代の日記とか読みかえしたりしてるうちになんだかたまらなくなって、自分で手紙の封を開けてしまった。それを読んだらますますつらくなって、だれにも見つからないように封筒ごと細かくちぎって焼いた。煙が目に入って、涙が出た。なぜそんなことをしたのか、自分でもよくわからない。

――当てにしていたことは、ことごとくはずれてしまった。二宮君に会った日、土曜日の午後、さりげなく今月の『コスメティック・ストーリーズ』は読んでくれましたかとたずねたら、かれはすまなそうにかぶりを振った。

「ごめん。発売日に雑誌を買いそびれて、まだ読んでないんだ。あとで気がついて探したんだけど、なかなか本屋で見かけなくて」

たしかそんなような返事で、わたしはもう二の句が継げなくなった。ポケットのなかで握りしめていた手紙もそれっきり渡すきっかけをなくして、かれの目に触れることはなかった。たぶんその時から、自分のなかでなにかが変わりはじめた。

あくる日曜は一日じゅう、かれと一緒に過ごした。わたしは心おきなく、かれに甘えようと思った。照れまくる二宮君をなだめすかしておおっぴらに腕を組んで渡月橋《とげつきょう》を渡ったり、二人でアイスを食べながら川遊びに興《きょう》じる観光客をながめたり、修学旅行生のカップルみたいに映画村でペアのおみやげを選んだり。そうやってひたすらわたしがわたしであること、自分が葛見百合子ではなく、清原奈津美であるという事実へのこだわりを忘れようと努めていた。それはかれの前で、できるかぎり嘘を貫《つらぬ》き通そうとすることだった。

「——ねえ、百合子さん？」

帰りのバスのなかでそう聞かれた時、わたしはなんのためらいもなしにあいづちを打ち、それから初めてかれが名前で呼んでくれたことに気づいて顔を赤らめた。それが自分の名前じゃないこと、照れ隠しにはしゃいでみせたりするような心持ちではいられないはずだってことを思い出したのは、二人の親密さについてたわいないやりとりを交わした後だった。その瞬間、嘘はもう嘘ではなかった。わたしは図《はか》らずして、自分ではない自分、葛見百合子になりきっていたのだった。

——だけど、わたしは、いったいどうするつもりだったんだろう？　夢みたいな一日が暮れて京都の暑さに染まってしまったような余韻《よいん》に浸《ひた》りながらかれと別れ、ひとり実家に帰る電車のなかでつくづく考えたのだった。竜胆先生の連載で、こんな話を読んだことがある。不治の病に冒《おか》されて余命いくばくもないことを知ったヒロインが、最愛の恋人と二度と会うまいと決心しながら、一日だけなにもかも忘れて至福の時を過ごす——思い出づくりのために。そして、別れも告げずに恋人の前から姿を消すのだ。二宮君との最後の思い出を作って、潔くかれの前から姿を消すためにわたしはあんなふうにふるまったんだろうか？　でもそんなのはいやだ。もう二度と会わないなんて、そんな決心をしても無駄だって今は身にしみてわかってる。物語のヒロインのようにこの思いを断ち切ることなんてできやしない。わたしはそんなに強くない、もっともっと弱い生身《なまみ》の人間だから。かれのことが好きで、かれなしではもう生きていけないから。

——わかってる。本当はわかってるんだ、自分が本当はどうするつもりなのか。だからこそ実家に帰って、あの手紙を焼いてしまったんだ。わたしは自分の弱さに忠実でいよう。この弱さこそがわたしらしさの証《あかし》だと信じて。今のままでいい。わたしはこのまま葛見百合子として、嘘の自分を演じつづければいい。かれを失いたくないから。これ以上かれを欺きたくないから。だってどこまでも嘘をつき通せば、それはきっと本当のことになる。自分の嘘を信じきることができれば、それはもう嘘なんかじゃないはずだ。百合子さんと呼ばれて思わず顔を赤らめながら、どきどきしてかれを見つめた瞬間、それが嘘いつわりのない気持ちだったように。それを積み重ねて、わたしはわたしを塗りつぶしてしまおう。

はかない夢のような恋をかりそめのまま、いつまでもいとおしんでいたい。それがわたしの弱さにお似合いのせいいっぱいの愛のかたちと信じよう。もう先のことなんて考えない。

九月二日（月）

きのう書いたことは全部まやかしだ。そんなことできるわけがない。永久に嘘をつき通すなんて無理だ。いつかはばれる。化《ば》けの皮がはがれてしまうに決まってる。

でも、だから？　どうしたらいいの？

九月五日（木）

百合子が気分が悪いといって、会社を休んだ。心配だったので、午後早退して看病することにした。ところが家に帰ってみたら、けろっとした顔をして部屋でビデオなんか見てる。もう具合はよくなった、夏休みボケかしらね、なんて言って笑っているのだ。

でもやっぱり、百合子の様子はおかしい。前から変だとは思ってたけど、海外旅行をキャンセルして家でごろごろしてたことといい、長いつき合いだけど、今までこんなことは一度もなかった。

ひょっとしたら、百合子――。

九月八日（日）

悪い予感が当たった。

百合子は妊娠してる──。

最近、二人でゆっくり話す時間も持てなかったから、きょうはひさしぶりに水入らずで過ごすことにしたのだった。早起きして、お天気がよかったから午前中は洗濯と掃除をわあっと片付け、近くのお店でお昼のついでにたくさん買い出しをしてくると、午後いっぱいかけてごちそうの準備をした。百合子と手分けしててきぱき支度《したく》してる間は、よけいなことも考えずに気持ちがよかった。

だけど、せっかくのごちそうもいい気分も途中でだしぬけに百合子が席を立って、洗面所に駆け込んだせいで台なしになった。なんとなく感じるものがあって百合子の様子を見に行ったら、流しに少しもどしたような跡があった。

「ねえ、だいじょうぶ?」

「なんでもないから、ナツミは気にしないで」

百合子はそれまでとは打って変わったよそよそしい口調で突っぱねるみたいに言うと、蛇口《じゃぐち》をひねって水を流しはじめた。でもここ数日の百合子の様子を見ていて、なんでもないわけがないことに気がついてたから、わたしは思いきって聞いてみた。

「赤ちゃんができたの?」

百合子はちっとも聞こえないふりで手をバシャバシャやりながら、こっちを見ずに返事もしなかった。だけど、鏡のなかでお互いに目が合ってるのも知っていた。おもむろに蛇口の栓を絞ると、ふりむいてわたしに言った。

「気づいてたの」

「なんとなく。病院には？」

「うん。三カ月だって」

「先輩の、でしょう」

「そう」

「おめでとう、なのかな」

百合子の表情がにわかに険《けわ》しくなって、自分が馬鹿なことを言ったのに気づいた。

「――そのこと、もう先輩には話したの？」

「いいえ」

「どうして？」

百合子は黙りこくった。わたしはまごつきながら、ひょっとしたら今はこれ以上百合子を問いつめないほうがいいんじゃないかと、ふと思った。でも同じ屋根の下で暮らしてる親友なんだもの、聞かずにすませるわけにはいかなかった。

「ねえ、それで、どうするの？」

「――どうするのって？」

「だから。産むの？」

百合子はしばらく胸を詰まらせていたかと思うと、急にきれぎれに溜息をつきながら泣きそうな顔でこぼした。

「無理よ。産めるわけないわ」

「じゃあ、堕《お》ろすってこと？」

「――たぶん」

「なんで？」

「だって、世間体《せけんてい》が悪いし、仕事だって続けたいし、それにかれだってきっと――」

「先輩が？　でも、まだ話してないんでしょう。ちゃんと相談しないと、百合子ひとりでそんな大事なこと決めちゃうなんて、先輩、きっと怒るよ」

百合子は言いかえそうとしたみたいだけど、答えるかわりにいきなりかぶりを振って、

「ナツミはわかってないのよ」

「なにが？」

百合子は怖い顔でわたしをにらみつけた。

「全然、わかってないんだよ」

とつぶやいてわたしを押しのけ、そのまま自分の部屋に閉じこもってしまった。ドアごしに何度もなかに呼びかけたけど、返事はなくて押し殺したむせび泣きが洩れてくるだけ

だった。

わたしだって泣きたいよ、百合子。なんでもっと早く相談してくれなかったの？　三木先輩となにがあったの？　わたしが全然わかってないってどういうこと？　わからない、話してくれなきゃ全然わかんないよ。そんなにわたしのことが頼りにならない？　だって、ずっと二人で支え合ってきたんだよ。今まで十年間のつき合いは、いつも二人で分け合ってきたんだよ。つらいことも楽しいことも、みんな帳消しだっていうの？　わたしはいつだってどんな時でも、世界じゅうで百合子が一番の味方だって信じてきたよ。百合子はわたしのこと、そう思ってはくれないの？　そんな大事なことを自分だけの胸に収めて、百合子ひとりで苦しんでたなんて、わたしがあんまり寂しすぎるじゃない――。

そうじゃない。わたしも同じだ。百合子と同じことをしてる。大切なものがなにもかもこわれてしまいそうで、怖い。

九月九日（月）

朝、百合子と顔を合わせるのが気まずかった。目がまっ赤で、ゆうべはほとんど眠れなかったようだ。わたしもそんなふうに見えたにちがいない。

「――八つ当たりしてごめん。でも、自分でなんとかするから、きのう言ったことは忘れて」

百合子のほうが気がねするみたいにそう言って、わたしもその場はうなずいたけど、放っておくことはできないと思った。会社の帰り、三木先輩に百合子のことを話したら、先輩はなんだかひどく面倒くさそうで機嫌が悪かった。藪《やぶ》から棒で驚いたのかもしれないけど、そんな冷淡な反応が返ってくるとは思いもしなかった。

「――きみからかわりに伝えてくれって、あいつに頼まれたのか?」

「そうじゃないです。百合子は話したくないみたいで、自分でなんとかするって。でも、わたし、そんな百合子のこと見てられなくて、よけいなおせっかいかもしれないけど、勝手に」

「そうか。いや、話してくれてありがとう。明日は午後の新幹線で、京都に泊まりだっけ?」

「はい」

「明日の晩、あいつに会って聞いてみるよ。二人でよく話し合ってなんとかするから、きみは竜胆先生の原稿のことだけ考えて、なにも心配しなくっていい。ぼくたち二人の問題だから」

「――先輩、お願いだから、百合子のことを怒ったり、傷つけないようにしてくださいね。そうじゃなくても、ここんとこ、ずっと沈んでて」

「わかってる。きみは心配しなくても、だいじょうぶだよ。約束する」

家に帰ったら、百合子はお風呂に入っていた。その間に二宮君に電話して、明日はどうしても時間の都合がつかなくて会えないと謝った。百合子が難題を抱えてる時にわたしだけ呑気《のんき》にかれと会ってはいられないと思って、嘘をついたのだった。二宮君は残念だけどしかたないよ、気にしないからと言ってくれた。それから百合子が上がってくるまで、しばらくお喋りした。かれと話してると、ただそれだけで慰められる。わたしは束の間《つかのま》、葛見百合子になりきって心の重荷を全部忘れた。

わたしがお風呂に入ってる間に、三木先輩が百合子に電話してきたみたいだった。髪を乾かしていると、百合子が缶ビールを手にして、飲まない？と誘った。キッチンで、さし向かいで乾杯。百合子は景気付けみたいに一気に飲んでから、

「さっき、かれから電話があったの。たずねたいことがあるから、明日の晩、会おうって。ナツミ、かれにきのうのこと話したでしょう」

「うん」

「やっぱり」

「ごめんなさい。でしゃばりだったかもしれない。でもね、わたし、どうしても放っとけ

なくて」

「ナツミが謝ることないよ。もとはといえば、黙ってたあたしが悪いんだから。それに、気づいてくれて嬉しかった。本当はあたし、ひとりでどうしたらいいかわからなかったの。かれに打ち明けるのが怖くて、自分ひとりでなんとかしようと思ったんだけど、とてもそんなこと決める勇気なんかないし」

「もっと早く、わたしに相談してくれたら——」

「それもなんとなく、気が進まなくて。こんなことにナツミを巻き込みたくなかったのよ」

「巻き込むなんて、そんな水くさいこと」

「そうね。あたし、ひとりで強がってただけかも」

百合子はうつむきながら肘を差し上げて、飲みかけの缶をからから振った。

「——ひょっとして、本当は産みたいんじゃないの、先輩の赤ちゃん？」

「どうなんだろう。自分でもよくわからない」

と百合子は頼りなげにつぶやいて、

「ねえ、ナツミがあたしのことを話した時、かれはどんなふうだった？」

「どうだろう。寝耳に水って感じで、とにかくびっくりしてたみたい。でも、二人でよく話し合って、けっして悪いようにはしない、百合子を傷つけるようなことだけはしないって、わたしに約束したよ」

「そう、そうだといいけど」

と言って百合子は溜息をついた。

「――こんなこと聞いても怒らないでね。最近、先輩とうまくいってないんじゃない?」

「ううん、そういうわけじゃないけど。なんていうか、誤解とすれちがいが重なって、ちょっとしたいさかいがあったの。それで、よけいに切り出すタイミングを失って、顔を合わせにくかっただけ」

「だったら、いいけど」

でも百合子は両手で頭をはさみつけながら、ひどく思いつめた表情で自分の答さえも疑っているような様子だった。先輩の冷淡な反応を思い出していっそう不安が募ったけど、これ以上二人の問題に口を突っ込んではいけないと思った。わたしは黙ってビールの残りをゆっくり空《あ》けた。

ナツミ、とふいに百合子が言って、そばに来て、と目が訴えた。わたしが行くと、背中に腕を回して駄々《だだ》っ子みたいに胸に頭をこすりつけてきながら、

「――ナツミはあたしの味方だよね? ぜったい、あたしを裏切ったりしないよね?」

「うん」

「ぜったいだよ。約束だよ、ナツミ」

なにがあったのかわからないまま、うんうんとうなずきながら、百合子の肩を包むように抱きしめた。そんなふうにしたのは、もう何年ぶりのことだったろう？　いや、たいていこうして慰めるのは百合子の決まり役だったはずだけど、十年前高校生だった時から、そうやってお互いに励まし合い支え合ってきたのだった。かけがえのない親友、わたしは百合子の味方だ。もう嘘をつくことはできないと思った。あさって、京都から帰ったらまっさきに二宮君のことを百合子に打ち明けよう。

九月十一日（水）

竜胆先生のお宅で夕方まで待ったけれど、原稿は半分しかもらえなくて、残りは一両日中にファックスで、ということになった。いつも直筆《じきひつ》の生原稿を受け取っていたから、なんとなく悪い胸騒ぎがした。京都から新幹線で直帰、家に着いた時は十一時を回っていたけど、百合子はまだ帰ってなかった。今夜も三木先輩と外で会って今後のことを相談してるんだろうと、その時は思った。

百合子が帰ってきたのは十二時を回ってからで、しかもひどく酔っぱらって、ふだんの毅然《きぜん》としたところなどかけらもなかった。介抱《かいほう》しようとしたら、わたしの手を振り払ってふらつきながら自分の部屋のベッドに倒れ込んだ。

「だいじょうぶ？　こんなになるなんて、百合子らしくないよ。先輩も悪いけど。飲みすぎは毒だって、止めるべきじゃないの」

わたしがぼやくと、百合子はベッドに顔をうずめたまま、いやいやするみたいなしぐさをした。

「じゃあ、ひとりで飲んでたの？　どうして。きのうは先輩と会ってたんでしょう。赤ちゃんのこと、なんて言われたの？」

百合子の答はしばらく間が空いたうえに、声が小さくて聞き取れなかった。恐る恐る聞きかえすと、ふいに百合子の体がギュッとこわばり割れんばかりに声を張り上げた。

「ひとりになりたいの。出てってよ！」

いきなり横っ面《つら》を張られたような思いで、身がすくんだ。わたしは完全に拒絶されていた。それ以上かける言葉もなくて、すごすごと百合子の部屋から退いた。今夜こそ二宮君のことを打ち明けるって決心してたのに、またしても空振りに終った。でも、今はもうそれどころじゃない。非常事態だ。

きのう先輩がなんと言ったか、想像がつく。百合子を傷つけないでって、あんなに念を押したのに。先輩の嘘つき。百合子があんまりかわいそうだ。わたしがなんとかしないと。こんな時だからこそ、百合子の力になってあげないと。だけど気が焦《あせ》るばかりで、どうしたらいいのかわからない。

九月十二日（木）

朝になっても百合子は部屋に閉じこもったきり、呼んでも出てこない。結局、話もできずに会社に出かけた。三木先輩は忙しいふりをして、実際はわたしを避けようとしてるみたいだった。帰りぎわに待ちぶせしてやっとつかまえた。

おとといの話し合いについて単刀直入に聞きただしたら、やっぱり先輩は子供を堕ろせと言ったそうだ。その時は百合子も納得して、同意したという。わたしが信じないと、だってそうするよりしかたないじゃないか、あいつもそのことはわかってるはずだよ、と言いはった。それはたしかに先輩の言う通りかもしれないし、百合子だって本気で産めるとは思ってなかっただろう。でもデリケートな問題なんだから、もっとやさしい思いやりのある言い方もできたはずなのに。きのうの百合子の様子を見たら、あんなふうに平気でいられるわけがない。きっと先輩はろくすっぽ百合子の話も聞かないで、頭ごなしにさっさと中絶しろと命令したんだ。それがどんなにむごい仕打ちだか考えもしないで。先輩の神経を疑う。いくらなんでも無神経すぎる。男のくせに卑怯だ。

百合子はわたしが帰るのを待っていたらしい。意外にさばさばした表情で、かれの言う通り産まないことにしたから、とこともなげに言う。会社を休んで、一日考えたあげくの結論のようだった。

「でも、本当にそれでいいの？」

「うん。最初からそのつもりだったのよ。でも、さすがにちょっと気持ちがぐらついて、みっともないとこ見せちゃった。心配かけてごめんね、ナツミ。明日からは、ふだんのあたしに戻るから」

そんなふうにけなげに口に出されたら、もうなにも言えるわけがない。かれのことが好きだから、これしきのことはなんでもないよ、わたしの耳にはそう言ってるように聞こえて、先輩の態度に疑問を覚えたことは黙っていた。だけど、百合子は無理をして強がってるみたいにも見える。わたしに対してなにか含むところでもあるんじゃないか、なんとなくそんな気がしてならない。それともこんなふうに考えてしまうのは、わたしの僻目《ひがめ》だろうか?

二宮君に会いたい。

九月十四日(土)

百合子は病院で子供を堕ろした。先輩が付き添って、同意書にサインしたそうだ。わたしは事前になにも聞いてなかった。終電で帰ってきたら百合子は部屋で横になっていて、本人の口からいきなりそう知らされてびっくりした。

「――もっと厳粛なものかと思ってたけど、ずいぶんあっけないものなんだね。あたし、なんだかがっかりしちゃった」

百合子が手術について触れたのは、それだけだった。強がって言ったつもりかもしれないけど、とてもそんなふうには聞こえなかった。麻酔のせいでふらふらすると言って、ベッドから身を起こすのもだるそうだった。ひどく顔色が悪くて体の震えが止まらないようだった。これで心配事は片付いたはずなのに、なにもかも忘れて眠ろうとしても全然眠れないのよ。百合子はそんなことを言った。百合子の手を握って、枕元でずっと見守るぐらいのことしかしてあげられなかった。しまいにはこっちまで涙ぐんでしまう始末だった。

九月二十日（金）

十一月号がきょうで校了。竜胆先生の原稿、後半が駆け足ぎみなので残念。百合子の体調も気がかりで、ふだんの月の倍以上疲れた。気のせいか、肩こりが抜けない。三木先輩はなにかというと、時間がない、忙しいの連発で百合子のことをずっとほったらかしにしてるみたい。校了前で暇《ひま》がなかったのはわかるけど、その気になれば、電話する時間ぐらいいくらでも作れるはず（ここだけの話、水曜の夜、残業の気分転換と称して、会社から二宮君に電話してしばらく愚痴《ぐち》につき合ってもらった）。百合子に合わせる顔がなくてわざとだと思うけど、あとからそんな後ろめたい思いをするぐらいなら、最初からもっと考えてふるまえばいいじゃないの。先輩のバカ！

百合子は連休明けの火曜日から毎日定時に出勤して、帰りもそんなに早くない。仕事をしてるほうが気がまぎれるからと言うけれど、明らかに無理しているのがわかる。会社のひとにも中絶のことは秘密にしてるようだ。二、三日休んだぐらいで体が元に戻るとは思えないし、それよりもっと心配なのは心の問題だ。口には出さないけど、今度のことで百合子はひどく傷ついて捨て鉢《ばち》になりかけてる。もっと素直に甘えてくれたらいいのに、ここ数日妙に他人行儀なそぶりを見せることが多くて、わたしひとりの力では助けにならないみたいだ。

やっぱり今の百合子にいちばん必要なのは、先輩の愛情をしっかり再確認することなんだろう。心の痛手の特効薬は、恋人のやさしい言葉に尽きる。なんとなく悔しい気もするけど、わたしから先輩に頼んでなんとかしてもらうしかなさそう。

九月二十三日（月）

秋分の日。百合子と三木先輩の間にできた溝を埋めようと、わたしが一肌脱いで今夜ひさしぶりに三人そろって夕食の席を設《もう》けたのだけれど、結果は惨憺《さんたん》たるありさまだった。先輩はぶすっとして時計ばかり気にしてるし、百合子は百合子で、なにかというとわたしに当たる。お互いに含むところがありそうで、でもそれを口には出さず、二人の間でわたしひとり空回りしてる感じだった。百合子も先輩もなにを考えてるんだか、わからない。

九月二十四日（火）

二宮君に電話して、明日の待ち合わせの時間を確認。電話をかけるのはべつとしてかれと会えるのはまる一カ月ぶりのことなので、話しながら期待に胸がはずんだ。ここ数日のくさくさした気分が少しだけ晴れたかも——受話器を置いて、そんなふうに思っていた矢先、いきなりノックもせずに部屋の戸を開けて、風呂上がり姿の百合子が顔を見せ、だれと話してたの？　とたずねた。

「だれとって、あっ、今の電話ね。社外のライターのひとと、来月の取材の件でちょっと」

とっさにそう言ってごまかすと、百合子はわたしの動揺を見透《す》かしたように疑い深い目つきで、

「ふうん。でもそれにしちゃ、えらく声がはしゃいでたみたいだけど」

「——立ち聞きしてたの？」

「まさか。なんか飲むつもりで冷蔵庫を開けてたら、たまたま、ナツミの声が聞こえただけ。悪気はないのよ」

百合子はあからさまに底意《そこい》の感じられる口調ではぐらかし、わたしがまごついてる間にピシャリと戸を閉めて行ってしまった。二宮君の声を聞いて、束の間手に入れた心の安らぎがいっぺんに消し飛んでしまった。

盗み聞きなんかしないと百合子は言ったけど、あのタイミングといい鎌《かま》をかけるような態度といい、あれはぜったいにそうだ。ひょっとして、二宮君とのことに気づいたんだろうか？　まさかそんなはずはない。ありえない。でも少なくとも、百合子がわたしの身辺に秘密の匂いを嗅《か》ぎつけたのはたしかな気がする。きっと中絶手術の後遺症と先輩への不信が重なって、神経が過敏になってるせいだ。これからはもっと気をつけないと。今みたいな時に二宮君のことがばれたら最悪だ。百合子は、わたしの裏切りをけっして許さないだろう。

九月二十六日（木）

一泊して京都から戻る。竜胆先生と打ち合わせをしながら、百合子と先輩のことを相談してみようかとも考えたのだった。先生ならいいアドバイスをしてくれるかもしれない。でもあまりにも身近でなまなましい出来事を軽々しく打ち明けられないと思って、かろうじて自分に歯止めをかけた。竜胆先生は先輩とも面識があるから、いつかのように架空の友人のエピソードでは片付けられないだろう。そういえば前に二宮君とのことを話した時、先生はわたしのことだと見抜いてるんじゃないかってそんな気がしたけど、あれから特になにも聞かれないところをみると、そう思ったのはこっちの気の回しすぎだったにちがいない。

かれとは水曜の午後に会った。ホテルのロビーで落ち合ってお昼を一緒に食べ、鹿ヶ谷を終点にコースをどことも定めずにそぞろ歩き、途中でお茶を飲んだりしてるうちにあっというまに時間がすぎてしまう。これといってなにをするというのでもなく、ただ普通に歩いて話してるだけなのに、ふと気がつくとかれに対する思いで今にも胸がはち切れそうになっている。息をこらし、ありったけの思いをこめてかれを見つめることがしばしばだった。そんな時かれはいつもしっかりと目を注《そそ》いで、わたしのまなざしにしっかり応えてくれる。なんにも言わなくても、お互いのちょっとした呼吸の間《ま》だけで気持ちが通じてるのがわかる。浮わついた言葉で飾らなくても、自分でも測りきれないぐらいの思いがまるごと受け止められているという実感に浸れるそんな瞬間が、わたしはたまらなく好きだ。人目もはばからずのべつまくなしにべたべたいちゃつくすれっからしの恋人たちよりも、そういう自然な寄り添い方こそがなつかしい。

「――いつも思うんだけど、こっちが場慣れしてないせいか、いい歳して、なんか高校生みたいなデートだなって。東京で雑誌の編集者なんかしてるヒトには、こういうの物足りないんじゃないかなあ」

急にきまじめな顔つきになって、二宮君がそんなことを言う。むしろ自分のことを言われたような気がして、わたしはかぶりを振りながら、

「そんなことないです。わたし、男の人とつき合うのって、なんだかこう、ついかまえち

やう性分《しょうぶん》で、学生の時なんかでも、みんなが気軽にやってることがものすごく先を進んでるような気がしてたから。いまだにそういうのがぽっかり抜けてるんで、なんか損したような気もするし、急に背伸びしても、すぐぼろが出ちゃうだろうし。だから、今からでも遅くない、高校生がドキドキするようなところからやり直して、ひとつずつステップを踏んでいきながら、置き忘れてきたものを残らず取りかえしたい。近ごろ、そんなふうに思うんです」

「ホントにそう思う?」

「──思います」

「そうか、やっぱり百合子さんってまじめなんだ」

「わたしはまじめですよ。友達から堅いって言われるし。でも、二宮君だって似たようなものだと思うけど。だって、普通、女の子にそんなこと言うのって、タブーじゃないですか」

「そうなの。それだったら、似た者同士でちょうどいいのかもしれないな。でもまあ、ぼくもそんなこと言われないように、努力してみるけど」

「ほら。そういうこと言うのが、まじめな証拠なんです。うふふ、二宮君って、すごく面白い」

そう言ってやりかえすと、かれはひとしきり困った顔をするけど、まあいいやって感じでおもむろにほかのことを話しはじめる。そんな時の半分照れてるみたいな内気なしぐさもひっくるめて、かれの無器用な率直さが好き。

陽だまりの渚《なぎさ》に素足を投げ出して、寄せてはかえす波に素肌を洗われているのを快く認めるように、好きという気持ちに浸りながら透明なぬくもりが魂の浜辺に次第に満ちてくる。東京でのあわただしい生活に疲れ、周囲の人間関係のあつれきに悩まされてすりへった心が癒《いや》されるような気分になる。そんな恋には燃えるように照りかえす真夏の直射日光よりも、さりげなくたたずむような初秋の澄んだ陽射しのほうがふさわしい。


わたしは、二宮君の前で葛見百合子としてふるまうことに慣れはじめている。少なくともかれと一緒にいる間は、そのことが以前ほど気にならない。いや、本当はかれと別れて竜胆先生の顔を見るまで、自分が清原奈津美だということをすっかり忘れていた。ひさしぶりに会えたからだろうか？　自分で意識して演じ分けているというよりも、なんとなく二重人格になってるみたいで、その時はちょっと薄気味悪かった。

百合子のことがあったせいだと思う。最近、百合子がわたしを見る目つきはどことなく変だ。怖いと感じることも、正直何度もあったのだ。今も扉の向こうでじっと息をひそめ、この部屋の様子をうかがっているのではないかと気になってしかたがない。狭い家のなかで顔を突き合わせ、毎日そんな視線にさらされているせいで、こっちまでおかしくなりかけてるのかもしれない。ほんのいっとき、かれの前でべつの名前の持ち主になりきることで、本当の自分が追い込まれて打ちひしがれそうになってる現実から逃れようとしてるんじゃないか、そんな気がしないでもない。

九月二十七日（金）

昨日おしまいに書いたこと、それが一時しのぎの帳尻合わせにすぎないのはわかってる。自分自身も含めて、恋人や親友に対する背信をいっそう深めているだけだってことも。だけどそれを認める一方で、いまだに二宮君をだましつづけてることに対する罪の意識が薄れかかっているのもたしかだ。わたしが演じている葛見百合子という人格は、かれと過ごす時間が長くなればなるほど、本当のわたし、清原奈津美という人間に近づいていくのだから。

今のわたしたちは、もう七年前の高校時代の思い出だけで結ばれているわけじゃない。この半年間の出来事はみんな、かれとわたしの間に起こったことだ。わたしが百合子でないことは自分自身がいちばんよく知っているし、二宮君と現につき合っている相手がこのわたしであることもまちがいない。だったら本当のわたしの気持ちがかれと通じ合ってさえいれば、たとえなんという名前で呼ばれようと関係ないんじゃないか？

？？？？？

いや、そうじゃない。これはみんな嘘だ。愚《ぐ》にもつかないまやかしだ。そうやって屁理屈で自分を納得させようとしたって、二宮君を欺いているという事実がなくなるわけじゃない。もしこのことがかれに知れたら、どうやって釈明したらいいのか。そうでなくても、自分が自分でなくなっていきそうな得体《えたい》の知れない不安を消し去ることなんかできない——でもだからといって、今となってはこのジレンマをどうすることができようか？　いつも舌足らずだった会話、お互いに交わしたまなざし、この半年間の出来事、かれと一緒に過ごしたかけがえのない時間のすべてがわたしの心をがんじがらめに縛りつけている。もうここまで来てしまった以上、後戻りすることなんて考えられない。この先にどんなみじめな破局が待ち受けているとしても、わたしにはこのままの状態をできるかぎり長続きさせるしか術《すべ》がない。

百合子のようになりたくないから。

二宮君を失いたくないから。

——今のわたしにとって、たったひとつだけ、心おきなく自分をさらけ出せる場所がある。それはこの日記帳の白いページのなか。ここには偽りのない本当のわたしの姿がある。自分の犯した過《あやま》ちがあまさず書き記されている。わたしが口にした嘘、裏切りと心のとがめ、不安と自己嫌悪、そうしたすべてをこのページの上に葬《ほうむ》り去って、自分自身を清めることができたらいいのに。

九月二十九日（日）

午後ずっと百合子は出かけていた。なにも言わなかったけれど、先輩と会っていたらしい。帰ってきた時の顔を見れば、どんな話をしたか想像がつく。もうわたしがどうこう言える段階ではなさそうだ。気持ちがふさいでしょうがない。明日出勤するのがおっくうだ。

でも、どうして百合子はあんな怖い目でわたしを見るんだろう？　わたしひとり、どこかよそに引っ越したい。

十月二日（水）

三木達也のバカ、バカ、バカ。ろくでなし。

――信じられない。きょう会社で残業してたら、いきなり給湯室で口説《くど》かれた。ついこの間百合子のことで揉《も》めたばかりだというのに、いったいどういう神経の持ち主なの？　女をバカにしてるんじゃないか。入社した時からずっと一緒に仕事をしてきて後輩としてかわいがってもらったし、こっちもそれなりに尊敬してきたつもりだけど、本性《ほんしょう》があんな男だとは知らなかった。最低。あんなやつ、もう口も利きたくない。

百合子とつき合ってるうちにいやなところばかり目につくようになってきて、それでもずっとがまんしていたけれど、それと反比例するみたいにわたしに対する好意以上の感情が芽生《めば》えて、徐々にそれが大きくなって、とうとう両方の比重が逆転してしまっただなんて、そんな勝手な言いぐさがあるもんか。百合子が妊娠していざこざが続いたせいで、面倒くさくなって、ひょいとこっちに乗り換えたくなっただけのくせに。そうじゃない、前からそれとなくほのめかしていたつもりだった、中絶をめぐるいさかいは関係ないって先輩は言うけど、わたしには寝耳に水だし、たとえそうだったとしても、今さらそんな子供じみたわがままが通用すると思ったら大まちがいだ。女だと思って見くびるのもたいがいにしろ。

それより、百合子のことを考えると胸が痛む。ここしばらくわたしを見る目がとげとげしかったのはそのせいだったんだ。わたしが泥棒猫みたいに先輩のことを横取りしたと疑ってるにちがいない。これっぽっちもそんな気はないのに。ひょっとして、先輩が百合子にそう言ったんだろうか？　もしそうだったら、本当にいい迷惑、いやこんなのは最悪だ。きょうの出来事をありのまま打ち明けて、百合子の誤解を解くべきだろうか？　できるならそうしたい。でも先輩が心変わりをしたなんて、今の百合子にそんなこと話せるわけがない。

あんなどうしようもないやつでも、百合子にとってはかけがえのない恋人だから。結婚の約束までしている仲じゃないか。先輩の言いつけに素直に従ったのも、ここのところずっとふさぎ込んでるのも、百合子がそれだけ真剣に先輩のことを愛している証拠なんだ。そのことがわかっているだけに、なんとかして先輩には心を入れ替えてもらって、百合子のところに戻ってほしい。それが今でも正直な気持ちだし、断わる時だってそのつもりだった。今までの親密な関係をこわしたくない、なによりもそれを一番に考えた。大事な親友を裏切りたくないから、そう言って先輩の頭を冷やそうとした。だってこんなふうになってしまったけれど、わたしにとっては先輩も百合子も日々の生活から欠かせない貴重な存在なのだから。

それにわたしには好きなひとがいる。かれ以外の男の人とつき合うなんて考えられない、はっきりそう言った。口に出してから、しまったと思った。もしそのことが先輩の口から百合子に洩れたらどうしよう。もちろんその場できつく口止めしたし、どこのだれとまでは言わなかったけれど、万一それがきっかけで、百合子に二宮君のことが知られてしまったら——三木先輩に関しては百合子に疑われるような後ろめたいことはなにもないけれど、でも二宮君のことがばれてしまったら、申し開きをする術《すべ》がない。許してもらえるだろうか。今の百合子にそれを望むのは無理だと思う。やっぱりわたしがしていることは、親友の恋人を横から奪ってしまうのと同じような気がする。だってわたしは百合子の名前を借りて、かれとつき合っているんだから。いつか書いたように、以前のわたしと同様、百合子にとっても二宮君が特別な存在だということを知りながら、そのことをひた隠しにしてきたのだから。

わたしが三木先輩を非難できる立場だろうか。ひょっとしたら、わたしのしていることは先輩と変わらない裏切りなのではないか。いや、だれよりも百合子の気持ちをよく知ってるからこそ、先輩なんかよりもっとずっとひどい仕打ちをしていることになるんじゃないか。

――自分がいやでいやでたまらない。なにもかも忘れて、全部帳消しにしてしまいたい。でも、そんなことできっこないとわかっている。

十月四日（金）
抽斗のなかの日記帳の位置が動いているような気がする。気のせいだろうか。さっき帰ってきた時、百合子があわてて自分の部屋に引っこむ姿を目撃した。わたしの部屋に勝手に入って、こそこそ調べ回っていたのでは？　三木先輩とのことを勘繰《かんぐ》って、証拠を押さえようとしてるのかもしれない。日記帳に鍵をかけておいてよかった。今これを読まれたら大変なことになる。でもこの日記帳の存在を知られたとすると、ひじょうにまずい。置き場所を変えたほうがいい。
帰りぎわに、先輩から話があると言って誘われた。おととい の晩のことを謝りたいという。もちろん、断わった。そんな見えすいた手に乗るもんか。あれからなにかと口実を作って二人きりになろうとしてるふしがあるけれど、しばらくは仕事で必要な最小限しか口を利かないようにしよう。百合子とよりを戻すまでは、相手に隙《すき》を見せちゃいけない。

今週になってから、百合子と数えるほどしか話していない。会社でも家でも心の休まる時がない。二宮君に会いたい。電話で声を聞くだけでもいいのに、百合子が耳を澄ましてるんじゃないかと思うと、とても部屋の電話を使う気にはならない。京都が東京の隣にあったらいいのに。

十月七日（月）

先輩は相変わらずしつこく誘いをかけてくる。みっともない。社内で噂になってるらしい。会社から二宮君に電話しようとしても、先輩がのべつ周《まわ》りをうろうろして目を光らせているので、そうする機会がない。もういいかげんにして。

きょうも百合子がわたしの部屋に入ったような気配があった。日記帳の隠し場所を変えたのは、秘密があると認めたようなもので、かえってやぶへびだったかもしれない。どうにかしないといけない。

——そういえば、きょうは百合子の誕生日だ。

十月十日(木)

いま京都のホテルでこれを書いている。ふだんは持ち歩いたりしないけど、留守中に百合子に読まれるのが心配で、部屋を出がけについ鞄《かばん》のなかに入れてしまった。なんとなくそのほうが心強い気もするのだけれど。

きょうは大変な一日だった。心が昂《たかぶ》って、眠れそうにない。こうやって字を書いていれば、少しは気持ちも落ち着くだろう。百合子の目を気にする必要もないし、夜は長いから、だれにも遠慮せず思いのままを書き綴ることができる。

二宮君と半月ぶりのデートはこないだと同じように下のロビーで落ち合って、食事の後、例によってぶらぶらと散歩。この前あんなことを話したせいだろうか、なんとなくお互いに意識して、歩きながら軽く肘がぶつかったぐらいでも、出かかった言葉を呑み込み、顔がほてるようだった。あとから考えると、それが恋人のステップを一歩登ろうとする予感、前ぶれだったような気もするけど……。神宮道から疏水べりを歩いてるうちにわたしはふと思い出して、TVの紀行番組で見たことのある蹴上のインクラインが見たいと言ったら、かれがすぐ近くだからと案内してくれた。岡崎の舟溜まり跡から、船を載せて引っぱる台車のレールを敷いた山越えの坂路を登っていって、丘の上の貯水池のところまで足を延ばした。蹴上ダムは明治の水力発電の第一号と案内板の由来に書いてあったけど、二宮君によれば厳密にはちがうんじゃないかとのこと。まあ、どっちでもいいんだけど。貯水池の周りは公園みたいになってて、体育の日でお天気もよかったから、家族連れや小学生のグループ、普段着のカップルなんかでけっこうにぎわっていた。落ち葉を踏み分けて、見晴らしのいい木陰のベンチに腰を下ろすと、市街地から目と鼻の先の距離なのに、ちょっとしたピクニック気分が味わえるのだった――そうと知ってれば、外食なんかじゃなくてお弁当でも作ってきたのに。色づきはじめた山の緑に囲まれて、わたしは午後のさわやかな空気を何度も胸いっぱい深呼吸した。

丘の上から左京の街並みを見渡すと、初めて来た場所なのに、その風景がなんだかなつかしい気持ちがした。デジャヴュっていうのかな。福井の母校の屋上から、生まれ育った街を見下ろした時の風景に感じが似てるせいかもしれないと思った――高校生だった頃こんな秋晴れの放課後に、わたしは百合子と連れだって屋上に出て(学校の図書室は校舎の最上階にあって、脇の階段を登ればすぐに屋上に出られた)日が暮れるまでぼんやり街の景色をながめていることがよくあった。だれにも聞かれないと思って、わたしたちはそこで心ゆくまで将来の夢や二宮君のことを語り合ったものだった。そういえば同じ場所で、ときどき、二宮君の姿を見かけることもあったっけ。たいていはひとりでフェンスに頬杖をついて、どこか遠い空のかなたを見つめているようだった。本を読んでいることもあった。いつも『青い花』だった。そんなかれの姿を見かけた時、わたしたちは決まってドアの陰に身をひそめ、邪魔をしないように息を殺しながら、愁《うれ》いを含んだかれの横顔にじっと見入っていたものだった。図書目録で調べて、ノヴァーリスという名前も知った。

そんなことがあったのをつい昨日のことのように思い出して、いっぺんに胸が締めつけられるような気分になった――いつも百合子とふたりだった――いま自分がこうしてかれの隣で、同じなつかしい風景を目にしていることがせつないぐらいに幸せで、もうこれ以上なにも望むことはない、この満たされた瞬間がいつまでも永遠に続けばいいと思いながら、それなのにこの場所には百合子がいない、ずっとふたりで分かち合ってきたはずの想いのすべてを自分だけがひとり占めにしてる。そればかりか、百合子がつかみかけた幸せをこのわたしが台なしにしようとしている。どうしようもないことと頭ではわかっていても、そんな後ろめたい思いを拭い去ることができなくて、この至福の瞬間が土台から覆《くつがえ》される、自分が自分でなくなってしまう、ありとあらゆる不安が一時に頭のなかを駆けめぐり、ここしばらく睡眠不足が続いたせいもあったんだろうか、ふっと軽い立ちくらみを覚えて立っている足下の地面が抜けるように落ちていく。わたしはその場にくずおれそうになった。

「――だいじょうぶ？」

そっと背中を揺すぶられて恐る恐る目を開けると、かれの顔が間近にあって心配そうにわたしを見つめていた。肩の後ろに茜《あかね》色の空が広がっていたような気もする。かれの両腕にしっかりと抱きとめられているのだった。底なしの不安なんか、一瞬でかき消えてしまった。水に浮かんでるみたいに自分の体の重みを忘れて、わたしはまたまぶたを閉じた。なにかを期待していたわけではなくて、それはごく自然ななりゆきだった。かれの手に力がこもるのがわかって、それからおもむろに唇が触れ合わさっていた――ひどくぎごちなくて、慣れない感じのしかただったけれど、そんな無器用さこそが好ましかった。守られているという実感があった。不思議なことに胸の鼓動が早まるより、むしろゆったりした穏《おだ》やかなリズムを感じていた。唇が離れてからも、かれの腕の力強さは変わらない。

わたしはもう一度目を開けた。

ごめん、とかれが言った。わたしはまばたきもしないで、かぶりを振った。かれはじっとわたしの顔を見つめていると、急に大事なことを思い出したみたいに、もうだいじょうぶ？とたずねた。

「うん」

足の力が抜けてしまったわたしをベンチに坐らせてから、かれは大きく深呼吸した。わたしも真似をしたけれど、女のわたしよりかれのほうがずっとうろたえてるようで本当はおかしかった。今しがたキスしたことなんか、頭から追い払ってしまったみたいなまじめな顔つきになって、

「どうかしたの？　なんとなく様子が変だから、さっきからずっと気になってたんだ。なにか心配事でもあるんじゃないかって」

二宮君はちゃんと気づいてたんだ。そう思うと、わたしは堰《せき》を切ったように、百合子と先輩のごたごたに巻き込まれて生活のバランスが完全に狂ってしまったことを打ち明けた——もちろん大学時代の親友とその彼氏ということにして、名前は出さなかったけど。だって、まさか自分の名前を使うわけにもいかないから。でも先輩からつき合ってくれって告白されたことは隠さなかったし、二宮君はそれを聞いても怒ったりはしなかった。

「それで、きみはなんて返事したの？」

わたしは正直に答えた。ほかに好きなひとがいて、まじめにつき合ってると。かれ以外の男の人とつき合うつもりなんてありません——。

「ぼくのこと？」

「はい」

かれはなんにも言わずに肩に腕を回して、わたしを抱き寄せた。顔をかれの胸にうずめてまるくなると、心臓の音がかすかに耳に伝わってきた。

「——東京は遠いんだな。東京が京都の隣にあったら、毎日だって会えるのに。いつでもこうして、きみを守ってあげられるのに」

かれがそうつぶやくのが聞こえた。だけど、もうそうじゃないの。今こうしていられるだけで、わたしは強くなれる、なにも怖くないと思った。もう人目も気にならず、やがて風が冷たくなってきたけれど、心は暖かかった。陽が落ちる時刻まで、ずっと二人でそうしていたのだった。

（十月十日の日記はいったんここで、筆を擱《お》かれたかのようだった。コピーの右ページ下半分が白い余白のままで残されている。しかし、次をめくると、同じ夜の記述にはまだかなりの続きがあるとわかった。一日分の頁数《ページ》としてはこれまでにない量でもあり、筆跡が別人のように乱れて、書き殴るという表現がぴったりだった。その夜、清原奈津美は京都のホテルの一室で朝まで一睡もせず、物に憑《つ》かれたみたいにこれを書き続けたにちがいない、と綸太郎は読み進みながら思った）

鹿ヶ谷の竜胆先生の家に十二月号の原稿をもらいに行くと、先生はいつものようにわたしを寝室に引っぱり込もうとした。今まではおとなしく従ってきたが、きょうのわたしはちがった。全力で逆《さか》らった。力ずくで唇を吸おうとしても、髪を振り乱し歯を食いしばって、ぜったいに受け入れてやらなかった。そうしないと、二宮君と交わしたくちづけが嘘になると思った。無我夢中で指にかみついたら、先生はわたしが抵抗したという事実に虚を突かれたふうで、組み伏せようとする腕の力が弱まった。からみつく指を振りほどき、机の上にあった原稿だけはしっかりつかんでそのまま外に飛び出した。先生は追ってこなかった。自分にそんな勇気が出せるなんて、その時までは思いもしなかった。

——わたしはそれまで、何度も竜胆直巳と寝ていたのだった。原稿を受け取りに、あるいは打ち合わせと称して京都に出張するたびに、わたしはそれを強《し》いられた。こちらの意志など関係なく、作家と編集者という力関係のみに縛られて。そうした話は周りでよく耳にするし、竜胆の女性関係に関する噂も知っていたけれど、まさか現実にそんな非道がまかり通っていたとは。編集次長に連れられて初めて竜胆に紹介された時、男同士でなにかキナ臭い目配《めくば》せを交わし合う気配をいぶかしんだものの、ああした噂になるような関係が生じるのは女のほうに隙があるからだと高《たか》を括《くく》って、それが自分の身に降りかかってくるなんて夢にも思わなかった。甘かった。竜胆の担当を任されたのも、自分の仕事ぶりが評価されたからだと信じていた。最初から人身御供《ひとみごくう》として差し出されてるとは考えもしなかった。

去年の暮れ、二度目に竜胆の家をひとりで訪れた時、いやおうなしにそうした関係を求められて、わたしは女であることの弱さ、もろさを身をもって思い知らされたのだった。ぼくみたいな作家は、編集者と裸のつき合いをしないといいものは書けない、竜胆はそんなことを言った。きみは文学という神に仕《つか》える巫女《みこ》なんだ、生半可《なまはんか》な覚悟じゃ務《つと》まりっこないんだよ。それに、このことは編集長から暗黙の了解を得ている——駆け出しの編集者が竜胆の命令をはねつけられるわけがない。わたしには一人前の編集者としての責任と、すぐれた作品を世に出すチャンスという二重の枷《かせ》がはめられていたのだから。竜胆の要求を拒《こば》めば、いずれ編集部で干されてしまうだろう。女であるというただそれだけの理由で。次長から事前にくどいほど言い聞かされたのはこのことだったのかと、あとから気がついても手遅れだった。さらにみじめさに輪をかけたのは、その時のそれが、女としてのわたしにとって初めての行為になってしまったということだった。

あのとき竜胆にそのことを指摘されて、わたしは恥ずかしいと思い、なによりもそう思ったことが悔しかった。その羞恥《しゅうち》を見抜かれたことで、竜胆に屈服させられたような気さえした。あまりにも理不尽で、なにもかもばかげていて、涙も出ないぐらい悔しくて、悔しくってたまらなかった。ひとりになってその悔しさとなんとか折り合いをつけようと、ひたすらそれだけ考えていた。これも仕事のためならしかたのないことなんだ。だからこそそんな出来事があったなんて、だれにもけっして話すまい、ぜったいに悟られまいと自分に言い聞かせていた――編集部の上司や同僚はもちろん、百合子にさえも。今にして思えば、あれはその場しのぎのごまかしだったかもしれない。だけど、その時はそうすることが女としての最低のプライドを守るためのせいいっぱいの抵抗、たったひとつの冴《さ》えたやり方のような気がしたのだった。そして、わたしはそれをやり通した。周囲の人間をごまかし抜いたと思う。いや編集長や次長には筒《つつ》抜けだったかもしれないけど、言動に硬い鎧《よろい》をまとって、そんな目で見られるような隙は毛ほども見せなかった。少なくとも三木先輩や百合子は、わたしの変化に気づいてないはずだ。

それからまもなく竜胆はあの時のわたしの羞恥を題材にして、第三者にはそれとわからないほどデフォルメした小説を書いた。それが『コスメティック・ストーリーズ』の最初のエピソードになり、わたしはそれで一人前の女としての覚悟ができたと思った。竜胆との関係が回を重ねるごとに自分が汚れていくような気がしたけれど、あえてそうなることを拒みはしないかわりに竜胆の思うがままになってる自分は、本当の自分じゃないと思い込もうとした。わたしは積極的に二重人格者になろうと、いや自分というものを形作っている心と肉体を別物と扱おうとしたのだった。竜胆とそうなる時はいつも感情の回路を遮断するように努め、やがてその行為に体がなじんでしまってからも、心は寸分も許してない、竜胆と寝ている時のその女は単なるモノだ、名前もない血も通《かよ》わないのっぺらぼうの人形なんだ、そう心に念じて、自分が自分であることの誇りを失うまいとした。

——だけど、それはやはりごまかしにすぎなかったと今は思う。だって、この日記がその証拠じゃないか。いつだったか、この日記帳の白いページのなかにだけ、心おきなく自分をさらけ出せる場所がある、ここには偽りのない本当の自分の姿があると書いた。九月二十七日。でも、こんな言葉を書きつけること自体、真実とかけ離れた偽りにほかならない。きょうまでわたしは、この日記に竜胆との情事を一行も書き入れようとしなかった。だれかに、たとえば百合子に読まれるのを恐れたからじゃない。それが本当の自分とはなんの関係もない、書くに値《あたい》しない出来事だと自分に信じ込ませたかったから。わたしはどんな第三者よりも、自分が怖かった。いやひょっとしたら、わたしは自分自身を欺くために この日記を盾《たて》にして、本当の自分というフィクションを守り抜こうとしてたのかもしれない。

忘れもしないあの日、三月十日、四条通りの人込みのなかで二宮君と再会した瞬間、それまでわたしのなかでくすぶっていたジレンマが噴《ふ》き出した。どうしてあの時、本当の名前が言えなかったのか？　清原奈津美と名乗ることができなかったのか？　そうなんだ、今になってやっと自分で自分に仕掛けた欺瞞《ぎまん》のからくりをはっきり認めることができる。かれと再会したせいで、それまで頭のなかだけで組み立てていた心と肉体の分裂が初めて現実の脅威としてわたしに迫ってきたのだった。清原奈津美という本名をひた隠し、葛見百合子の仮面を外そうとしなかったのもそのためだった。竜胆に汚された自分の肉体を直視できなかった。表面的な理由がどうあれ、わたしは清原奈津美という名前を持つ女のありのままの姿に耐えられず、そこから目をそむけるために百合子の名前で裸の自分を覆《おお》い隠そうとした。わたしがかれについた嘘は全部そこから始まっていた。二つの名前のジレンマは、わたし自身の心と肉体のジレンマがちがう衣装をまとって表われたものにすぎない。かれの前で百合子のふりをしながら、自分の肉体を否定しようとしたのだった。

わたしはその欺瞞から目をそらすために、この日記をつけ始めた。そうすることで肉体から切り離された純粋な心、本当の自分というものがどこかに実在すると信じるために。

偽りを別の偽りで塗りつぶし、それを本気で信じることによって、最初の重大な偽りを忘れようとした。なんという手の込んだからくりだろう。もちろんきょうまで書いてきたことはすべて真実にちがいないけれど、いちばん巧妙な嘘とは目をつぶってなにもなかったふりをすることだ。自分で自分を見失わせるための二重底、それがこの日記に仕組まれたからくりだった。

嘘、嘘、嘘、嘘、いつわりの「本当の自分」。本心ではずっと、このぬるま湯状態から抜け出したくないと願っていたにちがいない。二宮君との関係にしても、常に自分から距離を置くことで、かろうじてバランスを保っていたのだから。たぶん、かれが性急に二人の関係を深めようとしないことに甘えてたんだと思う。かれのナイーブさが竜胆のやり方と正反対だったからこそ、わたしは偽りの自分を維持することができたにちがいない。にもかかわらず、竜胆の小説を利用してかれに気づいてもらおうとするなんて！　本当の名前を告げようとする数々の試みも、実際にはわたし自身が無意識のうちにことごとくその芽を摘《つ》み取ってしまったような気がする。名前を偽っていたことよりも、竜胆との関係を断《た》ち切れない自分の弱さ、いや自分の肉体と直面するのが怖かったのだ。

だけど、きょう夕暮れの公園で二宮君と唇を重ね合わせた時、そんな欺瞞のからくりはいっぺんに崩れ去ってしまった。なしくずしに竜胆との関係を続けている自分も、かれとくちづけを交わす自分も体はひとつ、心もひとつ、たったひとりの清原奈津美という人間にほかならない。身をもって、そう、文字通り全身全霊に電撃が走るようにして、そのことを知った。実感した。かれのくちづけが、わたしの肉体に巣食う弱さを吹き飛ばしてくれたのだった。二重の仮面は砕け散った。わたしは自分自身を取り戻した。後先のことなんか考えず、竜胆を拒むことができた。臆病で流されやすくて、ひとに暴力なんか振るったことなんて一度もないこのわたしが。そしてわたしはこの日記帳に、今度こそ本当に自分のありのままの姿を書きつけている。自分と真摯《しんし》に向かい合ってる。一行一行が新しいわたしの産声《うぶごえ》だ。わたしは生まれ変わった。二宮君、あなたのおかげです。ありがとう。わたしは、清原奈津美は、あなたを愛しています。ただこの気持ちをかれに伝えたい。ほかのことなんかどうでもいい。ああ、なんて静かなんだろう。こんな平和な気持ちに浸《ひた》れるのは、なんてひさしぶりだろう。夜明けの光が窓のカーテンを透かして射し込んでいる。

——朝だ。

十月十一日（金）

チェックアウトぎりぎりの時間までひと眠りして、新幹線で帰京。なにくわぬ顔で会社に寄って、原稿をとりあえず入稿できるように手入れする。京都からはなにも言ってきてないようだったが、竜胆は反省するような男ではないから、きっとわたしの一時の気まぐれとまだ高を括っているだけかもしれない。でも、どっちだっていい。もうこっちの腹は決まってる。もしそのことで文句を言われたら、辞表を出すつもりだ。

日曜日に百合子と会ってもう一度話し合うことになったよ、と三木先輩が殊勝《しゅしょう》な顔で言いに来た。わたしも同席してくれないかと言う。突っぱねた。ここまできて、まだ人の助けを借りようとするなんて一人前の男のすることじゃない。軽蔑してやる。

百合子と話そうとしたけど、部屋の戸を開けてくれない。

十月十二日（土）
二宮良明さま。
今まであなたに嘘をついて、自分の本当の名前を隠してきました。わたしは、あなたがそう信じていた葛見百合子ではありません。あなたは覚えていないかもしれませんが、郷里の高校で三年生のクラスで同級生だった清原奈津美です。
あなたに会ってから半年あまりの間、ずっと書き綴っていた日記帳を送ります。これを読めば、なにもかもわかると思います。たぶんあなたがこの文章を読むのは最後になるはずですが、その内容について、わたしはあらかじめ注釈も弁解もしないことにしました。この短い追伸を書き終えたら、近くのコンビニに持っていって、宅配便でそちらに送るつもりです。今度はちゃんと西田様方と書くので、きっと届くはずです。

——ここに書いてあることはすべて、その偽りのからくりも含めて、わたしの心のありのままの真実なのです。あなたはきっと驚いて、あきれていることでしょう。もしかしたら、怒りで青くなっているかもしれません。ずっとだましてきたことを本当にすまないと思っています。あなたは許してくれないでしょう。でも、それでもいいの。わたしがあなたを愛していること、心から感謝しているということだけでもわかってもらえたら、それで充分です。わたしを許せないと思ったら、もう二度と会ってくれなくてもかまいません。でももしこんなわたしでもよかったら、電話でも手紙でも、どんな方法でもかまいません、ひとこと許すと伝えてください。今すぐとは申しません。どんなに時間がかかっても、わたしは待っ

17

日記はそこで唐突に中断している。〈短い追伸〉は書き終えられず、エンド・マークの手前でフィルムがぷつんと切れて、空回りする映写機がスクリーンにまばゆい空白を投げかけるように、後には何も書かれていない白紙のページが続くのみ。でも、きみは最後の文章が途切れた理由を知っている。あの夜蹴上の丘の上で、日記帳をきみに見せながら、彼女がラスト・シーンの説明をしたからだ……あたしは奈津美が日記を書いてる最中に、

あの子の部屋のドアを開けたの。だって、奈津美は日記帳をあたしの目に触れないように隠していたから、油断させて、書いてる現場を押さえるしかなかった。奈津美は驚いて日記を閉じたけど、見つかってしまったらもう後の祭りよ。ところが、あの子はすばやくカバーに鍵をかけると、それを呑み込んでしまった。あたしは奈津美の手から日記帳をもぎ取って、口をこじ開け吐き出させようとした。奈津美は抵抗したわ。あの子が、今まであたしにたてついたことなんて一度もないくせに、読まないで、お願いだからって叫んだ。あたしは奈津美を黙らせるためにぶってやった。あんまり往生際《おうじようぎわ》が悪いから、手加減しないで思いきり強くぶったのよ。奈津美はその場にへたり込んでおとなしくなったけど、それで死んだわけじゃない、気を失っただけ……」

きみはそんな話など聞きたくなかった。きみは混乱していて、その葛見百合子と自称する女の顔を見、声を聞くだけで眩暈《めまい》がしそうになるほどだ。今きみの目の前で何が起こっているのか、頭の中を整理する時間がほしかった。だが、彼女はきみの気持ちなどおかまいなしに話し続ける……あたしはドライバーで錠をこじ開けて、日記を読み始めた。前に一度きり、あの子の留守中にそうする機会があったけど、その時は奈津美が急に帰ってきて、仕方なくあきらめたわ。達也さんのことが書いてあるのを読みたかったから。達也さんって、あたしのフィアンセ、ちがう、元フィアンセ。もう赤の他人。奈津美の会社の先輩だったの。あんなくだらない男が好きで子供まで堕ろしたなんて、聞いたらお笑いでしよう。でも本当は、奈津美のせい。あの子がみんなぶち壊しにしたの。虫も殺せないような顔をして、達也さんをたぶらかして、あたしたちを別れさせるように仕向けたにちがいないって、前から怪しいと思ってたけど、証拠がなかった。問い詰めても白《しら》を切ったはずよ。奈津美がまた日記をつけてるのに気づいたから、有無《うむ》を言わせぬ証拠を突きつけて、あのひとから手を引かせるつもりだった。手を引かせるだけ。絶交したかもしれない、でも日記を読むまでは、殺すつもりなんてなかった。だから、あたしは悪くないのよ、悪いのは全部あの子。だって、奈津美は達也さんだけならまだしも、二宮君、大切なあなたまであたしから奪ったんだから！　日記を読んで、初めてそのことを知ったの。奈津美があたしの名前をかたって、ずっとあなたと会っていたことを。そうよ、あなたもだまされてたの。奈津美はみんなをだましてた。あたしを裏切った。親友のあたしを二重に裏切ったのよ。ううん、もう達也さんのことなんてどうだっていい、二宮君、二宮君、あなたのことを愛してるの。ずっと前から、高校生の時から、あなただけが好きだったの。奈津美なんかよりもっともっとあなたのことが好きで、一度も忘れたことなんてなかった。二宮君の恋人になるのは、あたしでなきゃいけないの。だって、あたしが正真正銘の葛見百合子《の》なんだから。小さなまちがいなのに、あの子はそれを利用してあなたを欺き、あたしを除け者にした。半年以上も隠していた。自分だけうまくやってる奈津美を許せなかった。だから殺したのよ、まちがいを正すために。あたしを裏切った罰なのよ。二宮君、この日記を読んでちょうだい。ここにみんな書いてある、読めばわかる。ここと、ここと、それから……。

きみは常夜灯の光を背にして、彼女が開いたページの文章を読んでいこうとする。《二宮君はわたしを百合子と勘ちがいしている。かれの目に映《うつ》っているわたしは清原奈津美ではなく、葛見百合子という名前の持ち主——》。だが、ますます眩暈が激しくなって、きみはそこに書かれている文字を目で追うのがせいいっぱい、理解することなどほとんどおぼつかない。それとも、本当は理解しているのに、それを認めることをきみの心が拒んでいるのか。もうやめてくれ。きみはかぶりを振って聞くことを拒もうとするのに、彼女はそのしぐさを諒解の徴《しるし》と受け取って、熱を帯《お》びた口調にいっそう拍車をかける……何もかもこれに書いてある通りでしょう？　あの子があなたをだまし続けてたことが、はっきりわかったはずよ。でも、もっともらしい言い訳や自己弁護なんか信じちゃだめ。自分の良心をうまくごまかしても、あたしの目はごまかせっこないわ。嘘つき女！　恥知らず！あたしが日記をあらかた読み終えると、奈津美はやっと息を吹き返した。錠をこじ開けた日記帳とあたしの顔を見比べて、あの子はまたお得意の自己弁護、お涙頂戴《ちょうだい》のお芝居を始めた。だますつもりじゃなかった、何度も打ち明けようと思ったの、でも、どうしても言い出す勇気がなくて。言い訳がましい文句をいくつも並べたけど、その場しのぎの言い逃れでしかなかった。あたしはそんな文句には耳も貸さないで、この手で奈津美の首を絞めた。ちっとも怖いとか思わなかったし、ためらったりもしなかった。当然のことをしてるような気がした。今度はあの子も逆らわないで、ごめんなさい、わたしが悪かったの、許してねってつぶやいた。あたしはうなずいた、許すつもりはなかったけど。そうして、あたしは奈津美の息の根を止めてやった……。

彼女の話しぶりはヒステリックな興奮状態に支配されて、明らかに情緒のバランスを失っている。そもそもこんな夜遅く、街外れのダム地にいきなり人を呼びつけて、あろうことか、自分が犯した殺人の一部始終を告白するなんて、どう考えても正気の沙汰《さた》じゃない。おまけに彼女はその犯行について、これっぽっちも罪の意識を感じてないらしい。きみがその説明を受け入れるのを、さも当然のことのように考えているのだ。まるできみと彼女がずっと前から親しくて、気心の通じ合った恋人同士の間柄だと思っているみたいに……しばらくはそのまま、ぼんやりと奈津美の死顔《しにがお》を見てた。そうしたら、日記に書いてあったことを思い出して、また急に怒りがぶり返してきたの。奈津美があたしを出し抜いて、二宮君と付き合ってた半年分の借りを取り戻さないとって思った。あの子はあたしの名前を奪った、だからあたしは、あの子から顔を奪ってやろうと思いついたのよ。だって二宮君、あなたはあの子の顔を見分けられるぐらいちゃんと覚えてたんだもの、本当はそのことがあたしはすごく悔しくて、奈津美を殺してまちがいを正すだけでは、気がすまなかったの。あの子の体をキッチンまで引きずって、ガスレンジの上に顔が来るようにうつ伏せにもたせかけてから、火をつけた。最初に髪の毛がちりちり焦《こ》げて、それから肉の焼ける臭《にお》いがした。そうやって、奈津美の顔が煙を立てて焼けただれていくのを、あたしはじっと見つめていたわ。これでもう奈津美の顔はこの世からなくなってしまった、誰もこれからあたしと奈津美をまちがえたりしないと思うと、初めてすっと胸のつかえが下りるような気がした。

火を消してから、死体を隠したほうがいいのかどうか迷ったけど、そう、あたしを裏切って奈津美に乗り換えようとした男が最初にこれを見つけるんじゃないか、そうなれば痛烈な仕返しになると思って、そのまま放っておくことにしたの。あんな男はそれぐらい痛い目に遭ったほうがいいんだわ。だから、身支度をして部屋を出る時も、玄関の鍵は開けっ放しにしておいたのよ。そうして、あたしは新幹線に乗って、奈津美の代わりに京都に来た。日記に控えてあった番号にホテルから何度も電話したのよ、何度も何度も。二宮君、あなたに会うために、会って本当のことを伝えるために。故意にねじ曲げられてしまったあたしたちの時間を正しいひとつの流れに戻すために。奈津美の日記を読んでわかったでしょう、あなたと会ってたあの子は嘘つきの偽者《にせもの》で、あたしが正真正銘の葛見百合子だってことが。思い出して、高校時代のことを。あたしのことを思い出して、二宮君……。

きみは思い出せない。記憶からぽっかり抜け落ちているのか、目の前にいる女は初めて会った見ず知らずの他人のようにしか思えない。彼女の懇願は押しつけがましく、常軌を逸《いっ》して、耳障《みみざわ》りに響くばかりだ。そんなきみの胸の内を察してか、彼女はいきなりきみの腕にすがりつこうとする。反射的にきみは身を引く。彼女は半《なか》ばよろけそうになりながら、じっと目をきみの顔に貼り付けて、一歩、二歩とこちらににじり寄ってくる……どうしてあたしを拒むの、二宮君。あたしが奈津美を殺したから？　でもそれは仕方なかったのよ。あたしはまちがいを正しただけ。あの子はあたしたちをだましていた。自分が悪かったって、認めたわ。あたしが悪いんじゃない、ううん、あなたがそうしろって言うなら、自首する。今から警察に行く。だけど、その前にひとことだけ、愛していると言って。あたしを、奈津美じゃなくてこのあたしを、葛見百合子を愛してると言って。半年間のできごとは全部まちがいで、あの子はあたしの身代わりにすぎなかったって、そう言って。奈津美にそうしたように、ここで、同じ場所であたしにキスして。そうしてくれたら、あたしはみんな水に流せる、奈津美を、奈津美の裏切りを許すことができるの、もう何も思い残すことはないから、お願い、もう一度このあたしにキスして……。

彼女はもうなりふりかまわず、体ごときみにしがみつこうとする。きみは及び腰でその腕を振りほどき、体をくねらせながら、崖のへりに沿ってジグザグに後退《あとずさ》りを繰り返す。それでも彼女はひるまず、獲物を囲んだ網を狭《せば》めるように広場の隅、ダムの連絡通路のところまできみを追いつめる。見知らぬ女の顔がぐいぐいと間近に迫ってくる。きみは後ろ向きに通路の階段に踵《かかと》を載《の》せ、肩越しに手すりの向こうの闇を振り返る。水圧鉄管を流れ落ちる水の音が下の方から微《かす》かに響いてくる。その時、きみはこれっぽっちも考えなかっただろうか——女がどこの誰であれ、この手すりを越えて下に落ちたらきっと助かるまい——死んだ恋人の仇《かたき》を取ろうとは？　きみはもう、こんな幻燈芝居みたいな鬼ごっこにはうんざりしているのだ。きみは通路の真ん中で足を止める。呼吸を整えて、通路に上がってきた女の顔をしっかり見据える。そして……。

……というような場面を、論理に基《もと》づく推理というよりは、むしろ作家的な想像力を大胆に駆使して再構成しながら、綸太郎は受信ファックスの最後の一枚から目を上げ、ふうっと長い溜息をついた。被害者の日記を通読するのは多大な感情移入を伴《ともな》って、一口では言えないほど骨の折れる作業だったけれど、とにかくこの日記によって、事件の全貌、とりわけ、葛見百合子を親友殺害の凶行に走らせた経緯が詳《つまび》らかになったのは確かだ。三角関係のもつれに端を発する典型的な痴情殺人と見られたサンテラス双海の惨劇の後景には、二点（葛見百合子・清原奈津美）を共有しながら、頂点を京都にずらしたもうひとつの三角関係が重なっていた。

百合子と奈津美の高校時代の同級生で、二人が共に想いを寄せていた二宮良明という人物、彼の存在こそ、綸太郎が予感した事件の核心、物語の磁場の見えない極にほかならないのだった。そして、二宮良明という極を物語の中心に据《す》える時、百合子と奈津美の顔と名前は反転する。卒業アルバムの二人の写真がそうなっていたように。初めはささいな思いちがい、記憶の齟齬《そご》にすぎなかったものが、徐々にふくれ上がって取り返しのつかない裏切りとなり、十年に及ぶ二人の友情を一瞬にして崩壊させる致命的な亀裂を作り出してしまったのである。もちろん、百合子がずっと二宮良明のことを忘れずにいたかどうか、実際には定かでない。あるいは奈津美に対する不信に、たまたま、日記の内容が絶好の捌《は》け口を提供したというだけなのかもしれない。奈津美の文章自体、百合子の激昂の炎に油を注ぐようなものだったこともたしかだ。しかしいずれにしても、そうした要因は二の次で、百合子の精神状態を考えると、あまりにもタイミングが悪すぎた。

　十五日の深夜、蹴上の現場で、百合子が二宮良明と会ったことに疑問の余地はなかった。京都ツーリストインを出る直前に、部屋から市内通話で二宮と会う段取りをつけたと思われる。待ち合わせ《ランデヴー》地点に蹴上を選んだ理由は、奈津美の日記の十月十日前半の記述に刺激されたせいだろう。奈津美はその場所で、二宮とくちづけを交わしたと書いている。そのことが百合子に強い衝撃を与えたにちがいない。しかも奈津美は、丘の上から見た街の光景が郷里の高校の屋上から見た景色とよく似ている、と記していた。主観的な記述だから、実際はどうかわからないが、百合子が真実を告げる際にそうしたロケーションを必要とした気持ちもわかるのだ。

次になすべきことは、早急に二宮良明という人物を捜し出して裏を取ることだ。彼に答えてもらわなければならない質問がまだいくつも残っている。奈津美の日記に書かれていることは、すべて事実なのか？　日記帳の原物は、彼の手元にあるのか？　葛見百合子の最期はどのようなものだったか？　彼は百合子の墜死にどの程度責任があるのか？　さらに十六日早朝、哲学の道でジョギング中の竜胆直巳を襲ったのは、彼のしわざだったのか？

最後の疑問については、綸太郎はすでに二宮の犯行と確信していた。十月十日後半の記述を読んで、彼が竜胆の卑劣な行為に対して激しい怒りを覚えたことは容易に想像できるからだ――しかしこの点に関する限り、日記を読む前からの予想がおおよそ的中していたことを素直には喜べない。女性蔑視《べっし》が平然とまかり通る旧態依然の出版業界で、みすみす作家の横暴の犠牲になった奈津美のことが不憫《ふびん》でならない。いや、法月警視が三木達也について言った台詞《せりふ》のもじりではないが、自分も同じ業界に属する「男流作家」の端くれとして、清原奈津美に合わせる顔がないと思うのだった。二宮良明は日記のこの箇所を読んで、どんなふうに感じたのだろう。彼は奈津美のことを許しただろうか？　もし奈津美が親友に殺されることなどなく、彼女の意図通り、日記帳が二宮良明の手元にじかに送り届けられていたとすれば、彼は奈津美の心の底からの訴えに対してどのように答えただろうか？　こんな仮定は空《むな》しいものかもしれないが、綸太郎は二宮に会って、ぜひ本人の口からその問いに対する答を聞いてみたいと思った。

二宮良明の居場所を見つけるのは、さほど手間を要することではない。奈津美の日記(三月十四日)に、彼の電話番号が書き留められているからだ。葛見百合子がそうしたように、その番号に電話をかけてみるだけでいい。すでに奥田刑事が手配しているはずだ。

＊

ところが、奥田の報告はそうした期待を裏切るものだった。

「――いや、この番号にかけても、二宮良明という人物にはどうしてもつながらんのです。番号ちがいとか、あるいは二宮自身が、蹴上の事件との関係が発覚するのを恐れて、まちがい電話のふりをしている可能性も考えて、NTTに照会しましたが、二宮良明という名前ではどこにも登録されてないという返事でした」

「それは電話帳に掲載されている名前だけでなく、秘密にしている分も含めて、加入者の全氏名に当たったんですか？」

「もちろんです」と奥田は言った。「それで、今、市内で独文の院生がいる大学に問い合わせてるところなんですが、どうもなんとなく雲行きが怪しくてですね。現在、そういう名前の学生は名簿上、どこにも在籍してないらしい」

綸太郎は首を傾げた。

奈津美の日記を読んだ限りでは、二宮良明は自分の部屋に電話を持っているはずで、家主の取り次ぎや共同の内線を使っているとも思えない。日記に書かれた番号で登録されているのはどういう人物なのか、奥田にたずねようとすると、それより先に久能警部が思い当たることがあるというふうに口を開いたのだった。

「――じつを言うと、この日記について、ひとつ引っかかってることがあるんです」

綸太郎は言いかけた言葉を呑み込んで、

「というと？」

「最後まで通読しないで、斜め読みでとやかく言うのもあれですが、どうしても腑《ふ》に落ちないことがあって」久能は心持ち肩をすくめた。「途中でリタイヤしたのは、文章が感情過多なせいかと思ってましたが、どうもそうではなくて、この日記の記述そのものが不自然で、信用が置けない気がするんです」

「不自然で、信用が置けない？」

「気がつきませんでしたか。日記の冒頭、三月の記述の中で、二宮良明は清原奈津美の顔を覚えていたのに、名前を葛見百合子とまちがえた、とそう書いてあります」

「というか、それがすべての発端なんです」

「しかしですね、私にはそんなことがありうるとは思えない。常識的に考えれば、二宮良明が奈津美に確かめもしないで、いきなり二人の顔と名前をまちがえて呼んだりするはずはないんです」

「それは、私も気になってた」と奥田が言う。「初対面の人間ならともかく、二人はお互いに面識があって、しかも男のほうは相手の顔まで覚えていたわけだから——」

「そんなことはないでしょう」綸太郎はファックスの綴りを前に戻ってめくりながら、「知り合いの顔と名前が一致しないことなんて世間にざらにあることですし、二人は高校卒業以来、六年間顔を合わせたこともなかった。おまけにその点については、奈津美自身が日記の中でちゃんと説明しています。たとえば、三月十二日の記述にはこうある。

《高校時代のわたしは今よりもずっとずっと内気で成績も中ぐらい、クラスのなかでは一番地味で目立たない生徒だった。三年の文化祭の時クラスの男子がだれかに、「清原って、そんなやつ、うちのクラスにいたっけ?」とたずねている場面を目撃したことがある。わたしはその時すぐ近くにいたのに、かれはちっとも気づいてなかった。それどころか卒業間近になっても、わたしの顔と名前が一致しなかったらしい。そしてそれを極端なケースと言いきる自信もないほど、わたしは印象の薄い存在だった。当時でさえそんな調子だから、二宮君がわたしのことを覚えていなくてもしかたないと思ってた》。

さらに翌十三日の記述でも、《高二の時にかぎらず、百合子とわたしは学校ではいつも行動を共にしていて部も授業の選択も一緒だったし、背格好やヘア・スタイルもわりと似たような感じでクラスのみんなからも「カツミ・ナツミ」とセットにした名前で呼ばれていたほどだから、かれがうっかりわたしたちの顔と名前を混同してしまったとしても不思議じゃない。あの頃は制服だったからよけいにそうだ。卒業アルバムにまつわる苦い思い出もある。かれはちっとも悪くない。そもそも卒業して六年もたっているのに、わたしの顔を覚えていてくれただけでも二宮君には感謝しなくちゃいけない》と書いてます。

本人がそう認めるぐらいですから、他人の目から見たら、当人たちが思っている以上に似たり寄ったりのコンビだったにちがいない。とすれば、二宮良明が清原奈津美の顔を見た時に、つい葛見百合子という名前が頭に浮かんで、それで納得してしまったとしても不思議はないと思いますが」

「しかし、二宮は奈津美に交際を申し込む時、高校時代からきみのことが好きだったと言ってるじゃありませんか」と久能の肩を持つように、また奥田が口をはさむ。「そう日記に書いてある。いくら年数がたってるからといって、そんな相手の名前をまちがえて覚えたりするもんでしょうか？」

「六月二十六日ですね」綸太郎は奥田が指摘した箇所を読み上げた。「《この二カ月というもの、ずっと葛見さんのことを考えていた。いや、たぶんもっとずっと前からそうだったと思う。高校で同じクラスになった時から、葛見さんのことが——》。前日の会話を奈津美が記憶に頼って再現した文章ですから、この通りのことを二宮良明が実際に口にしたかどうかは別として、これは現在の感情の源《みなもと》を過去に求めて、後から記憶を埋め込んだ言い方のように読めます。つまり、転倒している。二宮がそう思い込んでしまえば、過去の記憶はいかようにも変化しうると思います」

「いや、そういうことではないんですよ」と久能がもどかしそうに言った。「私が引っかかっているのはただ一点、アルバムの写真の件です。卒業アルバムにまつわる苦い思い出、百合子と奈津美の写真が入れちがっていたことと関係があります」

「だから、二宮良明はそのせいもあって、二人の顔と名前を混同したんじゃないですか?」

「逆です」久能は断言した。「そのできごとさえなかったら、六年後の人ちがいもありえたかもしれません。しかし、卒業アルバムの写真が入れちがっていたからこそ、二宮はかつての同級生の名前をまちがえるはずはなかった。いいですか、高校時代の百合子と奈津美は、たしかに目立たない似た者同士のコンビだったかもしれない。しかし、アルバムの写真の配置ミスというアクシデントに見舞われた後は、かえって二人の存在が同級生の間ではっきりと記憶に残ったにちがいないんです」

綸太郎は盲点を突かれて、あっと思った。たしかに久能の言う通りなのだ。二個の事物が互いに似通《にかよ》った特徴を有するからといって、だれしも必ずその二つを混同するとは限らない。両者の間にたったひとつでも明確な差異が見出《みいだ》せれば、それ以外のどんな類似性も地に埋もれて消えてしまう。逆に必ずしも似通った特徴を持たないものであっても、両者を明確に区別できる差異を見出せない場合、人はしばしばそれらを混同しがちなものである。ただし後者のケースでも、何らかのきっかけで、それらが区別しにくいことがはっきりと認識されている限り、そのこと自体が差異に準ずる役割を果たし、両者の個別性を陰画的に際立たせる。この場合、双方の弁別には細心の注意が払われるので、かえって混同は起こりにくくなる。

葛見百合子と清原奈津美の場合はどうだったろうか？　卒業アルバムの写真を見た印象では、二人の雰囲気に近いものはあるけれど、けっして瓜《うり》二つのそっくりさんというわけではない。しかし、奈津美の日記に書かれていた通りだとすれば、高校時代の二人はお互いの個性を融合し、差異を消し合うような共生関係にあって、クラスの中でもその他大勢に埋もれがちな存在だったはずだ。性格や行動パターンにちがいが出てきたのは、高校を卒業して、東京で暮らし始めてからのことである。要するに、当時の二人は二番目のケースに該当し、そのままつつがなく卒業していれば、何年か後には、かつての同級生から名前をまちがえられても仕方がないようなコンビでしかなかった。

しかし、卒業間際《まぎわ》になって、目立たない二人が突然、脚光を浴びてしまう皮肉なアクシデントが持ち上がった。いうまでもなく、卒業アルバムの写真の配置ミスである。このできごとによって、卒業後のクラスメートが二人に向ける視線は、三番目のケースに変化したと考えなければならない。奈津美と百合子の同窓生たちは卒業アルバムを開くたびに、まちがえられた二人のことを思い出しただろう。目立たない存在であったからこそ、二人にまつわる記憶の支配的なイメージはその一点に集中する。当然、二宮良明もそのことを覚えていたはずである。忘れているわけがない。

したがって、もし二宮良明が数年ぶりに清原奈津美と街角でばったり再会したとすれば、彼の脳裏に真っ先に浮かぶのは、まちがえられた二人の片割れというイメージにほかならないのではないか。そして、一度そうしたイメージが刻《きざ》み込まれてしまえば、次の機会からは混同を避けるために、それ相応の注意が払われて然《しか》るべきである。にもかかわらず奈津美の日記によれば、二宮は彼女の顔を見て、一目で誰かわかったと言い、平気で葛見百合子という名前を口に出しているのだ。あまりにも屈託がなさすぎる。こうしたケースでは、念のためにひとこと訊《き》いて名前を確かめるのが普通ではないか。奈津美の筆は一貫して、二宮良明のことを内向的で慎重な人物として描いているのに、いちばん肝心な場面で慎重さが欠けているのだ。そう考えると、二宮良明なる人物が簡単に彼女を葛見百合子だと思い込んでしまったこと自体、疑わしい。久能が言うように、奈津美の日記の記述そのものに信用が置けなくなってしまう——。

奈津美が詳しく日記に書いている三月十日のできごとは、本当にあったことなのだろうか？　綸太郎は自分の考えを土台から洗い直すように、心の中で自問した。清原奈津美は本当に二宮良明と再会したのだろうか？

「警視庁の法月警視から電話です」

と、ちょうどその時、川端署の職員が呼びにきたのだった。綸太郎は頭の中を数珠《じゅず》つなぎの疑問符で埋めつくしたまま、受話器を受け取って保留スイッチを切った。すかさず、父親の声が待ちくたびれたように言った。

「綸太郎か。日記は読んだか?」

「読みました。ぼくはてっきり、あれで全部筋が通ると思ったんですが——でも、日記に書かれている電話番号にかけても二宮良明にはつながらないし、その名前はNTTに登録すらされてない。しかも、久能警部が根本的な矛盾に気づいて、日記の信憑《しんぴょう》性が疑わしくなって、奈津美の記述を信頼できるかどうか、今こっちで議論している最中なんです。矛盾点というのを説明しましょうか?」

「そんな呑気に構えてる場合じゃない」警視は年寄りじみた溜息をついた。「おまえなんかを引っぱり込むんじゃなかった。おまえが事件に関わると、いつもこうだ。俺はもう何がなんだか、さっぱりわけがわからんよ」

「どうかしたんですか?」

「もうそっちでも気づいてるようだが、日記の記述は全部でたらめだ。矛盾があるどころか、最初から最後まで嘘八百が並べてあるとしか思えない」

「しかし、なぜ全部でたらめだと?」

「こっちでも裏付け捜査は進んでるよ。二宮良明の人物情報を入手するために、郷里の出身校に問い合わせてみたんだ。卒業アルバムの件で連絡を取ったばかりだから、話は早い。卒業生名簿を調べてもらったら、二宮良明の現住所の欄は空白で、死亡扱いになっていた」

綸太郎は最初、自分が父親の言葉を聞きちがえたのかと思った。

「――今、何と言ったんですか?」

「死亡扱いだ」警視は噛《か》んで含めるようにそう言った。「落ち着いて聞け。きっと何かのまちがいだろうと思って、福井県警を通じて実家の母親に確認したところ、二宮良明はたしかに故人だった。ちょうど六年前の秋、大学一年の十月、京都の下宿で睡眠薬を多量に服用して死んだ。夏頃から抑鬱《よくうつ》と不眠の症状を訴えて、通院しながら薬を服用していた。医師の処方を超える量をいっぺんに飲んだのだ。過失による事故死として処理されたが、母親の話によると自殺らしいということだった。新聞の死亡記事の切り抜きを見せられたそうだし、たぶんそっちの警察に変死の記録が残っているはずだ。六年前に死んだ人間が今年の春、街をうろついて、清原奈津美と再会できるはずがない。のっけからできそこないの怪談じみてる。それから先は言うに及ばずだ。だから、あの日記に書いてあることは、少なくとも二宮良明という人物に関する限り――」

父親はまだなにか喋り続けていたが、綸太郎はもう聞いていられなかった。二宮良明は六年前に死んだ、この世に存在しない。受話器を握った手をだらりとぶら下げて、その場に立ちつくしていると、横で待機していた久能警部が彼の顔をのぞき込むようにして、どうしたんですかと小声でたずねた。

「――ぼくをうつ伏せに埋めてくれ」誰に言うともなしに、綸太郎はつぶやいた。「まもなく、すべてはさかさまになるからだ」

＊

……そう、きみは存在しない。

きみはちょうど六年前の秋、睡眠薬を飲んで死んだ。自殺したのだった。自殺の動機はきみしか知らない。誰にも理由はわからなかった。残された者たちは、きみの死を悼《いた》むことしかできなかった。それが揺るぎ難《がた》い現実のありようなのだ。事実を否定することはできない。

きみの正体はこの世に存在しない幻であり、きみが息をすることを許される場所は、過去の記憶のこだまに支えられた物語の中だけ。それは誰かの頭の中でゼロから織り紡《つむ》がれた、はかない蜃気楼《しんきろう》のようなファンタジー、現実とは相容《あいい》れないうたかたの夢。きみは虚構の物語の中に住む、実体のない登場人物にすぎない。

本当のきみは——二宮良明はとっくの昔に死んでしまって、すでにこの世の人ではないのだ。かつてきみのものであった体は、すでに焼き尽くされて灰となり、故郷の墓石の下で静かに朽《く》ち果てている。きみの肉体はもう存在しない。だから、きみは早春の街を歩き回ることなどできない。雑踏の中で、誰かがきみの姿を見かけることもない。昔の同級生と会って話をすることもないし、ハガキを出したり、電話で喋ったりすることもできない。できるわけがない。笑ったり、泣いたり、顔を赤らめて心臓が高鳴ったり、夕暮れの公園で恋人にキスしたり、名残惜しい別れ際にいつまでも手を振り続けたり、彼女が書いた日記を読んだり、誰かを見殺しにしたり、激情に駆られてぶちのめしたりすることなんてできやしない。

それはみんな、夢の中のできごとだ。物語の中の幻だ。夢から覚め、物語が静かな眠りに落ちる時、きみはもう二度と、かけがえのない誰かを愛することはできない。そして、彼女の死を悼むことも——。

きみは死んでいる。

物語の終り、夢の涯《はて》。

きみは存在しない。

きみはそのことを知っているだろうか？

第五部　真相

あの頃の生き方をあなたは忘れないで
あなたは私の青春そのもの

18

彼は歩いていた。繁華街の雑踏にまぎれ込み、歩道に沿って西の方へ向かっていた。道連れはいなかった。両手をジャケットのポケットに突っ込んで、ややうつむきがちに、彼はひとり何の当てもなく、ぼんやりと歩を進めていった。

金曜日の午前中、朝というにはもう遅い時間だった。夜のうちに天気は回復して、明け方からさわやかに晴れ上がり、今、空は透《す》き通るように蒼《あお》かった。澄んだ陽射しが視界の隅々にまで行き渡って、通りに面した街並みは明るい水彩画のスケッチみたいな趣《おもむき》さえ見せていた。車道は比較的空《す》いていて、大気に都市特有の濁《にご》りもなく、きりっと身の引き締まるような朝の雰囲気が残っているのだった。そして歩道を行き交う人々の足取りにも、そうした雰囲気が影響を及ぼしているのかもしれなかった。

まだ人込みといえるほど路上は埋めつくされていなくて、外回りの営業マンと野暮《やぼ》ったい仕事着姿のOLが目についたが、ランチタイムにはしばらく間があるから、誰もそんなにリラックスした表情はしていなかった。彼らは歩き方もきびきびして、懐《ふところ》の深い商業地区の循環系に難なく溶け込み、バス乗り場を探してきょろきょろしている観光客や修学旅行生の集団を場ちがいに見せるほどだった。シャッターを上げたばかりの店も散見して、店先の売り子らも客引きより、商品の陳列のほうに忙しそうだった。ふらふらと目的もなくさまよっているのは、授業をサボって遊びにきている学生か、市バスの敬老パスを利用して暇をつぶしに来た老人ぐらいのものだった。でもいずれ、もう小一時間もたてば、デパートの買物客を先頭に種々雑多な目的、身なりと顔つきをした人々のモザイクで、街路はふくれ上がるのだろう。そうすれば、この澄んだ空気もやがて煤煙《ばいえん》と人いきれで満たされて、明るい水彩の風景をどぎつい油性絵具で塗りつぶすように、金曜の午後の喧騒《けんそう》と活気がお待ちかねの週末へとなだれ込む下ごしらえを、尻上がりに整えていくにちがいなかった。

それでもまだ、この時間には薄化粧の下に血の通《かよ》った素顔を透かし見ることができる。そんな街のたたずまいを、彼は外来者の目でながめていた。河原町から四条通に出れば、ほかのどこの都市と比べてもさして変わりない繁華街の景観が続いているわけだが、それでもこうした透明な雰囲気はこの地に独特なものだと思った。千二百年の歴史が今も息づく古都とか、日本文化の古くからの中心地とか、そうした一般に流布《るふ》しているイメージよりも、彼にとって京都という土地は、なぜかひじょうに透明な場所という気がするのだった。しかも不思議なことに、京都という地名を聞くと、彼はいつも坂口安吾《さかぐちあんご》のことを考えてしまうのである。安吾が戦中から戦後にかけて書いたエッセイや自伝小説の類《たぐい》が好きで（ただし探偵小説に関する見解には、若干《じゃっかん》の異論もあるのだが）、よく煮詰まって何も手につかない時などにそれを読むと、ポカンと突き抜けるような感じがして何だかわけもわからぬまま、とりあえず元気が湧いてくるのだけれど、そういう突き抜ける感じと京都という街のイメージが、彼の中では分かちがたく結びついているのだった。どうしてそうなのかよくわからない。といっても、そもそもそんなに京都の土地柄に詳しいわけでもないから、たぶん、安吾のエッセイに京都に行く話がよく出てくるせいだろう。

東京での生活が煮詰まって壁にぶち当たると、決まって京都に飛んでいって、そこでじっくり腰を据えて物事を考える。自分を見つめ直す。考え抜いてひとつの結論に到達すると、また東京に戻ってきてすべてを一からやり直す。安吾の年表を見ていると、そういうことの繰り返しである。それが重要な転機になる。たとえば、五年間の恋人矢田津世子《やだつせこ》に絶縁状を送り、昭和十二年の初冬から翌年の初夏にかけて、京都に滞在していた時のことが『日本文化私観』に詳しく書いてある。ちょうど『吹雪《ふぶき》物語』を書いていた時期と重なる。「知り人の一人もおらぬ百万の都市へ屑《くず》の如《ごと》くに置きすてられ、あらゆるものの無情、無関心、つながりなきただ一個、その孤独の中で、私は半生を埋没させて墓をつくる仕事をし、そして、そこから生れ変って来ようという切なる念願をいだいていた」。そのような孤独な仕事を行なう場所として、安吾は迷わず京都という土地を選んだのである。

西田幾多郎とか、戦前の京都学派を引き合いに出すまでもなく、京都の知的風土というものはたしかに存在するようだ（もっとも安吾は、西田もヘーゲルも引っくるめて、バカバカしい、大人ぶるない、瞑想《めいそう》ときやがる、とこきおろしているが）。けっして定住し、深く根を張る場所ではないけれど、煩《わずら》わしい現実のしがらみを一度すっかり断《た》ち切って、徹底的な思索に没頭するには、絶好の土地なのではなかろうか——麻薬のように「二十七歳」「三十歳」といった短編を、彼は何度も読み返しながら、いずれ近いうちに自分にもこうした苦境が訪れるのではないか、孤独の中で、半生を埋没させて墓を作る仕事に向き合わねばならないのではないか、と思うことがよくあった。そういう時、真っ先に頭に思い浮かぶのが、やはり京都という街なのである。それは透明で、見渡す限り空《から》っぽで、乾ききった風が吹きすさぶ砂漠のイメージにも似た脱出への憧《あこが》れのようなものだった。

——砂漠。脱出へのやみがたい希求。疲労困憊《こんぱい》した旅人の目を惑わすオアシスの蜃気《しんき》楼《ろう》。夢の涯《はて》。見知らぬ人々が行き交《か》う路上を透明な流砂に埋もれるように漂い、無言の修行僧のように黙々と歩を進めながら、彼はひたすら清原奈津美の日記のことを考えていた。三月十日の午後、この四条通で奈津美はどんな蜃気楼を見たのだろう？　六年前に死んだ男の亡霊と出会ったのか？　もしそうであるなら、奈津美に取り憑《つ》いた亡霊は、葛見百合子の前にもその姿を現わすことができたのだろうか？

二人の目を惑わし、死に追いやった二宮良明の幻影が今度は自分に憑依《ひょうい》すればよい、と彼は思った。こうしてひとり、あてどなく歩き、さまよっているのはそのためだった。その蜃気楼をして、過ぎ去りし春の魔法のからくりを語らしめよ。

＊

車道に落ちる影が不意にたじろぎ、淡くなった。風でちぎれた雲のかけらが太陽の前をよぎり、紗《しゃ》をかけたみたいに陽光がやわらいだせいで、街の外貌がいっせいに身を引いたように平板に見えた。しかし、それもほんの一瞬のことで、同じ風が雲を追い払うと、またすぐに路面の影はむらのない濃さを取り戻し、目に映るものすべての輪郭《りんかく》が色も鮮やかにくっきりと迫《せ》り上がる。

「法月クン！　おーい、リンタロー」

その時、聞き覚えのある声がいきなり耳に飛び込んだのだった。綸太郎はわれに返って足を止め、この声はまさか、空耳《そらみみ》ではないかといぶかしみながら、呼び声のした方向に視線を投げた。

空耳ではなかった。久保寺容子が車道をはさんで反対側の歩道から、こっちに手を振っている。でもどうして容子が京都にいるんだ？　綸太郎はとりあえず手を振り返しながら、直近の横断歩道を指で差してそっちに渡ると合図した。信号が変わるのももどかしく、容子のところまで駆けていく。

「でっかい声で名前を呼ばないでくれよ。なんか犬ころみたいで恥ずかしいじゃないか」

「だって、ほかにどう呼べっていうのよ」容子は古着のジャケットにジーンズ、口紅も塗ってなくて、お忍びなのかもしれないが、相変わらずさっぱり色気のないいでたちである。「だいいち、尻尾《しっぽ》を振って横断歩道を走ってくるんだから、似たようなもんじゃない？　ほれリンタロー、お手。おすわり」

「いいかげんにしないと嚙《か》みつくぞ。でも、なんできみがこんなところにいるんだ？」

「仕事よ、仕事。スレンダー・ガールズは、ただいま全国縦断ツアーの真っ最中なのです。きょうが京都公演で、あさってが大阪城ホール。たしかこないだ、そう言わなかったっけ？」

言われてみれば、誕生祝いで容子が家にきた晩、そんなスケジュールを聞いたような気もする。その時は自分も京都に来るなんて考えてもいなかったから、聞いただけですっかり忘れていたのだ。

「そうか、それで親父《おやじ》のやつ——」

「お父さんがどうかしたの？」

「いや、何でもない。こっちの話だ」

一昨日の夜、法月警視が京都行きの決心に妙な興味を示したのは、そのことが頭にあったせいか。だから、あんなに容子のことを根掘り葉掘りたずねたにちがいない。やれやれ、と綸太郎は心中ひそかに嘆息した。親父さんは、ぼくが昔の同級生の尻を追いかけて、京都くんだりまで出かけるものと邪推したわけだ。この事件の性質を考えると奇遇だったのなんだのと、意味ありげなことを匂わせていたのも、遠回しに探りを入れているつもりだったらしい。いろいろと気苦労の多いことですね、お父さん。いやはや、この品行方正な息子をつかまえて！

「昨夜《ゆうべ》の新幹線でこっちに着いて、今日はこの後、三時からサウンド・チェックに入る予定なんだけど、仕事と別に向こうのスタッフや友達からお土産《みやげ》を頼まれてるのよ。おかげで、行く先々で名産品漁《あさ》り。アミダで買物当番に当たっちゃって、バンドのメンバーはまだホテルで寝てるっていうのに、朝っぱらからあたしだけ眠たいのをがまんして、こんな格好で隠密行動してるわけ。まあ、ハード・スケジュールの合間の息抜きには、これぐらいちょうどいいかもしれないけど。それよりか法月クンこそ、どうして京都に？　そんなこと言ってなかったよね。いつ来たの？」

「昨日の昼間。殺人事件の出張捜査についてきたのさ。ほら、こないだきみがうちに来た時、親父が話してた世田谷のマンションのOL殺し」

「はいはい」と容子はうなずく。「今朝、ちらっとワイドショーで見たわ。行方不明だった親友が京都で見つかったのよね。犯行を悔やんで自殺したって、そんなことを言ってたような気がしたけど」

「事件の真相はそんなに単純じゃない。見かけよりもはるかに奥が深くて、つかみどころがない。こんな言い方じゃわかんないと思うけど、難問にぶち当たって、頭を抱え込んでる状態だよ」

「ふうん。そういえば、あたしが呼んだ時も何だか暗い顔して、うつむいて歩いてたもんね」と容子は言った。「例の一ヤードのキーホルダーだけど、あれはやっぱり日記帳の鍵でよかったの？」

「うん。被害者の日記も見つかった。でも、その日記の内容がまた新しい悩みの種で――」と言いかけて、綸太郎はふとあることに気づいた。

今こうやって、四条通の往来でばったり容子と出くわして喋っているのは、奈津美の日記の冒頭、三月十日のできごとを反復しているのと同じことじゃないか？　もちろん、つい最近も会ったばかりだし、日記に書かれていたほど劇的な場面ではないけれど、どことなく暗合めいた機縁を感じる。奇遇ってやつだ。道理に合わない考えだということは百も承知のうえで、この出会いに何らかの啓示的な意味を読み取ろうとしないではいられなかった。

少なくとも、親父さんが言ったことは正しかったわけである。久保寺容子は、この事件と切っても切れない関係にあるらしい。そういえば、日記帳の存在を最初に嗅《か》ぎつけたのも容子だった。

「買物はすんだ？」と綸太郎はたずねた。「時間の余裕があれば、ちょっと付き合ってほしいんだ」

容子は笑いをこらえるような表情をした。

「その誘い方って、チョットイイデスカの人みたい。アナタハ神ヲ信ジマスカ？　神ハヒトリデアッテ、ソノホカニ神ハナイノデス」

「ふざけないでくれよ、まじめな話だ。つまり、ぼくと一緒に知恵の踊りを踊ってくれないか」

「はあ？　またわけのわかんないことを」容子は軽く拍子《ひょうし》を取るように右膝をたたいてみせた。「それに、踊りは苦手《にがて》だって知ってるでしょ」

「まじめな話だと言ったろう。事件の謎を整理するために、きみに話を聞いてもらって、一緒に考えてほしいと頼んでるんだよ。ニッキー・ポーター式の女の直感が鍵になりそうな気がするから」

「なんだ」言葉はそっけないが、容子はまんざらでもなさそうに微笑《ほほえ》んだ。「そういうことなら、持って回った言い方なんかしないで、最初からはっきりそう言えばいいのに。気《き》障《ざ》な台詞《せりふ》って、ホント、似合わないんだから」

「悪かったね。それで、時間の都合はつくの？」

容子は袖《そで》をずらして時計を見、

「時間はあるから、あたしでよければ、喜んで協力する。興味もあるし、乗りかかった舟ってやつ？　でも、ちょっと待って。念のために、滝田《たきた》さんにも訊いてみないと」

「滝田さんって？」

「あそこのショーウィンドウの前で、半分背中向けてタバコ吸ってる男の人。あれで一応気を利かしてるつもりらしいんだけど、うちのバンドのマネージャーなの。財布の紐《ひも》も握ってるから、あたしのお目付役ってとこかな——ねえ滝田さん、これから名探偵の彼と少し話があるんですけど、残りの買物、任《まか》せちゃってもいいですか？　大丈夫、ちゃんと時間通りに戻りますから」

紹介された滝田氏はクールで懐の深そうな、元ベーシスト（？）ふうの渋い四十男だった。スレンダー・ガールズのマネージメントを任されているからには当然、世知《せち》にたけた有能な人物にちがいない。綸太郎は彼に挨拶《あいさつ》し、容子と話している顎の引き締まった横顔を見ながら、今日の買物当番というのは本当にアミダで決まったのだろうかと考えた。二人が交わす短い言葉の端々に、仕事上の信頼関係にとどまらない、もう一歩踏み込んだ親密な空気を察したからである。自分もいずれ近いうちに、京都に腰を据えて『吹雪物語』を書くことになりそうな、ふとそんな予感さえしたのだった。

「——一時までならかまわないって」容子は屈託のない顔で振り返って、綸太郎の腕をつかんだ。「さっきブランチしたばっかりだから、指名料はチョコパフェで勘弁してあげる。でもせっかくだから、いちばん豪華なサンプルが出てる店に入るわよ」

綸太郎は滝田氏に目礼すると、容子に腕を取られたまま、ひょこひょこと歩き出した。奈津美の日記とはえらいちがいである。『災厄《さいやく》の町』と「日本文化私観」は、同じ一九四二年に発表された作品だ。ひょっとすると、エラリイ・クイーンも失恋の痛手を癒《いや》すために、ライツヴィルを訪れたのだろうか？

＊

容子が選んだ喫茶店に入ると、BGMにフランクの二短調シンフォニーがかかっていた。循環形式ってやつだ。テーブルに運ばれてきたフルーツパフェは、さながら前衛生け花と見まがうばかりの代物《しろもの》で、容子はさすが京都だわ、とわかったようなわからないような感想を洩らした。綸太郎は川端署で簡易製本してもらった奈津美の日記のコピーを容子に渡して、彼女が目を通している間に、その後の捜査の展開をかいつまんで説明した。

「――ふうん」容子は長い溜息《ためいき》を洩らして、日記の最後のページから目を上げた。「なんかすごくわかる気がするなあ、こういうの。男の人から見たら、どうしてそんな簡単なことが言えないんだ、ずっと嘘をついてた女のほうが悪い、自業自得《じごうじとく》だって、それで片付けてしまうのかもしれないけど、そういうのは絶対ちがうと思う。それに結局、本当に悪いのは男のほうなんだよね、三木達也にしても、竜胆直巳にしても。殺された奈津美さんはもちろんだけど、百合子さんにも同情しちゃうな。別にフェミニズム論者を気取るつもりはないけど、こういう話を聞くたびに、上野千鶴子《うえのちづこ》や小倉千加子《おぐらちかこ》の言ってることが本当は正しいんじゃないかって、そんな気がしないでもない。言いたくないけど、あたしたちの業界なんて、もっと露骨でひどいことが日常茶飯事《さはんじ》だもの。あたしだって普段、いっぱいがまんしてることがあるしね」

「滝田さんって、奥さんも子供もいるんだろ？」

綸太郎がたずねると、容子の目がふっと遠くなった。前から思い当たるふしがないでもなかったが、訊いたのはそれが初めてだった。やがて、容子はいたたまれないみたいに目を伏せると、パフェのアイスクリームに突き刺したスプーンの先をひとしきりこね回しているのだった。

「――やっぱりわかっちゃうんだね、そういうことって」普段の容子からは想像もつかない、気弱な口ぶりだった。「中二の女の子がひとり、反抗期で手に負えないんだって。うん、あたしは今のままでちっともかまわないし、自分では納得してるつもりなんだけど、時々ひとりぼっちで、どうにもやりきれなくなることがある。でも、家に電話するわけにもいかないしね。今日だって、こんな格好して口紅も引かないで、そんなことで意地張ったって仕方ないのに。だけど、ごめん、こんな話になって。法月クンには、本当に悪いと思ってる」

「謝んなくてもいいよ、別に。よけいなことを訊いたぼくのほうが悪かった」

しばらく、沈黙があった。容子はテーブルに目を釘《くぎ》付けにして、いつのまにかスプーンを弄《もてあそ》ぶ手の動きも止まっていた。綸太郎はコーヒーカップと水の入ったコップを交替に、何度も口に運んだ。

「そうだね」だしぬけに容子が言った。「何も訊かれなかったことにしよう。こういうのは、あたしの芸風じゃないから。よし」

おもむろに顔を上げ、背筋をしゃんと伸ばした。自分でさっぱり気持ちを切り換えようとするようなしぐさだった。何より彼女のそういうところに惹《ひ》かれたのだ、綸太郎はそう考えて自分を慰《なぐさ》めた。じきにいつもの彼女に戻って、容子が言った。

「――だけど、今までの話を聞いた限りでは、法月クンが頭を抱えるような問題はないと思うの。百合子は京都に来て二宮良明と会い、奈津美の日記を読ませた。でも、真実を知らされても彼の気持ちは変わらなくて、逆に百合子の犯行をなじり、彼女を死に追いやった。恋人の死を知らされた二宮の怒りはそれだけでは収まらず、奈津美を辱《はずかし》めていた竜胆直巳に制裁を加えることに捌《は》け口を見出《みいだ》した。この説明で一連のできごとに筋が通るんじゃないかしら」

「ぼくも最初はそう思った。でも、思いがけない事実が判明して、その説明は土台から覆《くつがえ》されてしまった。いいかい、二宮良明という人物は六年前に死んでいて、この世に存在しないんだ」

　容子は目を丸くした。綸太郎は川端署に残っていた当時の調書の内容を要約して伝えた。

「――ところが、福井の二宮良明の実家では、息子の死に方を恥じて、ごく親しい友人と親族以外には知らせず、ごく内輪の密葬に付したらしい。ことさら隠していたわけでもあるまいが、彼が死んだことをあまり世間に広めたくなかったようだ。東京で暮らしていた奈津美と百合子の許《もと》に訃報《ふほう》が伝わらなかったのも、そうした配慮があったせいだろう」

　容子はおずおずとかぶりを振り、当惑の目で日記のコピーを見つめた。

「じゃあ、ここに書かれていることは、二人が偶然再会して、プラトニックな交際を重ねながら、お互いの気持ちを確かめ合うまでのプロセスは、なにもかも奈津美のフィクションだったというの？」

「その点については一晩じっくり考えて、完全なものではないけれど、ぼくなりの結論を出している。ただどういうふうに説明すればいいのかな、要するに――」綸太郎は言葉を切って、しばし説明の糸口を探した。「あれだ。ユーミンの『卒業写真』って歌、知ってるだろ」

「当たり前でしょう。ニューミュージックの定番じゃないの。ぼくらの世代の懐《なつ》メロってやつ。そらでも弾《ひ》けるぐらい覚えてるわよ」

「歌詞もちゃんと覚えてる?」

「ええと、ちょっと待ってね」容子は最初はハミングでメロディを口ずさみながら、やがて、ぽつりぽつりと詞を口に載《の》せていく。前にもこんなことがあったっけな。綸太郎は去年の二月、ラジオ東京の七スタで何年かぶりに容子と再会した時のことを思い出しながら、彼女の歌に耳を傾けた。

悲しいことがあると開く皮の表紙
卒業写真のあの人はやさしい目をしてる

町でみかけたとき　何も言えなかった
卒業写真の面影がそのままだったから

人ごみに流されて変わってゆく私を
あなたはときどき遠くでしかって

話しかけるようにゆれる柳の下を
通った道さえ今はもう電車から見るだけ

あの頃の生き方をあなたは忘れないで
あなたは私の青春そのもの

「この歌が事件の謎を解く鍵なの？」最後のリフレインを歌い終えて、容子はたずねた。

「二宮良明という人物が、奈津美の青春そのものだったってことはわかるけど」

「三月十一日の記述の中で、奈津美はこんなことを書いている。《昔のわたしだったら、ぜったいにあんな真似はできなかっただろう……きのうあそこで後先も考えず声をかけることができたのは、昔に比べて勇気の量が増えたわけじゃなくて、六年間つもりにつもった後悔の念がいっぺんにはじけたせいだと思う。道路ごしになりふりかまわず、二宮君と叫ぶだけの勇気を》。

でもやっぱり、二十四歳の奈津美は、高校時代の彼女と何ひとつ変わってなかったと思う。〈町でみかけたとき　何も言えなかった／卒業写真の面影がそのままだったから〉。六年後の彼女も、街角で見かけたかつての同級生に、なりふりかまわず声をかける勇気を持てなかったにちがいない。ユーミンの曲のヒロインと同じく、何も言えなかったんだ。そのことが彼女にとっての不幸の始まりだった」

「だけど、それは前提がまちがってるわ」と容子は異議を唱《とな》えた。「だって、二宮良明はちょうど六年前に死んで、この世に存在しない人なんでしょう。その人を街で見かけるなんて、最初からありえない。奈津美は一ページ目から嘘の日記を書いていたのよ」

「たしかにきみの言う通りだよ、二宮良明本人に関しては。でも、三月十日の午後、四条通で彼女が見かけた人物が、二宮良明によく似た風貌を持つ赤の他人だったらどうだろう」

「赤の他人？」

　綸太郎はうなずいて、

「奈津美はその日、四条通の雑踏の中に高校時代の同級生、気持ちを伝えられなかった七年ごしの片想いの相手を見つけた。といっても、実際は他人の空似《そらに》にすぎなかったはずだけど、彼女はそう思い込んでしまった。そこがいちばん重要なんだ。彼が京都の大学に進学したのは知っていたが、半年後に死んだことを知らなかったせいで、四条通の人込みに流されていく人物をかつての同級生と誤認しても、何ら不思議はない。それは彼女にとって、文字通り〈六年間のせつない思いをすべて帳消しにして一生分のおつりが来るぐらいの幸運〉だったにちがいない。にもかかわらず、またしても生来の内気さ、引っ込み思案が災《わざわ》いして、奈津美が彼に声をかけそびれ、みすみす相手の姿を見失ってしまったのだとしたら？」

　容子は少しずつ呑み込めてきたような表情で、

「それこそ、一生に一度のチャンスを目と鼻の先でつかみそこねたことになるわけね。そして、そのできごとに対する後悔が、こうあってほしいという架空の日記を書き始めるきっかけになった――」

「ぼくは、奈津美の日記に書かれていることが、一から十まですべて偽りだとは思わない」綸太郎は説明を続けた。「東京での身辺のできごとについては、実際に起こった通りのことが記されていると考えていいだろう。少なくとも、百合子が三木達也の子供を堕ろしたこと、あるいは、十月二日の三木の求愛を斥《しりぞ》ける記述に関しては、確かな事実の裏付けがある。したがって、記述の信憑《しんぴょう》性を吟味《ぎんみ》しなければならないのは、京都での行状が記された箇所に限られる。

まず竜胆直巳に関する部分だが、ぼくは基本的に奈津美の記述は信頼できると思う。東京の捜査本部が『VISAGE』編集部に問い合わせて、出張日程と業務報告を奈津美の日記の内容と突き合わせたところ、両者に矛盾する点はなかったそうだ。また『コスメティック・ストーリーズ』九月号掲載分のエピソードも、七月十一日の記述にある通り、〈年子《としご》の姉にまちがえられた内気な妹と、彼女を被写体にするひたむきな青年カメラマンの恋物語〉になっている。問題は十月十日後半の記述、すなわち竜胆直巳が奈津美に肉体関係を強要していたという点で、これについては今のところ確証がない。『VISAGE』編集部の回答はノーコメントだというし、竜胆に対する事情聴取はまだこれからだが、本人は当然否定するだろう。しかし、竜胆直巳という人物の性格や会社での奈津美をめぐる噂、それに『VISAGE』編集次長の不審な態度などから見て、そうした関係が現実に存在したと見なしてまちがいないと思う。奈津美が処女でなかったという事実をここに付け加えてもいいし、まだ事件との因果《いんが》関係ははっきりしないけれど、百合子が死んだ数時間後に、竜胆が襲われて怪我をするという事件が続いたのも、単なる偶然の一致とは考えにくい。さらに、これから説明することだけど、奈津美が日記を書き始める心理的なメカニズムを考慮に入れれば、竜胆直巳の卑劣な行為が今回の事件の隠れたバックボーンになっているのは、ほとんど決定的だと思われる」

「セクハラ作家のことはそれぐらいでいい」容子は眉をひそめがちに言い捨てた。「あらかじめ失われた奈津美の恋人に話を戻してちょうだい」

「了解。さっき説明したように、清原奈津美は四条通の人込みの中に、二宮良明とそっくりな人物の姿を見かけたが、声をかけて相手を確認することができなかった。もしそうしていれば、赤の他人の人ちがいであることがすぐにわかったはずなんだが、そうはならなかった。彼の姿を見失った瞬間から、奈津美は自分の臆病さを激しく後悔し始めたにちがいない。帰りの新幹線の中でも、ただそのことばかり考え続けていたはずだ。どうしてあの時、声をかけられなかったのか。しゃにむに後を追いかけて、二宮君と呼びかけるだけで、こんなみじめな思いはしないですんだのにと。そうやって自分を責めているうちに、彼女の心の中で、かつての同級生を見かけたという思い込みが強固な確信を持つに至った。〈あれは二宮君だったかもしれない〉という可能性が、〈絶対に二宮君にまちがいなかった〉という信念にすり変わってしまったのだ」

「それはきっとそうでしょうね。後悔っていうのは、そういうものだから」

「その時点ですでに、奈津美は竜胆直巳との屈辱的な関係を強要され続けていた。十月十日後半の記述に見られる通り、最初に彼女が乱暴されたのが去年の暮れで、それ以来、京都出張のたびに同じことが繰り返されていたはずだ。三月十日も例外ではなかったろう。それによって、奈津美の心がひどく痛めつけられていたことは想像に難《かた》くない。出口のない精神の独房の中に閉じ込められ、果てしない拷問《ごうもん》を受け続けていたに等しいと思う。彼女の心は、そうした理不尽で醜悪な現実と簡単に折り合いを付けられるほど強靱《きょうじん》ではなかったし、かといって、自分の中の葛藤《かっとう》を外に向けて吐き出し、解消する術《すべ》も持たなかった。つまり、当時の彼女の精神状態は、けっして健全なものではありえなかったことになる。そして、こうしたやり場のない感情の鬱積《うっせき》にひとつの流れを与えるきっかけとなったのが、街角で見かけた二宮良明という人物の幻影だった。

奈津美の中でふくれ上がった後悔の念は、自らの妄想の内部にまたとない捌け口を見出したのだ。彼女は東京に着くなり、文房具屋を探して、真新しい日記帳を買ってしまう。鍵のかかる秘密の日記帳、〈本当の自分〉を死守するための幻視のバリケード。そして、帰宅してすぐに自分の部屋に閉じこもり、最初のページを開く――。

その三月十日の日記に、奈津美はこんなふうに記している。《きのうまでのわたしは眠っている夢のなかで生きていて、それがある朝ぱっとめざめたら、本当の自分はなにひとつ昔と変わってなかったような感じ。それともひょっとしたら、きょうの出来事が夢で、わたしは今もこうしてありもしない幻を綴っている夢を見てるのかも？》。図《はか》らずもこの一節で、彼女はこの日記そのものが一種のファンタジー、現実逃避のための創作であることを告白しているんだ。さらに同じ日の記述のほとんどが、美化された高校時代の記憶、〈ひたすら純だった十八歳の自分〉についての言及で占《し》められているのも、理不尽で醜い現実から自分自身を救い出すために、この日記が書かれ始めたことの証《あかし》となっている。

でもそれは同時に、彼女の正直な願望の記述でもあったはずだ。なぜなら、奈津美はもう一度、京都で二宮良明と出会うことを期待していたにちがいないから。彼女は、二宮を目撃したことを確信していた。もしもう一度、街角で彼とすれちがうことがあったら、その時こそためらったりしないで声をかける勇気がほしい。《でも、今のわたしにはまだそんな勇気がない。ほんのわずかの勇気が足りない。だから昔みたいに日記を書こうと思いついた。だったらこの日記は、勇気を出すための練習？　ちょっと変だけど、そういうことにしておこう》。ぼくはこうした述懐にこそ、彼女の本音《ほんね》が出ていると思う」

＊

綸太郎はひと息ついて、コーヒーのおかわりを頼んだ。容子もそれに倣《なら》う。彼女はもうすっかり話に熱中していた。

「奈津美が日記を書き始めたきっかけに限れば、それで充分うなずける。でも、法月クンの説明だと、その先に弱点があるんじゃないの？　ファンタジーの世界に逃避することで、自分の臆病さと現在の不遇に折り合いを付けようともくろんだのなら、どうして彼女はその世界に、親友の百合子にまちがえられたなんていう人ちがいの要素を盛り込んだのかしら。あたしの目から見ると、架空の日記の内容そのものが、書き手をよけいに息苦しい袋小路《ふくろこうじ》に追いつめてるみたいな印象があるんだけど」

「ぼくも同感だ。ただその点について、ぼくの考えはかなりあやふやになってしまうけど、まったく説明ができないわけじゃない。フロイトに〈誤謬《ごびゅう》の訂正〉というのがある。つい言葉を言いまちがえたりすると、それを訂正する意味で、無意識のうちに類似のまちがいをやって、合理化しようとするものだ。奈津美の場合も日記の中で、これに似た合理化をやっていると考えられないだろうか。

注意すべき点は、最初の二日間、三月十日と十一日にそうした記述が見られないということだ。正確には、十一日の最後の行で取って付けたように、《P.S.ゴメンネ、百合子》と暗示的なことを書いているけれど、少なくともそこまでの記述の中には、翌十二日以降に表面化する名前と人格の食いちがい、葛藤の要素を見出すことができない。そこには、二日間のタイムラグがある。《P.S.ゴメンネ、百合子》という一行も、翌日になって書き加えられたものかもしれない。ということは、彼女は十二日の時点で、前日・前々日分の記述を読み返し反芻《はんすう》するうちに、最初の熱狂から冷《さ》めて、やや分別を取り戻した反省状態が生じたのではないかという想像が成り立つ。

要するに、最初の二日間の記述を取り上げると、こうした無節操な願望充足ファンタジーを、実名を使った日記という形式で真実らしく書き綴る行為は、極端な言い方をすれば、病んでいる。十五、六歳の夢みがちな女子高生がすることなら、乙女《おとめ》チックのひとことで片付けられるかもしれないが、奈津美はすでに二十四歳、いかに内向的で、いつか王子様がわたしを迎えにきてくれる式のシンデレラ・コンプレックスの持ち主であったにせよ、まがりなりにも分別のある自立した社会人なんだ。おまけに、編集者という職業柄、虚構の物語に際限なくのめり込んで、歯止めが利《き》かなくなってしまうことの危険性は百も承知だったはずだよ。しかし、その一方で彼女の心は、虚構の物語にくるまれて、現実から被《こうむ》ったダメージが癒されることを渇望していた。こうした相反する二つのベクトルに対して、両者を妥協させるために彼女が選んだ方法とは、ファンタジーの大枠を維持しつつ、そこに無自覚にのめり込むことを防ぐため、虚構の内部に疑似《ぎじ》的な葛藤を導入することだった。そうした歯止めをかけることによって、彼女自身、虚構の物語に対して、安全な距離を確保することができる。日記帳を開いて、二宮良明との想像上のやりとりを綴っていく時にも、これは創作の一種なのよ、わたしはけっして夢と現実の区別が付かなくなってるわけじゃない、と自分に弁明することができるって仕組みだ。その際、親友の百合子と名前をまちがえられ、本当の名前を告白できないで悩むという葛藤の形式が採用されたのは、言うまでもなく、卒業アルバムの二人の写真の配置ミスの記憶が作用したせいだろう。きっと奈津美は昔のアルバムを開き、二宮良明の顔写真を横目で見ながら、日記を書いていたにちがいない。だから、そうした発想が出てくるのも、ごく自然ななりゆきだったといえるかもしれない。一事が万事、すべての挿話がこの疑似的葛藤に基づいた創作で、たとえば八月五日に出したという告白の手紙、それが名宛人不在で戻ってくることも予定通りだったし、そもそもそんな手紙など出してない、最初から一行も書いていなかった可能性が高いな」

「――ずいぶんややこしいことを考えたのね」容子は理解に苦しむような口調で言った。

「でも、手が込んでるわりには、何の解決にもなってないような気がするけど」

「考えるというより、無意識のうちに手がそう動いたんだろう」綸太郎は日記のコピーをぱらぱら繰《く》って、おしまいに近いページを示した。「言っとくけど、これは説明のための説明とはちがう。というのも、いま言ったことはけっしてぼくひとりで考えついたわけじゃなくて、奈津美自身が日記の中で書いていることの応用だから。

十月十日後半の記述がそれだ。《忘れもしないあの日、三月十日、四条通りの人込みのなかで二宮君と再会した瞬間、それまでわたしのなかでくすぶっていたジレンマが噴《ふ》き出した……表面的な理由がどうあれ、わたしは清原奈津美という名前を持つ女のありのままの姿に耐えられず、そこから目をそむけるために百合子の名前で裸の自分を覆い隠そうとした……二つの名前のジレンマは、わたし自身の心と肉体のジレンマがちがう衣装をまとって表われたものにすぎない……わたしはその欺瞞から目をそらすために、この日記をつけ始めた……偽りを別の偽りで塗りつぶし、それを本気で信じることによって、最初の重大な偽りを忘れようとした。なんという手の込んだからくりだろう》。

しかし、言うまでもないことだが、奈津美はこうした告白をしたためることで、さらにもう一度、自分自身を同じ手口のペテンにかけようとしたんだ。露悪的な筆勢にもかかわらず、ここでも最初の重大な偽り、すなわち三月十日、二宮良明と再会し、以後ずっと交際を続けているというファンタジーの枠組そのものは、手つかずのまま残されている。《そしてわたしはこの日記帳に、今度こそ本当に自分のありのままの姿を書きつけている》。でも、実際にはありのままの自分なんて、どこにも存在しやしない。前日まで書き続けてきた日記をフィクションと総括しながら、その背後ではこうした自己批判の構えすら、また新たなフィクションとして操作することのできる超越的な自意識が君臨しているからだ。ぼくの言ってる意味がわかるかい？　《自分で自分を見失わせるための二重底、それがこの日記に仕組まれたからくりだった》。だけど、本当のからくりは、三重底になっていたんだ。

さっき説明したように、奈津美が日記を書き始めた心理的背景には、竜胆直巳との肉体関係という現実的契機が隠されていた。つまりこの日記に書かれた仮想のプラトニック・ラブは、もともと、そうした屈辱的な現実から目をそむけるために作られた避難所の役割を果たしており、ひいては二宮良明という虚構の存在も、隠された現実の相に従属していたことになる。したがって、日記中で竜胆との関係を認めることは、物語の出発点まで遡《さかのぼ》ってそれをぶち壊しにするタブーだったはずだ。だからこそ、彼女はこうした関係を示唆《しさ》する記述を注意深く排除しなければならなかった。ところが、この十月十日後半の記述では、現実と虚構を序列付けていた主従の関係が、クラインの壺《つぼ》みたいに逆転してしまっている。ここで奈津美は、ファンタジー世界の外部的な存立条件、現実の悲惨なありようを露呈してまで、二宮良明の実在をかたくなに信じるために、物語内部の自律性・無矛盾性を守ろうとしているんだ。あるいは、すでにこの時点で物語が自分の意志を持って動き出し、奈津美にもその自走を止められなかったという言い方もできる。みずから織り紡《つむ》いだ物語に没頭するあまり、いつのまにかその中にまるごと呑み込まれてしまったのだ」

「そんな持って回った言い方をしなくても、要するに嘘の上に嘘を重ねていくうちに、最初に嘘をついた理由が自分でもわかんなくなったわけね」容子は涼しい顔で要約した。「でも、どうして奈津美は、そんなアクロバットじみた告白をする必要があったのかしら。何がそこまで彼女を追いつめたの？」

「それは、彼女を取り巻く現実の生活に著《いちじる》しい変化が生じたせいだ。むろん、その変化とは百合子と三木達也の不仲をきっかけに、三角関係に巻き込まれてしまったことにほかならない。三木から交際を申し込まれたのが十月二日、それから京都に出張するまでの一週間、奈津美は中絶手術の後遺症が癒《い》えない百合子の嫉妬の視線にたえずさらされていた。そのために、当初は疑似的な葛藤であったはずの二宮―奈津美／百合子という架空の三角関係が、三木―奈津美―百合子という現実のそれと重なり合ってしまったんだ。そのことが現実と虚構の境界を揺るがし、充足した物語空間に亀裂を走らせる。半年の間それなりに安定もしていた彼女の精神は、甘美なファンタジーの隠れ家を脅《おびや》かされて徐々にバランスを崩し、ついに出張先で発作的に竜胆との関係を拒み、原稿だけつかんで逃げ出してしまう。取り返しの付かないことをしでかしたんだ。その瞬間にファンタジー世界の外部的な存立条件がむき出しになって、虚構の物語の根拠も宙に浮いてしまったのだと思う。

この日の記述が京都のホテルで書かれたという事実は重要だ。もはや彼女は東京の自室で日記を書いていた時のように、現実の自分と虚構の物語の間に二つの都市を隔《へだ》てる距離を確保できない。その日の前半の記述、二宮良明と蹴上の丘の上で唐突にくちづけを交わす場面が描かれているのは、虚構の物語のほころびを何とか食い止めようとする懸命の努力の産物だったにちがいない。しかし、そうした努力ではもうカバーしきれないほど、物語空間に生じた破れ目は深刻だった。だからこそ彼女は、タブーも顧《かえり》みず、現実と虚構の序列の逆転という荒業《あらわざ》を使って、その破れ目を縫い合わせようとしたのだ。

　思うに、彼女にとって現実の生活というものは、いつのまにか虚構の物語のリアリティを補強するための材料にすぎなくなっていたふしがある。虚構の物語を投影した『コスメティック・ストーリーズ』九月号のエピソードなんかは、その顕著な例だろうね。奈津美自身、こんなふうに書いている。《もちろんきょうまで書いてきたことはすべて真実にちがいないけれど、いちばん巧妙な嘘とは目をつぶってなにもなかったふりをすることだ》。真実の粉をまぶした嘘ほど、本当らしいものはない。だが、その見返りに奈津美の目に映る現実は、物語の中に引用される断片的なイメージに成り下がってしまったわけだ。この日記の中には〈本当の自分〉という言葉が頻繁《ひんぱん》に登場するけど、それだって似たようなものなんだよ。その時々に物語が要請する書き手のイメージが、鏡像のように紙面に投影されているにすぎない。奈津美は虚構の中の本当らしさにこだわるあまり、自分自身のリアリティまで物語に吸い尽くされてしまったんだ。彼女は日記の最後のページで存在しない恋人に向かって、あなたを愛している、許してほしいと呼びかけ、これから宅配便で日記帳を送ると宣言している。でも、たとえその時、葛見百合子に邪魔されないで、そうすることができたとしても、いずれ奈津美は名宛人不在で戻ってきた日記帳を開いて、いつぞやのように、《信じられない……どうして？　どうして？》と自問しただろう。そして、また新しい言い訳を考え出して、ほころびのない物語の繭《まゆ》の中に自分を閉じ込めてしまうだろう。そのたびに四重底、五重底の〈本当の自分〉を捏造《ねつぞう》して、どこまでもどこまでも、その繰り返しが続いたろう。合わせ鏡の間に迷い込んだ彼女の物語には、もう始まりも終わりもない、予期せぬ中断があるだけだ。しかしその中断とは、抜け殻となってしまった生命維持装置付きの物語を安楽死させることだったのではないか――」

綸太郎はなぜかふと西村海絵のことを思い出し、本格探偵小説という死児の物語に考えが及ぶと慄然《りつぜん》として絶句した。容子は目を伏せて聞いていたが、彼が黙り込むと、顔を上げて視線が交わった。

「なんだかものすごく言いたいことがあるんだけど、うまく言葉にできそうにない」容子は押し切るように短く溜息をついた。「絵空事の日記を感情移入して読んだからって、嘘を書いた奈津美さんを悪く言うつもりはないのよ。でも、なんだかとってもやるせないっていうか、悔しい気持ちがするのはどうしてかなあ――葛見百合子もこんなふうに感じたのかしら。ううん、彼女は事件の当事者だったから、二宮良明が存在しないということを知った時には、今のあたしなんか比べものにならないぐらい、もっとガックリきたはずね。だって、百合子はこの日記に書いてあることを全部鵜《う》呑みにして、ただ彼に会いたい一心で、京都に来たんでしょう？」

「そういうことだ」

綸太郎は急に湧き起こった考えを追い払い、気を取り直してうなずいた。コーヒーの残りを飲んで、さらにコップの水を飲み干した。容子が戻る時間まで、まだしばらく間があるのが救いだった。

「百合子がこの日記の内容を信じてしまったのは、当然の結果といっていい。東京での身辺の記述はすべて真実なのだし、三木達也の言動に関しても、彼女が想像したであろう通りのことが書いてある。おまけに奈津美の日記の主題は、百合子の名を借りて二宮と付き合っているという設定から生じる内面の葛藤の告白だった。奈津美はそれを読まれまいとして、日記帳に鍵をかけ、隠そうとしていたのだ。親友に対する嫉妬心から日記を盗み読んだ百合子が、そこに綿々《めんめん》と綴られた奈津美の裏切りと罪の意識を、ひいては二宮良明の実在を疑うはずがあるだろうか。そうでなければ、いくら百合子の精神状態が不安定だったとしても、婚約者の心変わりぐらいのことで、無二の親友を殺害したうえに死体の顔を焼くまではしなかっただろう。それは奈津美の裏切りに対する罰であり、顔と名前の正しい結びつきを回復するための儀式だった。そして、百合子が京都にやってきた目的は、きみの言う通り、死んだ奈津美から二宮良明を奪い返すこと、すなわち自分の名前を取り戻すことにほかならない。奈津美の日記によれば、二宮に愛される資格を持っているのは、清原奈津美ではなく、葛見百合子という名前を持つ自分以外にはありえなかったからだ」

「奈津美がそうだったのとはちがう意味で、百合子も物語に呑み込まれてしまったのね」と容子が言った。「奈津美は自分が作り出した物語に殺されたようなものだわ。でも、物語そのものは終りはしなかった。虚構であったはずの物語は百合子という読者に取り憑いて、作者の死後も現実を生き延びた」

「百合子がどうやって二宮良明の死を確認したか、まだわからない。ひょっとしたら、六年前に彼が死んでいるとは知らなかったかもしれない。しかし、奈津美が日記に書き写した電話番号にかけても、二宮良明につながらなかったことは確かだ。百合子は電話帳で二宮の名前を探したにちがいない。そこにも彼の名は載っていなかった。奈津美の日記の信憑性に疑問を抱くには、それだけで充分だったはずだ。百合子は奈津美の性格をよく知っていた。ちょうど今ぼくが説明したようなことを、直感的に悟ったんじゃないだろうか。

奈津美と二宮の交際がすべてありもしない幻であることを知って、百合子が激しい自責の念に襲われたことは想像に難《かた》くない。すでに彼女は日記に書かれていたことを鵜呑みにして、無二の親友である奈津美を殺してしまった後だった。それは何の意味もない行為なのに、奈津美の死はもう取り返しが付かないできごとだ。しかも、逃亡中の百合子を支えていたのは、二宮良明に会いたいという、その想いだけだった。その願いさえかなえたら、自首するつもりだったんだ。だが、二宮は存在しない。百合子は京都に来て一切の生きる根拠を失い、彼女が信じていた足場はいっぺんに崩れ去ってしまった。百合子はホテルを抜け出して、奈津美の日記に書かれていた地名に引き寄せられるように蹴上に赴《おもむ》き、そしてダムの連絡通路から身を投げた――」

「ジ・エンド」と容子がつぶやいた。「でも、本当にそれで物語は終りなの？」

綸太郎は首を横に振り、またコップの水を飲もうとした。だが、もう空っぽだった。容子が気を利かせて、自分のをこっちによこした。綸太郎はそれを飲んでから、溜息混じりに口を開いた。

「いや、ぼくはこの結論には到底満足できない。難問で頭を抱えているというのは、その先なんだ。この説明では、どうしても解決できない矛盾点が二つある。ひとつは竜胆直巳の殴打事件。彼の証言によれば、二宮良明に相当する人物が実在しなければならない。さらにもう一点は、オリジナルの奈津美の日記帳の行方がわからないことだ。百合子の身辺に見当たらない以上、誰かがそれを持ち去ったとしか考えられないが、そんなことをしそうな人物が二宮良明以外にいるだろうか？　にもかかわらず、彼は六年前に死んで、もはや存在しない人間なんだ！」

容子は口許をむずむずさせると、顔は動かさずに目だけ天井を見上げるような、見ようによってはあだっぽい目つきをした。それから、また日記のコピーを手に取ると、開演前に譜面の脱落がないかチェックするみたいな手つきで一枚一枚ページをめくり始めた。綸太郎は頬杖《ほおづえ》をついて、やや放心気味にその指の動きを見つめていた。

「ねえ、ちょっと待って」いきなり容子が声を発して、テーブルについたほうの腕をつかむので、綸太郎はあやうく鼻の頭をコーヒーカップにぶつけそうになった。「法月クンは肝心なことを忘れてるわ」

「何だよ、肝心なことって?」

「葛見百合子の立場になって考えることよ。火曜日の夜、百合子は竜胆直巳に会いに行ったんじゃないかしら」

「百合子が竜胆に? なぜ?」綸太郎はぐいっと肩を起こし、容子が答えかけるのを制して自分で先を続けた。「そうか。きみはつまり、百合子が竜胆を襲った犯人だと名指ししたいんだな。奈津美を辱《はずかし》めた男に、同性として制裁を加えるために。誤解から死なせてしまった親友に対して、せめてもの罪ほろぼしをしたいと願って——気持ちはわかるが、その可能性はない。なぜなら、竜胆が暴行を加えられる数時間前に、彼女はすでに死んでいたからだ。司法解剖の結果がその事実をはっきりと証拠立てている。物理法則をねじ曲げない限り、百合子が竜胆を襲うことなどありえないし、ぼくは心霊現象やオカルトの類《たぐい》は認めないんだ」

「そういう意味じゃないの」容子はもどかしそうに口をとがらせた。「話は戻るけど、電話番号がちがっているとか、電話帳に名前が載ってないとか、そういうことをきっかけに、百合子が日記の信憑性に疑問を抱いたのは、法月クンの言う通りだと思う。でも、いくら百合子が奈津美の性格を熟知してたからといって、そこから一足飛《いっそく》びに、二宮良明に関する記述がすべて嘘だと確信することなんてありえない。むしろ、百合子はそうでないことを望んでいたはずだもの。だから、二宮良明と連絡が取れないとわかったら、とりあえずほかの線から奈津美の京都での行動を跡付けて、日記の内容の真偽を確かめようとするのが自然な流れじゃないかしら」

「まあ、そうかもしれないが、それで?」

「もしあたしが百合子の立場だったら、真っ先に竜胆直巳に会って日記を読ませ、そこに書かれていることが事実かどうかたずねてみるわ。だって、日記の中に登場する京都の人間は、二宮良明以外には、竜胆ひとりしかいないんだもの。百合子自身が編集者だから、作家の連絡先を調べる手立てもあっただろうし、運がよければ竜胆から奈津美の恋人に関する手がかりを引き出せるかもしれない。ひょっとしたら、百合子は蹴上に彼を呼び出したのかも。奈津美の親友と名乗って十月十日後半の記述のことを匂わせ、内密に話し合いたいことがあると切り出せば、竜胆のほうも思い当たることがあるだけに、そうむげには断われなかったはずよ」

「竜胆が奈津美の日記を読んだ――」

「そう」容子は得意げに言った。「奈津美の物語は百合子を経由して、竜胆直巳に受け継がれたということ。そして、竜胆が百合子と同じく、二宮良明の実在を鵜呑みにしたとすれば」

「そうだったのか」綸太郎は腰を浮かせた。「そう考えれば、全部辻褄《つじつま》が合う。こんな簡単なことに気づかないなんて、ぼくは馬鹿だった」

容子がえへんと咳払いして、

「あたしの助言はお役に立ちまして？」

「きみはイカした知の踊り手だ。いや、フーダニット・サーカスの花形、空中ブランコ乗りの美女だ。きみは素晴らしい！　きみはぴったりと正しい助言をしてくれた！　でも悪いけど、こうしちゃいられない。これからすぐに道化師の出番だ。きっとこの埋め合わせはするから、今日のところはこれで失礼させてもらうよ」

「お待ちなさい」容子は勘定書をつまんでひらひらさせながらにっこりした。「ここは法月クンがおごる約束でしょう――もちろん、アドバイス料のほうは別途いただきます」

19

病室のドアを奥田刑事がノックすると、室内であたふたするような気配がして、それからやっとこさ看護婦が顔をのぞかせた。ふくよかな頰が上気して、やや場ちがいな色気を漂わせている。

「竜胆直巳さんのお部屋ですね？」

「え、ええ」

「川端署の奥田です。一昨日の事件に関して、おたずねしたいことがあってうかがったのですが。竜胆先生は起きてますか」

「はい」看護婦はしゃっくりをがまんしている新人アナウンサーみたいに、決まり悪げな表情で言った。「でも、面会は三時からなので」

「外科部長の堺《さかい》先生から許可を得ております」

奥田は口だけは丁寧《ていねい》に、ずかずかと部屋に入っていく。綸太郎と久能も彼に従った。

入院費用を張り込んだ特別待遇の一人部屋で、あちこちの出版社の名前で届けられた見舞いの花束やフルーツの籠《かご》がベッドを取り囲んでいた。ベッドの上の重傷患者はなにくわぬ顔で、文庫本を読むふりをしている。しかし、本の上下が逆《さか》さまだった。個室なのをいいことに、娘ほどの歳の白衣の天使とよろしくやっていたにちがいない。さすが平成の無頼派というだけあって、このバイタリティは見上げたものである。

奥田があらためて名乗り、暴行事件の捜査担当が代わった旨《むね》を告げた。竜胆直巳はおもむろにベッド脇のワゴンに本を伏せると、傷の痛みと体の不如意《ふにょい》を強調するように顔をしかめてこちらに向けた。頭には伸縮ネットの包帯、薄い水色の患者衣の襟《えり》ぐりからも胸部を固定しているギプスが見え隠れして、戦線離脱した古参傷病兵のようなていたらくだったが、苦《にが》みばしった男ぶりのよさを滑稽《こっけい》に貶《おとし》めるよりも、かえって箔《はく》を付け、引き立てているようなところがあった。計算しなくても、そうした雰囲気を醸《かも》し出す持って生まれた才能というものがあるということだ。うら若い看護婦を言いなりにさせるぐらい、眉一本も動かせば足りるのだろう。

奥田が窓の日除《よ》けを上げた。午後の光が室内を満たし、竜胆は陽の当たる側の目を細めた。奥田は窓を背にしながら言った。

「一カ月の重傷と聞いたわりには、意外にお元気そうで何よりです」

「そう見えるとしたら、酒を止められているせいでしょう。こう見えても肋骨《ろっこつ》が二本折れて、鎖骨《さこつ》にもひびが入っているし、今朝まで血尿が止まらなかった。何やかやで普通に歩けるようになるまで、一カ月は必要とかで、退院してもしばらくは松葉杖の世話になりそうです。誰の恨みを買ったのか知らないが、命拾いしただけでも儲《もう》けものと思え、医者にそう言われましたよ」

「それはずいぶん難儀なことですな」

「だからといって、どこも締切りを延ばしてくれないのが、この稼業の辛《つら》いところで」竜胆は気後れする様子もなく、病気自慢を愉《たの》しんでいるような口ぶりで続けた。「この機会にゆっくり骨休めができると思ったのは、浅はかでした。利き腕が無事なら充分書けますね、見舞いにくる編集者はみんな口をそろえてそんなことを言う。入院体験記の注文が新たに二本加わって、仕事の量は増えてしまうし、まあ一カ月もじっと横になっているのは退屈だから、口述の助手でも頼もうかと考えているところです。いや、刑事さんにそんな愚痴をこぼしても始まらない。そちらのお二人も、川端署の方ですか？」

「いえ」と奥田は軽くかぶりを振って、二人を紹介した。「警視庁捜査一課の久能警部、それに推理作家の法月先生」

「東京からお越しになったのですか。それはわざわざご苦労さまです」竜胆は値踏みするように、綸太郎に目を移した。「失礼。推理物には疎《うと》いせいで、ご同業の方とは気づきませんでした。京都には取材で？」

綸太郎はふっと鼻でうなずいた。

「ええ、まあ」

「しかし、なぜ警視庁の刑事さんがここに？」綸太郎に対してはそれ以上の興味を示さず、竜胆はすぐに奥田に目を戻してたずねた。「私を襲った犯人の目星が付いたのではないんですか」

「むろん、そうです」

奥田の答を久能が引き取って、

「詳しい事情を説明する前に、まず見ていただきたい写真があるのですが。昔撮《と》ったもので、今とは少し雰囲気がちがっているかもしれませんが、顔の特徴は変わっていないはずです。あなたが目撃した相手と一致しているかどうか――」

竜胆がやや緊張気味にうなずく。綸太郎は鞄を開けて清原奈津美の高校の卒業アルバムを取り出し、三年E組のページを開いて久能に渡した。ページ端の生徒氏名の欄は、見えないように紙を貼って隠してある。久能はベッドの枕元ににじり寄り、葛見百合子の写真を指で示して竜胆にたずねた。

「この人物の顔に見覚えはありませんか?」

竜胆は目立った反応を見せなかった。左頰に貼られた絆創膏《ばんそうこう》のせいで、微妙な表情の変化までは読み取れない。アルバムから目を上げて、しげしげと久能を見つめた。

「何か誤解があるようですが。これは女の子でしょう? だが、私を襲った相手は男だった」

久能は聞き流すように、首を横に振った。竜胆は改めて当惑のそぶりを示し、説明を求めるように窓際の奥田に顔を向けたが、無言の壁に阻《はば》まれて目のやり場を失った。何か言おうとして口を開きかけたが、言葉は出てこない。

「では、隣の写真を見てください」と久能が言った。「その女性なら心当たりがあるでしょう」

「ああ」半開きの口から、やっと声が洩れた。「これは清原君だ。まだ顔が幼いな。『VISAGE』という雑誌の編集者で、私の連載の担当だった清原奈津美君です」

久能はうなずいて、

「先週の土曜の夜、彼女が世田谷の自宅で殺害された事件はご存じですね？」

「もちろん」竜胆は顔を暗くした。「聞いた時は私もショックでした。半月ごとに京都に足を運んでもらって、打ち合わせしたり、原稿を渡したりの付き合いがずっと続いて、自分の娘のように思っていただけになおさらです。まだ若くてこれからという人だったのに、気の毒としか言いようがない。経験は浅いが、カンのいい子でね。仕事に対する熱意も人一倍で他社のベテラン編集者に劣らず、女性らしいこまやかな配慮が行き届いて、私もずいぶん学ぶところが多かった。『VISAGE』の編集長も、惜《お》しい人材を失ったと嘆いていました。彼女と組んだのは、『コスメティック・ストーリーズ』という商品と抱き合わせの企画物の連載だったが、けっしてルーティンに流れず、回を追うごとにこっちのテンションも高まって、読者の反響もよかったのです。ついこの間、連載の延長が決まって、これまでの分を一冊にまとめる話も進んでいたのに、彼女がいなくなったら、いっぺんに意欲が失《う》せてしまったような気がする。それでも何とか気持ちを奮《ふる》い起こして、続きを書いて、清原君の霊前に完成した本を捧《ささ》げるのが一番の供養《くよう》というか、遺《のこ》された者の務《つと》めだと思ってはいるのですが」

竜胆は瞼《まぶた》を閉じてうなだれ、黙禱《もくとう》のように聞こえる溜息をついた。やがて目を開けると、久能の顔に視線を戻してたずねた。

「たしか一緒に暮らしていた女性が清原君を殺した犯人だと聞きましたが、もう捕まったのですか？」

「犯人は捕まる前に死んでしまいましたよ。火曜日の夜遅く、蹴上のダムから転落して。葛見百合子といって、最初に見てもらった写真の女性ですが、京都に来ていたんです」

竜胆はいぶかしそうに目を細めて、もう一度アルバムの写真に見入った。何かの考えにふけっているようで、不安を隠しきれないのか、神経質なまばたきを幾度か繰り返した。

「だが、どうして私にこの写真を？　ひょっとして、その東京の事件と私を襲った人物と、何か関係があるとでも」

「その通りです」と久能は言った。「葛見百合子が死んだ時間といい場所といい、あなたの事件と接近していることはお気づきでしょう。本当に彼女の顔に見覚えはないのですか？」

「何度も言わせないでくれ。私を待ち伏せてこんな目に遭《あ》わせたのは、まちがいなく男だった。それに、この写真の女とは会ったこともない」竜胆は奥田をにらみつけ、八つ当たりするような苛立《いらだ》った口調で言った。「いったい、これはどういうことなのかね？　きみたちは、私を襲った男を割り出すために来たんじゃないのか。そうでないなら、出直してきてほしい。私は重傷を負わされた被害者なんだ」

「ところで、竜胆さん」

　綸太郎はなにげない調子で呼びかけると、壁から離れ、部屋の中央に進み出た。

「あなたは、清原奈津美がずっと日記を付けていたことをご存じですか」

「日記？」竜胆は虚を突かれたようにそう口走り、かぶりを振った。「――いや、知らない」

「彼女の記述によれば、去年の暮れ、あなたは奈津美さんに乱暴し、それ以来十カ月間にわたって、彼女に肉体関係を強要し続けていたそうですが、それは事実ですか？」

　竜胆の顔色が変わった。いったん顔から血の気が引きかけて、またすぐに逆流し、みるみるうちに右頬がまだらに紅潮した。

「いきなり何を言い出すんだ。きみ、失礼にもほどがあるぞ」

「否定されるのですか？」

「当たり前だ。馬鹿も休み休みにしたまえ」

「しかし、彼女ははっきりそう書いている。ここにその写しがあります」綸太郎はコピーを竜胆の目の前に突きつけた。「読んでみましょうか？《わたしはそれまで、何度も竜胆直巳と寝ていたのだった。原稿を受け取りに、あるいは打ち合わせと称して京都に出張するたびに、わたしはそれを強《し》いられた。こちらの意志など関係なく、作家と編集者という力関係のみに縛られて。そうした話は周りでよく耳にするし、竜胆の女性関係に関する噂も知っていたけれど――》」

「やめてくれ。何かのまちがいだ」

竜胆は顔をそむけた。良心のとがめのせいというより、ドアのそばに立っている看護婦の冷たい敵意の視線を避けるような身振りだった。胸に詰まった不快の念を吐き出すように、彼女が言った。

「あの、わたしはしばらく席を外したほうが」

「いや、それには及びません」奥田がかぶりを振って引き止めた。むしろ命令に近い言い方で、看護婦はその場に残ったが、怒っているみたいにうつむいて、誰とも目を合わせようとしなかった。

綸太郎はコピーをベッドの上に投げて落とした。竜胆がちらっと目をかすめさせたが、手を出そうとはしない。綸太郎は彼の横顔に言い聞かせた。

「その日記のおかげで、清原奈津美が殺された理由が明らかになったのですよ。今年の三月、彼女はこの京都で片想いの相手だった高校時代の同級生と、卒業以来六年ぶりに再会した。ところが、ささいな誤解から、彼——二宮良明は奈津美をやはり元の同級生で、彼女の十年来の親友である葛見百合子と人ちがいしてしまった。内気な奈津美はその誤解を訂正できず、親友の名前をかたって二宮と付き合い始めた。そして、そのことを同じ屋根の下に住む本人にはひた隠しながら、七カ月間の交際の過程を克明に記録していた。それがこの日記です。一方、別の理由から彼女に不信感を抱いた百合子は、力ずくで日記を読んでこの事実を知り、衝動的に奈津美を殺してしまった。かつては百合子も、同じ相手に届かぬ想いを寄せていたからです。彼女は二宮良明に会って偽《にせ》の恋人の正体を暴露し、自分がその後釜《あとがま》に坐るために京都にやってきた——もっとも、これは釈迦《しゃか》に説法というやつでしたかね。すでにあなたもよくご存じの筋書きなのだから」

竜胆はまだうつむいたきり身じろぎするだけで、答はなかった。聞いているのは確かだが、自分の周りに見えない壁を張りめぐらせているのだった。

「あなたはこの日記を読んでいる」綸太郎はたたみかけるように言葉を継いだ。「葛見百合子が読ませたのです。コピーではない、奈津美の直筆《じきひつ》のオリジナルの日記帳を。

彼女は火曜日の夜、泊まっていたホテルからあなたに連絡を取ったのではないか。フロントには市内通話の記録が一件残っているし、百合子は編集者だったから番号はどうとでも調べようはある。むろんその時、あなたはかけてきた相手がどこの誰なのか知らなかったはずだ。普通なら面識のない人物の誘いに乗って、真夜中にひとり出かけていくなんて無茶はしないでしょう。しかし、百合子は清原奈津美の親友で、あなたの弱みを握っていた。彼女は電話で、あなたが奈津美に関係を強要し続けていたことをほのめかしたにちがいない。あなたは、百合子の求めに応じるしかなかった。人目を避けるため、面会の場所に蹴上のダム地を選んだのは、ひょっとしたら、あなたのほうではないですか？

日記を読まされてあなたは頭を抱えた。そこには奈津美自身の手で、あなたの卑劣な行為が赤裸々《せきらら》に暴露されている。葛見百合子はそれが事実なのか、あなたを問い詰めたはずです。あなたは否定できなかった。いや、もちろん、そうした醜聞《しゅうぶん》は日常茶飯事で、特別に良心が痛むことでもなかったでしょうが。似たようなケースを金で解決するとか、あるいは裏から手を回して泣き寝入りさせるとか、そういう前例が過去に幾度もあったにちがいない。百合子に会う時も、最初はそのつもりだったのでしょう。ところが、今回はまったく事情がちがった。相手は奈津美を殺した殺人犯だった。殺人事件の被害者とあなたの関係が明るみに出れば、事件との因果関係があろうとなかろうと、マスコミにとっては格好のスキャンダルの種です。いくら平成の無頼派と居直っても、世間の非難にさらされて、N氏賞作家の地位と名声が維持できるとは限らない。だからこそ、百合子の目的は逃走資金を得るための恐喝だと、あなたは思い込んだ。

しかし、実際に会ってみると、彼女の捨て鉢《ばち》な言動はあなたの理解を絶するものだったはずです。百合子の目的は恐喝ではなく、そもそもあなたの立場がどうなろうと、彼女の知ったことではなかった。相手の真意をつかみそこね、パニックに陥《おちい》ったのでしょう。あなたはとらえどころのない恐怖に襲われて、発作的に彼女を制水ゲートから突き落とし、殺してしまったのだ」

「ちがう」竜胆は反射的に青ざめた顔をこちらに向け、激しくかぶりを振った。「私は殺していない。その女に会ったことすらないんだ」

綸太郎は冷然と聞き流して、先を続けた。

「最初から殺意があったとは言いません。犯行は突発的なものだったにちがいない。だからといって、警察に届けてその責任を取るつもりはなかった。あなたは自分の名前が記された奈津美の日記帳を回収し、誰にも見とがめられることなく、犯行現場から立ち去った。葛見百合子は指名手配中の殺人犯で、あなたと会うことを事前に誰かに洩らしているとは考えられない。事実、そうでした。しかも、あなたはそれまでに百合子と一面識もなかったし、東京の事件に関しても部外者だった。だから、口を閉じて知らんふりしていれば、疑われる気遣いもなかったはずです——日記のコピーさえ存在しなければ。

話がややこしくなったのは、あなたがコピーの存在を知ったせいです。たぶん百合子は、日記には写しがあって、いずれ警察に渡るという意味のことを口走ったにちがいない。それはあなたを脅《おど》すためではなく、単に事実を述べただけですが、その言葉を無視することはできなかった。警察が日記のコピーを手に入れれば、あなたが奈津美に対してしたことがばれてしまうばかりか、その記述を取っかかりにして、百合子の死にあなたが関与していることにまで調べが及びかねない。あなたはそうならないよう予防策を講じる必要に迫られ、また謎のまま残っている百合子の目的を考え直すためもあり、家に戻るとすぐに奈津美の日記を通読した。そうしてやっと東京と京都にまたがる人ちがいの恋が、悲惨な結末に至るまでのいきさつを知ったのです。

二宮良明という人物の存在を知って、あなたは欣喜《きんき》雀躍《じゃくやく》したにちがいない。百合子が京都にやってきた最大の理由は、高校時代の片想いの相手だった二宮に会って、正真正銘の葛見百合子として名乗りを上げるためだと想像がついたからです。実際には、百合子は二宮と会ってはいない。でも仮に、彼女が二宮と会って奈津美殺しを告白したとすれば、恋人を殺された二宮の側にも充分、百合子を殺害するだけの動機があるのではないか？　あなたはそう考えた。つまり、二宮良明に葛見百合子殺しの濡れ衣《ぎぬ》を着せられることに気づいたのです。

しかし、奈津美の記述だけでは、二宮を百合子殺しの犯人にする動機としては弱すぎる。これは言わずもがなで、二宮に罪をなすり付けるためには、何らかの工作をしなければならない。その時、あなたは奇妙な具合に論理的な考え方をしてしまったのです。すなわち、二宮良明が百合子を殺す前提条件として、彼は奈津美の日記を読んでいなければならない。その日記には、あなたが清原奈津美の肉体を弄んでいたという記述が含まれている。とすれば、恋人の日記を読んだ二宮の怒りは百合子だけでなく、あなたに対しても向けられなければおかしい。したがって、二宮良明は竜胆直巳にも何らかの制裁を加えるはずである――この論法を逆転させると、こうなります――百合子の死から間を置かずに、あなたが何者かに襲われたとすれば、その犯人は二宮良明であり、なおかつその襲撃行為は、彼が奈津美の日記帳そのものを読んでいること、百合子殺しの犯人だということを間接的に証明するものである、と。

そこであなたは、夜が明けきらぬうちに日課通りジョギング・コースに出ると、人目がないのを確認してから、自分で自分の体を痛めつけ、ありもしない暴行事件をでっち上げた。そして、警察が日記のコピーから二宮良明の存在を割り出し、あなたの事件との関連に気づいた時には、満を持して彼を襲撃犯と名指しし、すべての罪をかぶせる計画だった。若い男の襲撃犯など、最初から存在しなかったのだ！　要するに、水曜日早朝の暴行事件というのは、百合子殺しの罪を免《まぬが》れるために、あなたがシナリオを書いた狂言だったということです」

「――そうか、思い出したぞ」竜胆がだしぬけに声を張り上げ、手品の種を見破った観客のような目で綸太郎を見返した。「法月綸太郎、推理小説を読みすぎたあまり、現実と物語の区別が付かなくなった探偵マニアの作家がいると聞いたことがある。きみのことだったか。お目にかかれて光栄だ」

綸太郎は声を立てずに口許をほころばせた。竜胆の悪あがきするさまが滑稽だったからではない。ただ何となく、むやみにおかしかった。

「現実と物語の区別を忘れたのは、竜胆先生、あなたのほうではないんですか」久能が淡々とした口調で迫った。「あなたも葛見百合子と同じように、奈津美の日記に書かれていたことを鵜呑みにしてしまったのだから。どうして日記にメモされた電話番号を確認する手間を惜しんだのです？　その番号にかけさえすれば、一瞬でわかることだったのに」

竜胆は目を白黒させ、狼狽《ろうばい》気味にぎくしゃくと身をすくめて、今さらのようにかぶりを振った。

「――きみらがいったい何を言いたいのか、私には全然理解できない」

「あなたの知らないことがひとつだけある」綸太郎は竜胆の分厚い面《つら》の皮を剝《は》いでやるつもりで、楔《くさび》を打ち込むように言った。「奈津美の日記の一部は、完全なフィクションだった。二宮良明という人物は六年前に死んで、もうこの世に存在しない。彼は、清原奈津美の傷ついた心が生み出したファンタジーの世界の住人でしかなかった。あなたの証言は、肝心の土台を欠いた蜃気楼にすぎない。実在しない人物が現実の人間を襲い、重傷を負わせることなどできないんですよ、竜胆さん」

「きみの言うことは理解できない」竜胆は深く息を吸い込むと、頑強に同じ文句を繰り返した。「私が殺人の罪を誰かになすり付けるために、狂言を打っただって？　あんまり馬鹿馬鹿しくて、聞く耳も持たん。こっちはきみが言うようなこととは、何の関係もないんだ。その日記とかいうのだって、今初めて見せられたものだし、二宮とか百合子とか、そんな連中の名前は見たことも聞いたこともない。だいいち、カルテを見なかったのか？　私はもう少しで死にかけたところだったんだぞ。自分ひとりで、どうやってこんな大怪我ができるか。そんな愚《ぐ》にもつかないたわごとを並べてる暇があったら、私を襲った男を捜すことに専念してくれ」

「往生際《おうじょうぎわ》が悪いですな、竜胆先生」

奥田刑事が窓べりから釘を差すみたいに声をかけた。呆然《ぼうぜん》と奥田の表情を見つめ、竜胆はようやく窮地に追い込まれていることを認めたようだった。

「本当に本気なのか？」演技だとしたら、相当の役者だった。しかし、舞台の引け際というものをわきまえていない、長引きすぎたひとり芝居にしか見えなかった。「バカげてる。どう説明したらわかってくれるんだ」

誰も答えなかった。ドア越しに、外の廊下を誰かが通りすぎる靴音が聞こえた。もがき泳ぐような竜胆の視線がひとしきり病室の中をさまよった末に、先ほど来、ベッドの端に広げたまま、その存在を忘れられていたアルバムの上に落ちた。

竜胆はしばらく放心したように三年E組のページに顔を伏せていたが、いきなりアルバムをつかんでぱっと目を上げた。さっきまでとは別人みたいに、顔が輝いていた。「——こいつだ」ピンで突き刺すように、竜胆の指がページ上の一点に立った。「まちがいない、この男だった。むろんもっと歳を食っているが、私をこんな目に遭わせたのはこいつだ」

綸太郎は竜胆の豹変《ひょうへん》に釣られてアルバムをのぞき込んだ。彼が指差しているのは、たしかに二宮良明の写真だった。だが、氏名欄は見せる前から紙で隠してあるので、たとえ二宮の名前を知っていても、彼の顔は特定できないはずだった。

綸太郎は振り返って、川端署の誰かが二宮の写真を竜胆に見せたのかと奥田にたずねた。すげない答が返ってきた。

「でも、彼の写真はそのアルバムのやつしかありませんよ」

「じゃあ、どうして彼だとわかるんです?」

「この目で見たからだ!」ぶるぶると顔を震わせながら、竜胆が怒鳴った。「信じてくれ。私が見たのは、正真正銘、この顔だったんだ」

＊

病室を後にして廊下を戻っていく途中、三人ともしばらく口を開かなかった。綸太郎は自分の靴先を見つめて考え込んでいた。目を離した瞬間に、歩いている足下が崩れてしまいそうな気がした。

「竜胆の言っていることは本当かもしれない」久能が沈黙を破って言った。「清原奈津美に肉体関係を強要していたのはまずまちがいないとして、狂言説のほうは疑わしくなってきた。二宮良明の写真の件といい、あれは嘘をついてる顔には見えませんね」

「私もそう思う」と奥田が応じた。「少なくとも、あの怪我の具合は本物ですよ。彼が百合子殺しの犯人だというのは、無理があるんでは」

綸太郎はうつむいたまま、かぶりを振った。

「でも、二宮良明は死んだ人間です。彼が竜胆を襲うなんてありえない」

久能と奥田は軽く目を見交わすと、互いちがいに首を振ってみせた。綸太郎は顔をそむけ、廊下の壁にじっと見入った。竜胆の狂言説が否定されれば、彼が念入りに組み立てた解決も瓦解《がかい》する。土台を欠いた蜃気楼を信じてしまったのは、竜胆ではなく、自分のほうだったのか？　そのことを潔《いさぎよ》く認めるしかないのだろうか？

だが、そんなことは不可能だ——。

20

チャイムに応《こた》えてドアを開けると、見ず知らずの男が戸口に立っていた。地方新聞の学芸部員みたいなおとなしい服装で、年格好は自分より五つ上ぐらいだろうか？　最初は、部屋をまちがえられたのではないかと思った。宗教の勧誘や訪問販売のセールスマンのようには見えないけれど、そうした連中以外にこの部屋を訪れる客があろうとは。

「西田知明《ともあき》さんですね」と訪問者は言った。「法月といいます。急に押しかけて申し訳ありませんが、あなたにうかがいたいことがあって。今週の火曜日の夜、蹴上ダムの制水ゲートから、葛見百合子という女性が転落死した事件をご存じですか？」

とっさに返事もままならなかったが、態度でそれと認めたようなものだった。いや、じたばた悪あがきするつもりすらなかったのだ。来るべきものが来た、不思議と平静な気持ちでいられるのは、法月と名乗った相手の何もかも見通しているのに、黒く塗りつぶしてしまったような哀しげなまなざしのせいだったかもしれない。

「──警察の方ですか？」

「いや」法月は心なしか気がとがめるみたいに、そっとかぶりを振った。「行きがかり上、警察に協力してはいるけれど、ぼくは刑事ではないです。ある事情から、というか、個人的な興味から今度の事件に首を突っ込んでいるだけで、法的な権限も何もない。通りすがりの他人とでも思ってもらえばいいかもしれない。もちろん、きみはこれから警察に出頭して、いろいろと説明を求められるでしょうが、ぼくの関心は初めから彼らとは別のところにある。それをどう言ったらいいのか、どこかで食いちがって宙吊りになったままの物語、その続きを見届けたいだけなのですよ」

「物語の続き？　終りではなく？」

けげんに思って問い返すと、法月はうなずいて、ぼくの仕事は竜胆直巳と同じだから、と半ば口《なか》ごもるように言い添えた。この男は何もかも承知しているのだ。そう思い知らされる一方で、自分こそ、彼のような人物が現われるのを待っていたのではないか、という気もするのだった。そして、そんなふうに思うことがけっして意外ではなかった。

「——わかりました」親しみや気安さとはまた異なった、医者に病状を告げる時のような忌憚《きたん》のなさで彼を迎え入れた。「玄関で立ち話も何ですから、狭いところですが、どうぞ上がってください」

法月は軽く頭を下げると、外にいる誰かに何か合図するような身振りをはさんでから、ドアを閉め、靴を脱いだ。キチネットと続きの三畳をやり過ごして、奥の六畳間に彼を通した。締《し》めきっていたカーテンを開けると、ツヤ消しの窓ガラスから昼下がりのしどけない光が染み込んで、ひとり暮らしの殺風景な部屋が窮屈で息苦しい独房のように見えてしようがなかった。そうでなくても、室内に他人を上げるのは、絶えて久しいことだった。法月は勝手知った家のように腰を折ると、カーペットの上に胡坐《あぐら》をかいた。他人の存在が平然とそこにあることが、妙になじまない。気持ちの問題というより、ほとんど粘膜に触れるみたいな異物感だった。所在なく、部屋の中を片付ける格好で、物の置き場所をあっちこっちと動かしてみたが、気に入らず、また元の位置に戻したりする。どっちが部屋の主だかわからない。やきもきしても始まらないと思った。正面に膝を屈し、正座して相手の顔に視線を注いだ。客は無言で首を蝶番《ちょうつがい》みたいに曲げながら、書架に並べた本をながめていたが、不意に顔をこちらに向けて雑談のように言った。

「大学院で、ドイツ・ロマン派の研究をしているんだってね。どうりで、手強《てごわ》そうな横文字の文献がぎっしりだ。ロマン派の誰を専門に？」

「フリードリヒ・シュレーゲルですが。イェーナ時代における、フィヒテ哲学の影響を中心に」

「なるほど」と法月はあながち脱線でもないように相槌《あいづち》を打った。「シュレーゲルといえば、フリードリヒの兄、アウグスト・ウィルヘルムも初期ロマン派の主要メンバーで、弟とともに季刊雑誌『アテネーウム』の発刊に携《たずさ》わってますね。もっとも、ウィルヘルムはフリードリヒほど過激な理論家ではなくて、むしろ地味な学究だったが、シェークスピア全集の独語訳の業績で名を残している——というのはじつは付け焼き刃の知識で、さっき図書館に寄ってドイツ文学史の本でカンニングしてきたんだけど」

「どうして、ぼくだとわかったのですか？」

じれったくなって自分からたずねると、法月はおもむろに口許を締め、簡易製本したコピーの綴《つづ》りを差し出した。受け取ってページを繰《く》ると、すでに目に焼き付いた筆跡が、火曜日の夜から何度も何度も読み返して、そらんじられるほどになっている死んだ恋人の日記の文面がそこにあった。最初から最後まで洩れなくコピーされているのを確かめ、深呼吸してから質問を改めた。

「これはどこで？」

「葛見百合子は、奈津美さんの日記帳の写しを作っていた」と法月が説明した。「だが、たぶんきみにはそのことを告げなかったはずだ。きみに会うこととはまったく関係のない目的でそうしたのだから。百合子は自分を裏切ったフィアンセに当てつけるため、このコピーを彼の会社に送り付けたんだ」

「──三木達也」

法月はうなずいた。自然にその名前がこぼれ落ちたのは、語るに落ちたようなものだったが、お互いにもうそんなことはどうでもいいのだった。

「その中にこの部屋の電話番号が記されていることは、きみも承知のはずだ。もっとも、ここにたどり着くまでに無用な回り道をしたけれど。一昨日、問い合わせの電話があった時、きみはとっさに他人のふりをしただろう？　それで惑わされた。本当はその時、すぐに気がつくべきだった。十月十二日の記述の中に、ちゃんと〈西田様方〉と書いてあったんだから」

「彼女には、間借りしているということにしてあって、大家の名前だと思わせていました。そうしないと、郵便が届かなくて怪しまれますから」

「うん。だが、きみの実家に確かめるまで、そんなことは誰も考えもしなかった。てっきりでたらめな番号が書いてあると思い込んで、うっちゃってしまったのは、初歩的なミスだった。二宮良明という名前にこだわりすぎたのと、福井県警に対する説明が不充分だったせいもあるが」

「ごまかすつもりはなかったんですが、訊かれた時にはつい――」かぶりを振って、腰を浮かした。書架の前に立ち、ドイツ語資料の後ろに隠しておいた日記帳を引っぱり出すために。「これが原物です」

法月はハンカチを広げて、宝飾品を扱うような細心の手つきで表紙をくるむと、じかに指が触れないよう注意してページをめくり始めた。彼にとって、この日記帳は重要な物的証拠なのだ。ひと通り内容を確認してから、冷たい長い針を慎重に押し刺してくるような口調で言った。

「きみがこれを手に入れた火曜日の夜のことを訊かなきゃならない。葛見百合子、まだその呼び名にはなじめないかもしれないが、彼女を連絡通路から突き落としたのは、きみのしわざだったのか？」

……キミノシワザダッタノカ？　その質問が遠い雷鳴のように、耳の奥で何度もこだまする。キミノ・キミノ・シワザダッタノカ・キミノ？　でも、ぼくはもうその問いを不在のきみに向かって投げ返すことができない。ぼくの名前が口にされてしまった今となっては。ぼくは、ぼくがぼくであることの耐えがたさの前で口ごもってしまう……。


「――わからない」

「わからない？」法月は肩すかしを食ったみたいに顔を曇らせた。

「いや、そういう意味ではないんです」頭を振って脳裏に響く声を追い払い、誤解を招かぬように言いつくろった。「彼女を死なせた責任は、もちろん、ぼくにある。そのことは認めます。ただこの手で彼女を突き落としたかどうかと訊かれると、そこまではっきり思い出せなくて」

「火曜日の夜に起こったことを、順序立てて話してもらえないだろうか？」と法月がたずねた。「日曜日にお兄さんの七回忌《き》の法事があって、三日ほど京都を離れていたそうだね。

きみはその日の午後まで福井の実家にいて、夕方こっちに帰ったと聞いている。葛見百合子から連絡があったのは、この部屋に戻ってまもなくだったと思うが」

「――旅の疲れもあって、荷物をほどいただけで、そのままうたた寝しているところを、電話のベルで起こされたんです。九時頃だったと思います。相手は、葛見百合子と名乗りました。半分寝ぼけていたせいか、百合子、ぼくの知っている百合子と信じて疑わずにしばらく話していましたが、そのうち、なんとなく様子がおかしいと思い始めた。京都に来ているというんですが、声の感じとか、話し方が別人のようで、会話も嚙み合わなかった。彼女は新聞を読んでくれといい、話があるから蹴上のダム地で待っていると言い残して電話を切りました。実家にいる間はろくにニュースも見てなかったので、何がなんだかわからないまま、留守中にたまった新聞を読んで、初めて東京の事件を知ったんです。被害者の顔写真はまちがいなく、葛見百合子、ぼくの恋人でした。ところが、その記事には、清原奈津美という聞いたこともない名前が書いてあるんです。何かのまちがいだろうと真っ先に思った。というか、記事そのものを信じたくなかった。それよりも、電話をかけてきた女はいったい誰だったんだろうかと、そっちのほうが気がかりでした。しばらくはショックと頭がこんがらがったせいで、夢かうつつかすら定まらないような状態が続きました。あれこれとりとめのないことを考えあぐねた末に、電話をかけてきた百合子と称する女の言う通り、蹴上に出向いて話を聞かなければならないと決めました」

「その時、警察に届けようとは思わなかった？」と法月が言葉をはさんだ。

「いいえ、これっぽっちも。彼女がそうしないでくれと言ったせいもありますが、言われなくても通報はしなかったでしょう。ぼくにとっては、何が起こったのか知ることが先決だった。身支度を整えて家を出、蹴上の公園に着いたのは、もう十時近くだったでしょうか。彼女は先に来ていて、街を見下ろす丘のベンチの端に横坐りに腰かけて、ぼくを待っていました。十月十日の日記に書いてある、あのベンチです。でもそこにいる女は、百合子とは別人だった。ぼくらのほかに人影はありませんでした。彼女はぼくの姿を見つけるなり、

——二宮君！

と叫んで、走り寄ってきました。常夜灯の光の下で見ても、彼女の顔に見覚えはなかった。まったく知らない女だったのです。ところが、向こうはぼくのことをよく知っているらしく、懐かしさとなれなれしさの入り混じった態度を示しました。ぼくはどうしたらいいか決めかねて、どっちつかずの対応をしていたのが、相手の気に障《さわ》ったようです。

——二宮君、あたしよ。思い出して、あたしが葛見百合子なのよ。

そう訴えるのを皮切りに、彼女は堰《せき》を切ったみたいに、一時にいろんなことを喋《しやべ》り始めました。ぼく自身、まだ混乱していたせいもあって、初めは何がなんだかよくわからなかった。この女は誰なんだ、それはかり自問しながら、ただひとつ確かなのは、新聞の記

事はやはり事実であり、ぼくの百合子は、いや、この女が言うように、本当の名前が清原奈津美だとしても、彼女は死んだのだということが、おぼろげにわかってきました。

――きみが彼女を殺したのか？

ひとしきり女に喋らせてから、ぼくがたずねると、彼女はあっさり犯行を認めた。十年来の親友の日記を奪ってぼくのことを知り、逆上して、百合子じゃない奈津美を殺し、死体の顔を焼いたのだと、こっちが訊きもしない、聞きたくもないことまで、微《び》に入り細《さい》をうがって自慢げに話して聞かせるのです。悪びれもしないで、ぼくがそのことを許すものと最初から決めてかかっているように。そして、女は自分が言ったことの証拠として、この日記を差し出した。彼女がいちいち指摘する箇所を、常夜灯の下で読まされたのです。にわかには信じられなかったけれど、後から考えるとたしかに思い当たることばかりで、ぼくが葛見百合子だと信じて半年間付き合っていた相手が、実際は名前のちがう別人だったということを認めないわけにはいきませんでした。でも、女が言うように、だまされたという気はしなかった。本当です。それどころか、自分がずっとしていたことを考えると、どこかでほっとするような気さえした。しかし、だからといって、それでどうなるものでもないんだ。正しい名前を知ったからといって、死んだ彼女が生き返るわけじゃない。何もかも取り返しがつかない。本当の名前が何であれ、かけがえのない、たったひとりの恋人はもうこの世にいない、目の前にいる女に殺されたのだ――その時の自分にとって、あやふやでない、確たる事実と感じられるのはそれだけでした」

「きみはその時、死んだ恋人の仇《かたき》を取りたいと思わなかっただろうか？」と法月がたずねた。


……キミハソノ時、死ンダ恋人ノ仇ヲ取リタイト思ワナカッタダロウカ？　ぼくはその時、死んだ恋人の仇を取りたいと思わなかっただろうか？

思ったのだ。もちろん、このぼくはそう思ったに決まってるじゃないか！

「奈津美じゃなくてこのあたしを、葛見百合子を愛してると言って。半年間のできごとは全部まちがいで、あの子はあたしの身代わりにすぎなかったって、そう言って。奈津美にそうしたように、ここで、あたしにキスして」

女はそんなことを言った。ぼくは女の求めを拒《こば》もうとして、制水ゲートの方に退いた。最初はただ、女の肉体の押しつけがましさに言い知れぬ嫌悪《けんお》を覚えて、その腕を振り払おうとしただけだった。でもその時、ゲートの連絡通路の手すりの向こうに広がるおぼろな闇が目をかすめて、同じように暗いぼくの心のがらんどうを抉《えぐ》るみたいに、女に対する憎しみが、殺意という明確な心像《しんぞう》を貌《かたど》りながら、閃光のようにひらめきはしなかったか。ぼくは通路の真ん中で足を止め、立ち腐れの樹のように女を迎えた。女が腕を回し唇をぼくの口に押し当てることを妨《さまた》げはしなかったが、かといって、積極的にその行為に応じたのでもなかった。ぼくは木偶《でく》の坊《ぼう》みたいになって、それに甘んじた。憎悪の冷たい一閃で感光したように、身も心もしらじらと凍りついていた。

女はやがて後退《あとずさ》りするように唇を離しながら、わなわなと震える瞳で、ぼくを見つめた。死んでいる人間を見るように昏《くら》いうつろな視線、漆喰《しっくい》で塗り固めたようなおのきの表情。ある意味でその反応は正しかったのだ。そこにいるぼくは、血の通《かよ》った現世の人間ですらなく、不在のきみ、死者の形代《かたしろ》にすぎなかったのだから。

「七年前の想い出なんて、ぼくは知らない」ぼくはどっちつかずの態度を捨て、初めてぼく自身として口を開いた。「きみに会うのも今日が初めてだ。ぼくが愛したのはきみの名前なんかじゃない、百合子だろうと奈津美だろうと、名前なんてどっちだっていい。ぼくはあの人を、彼女の存在そのものを愛したんだ。きみは、そのかけがえのない人の命を奪った」

「誰？」と女は言った。「あなたは誰なの？　二宮君ではないのね」

「そうだ。ぼくの名前は、二宮良明じゃない。それは、ぼくの兄の名だ。離れて育った双子《ふたご》の兄の。きみには気の毒だが、兄さんは、二宮良明は六年前に自殺して、もうこの世にはいない。きみはそのことを知らなかったらしいな」

ぼくにしがみついていた腕がつかみどころをなくして、ずり落ちた。しがみつくよすがは何も残されていなかった。

「——嘘」

女がひとことだけ言い残した。どういう意味なのか、ぼくにはわからなかった。今でもわからない。女は、ぼくの言葉に嘘のないことを一瞬で了解したはずだから。女はゆっくりと身を転じ、手すりに手を載せた。ぼくの本当の名前を確かめようとさえしないで。それが、女の顔を見た最後だった。ぼくはあらかじめ、女がそうするのを知っていたのだ。ぼくは身じろぎひとつしなかった。女が手すりを乗り越え、重力に身を任せるのを黙って見届けただけだった。

ぼ、く、は、そ、う、や、っ、て、彼、女、を、殺、し、ま、し、た……。

＊

自分の声が途切れた瞬間、沸《わ》き立つ泡のように脳裏《のうり》に浮かんだ言葉をそのまま口に出してずっと喋り続けていたことに、ぼくは初めて気づいた。目の前の聞き手は、砂地が水を吸い込むみたいにじっとぼくの話に聞き入って、何もたずねはしなかった。でも、そこにいるのは法月という名を持つ他人、彼は生きている人間で、不在のきみじゃない。ぼくが心の中に作り出した鏡像は粉々に砕けてしまって、ぼくと彼の間を隔てるものは何もなく、ぼくは、ぼくがぼくであり、きみのきみではないということを認めなければならない。ぼくの声はもうけっしてきみの耳に届くことはない代わり、キミ、キミノキミ、キミノキミ、キミノキミノキミノキミ……際限ない二人称のフィードバックから解き放たれて、ぼくはようやく長いうつろな夢から覚め、岩のように硬く、石のように冷たく、砂のようにざらざらした現実の手触りを取り戻す。

法月はおもむろに姿勢を崩すと、改めて日記帳を取り上げ、念を押すように言った。

「ここところに強くぶつけた跡がある。葛見百合子が連絡通路から身を投げた時、これも一緒に落ちてしまったんだろう?」

「そうです。そのことに気づいて、すぐに下まで拾いに行きました。麓《ふもと》まで下りて、立入禁止のフェンスを乗り越えて。その時には、彼女はもう息絶えていた。でも、証拠を残さないためにそうしたわけではないです。ぼくはまだ日記を半分も読んでなくて、それは恋人が遺《のこ》したたったひとつの形見といえるものだったし、何よりも彼女——清原奈津美が、名前を偽ってぼくと会いながら、本当はどんなことを考えていたのか知りたかった。自分にはこれを持ち帰って読む権利があると思ったんです」

「実際にそうだった」法月は同意した。「奈津美もそのつもりだった。彼女の望んだ通りには運ばなかったけれど、最終的に日記帳はきみの手に渡った。そのことに関して、皮肉な言い方だが、きみは葛見百合子に感謝しなければなるまい」

「この部屋で、夜通しかけて、日記を初めから終りまで貪《むさぼ》るように読みました。彼女の気持ちが痛いほどわかって、ぼくは口惜《くちお》しくて、どうして気づいてやれなかったのか、口惜しくて、無性《むしょう》に腹が立って仕方なかった。彼女が嘘をついたことより、そんなふうに仕向けた自分が許せなかった——」

　絶句した。もっと言いたいことがあるはずなのに、うまく説明する言葉が出てこないのだ。他人に自分の気持ちを伝えるのが、もつれた糸をほどこうとしてほどけぬようで、こんなにももどかしく、舌足らずでありきたりな言い方しかできない自分が、みじめでいたたまれない。法月が日記帳のページをそぞろめくりながら、淡々とした口調で言った。

「二宮良明が六年前に死んでいるとわかった時、この日記の大半は奈津美の妄想で、ありもしない幻が書かれているだけではないかと、一度は疑わざるをえなかったのだ。だが、奈津美が恋人について書いたことは、すべてありのままの事実だった——ただひとつ、きみの名前を除いて」

「彼女は最後までそう信じていたんです。ぼくが二宮良明だと。ぼくはずっと、彼女をだましていた。ぼくがついた嘘も含めて、全部そこに書いてある通りです」

「きみの兄さんのことを話してくれないか?」

と法月が促《うなが》し、ぼくはうなずいたが、改めて言葉を切り出すまでしばらく時間が必要だった。F・シュレーゲルの未完の小説『ルツィンデ』に添えられた、「不器用者の告白」

という副題が頭をよぎったりもした。法月は気長に付き合う面持《おも》ちで、黙ってぼくを見つめていた。

「――ヨシアキとぼくは、もともと双子で生まれて、しかも瓜《うり》二つの一卵性双生児の兄弟でした。でも、一緒に暮らした期間はわずかしかなくて、ぼくらが二つか三つの時、両親が離婚して、二人とも物心つかないうちに引き離されてしまったそうです。詳しい事情は誰も話してくれませんでしたが、どうも父親の実家と母親の折り合いが悪かったらしい。すったもんだの協議の末に、ぼくが父親に、ヨシアキが母親に引き取られることになって、ぼくと兄の姓がちがうのはそのせいです。

ぼくは小さい時は体が弱くて、母親がいなくなってからは、祖母に溺愛《できあい》されて育ちました。もちろん父親の実母です。ぼくの父は普通の勤め人ですが、実家が地元ではわりと有力な一族の傍系で、本家筋からは県会議員なんかも出ている。そういう家柄の人ですから、祖母にはなんというか、かなり排他的なところがあって、両親の離婚も本当のところは、あの人が気に入らない長男の嫁を追い出したということだと思います。父親はひとり息子で、甘やかされたみたいで、祖母にはどうしても頭が上がらなかった。いや、そういうところはぼくも引き継いでるようで、子供の頃から人見知りする性格とか、大きくなってからも、外で友達と遊んだりするのは苦手だった。自分で言うのも何ですが、典型的なおばあちゃん子に育てられてしまったんです」

「別れた母親と兄さんと、きみはその頃もよく会っていた？」

「いいえ。あれはたぶん、祖母がそう仕向けていたせいだと思いますが、ぼくは二人とは長いこと完全に没交渉でした。家の中で母親のことをたずねるのはタブーだったし、ヨシアキの存在に至っては、血を分けた双子の兄弟がいることすら知らなかった。祖母はぼくをたったひとりの孫のように扱って、もうひとりの兄弟のことなんておくびにも出さなかったし、父もどういうわけか、ずっと後になるまで、そのことにはひとことも触れませんでした。二人とも学校もちがいます。同じ家に住んでいた頃の記憶はおぼろげに残っていたはずですが、なにしろ当時の年齢が年齢なので、まだ自分と兄との区別も付かないような、そんなあやふやなイメージだけではそもそも頼りにならない。なんとなく、自分の一部をどこかに置き忘れてきたような据《す》わりの悪い感じは常にありましたが、いずれにせよ、そうやって周りの大人の度しがたい思惑《おもわく》に流され、十五年間、双子の片割れであるという自覚とは無縁だったのです」

「じゃあ、きみは彼が自殺するまで、双子の兄弟がいることを知らなかったのか？」

「ちがいます――兄と初めて会ったのは、いや、再会したというべきですが、祖母の葬式の時でした。ぼくが高二の冬に、結腸ガンで。通夜の席に、兄は母親と二人で姿を見せた。もっとも後からそう教えられただけで、その時は肉親とはわかりませんでしたが、兄の顔を見た瞬間、ひどく狼狽したのはよく覚えています。喪服代わりの制服がちがうだけで、鏡に映《うつ》したみたいに自分と顔だちも体つきもそっくりな少年をいきなり見かけたら、驚かないほうがおかしい。一度だけ目が合いましたが、向こうはぼくのことを知っているようなそぶりでした。声をかけようかどうか迷っているうちに、二人は形だけ焼香をすませて——いや、そうしたのはヨシアキだけだったかもしれません——あわただしく帰ってしまった。その場に居合わせた全員が妙に黙りこくって、父は目を合わせるのを避けていたような気もします。その時はそれっきりです。告別式には、二人とも来ていません。初七日がすんでからやっと、父が初めて別れた母親と双子の兄のことを話してくれました」

……それからまもなく、ぼくは少しおかしくなってしまった。前から自閉症的な傾向はあったし、祖母の死ときみとの遭遇のショックが重なったせいかもしれない。自分が何者なんだかよくわからなくなって、全然口も利けない、人とコミュニケーションが取れなくなってしまったのだ。学校にも行けなくなって、進級はできたけれど、結局、三年生はまる一年休学したのだった。通院しながら薬をもらっていたが、それもほとんど飲まない、ただぼんやり何をするでもなく、自分の部屋に閉じこもって、一度も外に出ない日が続いた。真っ暗な井戸の深い底に、ひとりぼっちで住んでいたようなものだった。何の前ぶれもなしにきみがぼくを訪ねてきたのは、ちょうどそんな時期だった……。

「何の前ぶれもなく？」

法月が念を押すようにたずね、ぼくはやっと息を継《つ》ぎながらうなずいた。そして、自分の度を越した熱弁ぶりに改めて驚きながら、とめどなくあふれる言葉をすでに整理することも能《あた》わず、またひたすら話し続けるのみだった。

「たぶん、兄は人づてにぼくの病気のことを耳にして、思うところがあったんでしょう。五月の連休にいきなりひとりで家にやってくると、くだけた調子で言いました。『やあ、久しぶり。きみの片割れが見舞いに来たよ。そのボサボサ頭を何とかして、ちょいと表を散歩しようじゃないか』。ぼくは魔法をかけられたみたいにうなずいて、ヨシアキと連れ立って外の空気を吸いに出かけた。影法師《かげぼうし》みたいに兄と並んで、家の近所をぶらぶら歩き回りながら、ぼくはもちろん、ヨシアキも思い詰めたような顔でほとんど何も喋りませんでした。ちょうど端午《たんご》の節句で、五月晴《さつき》れの空を鯉《こい》のぼりが泳いでいた。小一時間ばかりそうして、家の前まで戻ってくると、『じゃあ、また今度』とぼくに言い、自転車に乗って帰っていきました」

……それをきっかけに、休みごとに二人で出かける習慣が始まったのだった。最初の頃はいつもきみが家に来て、ぼくを外に誘い、近所の散歩からじきにぼくが通《かよ》った学校まで自転車を走らせるようになった。きみはぼくが育った場所に足を運び、言葉を交わすより先に心が発する波長に同調して、ぼくの成長史を追体験しようとしているようだった。何か訊かれるたびに、うなずいたりかぶりを振ったり、ぼくもできるだけきみに自分のことを知ってもらおうと努めた。ちゃんと話ができるようになったのは、もっと日が経《た》ってからだったけれど、黙っていても双子同士で精神的共鳴が生じるというのは、本当にあることなんだ。実際、ぼくらはそうだった。十五年間、赤の他人として別々に暮らしていたにもかかわらず、溝はなかった……。

「でも父親は、ぼくらの交流にあまりいい顔はしませんでした。初めのうちこそ、ぼくの病気にはいい薬になるといって、寛大な態度を示していましたが、やがて回を重ねることに、ヨシアキが顔を見せるのを煙《けむ》たがるようになって。だから、ぼくがもう少しよくなって、ひとりでも出歩けるようになってからは、迎えに来てもらうより、ぼくが向こうの家を訪ねるか、外で落ち合うことが多くなりました。父は父で、ヨシアキに対しては負《お》い目のようなものがあったはずですし、それに言い忘れましたが、祖母が亡くなる前の年、知人の紹介で別の女性と再婚したんです。新しい母親はおとなしい控え目な人で、ぼくにもやさしく接してくれますが、妙に他人行儀なところが気にかかって、家族という気がしたことは一度もなかった。いや、それはきっと、ぼくのせいなんだと思います。そういえば、向こうの家に行った時、実の母親とも何度か話す機会がありましたが、似たようなしっくりしない感じが拭《ぬぐ》えなかったですから。血のつながりというものの不思議を本当に実感できたのは、ヨシアキだけです」

「彼はもちろん、自分の生《お》い立ちのこともきみに話したんだろう?」

「ええ。そんなふうに、ぼくの十五年間を二人三脚でたどり終えると、今度はヨシアキが自ら案内人になって、もしかしたらぼくが歩んでいたかもしれないもうひとつの道程、兄の十五年をあらためてたどり直しました。ヨシアキが会話をリードする形で、ぼくも少しずつ言葉と笑顔を取り戻していった。幼年時代の思い出話を聞かされながら、自分の中にぽっかり空いた空洞が埋められるように感じたものです」

……そう、彼女と『トゥ・オブ・アス』を見に行った日、途中で映画館を抜け出して、川べりの道を歩きながら、ぼくが話したようなことを。もっともあの頃、きみの口から聞いた思い出といっても、自分の記憶とかなりごっちゃになっている部分もあるから、全部そうだとは言い切れないけれど。ただ離婚してしばらくの間、父はこっそりきみと会っていた時期があるという。きみがそう言って、ぼくに教えてくれたのだ……。

「――あの映画を最後まで見られなかったのは、彼女に言ったことも半分事実でしたが、それよりも映画の筋立てがぼくの嘘を暴《あば》いているようで、双子の兄が死んだこと、そして自分が二宮良明でないことを恋人に悟られてしまうんじゃないかと、不安になったせいで」

「だろうと思った」と法月は何かしら暗合めいた響きを含んだ低い声で応じた。「そういえば、きみは『VISAGE』の九月号もちゃんと読んでいたんじゃないか？　清原奈津美が本心を察してもらおうと、自らのジレンマを素材に提供した『コスメティック・ストーリーズ』の、年子の姉にまちがえられた妹のエピソードだ。だが、きみは作品にこめられた彼女の意図を理解できなかったばかりか、年子の姉妹の誤認という主題を自分の境遇に当てはめ、名前を偽っていることを明かさないために、わざと読みそこねたふりをした。せっかく奈津美が真実を打ち明けるべく、苦心して準備したチャンスを、きみはあっけなくフイにしてしまったんだ。ちがうかい？」

法月の指摘通りだった。ぼくは返す言葉もなく、身を切られる思いでうなずいた。法月は急に目つきを険《けわ》しくしてさらに何か言いかけたが、思い直したように口には出さず、こわばらせた顎をしゃくって話の続きを促《うなが》した。

……夏休みの間は、ほとんど毎日のように顔を合わせていた。きみは受験生だったから、ぼくの家の近所にある図書館に通《かよ》っていて、気が向くとぼくも自習室のきみの席を訪れては、休学して勉強が遅れている分を教えてもらったり、そうでない時は開架の本を読んだりしながら、夕方まで過ごすのが日課のようになっていた。途中で切り上げて、ゲームセンターや映画館に行くことも珍しくなかったっけ。図書館の場所が離れていたせいか、きみの学校の顔見知りの生徒はほかにいなかったと思う。もうその頃には、ぼくもきみとなら何の気がねもなく、お互いにきみとぼくで、普通に喋れるようになっていた。「双子同士、しかも長いこと別々に育ったんだから、立場は対等なはずだろ？　絶対に兄さんなんて呼ばないでくれよ」。だからきみを呼ぶ時は、いつも名前を呼び捨てにするか、文字通りきみで通す習慣だった。今だってそうだ。兄弟というより無二の親友という感じの付き合いで、二人で力を合わせれば怖いものなしみたいな。もともと、ぼくは友達付き合いの悪い性分だったし、きみにもそういうところがかなりあったんじゃないか？　双子だから似た者同士、気が合うのも当たり前かもしれないけれど、両方とも孤立している期間が長かった分、再会してお互いを結びつける力がよけいに強く働いたのも自然なことだったという気がする。

いま思い出しても、あの頃が一番楽しかった。入試が迫って、模試とか補習とかできみが忙しくなってからも、受験勉強の息抜きと称しては、頻繁に二人で会っていろんな話をしていた。この本が面白いからといってきみが勧《すす》めるのを、ぼくは休学中で暇だったから、片っ端から読み漁《あさ》ったものだった。そう、きみが好きだったのはノヴァーリスで、『青い花』が一番の愛読書だった。ぼくが今ロマン派をやっているのも、その影響があるからなんだ。当時のぼくにとって、きみは外の世界に通じる唯一の窓のような存在だったし、もしきみが手を差し伸べてくれなかったら、一年で回復して復学できたかどうか。たぶん、もっと長い時間がかかっていただろう……。

「翌年の春、ヨシアキはストレートで第一志望の大学に合格して、京都に旅立っていきました。『もうひとりでも大丈夫だよな』。福井を離れる日に兄はそう言い、ぼくは半分強がりながら胸を張ってうなずき、来年は自分も京都に行くからと約束して——それが生きているヨシアキの顔を見た最後だった。そんなことは誰も予想しなかったのに」

「その年の十月、彼は睡眠薬の過剰摂取で死んだ」法月はほとんど間を置かず、ビジネスライクな口調で言った。「自殺だったと聞いているが、理由に心当たりは？」

「——いいえ、ぼくは何も」唇を噛んで、首を横に振るしかなかった。「京都での半年間に何があったのか、よくわからないんです。夏休みにも帰ってはきませんでした。入学してすぐ、学内のボランティア団体のようなサークルに入って、熱心に活動していたようですが、そこで何かトラブルがあったのかもしれない。後日、ぼくが大学に入ってから、当時のサークルのメンバーや同じ学部の友人にも何人か会って話を聞いてみたんですが、誰も納得できる答を持ってはいなかった。九月に入ってからキャンパスに姿を見せなくなって、あいつ最近、どうしたんだろうと言い出した矢先のできごとだったとか。あまりにも突然のことで驚いた、わけがわからないというのが、周囲の正直な反応のようでした。病院に通《かよ》って薬をもらっていたことも、誰にも内緒にしていたらしいです」

「そういうことを相談できる友人が、周りにひとりぐらいいなかったのだろうか？」

「さあ、どうでしょう。でも、もし相談相手になれるとしたら、ぼくが真っ先にそうあるべきだったのに——後から考えたことですが、ぼくが一年前にそうなったのと同じような状態に、ヨシアキも陥ったのかもしれない。ぼくらは双子で、気質もそっくりだったはずですから、たった一年ちがいで同じことが兄の心に起こったとしても、不思議はないような気がします。というか、生まれつきそういう状態に陥りやすい因子が兄にもあって、京都でひとり暮らしを始めたり、生活が大きく変わったことがきっかけになったんじゃないでしょうか」

「そういうこともあるかもしれない」法月はうつむいて溜息をはさむと、顔を上げてたずねた。「だが、きみは彼の変化に気がつかなかったのか？　顔を合わせる機会がなかったからといって、まる半年の間、連絡が途絶えていたわけでもあるまいに」

「手紙のやりとりは欠かしませんでした。それも後から思い当たったことですが、たしかで。初めの三カ月ぐらいは、活気にあふれた手紙が届いていたんです。キャンパスの雰囲気や京都の街のこと、新しい友人とか身の回りのできごとなんかが、着任したての海外特派員みたいな熱っぽい調子で綴られていて。ひとつ年下の同級生に囲まれて、ぎごちない高校生活を再開したばかりのぼくにとっては、ヨシアキからの便りが何にもまして力強い励《はげ》ましになりました。ところがあれはちょうど、大学の授業が夏休みに入った頃からでしょうか、手紙の内容が変わってきたのは」

「というと？」

……その頃からきみのよこす手紙に、自伝的な内容の文章が混ざり始めたのだった。幼年期のおぼろげなイメージのスケッチを皮切りに、やがてきみが成長していく過程の詳細な回想が文面の大半を占めるようになっていった。それは以前、きみと再会してまもない頃に聞かされたエピソードと重なるところもあったけれど、横罫《よこけい》の便《びん》箋《せん》に万年筆でびっしりと書き込まれた記憶のディティールの積み重ねは、いっそう綿密さと鮮明さを増していた。新しい手紙を受け取るたび、封筒は厚みと重さを加え、それと反比例するように、きみの近況を伝える記述は減っていく一方で、秋風が吹き始める頃には一行も見当たらなくなってしまった。でも、ぼくはちっともおかしいとは思わないで、週刊誌の連載小説を読むみたいに、毎回続きを楽しみにしていた。途中から、ぼく自身が登場人物として現われると、きみの目を通して描かれた自分の姿に奇妙な興奮を覚えたものだった。

いや、きみは実際、あれをひとつの物語のように書いていたんじゃないだろうか。直接手入れした跡こそ見当たらなかったものの、ずいぶん推敲《すいこう》を重ねた文章のようだったから。枚数だけでもかなりの分量で、八月九月はずっと下宿に閉じこもって、それればかり書いていたのではないかと思う――十月初旬、きみが自ら命を絶つ一週間前の日付のある手紙が最後の便りで、きみが高校を卒業し、故郷を離れ京都に向かう列車の窓から、ホームで見送るぼくに向かって手を振る場面で終っていた。

だが、きみの物語はあれで終りだったんだろうか？　いや、きみが本当に書きたかったのは、その続きだったとぼくは思う。きみが書き残したものは、長い序章にすぎなかったのではないか。京都での半年の間、きみの身にいったい何が起こったのだろう？　きっときみは、ぼくに何か伝えたいことがあったにちがいない。ひょっとしたら、ぼくに助けを求めていたんじゃないか。あの手紙は、何物かに追いつめられていたきみが、ぼくに向けて発信したSOSだったのでは？　でも、ぼくはそこまで気が回らなかった。あの日、駅のホームで交わした約束を果たそうとして、自分のことで手いっぱいで、きみがそんなふうになってるなんて思いもしなかった。最後の手紙が届いた時も、ぼくは模試の準備で忙しく、一読するだけで返事を出しそびれているうちに、突然、きみの訃報が舞い込んだのだった。一年前、きみはぼくに救いの手を差し伸べてくれたのに、ぼくはきみを助けてあげることができなかった。きみが苦境に陥っていることにさえ気づかなかった。きみのことなら、きみ自身と同じくらい理解していると思っていたくせに。ぼくは馬鹿だった。ぼくはきみを、この世でたったひとりの同志を裏切った。

　きみが死んだ後、ぼくはきみの住んでいた部屋を訪れて、何か書き残したものがないか探してみたんだ。部屋じゅうを引っくり返したけれど、何も見つけることができなかった。きみはたぶん、致死量の薬を飲み尽くす前に、書きかけの物語の下書きを全部処分してしまったんだろう？　ぼくがきみに宛《あ》てた手紙の返事も一緒に。ぼくの返事は一通も残っていなかったじゃないか。どうしてそんなことを？　きみは自分に失望したのかい？　それとも、ぼくに対して？　ひょっとしたら、何もかもぼくのせいだったというのか？　どうしてなんだ？　ぼくは悔しいよ、どうしてあそこできみがやめてしまったのか、ぼくには永久にわかりっこないんだ。きみはもう答えてはくれない。あんなに気持ちが通じ合っていたはずなのに、きみはひとことも、苦しいとかつらいとか、ぼくに言ってはくれなかった。何よりもそのことが悔しくて、きみが恨《うら》めしくてならない……。

「――ヨシアキが命を絶った部屋で、書架の隅っこから、兄の高校の卒業アルバムを見つけました。ぼくはその写真を見て、初めて葛見百合子の素顔に接した。いや、接したと思い込んでしまったのです」

「待ってくれ」法月が手を上げ、話の腰を折って言った。「じゃあ、彼は手紙の中で、アルバムの写真が入れちがいになっていたことにはひとことも触れてなかったわけだ」

「片想いの相手にとって不名誉なエピソードと判断して、わざと省略したんだと思います。ぼくがアルバムを手に入れた時は、正誤表のようなものも付いていませんでした。しかも、ヨシアキは葛見百合子の容貌について、具体的な描写をしたことはなかった。それどころか、彼女といつも行動を共にしていたはずの親友の名前さえ、すっかり書き落としていたんです。写真が入れ替わっていることなんて、知るよしもなかった。ぼくはずっとアルバムの誤った配置を鵜《う》呑みにしたまま、本当は清原奈津美という名前の持ち主である人物の顔を、ヨシアキが恋していた相手だと思い込んで、折に触れその革の表紙を開いては、飽きることなくその笑顔を見つめていたものです。

だから半年前のあの日、三月十日の日曜日、長年馴《な》れ親しんできた写真と同じ笑顔を四条通の人込みの中に見つけた時、葛見百合子という名前が反射的に頭に浮かんできたのは、ぼくにとって当然のことだった。その名前を口にした時、彼女が示したはずの当惑も全然目に入らなかった。ぼくはその時、有頂天《うちようてん》だったからです。彼女の言葉を疑ったことすらなかった。ぼくはずっと、本当にそう信じていました。火曜日の夜、本物の葛見百合子にまちがいを指摘されるまで、彼女が名前を偽っていたなんて、考えもしなかった」

「清原奈津美を葛見百合子と見誤ったことで、きみを責めたりはしない」と法月は言った。「それは不可抗力だったのだから。それよりも、きみが彼女の前で二宮良明と名乗り続けていたことのほうが問題だ。というより、結果的にきみの優柔不断な態度そのものが、今度の事件の一切を引き起こしたとは思わないか？　どうしてそんな嘘をついたんだ？　奈津美がきみの顔を見かけて、兄さんとまちがえたのは仕方がない。きみたちは一卵性双生児だから、よく似ているのは当然だし、そもそも奈津美は彼の死を知らなかった。罪のないまちがいだ。だったら、なぜその場で彼女に事実を告げなかったのだ？」

「あなたの言う通りだと思います。自分のしたことを弁解する気もありません。それでも、どうしてもそうすることはできなかった」

「なぜ？」ぼくの口から洩れた答にならない答に、法月は食い入るように詰め寄った。

「——どんなふうに説明しても、あなたにはわかってもらえないかもしれない」ぼくは口ごもりながら必死で言葉を探した。「とにかく兄の名前で呼ばれた時、ぼくの中で眠っていたヨシアキが生き返ったとしか言いようがないんです。ヨシアキの記憶が、ひたむきな想いのすべてが、いささかも色褪《あ》せることなく、ぼくのこの体を乗っ取るみたいにしていっぺんによみがえった。いや、乗っ取るという言い方はふさわしくない。ぼくはぼくであることを放棄したわけじゃなくて、自発的にヨシアキの記憶に身を委《ゆだ》ねただけなのだから。そうすることで、兄の想いをこの世に生かし続けられると思って。六年前、ヨシアキを救うことのできなかったぼくにできる唯一の償《つぐな》いの方法がそれだったんです。優柔不断とか、そういう次元の問題じゃない。なぜなら、もし彼女に真実を告げたら、その瞬間にヨシアキはまた死んでしまうことになるでしょう。ぼくの許にやっと帰ってきた兄をもう一度殺すなんて、そう今度こそ完全にその記憶を抹殺してしまうなんて、そんなことができるわけがなかった」

けっして納得したようには見えなかったが、法月は押し黙り、片膝を立ててその上に肘をついた手を額に当てるポーズで考え込んだ。ぼくは息を殺し、身じろぎもしないで彼を見つめた。気詰まりな沈黙がしばらく続いた。屋根を隔てた表の通りで、誰かが叫んでいるような、言い争っているような甲高《かんだか》い声が聞こえたような気がした。それを合図のように額の手を払い、法月がおもむろに口を開いた。

「水曜日の早朝、哲学の道で竜胆直巳を襲ったのは、きみのしわざにちがいないね？」

「あの日記を読んだら、誰だってそうせずにはいられないでしょう」ぼくは隠さずに認めた。「あんなひどいことが——文字を目で追っているうちに頭に血が昇って、もう居ても立ってもいられず——彼女の口から竜胆のことはよく聞いていたので、早朝ジョギングの習慣も知っていたし、一度向こうから連絡が途絶えた時、彼女と会えるんじゃないかと思って竜胆の住所を調べ、鹿ヶ谷の家の前まで行ったこともあります。だから、外で待ち伏せて、ジョギング・ウェアの竜胆の後を尾《つ》けるぐらい簡単だった。ただ、殺すつもりはありませんでした。自分の中のやり場のない怒りをどうにかしたいだけで。あんなふうに人に暴力を振るったのは、生まれて初めてなんです。あれは自分でも驚いたほどで、そんなことができるなんて思ってもみなかった」

「百合子の自殺についてはともかく、竜胆に加えた傷害の罪で、刑事責任を免れることはできないだろう。むろん、そもそもの非は竜胆の側にあるのだから、情状酌量《しやくりよう》の余地があるとは思うけれど」

「覚悟はできています。今でも自分がまちがったことをしたとは思ってないですから」

「だが、きみがそうしたのは、本当に竜胆に対する怒りのみが原因だったろうか？」いきなり、鉤爪《かぎづめ》を食い込ますようにぼくの目を深くのぞき込んで、法月は問いかけた。「やり場のない怒りとは、むしろきみ自身に向けられたものではなかったか。竜胆直巳はきみの身代わりになっただけではないかと、ぼくはそんな気がするのだ」

いったん話題がそれた後だけに、不意討ちのような質問を浴びせられて、ぼくはうろたえた。そんなことは考えもしなかったし、竜胆を殴り倒した後だって、一度だって後ろめたさを感じたりはしなかった。だが、法月の言わんとする意味はよくわかる。彼の言う通りかもしれない。偽りの名を騙《かた》って、清原奈津美をたぶらかし、惑わし続けていたぼくに竜胆直巳を責める資格などあるだろうか？　竜胆が奈津美の肉体を弄んでいたように、ぼくも彼女の心をなぶりものにしていたのだ。竜胆とぼくと、どこがちがうというのか。それどころか、ぼくのほうがもっとはるかに罪は重いはずだ。奈津美が本名を口にできなかったのは、彼女の内気さのせいなんかじゃない。見せかけのぼくのふるまいが、それと知らぬ間にそう仕向けていたからだ。彼女が必死で奮《ふる》い起こした勇気の芽を、ことあるごとに摘《つ》み取ってしまったのは誰だ？　わかってる、何もかもぼくのせいだとわかっているんだ。もっと前にぼくが自分の素姓《すじよう》を明かしていれば、いや、そもそも初めからぼくと知り合ったりしなければ、奈津美はあんなむごい死に方をしなくてすんだろう。

……だから本当は、ぼくが奈津美を死に追いやったのだ。ぼくこそが、この悲惨なできごとの一切を招いた張本人だ。ぼくのような罪人に、葛見百合子を裁《さば》く権利はなかった。三木達也を非難できる立場ですらない。でも、ぼくは、ぼくがぼくであることの耐えがたさから目をそむけるために、葛見百合子を追いつめ、竜胆直巳に怒りを転嫁《てんか》した。自己欺瞞《ぎまん》のからくりは最初から明らかだったはずなのに、ぼくが今までそれを忘れていられたのは、忘れたふりをすることができたのは、自分がしたことのすべてをきみという二人称に置き換えてやり過ごし、能《あた》うかぎり一人称の自分をゼロに近づけていたせいだった。ぼくはきみの記憶を隠れ簑（みの）に利用しながら、きみの純粋な想いに泥を塗っていたにすぎない。ぼくはまたしても、きみを裏切ってしまった。もしぼくがきみだったら、二宮良明だったなら、ぼくは今でも堂々と胸を張っていられただろう。こんな後ろめたい思いなど抱かなくてすんだろう。ぼくはきみに、二宮良明になりたかった。ぼくが西田知明でなければよかったのに。いや、六年前に死んでいたのが、きみでなく、ぼくのほうだったらよかったのに。

奈津美が遺した日記を読みながら、ぼくはきみの手紙のことを思い出していたんだ。六年前、きみが死んだ時もそうだった。ぼくが気づいた時には、もう何もかも手遅れで、取り返しのつかないことになっていた。ぼくがしっかりしてさえいれば、きっと不幸は避けられたはずなのに、ぼくはいつも愛する人たちを裏切って、後からいくら悔やんでも悔やみきれない想いに、この身を焼き尽くされるだけなんだ。もう二度と、あんな過《あやま》ちは繰り返すまいと誓ったのに。ぼくはどうしてこうなんだ？　どうしてぼくの愛する人たちは、こんなに早く、ぼくの手の届かないところに消え去ってしまうんだ……。

「きみがさっき言ったことは、嘘だと思う」と法月が言っている声が聞こえた。「――いや、ぼくは今度のこととは最初から無関係な部外者だ。だから、こんなことを言える筋合いではないかもしれない。だが、あまりにも歯がゆくて、もどかしいから言わせてくれ。きみは、西田知明は、清原奈津美を愛していなかったのか？　名前なんかどっちでもいい。死んだ兄さんの身代わりとしてじゃなく、きみがきみ自身として、この半年あまりの間、彼女をかけがえのない存在と思っていたんじゃないのか？　そうでなければ、奈津美も、それに自殺した百合子だって浮かばれまい。きみが本当に二宮良明の記憶に忠実に生きようとしていたのなら、なぜ蹴上で葛見百合子を見殺しにするような真似をしたんだ？百合子こそ、きみの兄さんがひたむきな想いを寄せていた当人だったというのに、きみはよりによって、彼の〈青い花〉を自らの手で折ってしまった。ということは、彼の記憶に背《そむ》くことが、きみが本当に求めていた心のありようだったのではないか。率直に言って、きみはあまりにも臆病すぎたのだとぼくは思う。きみが名前を偽り続けた本当の理由は、たぶん奈津美と同じで、真実を告げたとたんに、恋人がきみの許から去ってしまうことを恐れていただけなんじゃないか？　どうして、彼女のことがそんなに信じられなかったのか」

「そうじゃない、そうじゃないんです」

いや、本当は法月の言う通りなのだ。ぼくは彼女を愛していた。西田知明は、清原奈津美を愛していた。彼女を失いたくなかった。本当は死んだ双子の兄にさえ、嫉妬していたのかもしれない。でも、叫びたいような、泣き出したいような気持ちで、というよりも、ただ彼の言葉を認めたくない一心で、ぼくは身をよじり胸をかきむしるようにしながら、自分でも筋の通らないことを口走っていた。

「ぼくにはどうすることもできなかった。いや、ぼくたちが出会った時から、こうなるように仕組まれていたんだ。彼女に会ったのが春でなければ、もっと別の季節だったら、こんなすれちがいはなかったはずなんです。ぼくたちはだまされた、春という季節が仕掛けた罠《わな》にはめられただけなんだ」

だしぬけに法月が立ち上がった。彼の視線に射《い》すくめられて、ぼくは目を上げたまま硬直した。

彼が言った。

「――きみは、いや、きみたちはあまりにも過去にとらわれすぎていた。どうして手遅れになる前に、もっと早く自分に正直になれなかったんだ？ チャンスはいくらでもあった。そうすれば、きみたちは西田知明と清原奈津美として、もう一度お互いの本当の気持ちを確かめ合うことができたはずだ。ほんのわずかの勇気を出して、かけがえのない、ありのままの現在を見ることができたなら」

「現在の何を見ろというんです」そう問い返さずにはいられなかった。「何を？」

法月は答えない。ぼくは続けた。

「どっちにしたって、もう手遅れなんです。ぼくは何もかも失った。今度こそ、本当にすべてをなくしてしまった。ぼくの物語は終った。でも、もう何もいらない。何も求めない。やっと気づいた。ぼくは生まれつき呪われている。ぼくみたいな人間は、ほかの誰かと関わり合ってはいけない。人とのつながりを求めてはいけない。そうです、決めました。これから先、ぼくはもう誰も愛したりはしない——」

「いや、きみが生きている限り、きみの物語に終りはない。どんなに深く暗い絶望の底に落ちて、すべての望みを絶たれてしまっても、きみは夢みることから逃れられないだろう」法月はかぶりを振って、ぼくの肩にそっと手を置いた。「外に川端署の刑事を待たせている。行こう」

＊

《むかしむかし、あるところに、西田知明と清原奈津美という若い男女がいました。二人はお互いの本当の名前を知りませんでしたが、初めて出会ったその日に恋に落ち——》

〈参考文献〉
平野嘉彦・山本定祐・松田隆之・薗田宗人訳『ドイツ・ロマン派全集　第十二巻　シュレーゲル兄弟』（国書刊行会）
小川超「十九世紀——小説の時代」佐藤晃一編『ドイツ文学史』（明治書院）所収
西村清和「イロニーの精神・精神のイロニー」神林恒道編『叢書ドイツ観念論との対話　第3巻　芸術の射程』（ミネルヴァ書房）所収
山岡良夫『化粧品業界』（教育社新書）
『トレンド情報』（南北社マーケティング局）
宮崎哲弥「「小泉今日子の時代」の終焉」『宝島30』一九九四年五月号（宝島社）所収
中上健次『軽蔑』（朝日新聞社）
『坂口安吾全集』（ちくま文庫）
等を参照しました。引用の誤りその他の責任は、すべて作者（法月）に帰すものです。

扉および本文中の引用歌詞は「卒業写真」（作詞・荒井由実）です。

新書版あとがき（ノン・ノベル初版より）

"Hello, hello, hello, how low?"

——Kurt Cobain

ながらくお待たせしました。法月綸太郎シリーズの最新長編をお届けします。

書下ろし長編としては、『ふたたび赤い悪夢』（講談社ノベルス）以来、二年三カ月ぶりの新作になります。本当は去年の七月に出る予定だったのですが、まる二年間というもの、作家生命が危《あや》ぶまれるほどの極度のスランプ、精神的危機に陥《おちい》って、ずるずると書けない状態が続き、こんなに完成が遅れてしまったのです。かろうじてこの本を書き終えることはできましたが、まだスランプから脱出したとは思えません。ひょっとしたら、スランプではなく、これが普通の状態なのではないかという気もするし、そうすると、これからの身の振り方を真剣に考え直したほうがいいのかもしれません。まあ、ここでそんなことを書いても、つまらない愚痴《ぐち》にしかならないし、同じことを何べんも何べんも繰り返して言っているうちに、自分でもうんざりしてきたので、もう書きません。

本書は十年前、学生時代に京大ミステリ研の機関誌に載《の》せた短編「二人の失楽園」を下敷きにして書いたもので、今回の長編化に当たっては、エラリイ・クイーンの一九六三年以降の作品群（従来のモチーフの反復使用！）とミシェル・ビュトールの小説を念頭に置きました。しかし何よりも本書は、一九九二年から現在までの迷いと混乱の私的なドキュメンタリーであるというべきでしょう。"I hate myself and want to die."——美しい夭折《ようせつ》の歌なんてもう聞こえない。ぼくらの狂気を生き延びる道を教えよ！

本書の執筆に当たって、お世話になった皆さんに感謝を捧《ささ》げます。

山口雅也様。「時は消え去りて」「渚《なぎさ》にて」のテープと『青とピンクの紐』のビデオ、ありがとうございました。お礼が遅くなって申し訳ありません。笠井潔様。餃子《ぎょうざ》おいしゅうございました。増田順子様。懇切な評論を書いていただき、ありがとうございました。野崎六助様。解説者に指名していただき、ありがとうございました。池上冬樹様。文庫の解説、ありがとうございました。北村薫様。「知恵の踊り」というフレーズを拝借させていただきました。有栖川有栖様、若竹七海様。折りに触れて温かい励《はげ》ましの言葉を賜《たまわ》り、ありがとうございました。

小野裕康様。今回はご迷惑をおかけいたしました。やっとできました。各社の編集の担当の皆様。嘘ばかりついて、いつも言い訳ばかりで、約束が守れなくて、本当に申し訳ありません。京大ミステリ研OB・OG、ならびに現役会員の諸氏諸嬢。いつも弱音《よわね》ばかり吐いて、心配をかけてばかりで、それでもいろいろ助けてくれて、励ましてくれてありがとう。北村昌史様。ご婚約おめでとうございます。杉谷慎一様。結婚おめでとう。

それから、励ましのお便りをくれた読者の皆さん。どうもありがとうございます。一年ぐらい手紙が書けなくなって、全然返事が出せなくて、申し訳ありません。この場を借りて、最大級の感謝の意を記します。応援してくれて、いろいろ心配してくれて、本当にありがとう。

一九九四年六月

"All in all is all we all are."
——Kurt Cobain

文庫版あとがき（祥伝社文庫初版より）

以下の文章は、「京都新聞」（一九九四年四月二日付夕刊）の「書籍礼賛《らいさん》」という欄に掲載されたものである。こういう場所にはふさわしくないかもしれないが、ちょうど本書の第五部を書いていた時期に発表した、シングルのB面みたいな文章なので、厚顔を顧《かえり》みず、一種のボーナス・トラックとして再録することにした。

今でも時どき、やみくもに死にたくなることがある。そういう時は、坂口安吾《さかぐちあんご》の本を読むことにしている。とりわけ「不良少年とキリスト」。情死した太宰治《だざいおさむ》のことを綴《つづ》った追悼文である。これを読むと、死にたいという気がとたんに失《う》せてしまう。何度も危ないところを救われた。私にとっては、「完全自殺防止マニュアル」の役目を果たしてくれる。

非の打ちどころのない立派な作品とは言いがたい。あちこち破綻《はたん》がある。もともと構成とか文章とか杜撰《ずさん》な書き手だが、これは特に結構が整っていない。途中で酔いつぶれて、後半は泣きながら、メロメロの状態で書いたのではないかという気もする。しかし思考の展開は強靱《きょうじん》で、目覚ましい飛躍はあっても、感傷におぼれたり、安易に流れるところがない。作家太宰の長所と短所を的確に見抜き、それが同時に日本の近代文学批判になっている。今読んでも、ちっとも古びてない。それどころか、健康的で陰《いん》にこもらない知性の飛翔《ひしょう》というものの手応《ごた》えを、これほど際《きわ》立って感じさせる書き手はほかにいない。

「人間をわりきろうなんて、ムリだ」という一文に続く最後の数頁《ページ》は、このエッセイの白眉《はくび》である。ほとんどやけくそというか、日本語として体《てい》をなすかなさないか、ぎりぎりの破調で書かれている。美しい日本語というようなものの対極にあるといってよい。しかし私はこれこそ、日本語の散文で書かれた最も美しく強靱な文章のひとつだと思う。抜き身の刃《やいば》のような知性が言葉と斬り結び、血しぶきさながらに読点が飛び散っている。

思考を徹底的に突き詰めていけば、最後には必ずトートロジー（同語反復）に陥《おちい》ってしまう。言葉を使っている限り、いかなる書き手もこれを免《まぬが》れることはできない。安吾という人はこの自家撞着《じかどうちゃく》に無自覚ではなかった。思考と言葉の悪戦苦闘がこれほど明晰《めいせき》に、何のごまかしもなく綴られている例を私は知らない。

安吾は哲学や思想の体系を斥《しりぞ》けるが、決して知性そのものを排しているのではない。哲学や思想の底にひそむ非合理を斥けているのである。「学問は、限度の発見だ。私は、そのために戦う」。この結文を、極端を排して中庸《ちゅうよう》に就《つ》くべしというような甘っちょろい処世訓と読むことはできない。私は、カミュが『シーシュポスの神話』の冒頭に引いたピンダロスの詩句を思い出す。「ああ 私の魂よ、不死の生に憧《あこが》れてはならぬ、可能なものの領域を汲《く》みつくせ」。可能なものの領域を汲みつくすとは、戦うことのシノニムである。

ずいぶん気取って、大ゲサな書き方をしているのは、本書を完成まで漕《こ》ぎつけるために自分を励まし、ありもしない空元気《から》を振り絞らなければならなかったからだろう。ところが、この原稿が活字になった翌週、ニルヴァーナのカート・コバーンが自殺したというニュースを知って、私はふたたび恐慌に陥った（とりわけ、後日公開された遺書の最後に、例のニール・ヤングの歌詞が引用されているのを読んだ時は）。ノン・ノベル版のあとがきが混乱しているのは、そのせいだ。

いま振り返ると、あのような錯乱状態に陥った人間が、とにもかくにも、一冊の長編を書き上げることができたというだけで、奇蹟に近い出来事だったように思う。実際、この本を書いている間ずっと、私ははずみでいつ首を吊っても不思議ではないような状態にあった。気晴らしのままごとみたいなものだとしても、それに近いようなことが二回あった。なぜそんなふうになったかというと、病気だったからだ。

ひとことで言うと、この小説は病人が書いたものである。ということは、その中から改めて本格ミステリに対する「病者の光学」を取り出すことが可能かもしれない。しかし、それは私のすることではないし、あれから三年もたっているのだから、むしろもう一度坂口安吾に倣《なら》って、このように付け加えるべきだろう、「僕はもう治っている」と。


ところで安吾といえば、この本の中で『吹雪《ふぶき》物語』について触れている箇所があるのだが、後日、私はこの書名を章題のひとつに借りて、二百枚ほどの小説を書いた。笠井潔氏と東京創元社の肝入《きもい》りで企画されたリレー小説の一部で、執筆メンバーは、笠井潔・岩崎正吾・北村薫・若竹七海・法月綸太郎・巽昌章の各氏、というラインナップである。まる二年近く進行をストップさせるという大罪を犯しながら、去年の一月、私はどうにかこうにか二章分の原稿を書いて、最終走者にバトンタッチした。編集部の意向では、今年の秋をメドに本にするつもりらしいので、遠からずお目見えすることになるのではないかと思う。その本の中では、久しぶりに法月探偵が大暴れしているみたいだが、私としてはちょっと責任を負いかねる部分もある。

宣伝ついでに、もう二冊。共著という形で参加した評論書、『本格ミステリ・ベスト100　1975―1994』（東京創元社）と、『本格ミステリの現在』（国書刊行会）の二企画がようやく実現の運びとなった。九月までに順次刊行される予定。「評論はつまらない、もっと小説を書け」などと言わないで、そちらの方もぜひ手に取ってほしい。私にとっては、どちらも同じぐらい、大事な仕事なのだから。

一九九七年六月

新装版への付記

ノン・ノベル版『二の悲劇』は一九九四年七月に刊行された。年月表記だけだとピンと来ないかもしれない。京極夏彦《きょうごくなつひこ》氏のデビュー作『姑獲鳥《うぶめ》の夏』（講談社ノベルス）が世に出る一月あまりほど前のことである。

三十年近く前の本なので、再録された新書版と旧文庫版のあとがきはほとんど意味不明ではないだろうか。むしろそのまま読み飛ばしてほしいぐらいだが、当時の文脈とカート・コバーンの死に興味のある読者は、ジョセフ・ヒース＆アンドルー・ポター『反逆の神話〔新版〕』（ハヤカワ文庫ＮＦ）の「第1章　カウンターカルチャーの誕生」を参照されたい。

旧版のあとがきではクイーンとビュトールにしか触れていないけれど、二人称形式と日記体の併用は、都筑道夫《つづきみちお》『やぶにらみの時計』『猫の舌に釘をうて』へのオマージュである。あらためてこう記《しる》すのは、昨年から今年にかけて、徳間《とくま》文庫から復刊されたこの二作の解説を書く機会を与えてもらったからだ。自分の仕事のモチーフがぐるっと一周して今回の新装版につながった感じで、妙な言い方になるが、年貢《ねんぐ》の納め時が来るというのはこういうことなんじゃないかと思う。

ところで、本書のテーマソングである荒井由実《あらいゆみ》「卒業写真」について。今世紀に入ってからだろうか、「卒業写真のあの人」のモデルは「私」が好意を寄せていた同級生ではない、という説がすっかり定着した感がある。歌詞の解釈は聴き手《きて》に委《ゆだ》ねられるとしても、そうした情報があるのとないのとで、ずいぶん印象が変わってしまうのではないか。歌は世につれ世は歌につれ、昭和《しょうわ》は遠くなりにけり、である。

隔世《かくせい》の感といえば、『一の悲劇　新装版』の付記の繰り返しになるけれど、本書の旧版には前時代的な価値観に由来する、現代にそぐわない表現が少なからず存在する。特にジェンダー観の古さが致命的で、著者校正のゲラを読みながら何度も頭を抱《かか》えた。携帯やネットが普及する以前のアナログ時代だから仕方がない、と居直るわけにもいかない。執筆当時の文体やクセを損《そこ》なわないよう、必要に応じて最低限の修正を加えたが、一部センシティブな表現（若気《わかげ》の至《いた》り、とは言うまい）が残っているかもしれない。熟慮した上での判断なので、どうかご理解賜《たまわ》りますように。

なお、旧文庫版あとがきに記したリレー小説は、諸般の事情によりしばらくお蔵入りになっていたが、雑誌連載の後、二〇〇八年に『吹雪の山荘――赤い死の影の下に』（東京《とうきよう》創元社《そうげんしや》）としてようやく刊行にこぎ着けた。二〇一四年に『リレーミステリ　吹雪の山荘』と改題して、創元推理文庫に収められたことを書き添えておく。

二〇二二年八月

法月綸太郎《のりづきりんたろう》

（本書は、平成六年七月、小社ノン・ノベルから新書判で刊行されたものに筆者が一部手を入れて、平成九年七月に祥伝社文庫より刊行された作品を改訂し文字を大きくしたものです）

解説——二人称形式で描かれる奇妙な恋愛譚《れんあいたん》の真実　書評ライター・小池啓介《こいけけいすけ》

誰かを好きだと思い焦《こ》がれる気持ち、他者への思慕《しぼ》の情は何によって支《ささ》えられているものなのか。

僕たちはあまりにも不確かな世界に生きている。たとえば相手の属性が自分の認識しているものと異なることが明らかになったとき、自らの思いはどのような影響を受けるのか——それでもその時に抱《いだ》いた感情は決して誤りではなく、確かに肯定されるべきではないのか？ 本書『二の悲劇』は、信じることについて書かれた小説だ。

『二の悲劇』は一九九四年七月に祥伝社ノン・ノベルから新書判書下ろしのかたちで刊行された。作者の法月綸太郎《のりづきりんたろう》にとって八番目の著作となる長編作品であり、作者と同名の名探偵・法月綸太郎を主人公に据《す》えたシリーズの第六長編にあたる。一九九七年七月に祥伝社文庫（当時はノン・ポシェットと呼称）にて文庫化されており、今回、若干《じゃっかん》の改訂を施《ほどこ》し新装版として再度祥伝社文庫に入ることになった。同文庫では、先んじて二〇二二年四月に長編『一の悲劇』（一九九一年、祥伝社ノン・ノベル→祥伝社文庫）の新装版が刊行されているが、同じ法月綸太郎シリーズでかつタイトルに類似の点はあれど推理小説の根幹となる部分に直接の関連はないため、本作は単独で楽しむことができる。なお、一九九四年末の『このミステリーがすごい！』ランキングで一〇位に入り、翌年の日本推理作家協会賞（長編部門）候補に選出されていることも付記しておきたい。

本作には原型となる作品が存在する。法月が大学生時代に在籍していた京都《きようと》大学推理小説研究会の機関紙『蒼鴉城《そうあのしろ》』十号（一九八四年）に寄稿された短編「二人の失楽園」がそれである。『二の悲劇』の刊行を追うように「トゥ・オブ・アス」と改題し小説誌『小説NON』一九九八年六月号に掲載され、一九九八年七月『不条理な殺人　ミステリー・アンソロジー』（祥伝社文庫）に収録された。現在は作者の短編集『しらみつぶしの時計』（二〇〇八年、祥伝社四六判→ノン・ノベル新書判→祥伝社文庫）でも読むことが可能だ。

第一部「再会」の冒頭であなたは、おやっと思うはずだ。「きみ」というあまり見慣れない記述から物語が始まるからである。そう、本作の第一部は二人称によって書かれているのだ。一人称「ぼく」や「私」でも三人称「彼」や「彼女」でもなく、未詳の人物からの「きみ」という呼びかけによって、主役となる人物が記述されるのである。「きみ」が京都は四条河原町《しじようかわらまち》の人通りのなかで突然声を掛けられることで、物語は動き出す。相手の顔を見た「きみ」はすぐに彼女の名前を思い起こす。「葛見百合子《かつみゆりこ》」――「きみ」と高校のクラスメートだった女性だ。そして「きみ」が恋焦がれた人でもある。劇的な再会の場面が描かれた第一部は、しかし不安まじりの語りによって早々に幕を閉じる。

名探偵・法月綸太郎が登場するのは第二部に至ってから。今回、父親である法月警視を介して綸太郎が関わっていくのは、東京世田谷《せたがや》区のマンションの自室で二十代の女性会社員が絞殺され、さらに顔をガスレンジによって焼かれた凄惨《せいさん》な殺人事件だ。被害者の名は清原奈津美《きよはらなつみ》。彼女と同居していた高校の同級生・葛見百合子の行方《ゆくえ》がわからなくなっており、ふたりの間にいた男性との恋愛関係やその他の物証から、葛見百合子が犯人であることはほぼ確実と思われた。

単純に見える事件を法月警視が息子に知らせた理由は、被害者の胃の中から見つかった一本の鍵の存在にあった。ふたりの女性の部屋からは鍵を使って開ける何かは発見できなかったのだが、綸太郎の推理によって対象が特定され、逃亡中の葛見百合子が所持している疑いが強まる。家探し《やさが》の最中、もうひとつの謎めいた展開が訪れる。綸太郎が本棚にあった高校の卒業アルバムに目を止め、彼女たちのクラスのページを開いたところ、互いの写真と名前が逆に配列されていたのである。殺された女性は本当に清原奈津美なのか？　手を下した女性は本当に葛見百合子なのか？　法月綸太郎が推理を繰り広げる矢先、容疑者と目《もく》されている女性が京都市内で発見されるのだが……。

第二部にも二人称「きみ」は現われる。そのなかで、「きみ」は、新聞でOL殺しの記事を目にする。被害者の写真は「きみ」が再会し関係を育《はぐく》んでいた「葛見百合子」のものだった。愕然《がくぜん》として記事に目を通した「きみ」をさらなる驚愕《きょうがく》が襲う。殺された女性の名は「清原奈津美」だと記事は告げるのである。自分が知る葛見百合子は殺されたのか？　殺されていないのか？　もし殺されたのなら——ついさっきかかって来た葛見百合子を名乗る電話は誰からのものなのか？

繰り返しになるが、初読時に目を引くであろう本書の大きな特徴は二人称記述による「きみ」の章である。これが作品タイトル『二の悲劇』の「二」という数字と相関関係にあることは一目瞭然《いちもくりようぜん》だ。読み手自身が呼びかけられているかのような感覚に陥《おちい》る二人称は観念的で、どこか幻想味さえ漂《ただよ》うものである。しかしそれだけではない。OL殺しの容疑者を追う警察と名探偵の推理行を描いた法月綸太郎のパートと、同じ事件の渦中《かちゆう》にいるはずの「きみ」の認識の間には隠しようのない齟齬《そご》が浮かび上がるのだ。「きみ」のパートは名探偵・法月綸太郎による捜査の章と交互に登場しながら、いつしか読み手にとって拭《ぬぐ》い難《がた》い違和感となり、法月綸太郎シリーズでも一際《ひときわ》異彩を放つ不可思議な物語を形作っていく。

幾重《いくえ》にも謎と手掛かりを配置し、いったん解明されたかのように思えた構図が新たな手掛かりの発見で再び謎としての深まりを見せる。法月シリーズの特徴である仮説の構築と崩壊は本作でも健在だ。謎解き小説の醍醐味《だいごみ》にあふれた法月綸太郎パートは第四部のラストに至って謎が最深部に到達し、作者の目論《もくろ》んだ〝からくり〟が明かされる第五部まで間然《かんぜん》するところがない。

批評家の顔も持つ法月綸太郎の作品には、先行する小説、評論、哲学といった様々な形式からの引用に基《もと》づいて書かれている側面がある。ノン・ノベル版のあとがきによれば、本作はフランスの作家ミシェル・ビュトールの小説とエラリー・クイーンの一九六三年以降の作品群が念頭にあるという。ビュトールは二人称形式による長編小説『心変わり』（一九五七年）を書いた作家であり、叙述《じょじゅつ》形式のみならず本作の「きみ」のパートの繊細《せんさい》な情景描写にもまた『心変わり』を彷彿《ほうふつ》とさせるところがある。また、クイーン作品については『しらみつぶしの時計』あとがきで『心地よく秘密めいた場所』（一九七一年）の構成を踏襲《とうしゅう》したことが明かされている。終盤の大胆な重要人物の提示の手順がそれだろう。

本文を離れれば、各部の表題の脇には荒井由実《あらいゆみ》（松任谷《まつとうや》由実）の楽曲「卒業写真」の歌詞が引用されており（後になって作中にも登場する）、奇《く》しくも町で再会した男女の恋物語の背景音楽となってセンチメンタリズムを高める役割を果たす。ミステリの核心に関わるので迂遠《うえん》な表現にとどめるが、葛見百合子と清原奈津美の「写真」が載《の》った高校時代の卒業アルバムは謎解きの象徴といっていいものだ。この第二部の法月パートで行なわれる写真と名前を巡《めぐ》る推論の構築は、「きみ」のパートでのドイツの哲学者フィヒテの「絶対的自我」への言及と共鳴して物語に深みを与えていく。また、具体的な名指しはされないものの、二人称記述の部分は当時作者が傾倒していた柄谷行人《からたにこうじん》による、そのものがそのものであることを確定させる「固有名」についての思索が支えになっていると見受けられる。いうまでもなくこれらの引用の手法は知識のひけらかしを意図したものではない。ミステリ小説の構造、主題に密接に関連させて、より強固な構築物に仕立て上げるところに法月作品の凄《すご》みがあるのだ。

その構築物の原型となる先に名を挙《あ》げた短編「トゥ・オブ・アス」(=「二人の失楽園」)は、推理の骨格が剝《む》き出しになったかのような構成と工夫《くふう》を凝《こ》らした叙述の技法によって創《つく》られた、工芸品のような一編である。全ての伏線が一直線に並んだ先に唯一無二の〝犯人〟が名指しされる構成が鮮《あざ》やかだ。「トゥ・オブ・アス」では必要最低限の記述で抑《おさ》えられていて、長編『二の悲劇』において加わった要素は精緻《せいち》な人物描写である。長編だからそうなったのではない。登場人物の感情へ寄り添《そ》うことが『二の悲劇』における重要なテーマになっているからだ。　語弊を承知でいえば本作の本筋は〝犯人捜し〟にはない。作中で法月綸太郎は自らの役割をふたりの女性の物語に「終止符」を打つことと語る。そのためにも彼女と関係者たちが何を思っていたか、どのような感情の動きが〝悲劇〟を誘発したのかを推理するのである。そして何よりも、人を愛する感情と向き合う推理の道程に「きみ」という類《たぐい》まれな不確定要素を存在させた点こそが、ミステリ小説の観点から見た本作の最大の肝《きも》にほかならない。

法月は様々な作品で――異性、家族、あらゆる関係を含む――最も身近な他者に向けられた感情について、ミステリ＝推理小説という文学形式をもって向き合ってきた。関係の歪《ゆが》みが相手への攻撃性に転化してしまう人間心理の綾《あや》に、それがもとで起こる悲劇の起点に、迫ってきたのである。この命題を先鋭化させたのが『頼子のために』（一九九〇年、講談社ノベルス→講談社文庫）、『一の悲劇』、『ふたたび赤い悪夢』（一九九二年、講談社ノベルス→講談社文庫）の三部作だ。三つの長編を通じて、他者の内奥《ないおう》などわかるはずがないという諦観《ていかん》とそれを知りたいと希求《ききゅう》する気持ちの狭間《はざま》で名探偵・法月綸太郎がもがき苦しむ姿が活写された。それでもなお、事の起こりを紐解《ひもと》くミステリの構成だから描きうる関係性、心の深層に思いを馳《は》せるミステリの手法だからたどり着ける機微《きび》があるという認識が法月シリーズの、ひいては作者の根底にはある。

前述の三部作で共通する主題となったのは家族の問題で、本作では恋愛が主題となっているが、焦点が当たるのは人間と人間の結びつきとそこに立ち現われる〝一方的な〟思いであることに本質的な違いはない。名探偵の推理によって最終的に露《あら》わになる人間関係の構図は、いくつもの偶然、誤解が介在《かいざい》し、さらに一筋縄《ひとすじなわ》ではいかない人間心理が絡《から》んで出来上がったものであり、シリーズでも類を見ない複雑さがある。何が発端で何が結末なのかを明らかにすることも困難な、悲恋としかいいようのない物語。そのなかであの時に抱いたはずの確かな思いに手を伸ばそうとする果てしない探索行――それが『二の悲劇』の正体である。

ノン・ノベル版のあとがきで法月綸太郎は、本作の執筆時に「作家生命が危ぶまれるほどの極度のスランプ」に陥った経験を明かしている。それでも前作『ふたたび赤い悪夢』から二年三ヵ月を経て本作は上梓《じょうし》された。ミステリ特有の合理性を重んじる小説の形式をもって感受性豊かな男女の恋愛譚《れんあいたん》の核にある感情の行方を見つめることは、作者にとって自らの生きる不確かな世界に対して自身を繋《つな》ぎとめる痛切《つうせつ》な一手であったのかもしれない。そうであるなら、終幕近くで名探偵・法月綸太郎がある人物と行なう対話は登場人物の言葉を借りて自らを鼓舞《こぶ》する切実な行為に違いない。

書き手の個人的なありようが刻印された小説ではあるが、いまとなってそういった事情を抜きにして接するなら、本書で紡《つむ》がれた言葉の数々は多くの読者の気持ちにとても優しく、力強く、溶け込んでくることだろう。詮《せん》ずるところそれは、やるせない日常を生きる僕達への励《はげ》ましにもなっている気がするのだ。あなたの大切なものを信じようと。

一〇〇字書評

切り取り線

購買動機（新聞、雑誌名を記入するか、あるいは○をつけてください）	
□（　　　　　　　　　　　　）の広告を見て	
□（　　　　　　　　　　　　）の書評を見て	
□ 知人のすすめで	□ タイトルに惹かれて
□ カバーが良かったから	□ 内容が面白そうだから
□ 好きな作家だから	□ 好きな分野の本だから

・最近、最も感銘を受けた作品名をお書き下さい

・あなたのお好きな作家名をお書き下さい

・その他、ご要望がありましたらお書き下さい

住所	〒				
氏名		職業		年齢	
Eメール	※携帯には配信できません	新刊情報等のメール配信を 希望する・しない			

この本の感想を、編集部までお寄せいただけたらありがたく存じます。今後の企画の参考にさせていただきます。Eメールでも結構です。

いただいた「一〇〇字書評」は、新聞・雑誌等に紹介させていただくことがあります。その場合はお礼として特製図書カードを差し上げます。

前ページの原稿用紙に書評をお書きの上、切り取り、左記までお送り下さい。宛先の住所は不要です。

なお、ご記入いただいたお名前、ご住所等は、書評紹介の事前了解、謝礼のお届けのためだけに利用し、そのほかの目的のために利用することはありません。

〒一〇一－八七〇一
祥伝社文庫編集長　清水寿明
電話　〇三（三二六五）二〇八〇

祥伝社ホームページの「ブックレビュー」からも、書き込めます。
www.shodensha.co.jp/bookreview

祥伝社文庫

二《に》の悲劇《ひげき》　新装版

令和 4 年10月20日　初版第 1 刷発行

著　者　法月綸《のりづきりん》太郎《たろう》
発行者　辻　浩明
発行所　祥伝社《しょうでんしゃ》
東京都千代田区神田神保町 3-3
〒101-8701
電話　03（3265）2081（販売部）
電話　03（3265）2080（編集部）
電話　03（3265）3622（業務部）
www.shodensha.co.jp

印刷所　萩原印刷
製本所　ナショナル製本
カバーフォーマットデザイン　芥 陽子

Printed in Japan ©2022, Rintarō Norizuki ISBN978-4-396-34848-9 C0193